为什么写作，它试图在表达中创造一种书写与文化的新关系；

为什么批评，它是在突破相互重构中，寻找到对话中的差异。

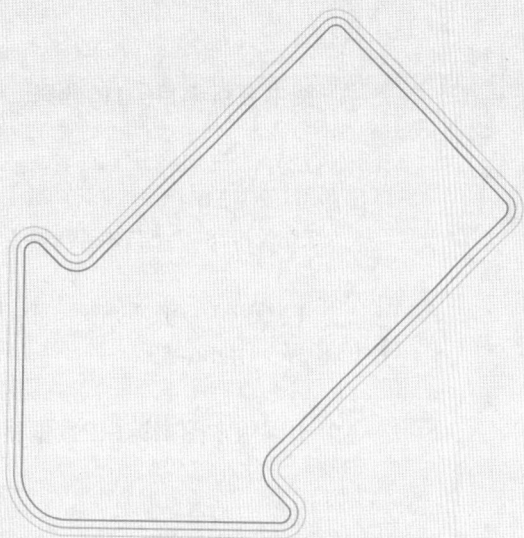

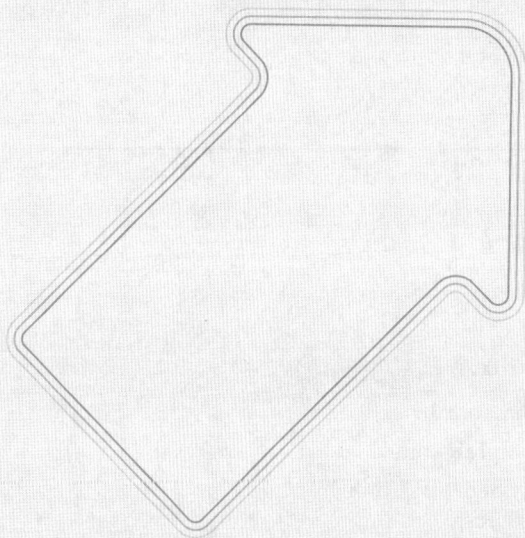

CHAYI DE SHIJIAO

差异的视角

王学海　著

浙江工商大学出版社 | 杭州
ZHEJIANG GONGSHANG UNIVERSITY PRESS

图书在版编目(CIP)数据

差异的视角 / 王学海著. — 杭州 : 浙江工商大学
出版社, 2022.6
ISBN 978-7-5178-4987-2

Ⅰ.①差… Ⅱ.①王… Ⅲ.①中国文学—文学评论—
文集 Ⅳ.①I206-53

中国版本图书馆CIP数据核字（2022）第097385号

差异的视角

CHAYI DE SHIJIAO

王学海　著

责任编辑	沈明珠	
责任校对	李远东	
封面设计	浙信文化	
责任印制	包建辉	
出版发行	浙江工商大学出版社	
	（杭州市教工路198号　邮政编码310012）	
	（E-mail : zjgsupress@163.com）	
	（网址 : http://www.zjgsupress.com）	
	电话 : 0571-88904980 , 88831806（传真）	
排　　版	杭州朝曦图文设计有限公司	
印　　刷	杭州高腾印务有限公司	
开　　本	710mm×1000mm　1/16	
印　　张	16.75	
字　　数	310千	
版 印 次	2022年6月第1版　2022年6月第1次印刷	
书　　号	ISBN 978-7-5178-4987-2	
定　　价	68.00元	

引言　文学批评不能被平庸的作品消费
——兼论当下文学批评的责任与任务

　　当前我国文学批评的现状是：评介文学作品的标准降低了，批评的审美精神淡漠了，尖锐敢言的批评作风失落了。我们也许无法与强大的全球化趋势及物质潮流相抗衡，但我们应该正视文学批评在全球化与物质潮流面前新的任务与历史责任。并以精神的高雅气度与批评的纯真本质，表达世俗化中的批判意义，在包容的巨大公共空间，再次高扬人文精神的理性，激活公众的精神意识与精神追求，重新去诗意地感悟人生。

文学的时代生动性

　　全球化把世界以更加直观和无距离的形式推到了我们面前，但同时，我们又会发觉，这个趋势将世界变得简单、类同和没有个性了。也就是说，像作家创作小说一样，因为突然面对世界这个题材的无国界化，一下子就失去了许多原先属于自己区域的独特细节。你在上海和北京吃肯德基，和在纽约和巴黎吃肯德基，仿佛是一样的。它使我们失去了许多了解不同国家、不同民族的生活细节和一些可能存在的生活新鲜感，让我们的眼光变得迷惘，思考趋向迟钝，审美流入世俗。事实上各个民族、各个不同国家存在着的传统文化，依然潜在着异中求同的世界认同和不可整齐划一的生活审美，就像同一民族的人到了寺庙也会有对佛的不同认识和心态一样。只不过在强大的全球化文化类同趋势下，这些个性化被淹没或被推至深处而已。所以，面对小说和诗歌在更多地学习西方的技巧与表达方式（形式）的同时，无数即时轻快涌现的没有深厚中国传统文化底蕴、没有接续唐诗宋词经典精髓的诗歌与中国传奇话本及俚语杂唱经典精华的小说，虽然数量可观，也不断刊于名刊大报，但细细筛选之下，拿它们与中国经济发展相比，却令人感到汗颜和不安。为此，中国的文学批评，应该尖锐勇敢地挑刺这类浅显泛滥的作品和这一时期的文学准繁荣现象，同时对一些较有声望的作家中存在着模仿性甚强的习性和重复的惯性写作，当严肃细腻地指出他们身上存在的问题。在数字化电子化的时代，中国的作家及文学作品创作，如果看不到西方文化的泛滥，将会给中国自己的文学带来没有个性的非美存在，特别是自己的传统语言将会殃及时，那么，我们的文学批评就更不应该缺席或者沉默，而要继承和发扬中国文学批评曾经的优良传统和20世纪三四十年代可敬的批判精神，及时看重在当下这个全球化文化趋势下，国内在潜流式地奔涌出来的更为丰富更为精彩的基层百姓应对生活新创的语言和他们的更为幽默、更为中国化的插科打诨式的趣事场景。譬如坊间流行的批判富二代、官二代的民间故事的各种版本，针对垄断行业在网上风行的各类比《儒林外史》更深刻的笑话，等等，这正是我们文学的时代生动性，是文学批评要为之大声呼唤的创作语言的正能量。

作品审美中的正义感

中国当代的文学作品，特别是在一些刊物上已发表和获奖的作品中，好的作品不被认可，差的作品备受追捧，这种不当的现象也的确存在。加上某些团体为了利益，不惜糟蹋高尚雅致的文学，把一些一般的作家作品以入奖的形式捧为杰（突）出的作家作品，无疑对文学爱好者和一些网络新作者带来了困惑和误导。这里自然有群众在当下整个浮躁社会氛围下的审美自我低俗化倾向，但也有部分编辑为迎合市场及个人文化修养的滞后，导致了不正常的文学现象。究其原因，也有批评家的熟视无睹和可耻缺席。当然，这里面还涉及若有此类批评文章，一些有影响的报刊会否予以发表的实际问题。这也正是当代中国文学报刊主编们必须有的直面现实的勇气和为文学而无畏的挑战精神，以及他们自身不放松学养修炼后的前沿意识与睿智思维、深邃哲思。如果权威的文学报刊，打头条的小说或其中一本刊物占有很大比重的只是那些浅薄的文化叙说、惊悚与卖看的潜伏式的惊险计谋设计加制造离奇场景的作品，那么，它的刊物包括整个的中国文学，将会渐渐失去它的品质和发展的动力。而这一切，也正是批评家面对权威刊物应该无畏而斥之的。

当然，文学批评是危险的。一方面，它不讨巧于作家；另一方面，批评讲真话，它又不受欢迎于刊物。然而，这也正若伽利略当年伸张自然科学的真实存在一样，它是现实中的真实存在的指向，又是精神上无畏无惧的探索（包括批评自身在过程中会犯下的过错和不当)。所以，中国当前的文学批评，就是要挣扎出只说好不说坏、只顾情面(红包)不顾文学的积弊这么一个可怕又可怜的环境，以自身承担的社会责任与文学批评的功能走上境界，说出真话，指出问题，亮出观点。把只做皮影戏的文学批评，只吐泡沫的文学批评一剑封喉，割去身上几多附加利益的沉重赘肉，正义上阵，公平言评，如《文学报》关于对马原新作《纠缠》的批评那样，面对昔日大家级的近期新作，曾于里先生不是巧妙地吹捧，而是正儿八经地站立在文学批评的立场上，指出了马原新作与原先的新写实"没有太大的区隔"，纠缠的最后让读者感到"这不是发现，而是段落大意概括"这样的读后现实，并在其中又严格指出业内不少小说家以师承卡夫卡为荣耀，"可十有八九画虎不成反类犬"(见《文学报》2012年9月19日第22版)。这样的批评，可贵之处不仅在于真实勇敢，更在于刺破了当下作家的庸俗化倾向。

批评不能被平庸的文学作品消费

作为世界文学之一的中国文学，在它虚构的世界里，作为一种故事形式，它的自身应该在避免陈式化与教化中，见出自身新的主动鲜活性来。而文学批评，正是在紧密关注紧随这类作品的进程下写出生动丰富的分析，从而，能让文学作品在真正的及时的批评中，让作家与读者在获得启示或受到沉痛或刺激的过程中，开阔他们的视野和提升作家创作转换时的叙事内质。事实上，作家作品的好坏，文学批评是一个实在的审美(阅读)认识，它能让文学作品更具自身运行的生命力。而当批评家率先在他的文本里读到潜在的含义，并以历史的分析和现实的比照，更以他哲思的高度让作品像春天的鲜花般更加怒放，批评这时也就扩展了作品的意义。反之，作品缺陷越大，批评也就会越尖锐越深刻。当一部作品问世，其实它已不是单纯的发生史。文学批评的介入，是把文学作品推向具有二度创造性质的文学活动的多层世界，让众多读者开阔思路，更能让作家感知，越是发展的世界越是问题多的世界，作家与作品就得在这种现象中去发挥它的历史意识与超前意识，以它自行建树的主体意识，集理论、思想、分析于一体，跳出表面的繁盛现象，去提出自己的批评。有时候，作家把作品写出来了，往往自己也不知道它究竟好不好，这时，我们的批评就应该以思想的高度与审美的深度去做高规格的评说。譬若陶东风曾在《人民日报》撰文，对当时非常热门的《甄嬛传》与《大长今》提出了十分尖锐的批评与比较:《甄嬛传》让人学比坏;《大长今》让人坚持正义，最终战胜邪恶。这份批评的深刻是能同时让我们看到，中国现代文学批评只有30年左右的发展史，却出了鲁迅、李健吾等一大批真正的批评家和高质量的文学批评（论）作品，而中国当代文学已走过2个30年，为什么鲜见现代文学时期带棱带角、具有思想与哲理高度的批评文章。陶东风的文章，不正既给作家更给当下的批评家们一个警醒吗。是的，只有独立的文学批评，才能让作家避免陷于单纯的文学叙事，从而能让作家在作品创作中寻求到真正的多元意义。它也同时使我们想到一个先例，一个文艺批评家曾对一个书法家的作品进行批评说，你的篆书收笔变化太小。书法家反问道，难道一百幅作品就要一百种不同的收笔形式吗。事实上，正是批评使作品有可能在被阅读过程中产生前沿意识，促使书法家在前进路上打个盹后，能让自己的智力发挥不至于在机械重复中停滞不前。因为严峻的批评有时像扭转了河的流向一样会给书法家作家一个新的方向。收笔变化太少的批评正是寓意着这样的前沿意识。

文学批评，不能被平庸的作品消费。

目 录

目录

目 录

差异的视角

差异的视角

时光与心灵在公共空间的姿态

诗性文化语言：探索与呈献

　　当我们说诗歌的语言时，往往被误认为是把语言如何翻新，作为诗的本质再创新使用。走出这种误入的"审美"，也并不在于简单地否定，而是我们对诗歌语言的理解，首先是对诗人在生活与艺术之实际发生中的范式转换，即诗人多元看世界的诗性思维及其对语言的影响与运用，而不是语言牵着诗人走向语言创新，把诗的本质颠倒为语言至上的所谓语言哲学。

　　诗人北塔在他的"石头诗学"里，似乎更注意诗人对诗的本体把握。如《入秋》："一个人走在秋天走向果园/就好像一块石头滚向坟墓/一个人在秋天独坐书斋/就好像一块石头沉入大海。"这滚向坟墓的石头，并不是淹没在沉重与繁枝之中更具寂寞或孤独，而是"我将像蚂蚁，拖着秋虫的尸体/我将像野马，驮着受伤的骑士"。这石头即是诗人在生活与艺术中典型的范式转换，石头的生命体与诗人的生命体融合为一体，在这个时间环境的秋天，滚入自然环境的坟墓，跳出了常规思维与习惯的"收获""硕果""金色"等与秋与果园相关联的意象，它只抽丝出时间——秋的关键点，以拖着秋虫尸体的蚂蚁的群体运动，驮着受伤骑士的野马，写出了与这个收获的季节截然不同的生活场景，从而加深了滚向坟墓的这块石头的沉重心情和与时俱来的负荷之量。它不是拥有别人拿不走的金果，而是在物欲横流的社会里，它只拥有属于自己的东西，和自己应该去承担的东西。所以，最后"我将逼迫自己交出果园/然后，逼迫冬天交出火焰"。诗人以"逼迫自己交出果园"的诗性思维：我不向社会索取，我将自己的脂膏交由社会，来呼吁引发"逼迫冬天交出火焰"这样的彼岸世界公益意识，温暖的诗意就这样跃然纸上，扣人心魂。

　　北塔"石头诗学"的倾向与力度也显而易见，是以石头上长犄角的方式，把人从岸（泥土）带上石头，又将人从石头回归泥土之岸。"只有石头离我最近/如果有雨/我可能在石头上一直坐下去/直到屁股上长出青苔"（《独奏的时候到了》之三）、"梦中的大雪是石头的碎末/是在我的呼吸里破碎的石头的碎末"(《梦中的大雪》之二)、"从此/孩子浇花/我浇石头/我想让孩子相信/总有一天石头也会开花"(《浇石》)、"石头与石头/哪怕以最简单的方式/被堆在一起/就不再是石头/无论什么形状、尺寸与颜色/只要是石头/哪怕是石子/都能加入玛尼堆/像一个个字/被组合成了经文……经过建造和摧毁/手变成了石头"(《玛尼堆》)。神性的石头,希望的石头和呼吸、长青苔的生灵的石头,使诗人笔下的石头不断地加实着它的张力。而神、灵、希望的倾向,又同时把石头置于一个保存它的意象又似乎剥离它本身的场景,石头成为一个新生的,上扬着一种灵魂、多须触角的诗性游离,以展示其更多的寓意。所以,我们再看"那嶙峋在大雪中的石头/像一只被冻僵在回家路上的狗/不要再去追打它了/哪怕它嘴里死死含着的/是你家的骨头/你的骨头"(《雪殇》之四十四),"演员们/拎着自己血淋淋的脑袋/就像拿着一块块石头/去铺路"(《独奏的时候到了》之三),"像一群魔鬼/逃离了地狱/在奔向天堂的路上/被变成了石头"(《石林》),这不是借以石头简单地制造一种拥有向心力的诡异的意象,这是诗人智慧的观察与人类社会中存在的奇异而又真实的联系,是精神的现象与物的物理现象在诗人内心碰撞之后想象与个性的社会体现。

说到个性,一个诗人在诗的置景上,其独特的个性及其睹物嗜好中张扬的思想性,也是他的美学(诗学)选择。《南天门的石头》就是一首典型的诗:"我曾被乌云押解着/从南溟到北海/只为了摆脱这乌黑的命运/我没有在北海停留/我奋力多扇了几下翅膀/就来到了草原的上空。"这是典型的桀骜不驯,自由借着乌黑的由头而发挥着它的意志。"我从乌云的尖喙里跌落/摔成了石头。"跌落其实是一种提升,意志已经转化为一种力量,一种凝固了的坚强。"我只祈愿,我宿命的碎片/向四方迸射时/不会伤害到/任何一片意志的草叶。"这既是宁肯粉身碎骨,也要先为民着想的人本主义的精神,更是我行我素最坚硬的回答——"不会伤害到任何一片意志的草叶"。而诗此时在结构上意外地急转直下:"一群羊走到这门口/在它们的注视下/狼成了石头,它最后的嚎叫/逼迫白云投胎为绵羊。"此时的石头,是饱经世故的石头,它唯一的选择是放下一切,立地成佛。诗至此也许收住是最好的。然令我最感兴趣的,是诗人并没就此打住。"那个怕风的孩子走后/留下了一个巨大的空洞",这正是诗人个性与思想性的体现。孩子与巨大的空洞,留给我们的是又一个新的动向:在相应的环境与土壤里,活出的是动的历史意识。文学按着时代的变化而演变,精神更是随着时代而体现。并且,所谓精神,它绝对要剔除盲从,有时甚至需要抗衡超前个性。这种动的历史意识,就是"再狂的风也无法/运来足够的五色石"。补天,我们知道,我们这个世界是太需要补天了。然而,世纪的焦虑,历史的焦虑,也可以说是人类终极的焦虑,正是没有足够的五色石——人类过分的贪嬕,已经掏空了五色石的仓储,已经毁坏了五色石的原生态!思想的高视同时提升了诗的内涵的高度。这是诗人重视宗教意识,又不囿于宗教意识的一份美学态度,面对历史性的梦魇,他提出了尖锐的历史性批判,并又真实可信地给我们带来了疑虑:没有足够的五色石!这正是一个正直诗人的本色所在,是"石头诗学"的闪光之点。

在北塔的"石头诗学"里,我们还可明显见证他梦幻似的写作,以现实与虚构、历史与未来作双向互动,并调动大量的意象和派遣许多新鲜创新的词,去取得一种游弋于现实与神性之间,广阔的不断被拓展的诗意空间。《背负黑暗就是背负火焰》,是一组游弋诡域的新诗文本。其意象,类似太极的可行演绎的无穷性,使此组诗读味尽然而不竭。在洪水灭世中,"神把人变成了鱼/人类才不至于毁灭",而"最强壮的人被变成了鳄鱼/用最强硬的皮肤抵挡洪峰的攻击/用最锋利的牙齿咬掉灾难的头颅"。当人在水中得以存活,他们还不忘反抗:皮肤为盾,牙齿为矛,展开了生命的拼搏。这时的发展,诗人又出乎意料地把人变成了猴,变成了不能直立的四肢爬行动物——重新返回史前,意味着的是什么?这是避开进化中的邪恶,在试图改变中做有意味的历史回顾。当然,这还是热血的,还有藏风得水的一块自然生存之地。而在《冥府》中,人被斩割或已变成冷血的蚯蚓类,则只能靠体液"相互安慰、鼓励"。也就在这绝望的一刻,神灵的蜥蜴承担起了拯救使命,争取独立终于得到了太阳石。蜥蜴和接下来的蛇,以及前面的鱼与鳄鱼,使我想起希腊神话中的伊卡洛斯的翅膀,因为被海水打湿,被太阳融化,他从高空栽了下来。虽然北塔此诗的意象中都没有翅膀,但显然希腊神话是追求式的指正,前者却是祭祀性的嬗变。所以,在《蛇》里,"背负黑暗就是背负火焰",因为"在黑暗与火焰斗得最激烈的时候/蛇的背上生出了羽毛"。我们知道,真实的蛇身永远是光滑无毛的,而此时蛇生出了羽毛,这正是太阳石的作用,"尾巴扫过的每一块石头上/火星四起,火光四射"。蛇引诱亚当夏娃偷吃了禁果,蛇使伊甸园变成了淫园;但蛇说了真话,蛇的真话创造了人的生灵。为此,"黑夜越沉/它将飞得越高"。这就是亦真亦假、亦梦亦幻的现实人生,诗人的审美意味还不限于此,更在于通过诗的神性与魔幻化,证明着诗的本身。诗,就是在历史与现实之间激越起你的想象,让批判进入神奇的轨道,以错落的视差演绎着苦难与追求、热情与痛苦、意义与价值的美的呈现。自然,"石头的诗学"亦不仅限于此。《第6天 死神》中,在我们面对太阳石欲神圣膜拜之时,他说:"太阳的每一句话都是镰刀/催促万物加速成熟/然后用万丈光芒收割/连他脸上的皱纹都是圈套。"来不及让我们犹疑,太阳石就变了:"我们把一切都托付给他/他转手就把我们当作礼物/送到了死神的爪子下/像死水湾里堆聚在一起的荇藻。"自然,诡异的意象并非如此简单地认领,"他"也可另行所指。但"所有的神都嗜好人的心血/我只希望",这是一个残酷的现实。它是所指,也是能指,还原其本质,即不管是人还是圣,到头来都会走向归返自然之路。诗人作品的高明之处,便在于肉体会腐朽,精神却能不朽的审美信念:"我只希望,在我的心被吞吃之后/我还能得到安葬/身上还能覆盖一块盾形纹章。"至此,太阳石的本意:花朵、雨、石刀、地震、秃鹰等,生与死,灾难与疾病,战争与和平,绝望与追求,诗与思就在这种神诡与荒谬之间,以追求与热爱去寻觅这世界与人类之间联系之中可能的意义。而诡异的意象,怪诞的场景,谲奇的思绪,正是为产生意义的维度服务的。人的维度,在于能坚守不朽的审美信念。

《背负黑暗就是背负火焰》中,诗人通过对阿兹特克日历的诠释性的诗性书写,运用怪异与魔幻穿插的叙述手法,在坚持人的审美维度的宗旨里,表达人与历史同步发展的诗性感觉,实现疑问、反思与追求的融合,并不忌讳最终死亡的结果。而黑暗与火焰的负载拉锯,让脂肪变成肌肉,让前世、当下与未来进行动态式的大历史对话。作品在恐惧中寓亲切、毁灭中有重生的诗性处理中,获得文化诗学的意义。

北塔先生在其诗集《滚石有苔》后记中特别强调"石头诗学",并对"苔"做了更为深入的诠释。以我有限的阅读,诗人对石头的情有独钟,从审美的视角去看,是"痴置"。痴者,爱其性然后尽己情之意之心神之。置者,创造也,境界也。以一新识,必造其异,然后达之臻之,直至高局。博尔赫斯曾说过:"在一位伟大诗人穿越过一种语言之后,这种语言再也不同于从前了。"故此,北塔先生的有苔的滚石,便正是他自己独特的诗性文化语言在中国诗坛的一份探索和一种呈献。

听,隔空而来的是什么声音

当我读完《花红花火》最后一页,马上就联想到海飞的长篇《回家》,两部小说都是同一抗战题材。是的,当我们一篇又一篇地看抗战题材的小说,或者同时一集又一集地看抗战的影视剧,就会觉得,海飞与其他同类题材的作品所不同之处,就是他是站在一个人性的角度去写,是以人性最深度地揭示来印证或佐证战争的残酷,法西斯战犯们的反人性恶行,我们因此更觉得海飞小说与其他同类小说相比中的深度与审美价值。

花红作为女主角,她一忽儿英姿飒爽如女侠,一忽儿又温顺低眉若贤妻良母,然在这两面性中恰蕴含着这位女性最光彩的亮点。我们知道,在故事的演进中,不管是沈万顺的隐毒刁尖,陈三炮的匪霸杀夫,还是田树才的愚顽复仇,沈家门的军阀杀戮,在他们血腥言行的深处,亦尚有一条隐藏得很深的人性之线,会在一定时候吮吸着灵魂的根蒂牵掣着他们。所以,沈万顺临终将藏在天井的全部家当捐献给陈三炮抗战杀敌;陈三炮几乎在危及生命与失去整支队伍的危机下饶过铁算盘;沈家门杀人如麻,到头来放弃活剥给他戴绿帽子的冯小宝,还给了她一个自由从嫁的心愿;不顾一切只想杀掉陈三炮的田树才,最终也跪着喊出了"大哥"……而这一切如神手般牵着这根人性中枢的,正是花红的惊天地泣鬼神般的典型的人性感召。为了田家酒业,她可以一改豪侠性格,忍辱负重,乃至苟且偷生只为了能当上酿酒师,追求她的梦想事业。为了田家不绝后,她可以三番五次地以自己性命和救命恩人陈三炮对垒开打,不惜堵截他的计划。为了救陈三炮,她又可以用肉身挡住沈家门的枪口与屠刀,以命相抵而在所不辞。同样为了冯小宝,她可以不计前嫌,自我化解冯小宝长年对自己的羞辱与欺侮,并在得知冯小宝的不测后,还会心急火燎地赶去救助。而为了马龙,她更是宁可沉河也不会骂一句马龙害人的话。当最后花红以新四军金绍支队路东大队大队长的正式军人身份出现在铜罗寨,并说出"我们不再是只会劫富济贫的土匪,不再是占山为王的山大王。我们是为脚下的大地而战的战士，是要将日本侵略者赶出中国土地的中国人"时，花红的人性，已经从个体弥散至民族与国家的公共精神空间，这也正是作者海飞睿智的用笔在这里的一次艺术性体现。它不仅让我们由花红的形象一下激情又温暖地想到中国历代以来许多带有温顺的母性，又具出类拔萃之豪情的女中豪杰，正是她们闪光又多层面的人性，为吾中华的壮丽河山添上了绚烂的一笔。

《花红花火》更为精彩的一笔，是在结尾时让战犯酒井的儿子、日本奈良清酒的传人，漂洋过海来绍兴花田顺花雕酒厂参观取经，并安排了一个他与花红不对话只打照面的场景。此场景对于读者而言，无疑是一个历史性的审判，这没有遣责只让沉思与反省的描述，正表明了中国作为一个日益崛起的经济大国，以其富强之貌对应他者的一种回应的能力。这是政治的正能量，也是政治与艺术在海飞笔端的奇妙流淌。

与《回家》不同的是，《花红花火》在书中以花雕酒的火与血讲述着我们绍兴酒的历史文化。海飞无疑在写作中成为这类故事的最佳讲述者之一。《花红花火》以祖孙三代继承酿酒精神和不同酿酒人的性格与酿酒遭遇，更以中日两国相同的酒神朝圣和不同的鉴酒品位，既道出了中日文化一脉相传的共同点，又见出了因为政治与战争的原因，使酒文化这个高雅的名词如何在其中被玷污被扭曲，甚至饱含了血与火的洗礼。所以，当我们阅读《花红花火》之后，再去品尝绍兴花雕等系列的绍兴黄酒，我们就会在醇香与微醺中更有了一份历史的厚重与人性的高远。是的，海飞正是用历史表达着酒的本体思想，用战争倾诉它的血与火的历练与成长。在那个大雪纷飞的辛浦镇；在那个花七斤以花红为代价谋取田记花雕的传承之位并以命相送的一刻；在花红面对田记酒坊工人们吵嚷着要涨价的柜台里；在面对铜罗寨的刀丛枪口仍坚持滚坡回到酒坊的生死路上；在田树根被骗赌输光了全部产业，流落在破庙也要重振田记酒坊的那个夜晚；在日寇入侵的铁蹄下，挺直了腰杆也在伸张中国黄酒能量的冷风中……我们看到了海飞的笔，为酒而热情奔放，那镶嵌酒文化的深远寓意的句子与情节，往往都会在紧扣的一个个故事之中让人产生如闻着酒香般的感悟，写得让人耳目一新。而那沈万顺的自私，田大爷的最后觉醒，田明媚的未产先殁，冯小宝的被秘埋树下，均与酒坛飘出的醇香、酒坛破碎飞溅的酒沫碎片混杂在一起，令人扼腕长叹，永远也没法忘记这一段曾经的历史。

一个好的小说家，在他编织的故事里，总会有一个独特的文学现场。如小说《回家》是战争与家的独特文学现场，那么《花红花火》就是战争与文化与人性的独特文学现场。且看，《花红花火》中三个独特的文学场景——

一是花红的出场，先是让代哥娶亲的田树才觉得，她"就像一匹母狼"。而在与麻老六一起反水的铁算盘看来，花红"简直像头有九条命的猫精"，可在杀人不眨眼的陈三炮心中，花红"是一个与众不同的女人，他甚至想用自己的每一根头发丝来爱她"。而于花红自己："花红恍惚地想，原来在这个充满太多枪声的世界里，带刀枪之命的女人不止是她一个。"

二是酒井作为侵略者却又是一个非常懂得品酒的文化人。他熟知中国的诵酒古诗与典故文化，在酒与酿酒师面前，又表现得特别温文尔雅，仿佛中国的酒文化，只有他才是真正的传承者。因为他知道"三千多年前的商周时代，中国人发明了酒曲式发酵法，开始酿制黄酒。他更知道一千年前的宋代，中国人发明了蒸馏法，开始有了白酒"。而作为中国知识分子与文化人的田树才，除了自己是田记酒坊的传人之外，曾经先是以新郎的面貌出现在以酒为荣的迎亲队伍之中，也"曾经纯净得像澄清所有的杂质后的酒水一样透明"。可最后，由于家仇所致，"从他成为田记二东家前初具记忆"——家中那口奇特的"微甜而呈红色的井水"的同时，也把自己酿进了这"酒之血"之中，并颠覆性地称为"血之酒"——自此他便狂颠式地永远在寻找复仇，永远地成了弃酒之质而浓血之仇的田树才，以致"在一大片乌黑的树枝下"，他成了"张牙舞爪的鬼影"。

三是沈家门与田明媚的孽情。在田明媚蔑视沈家门的同时，展开的是沈家门对田明媚强烈的单相思。而当田明媚与田树才联手合谋，以将自己的肉身献出去换沈家门剿灭陈三炮的凤愿时，田明媚的内心世界又一次发生了巨大的变化："田明媚眼泪一下涌了出来……侧过脸，看到一滴巨大的烛泪，从喜烛上缓缓地淌下来，然后定定地凝结在烛盘上。田明媚感觉自己像一坛珍藏多年的女儿红，沈家门正在一点点揭开坛盖子。"尔后，怀了孕的她面对二哥田树才的复仇催促与质问时，她恍若隔世，手抚着肚子里的新生命，正憧憬在一个温暖和完满梦想的幻境中。而沈家门这个杀人不眨眼、又换了无数女人的流氓军阀，此时在田明媚的怀中，竟然一改往态，嬗蜕了恶习，从此甘心做一个钟情专一的丈夫，并在二房太太冯小宝有了越轨之事后，他也以豁达明理之论惊现了他被爱情感化了的新形象。

三个文学的现场在我们熟悉的故事中，又滋生了别样的新意，在令小说好看的同时，又滋生着另一深意：那就是文学的触须所轻轻探测的，是那在隐秘的人性深处我们所不易觉察或往往被表面性的东西所遮蔽的真实的另一面；那些或反面或中性的角色人物，他们的信念与梦想，他们的审美价值，同样存在着不可忽视的超越性。《花红花火》的这一独特的文学现场描述，是为陈旧的抗战历史题材扬起了文学叙述的新帆。

"酒井突然听到了时光破空的声音，仿佛所见了一个时代隔空而来的喧嚣之声"，这是小说结束。戛然而止的时候，我分明看到了小说伸延了的寓意地平线。是呀,过去的一切已然发生,我们或许无法阻止战争的爆发,但我们从来没有放弃过对和平的追求,也不会中止对理想的坚守。在现实与理想落差的坡度上,我们应该仰望未来,提升生命进取的审美高度,把自己当作时代前行群体中的一员,踏着时代的踪迹,穿越历史的隔空,在追问历史中梳理当下,不断展翅飞出人类和谐相处的张力,让花红奶奶的开瓶手指,与小酒井聆听历史声音的内心反省,成为我们在一个时代隔空应该听到的正义之声。

《花红花火》,在此时便显得更有魅力。

文化与历史认知中的现实抒写

在交通便捷、旅游文化发达的今天，游记文学已越来越受到各界的关注与喜爱，然也有因多而平庸之嫌一并而生。今读《文化名家看温州》这册游记文学，尚有感受山水中认知历史、游览风景中反思现实之感，尤其是山水文化与历史文化的切入点，时有新意美感滋生，令人在轻松的阅读中得到艺术美的享受。

为什么你不可以不知道洞头，韩小蕙以诗一般的抒情拉开了理由的序幕："中国的万里海疆，从未像今天这样信心满满地迎来旭日，送走霞光。"这就是在洞头海边的第一感受。接着，又以新科技电影般画面，带你走入洞头渔民捕鱼队出发时的壮景：如肯尼亚草原的角马群，电光流转般的巨大鱼群，天安门广场上大阅兵的威武之师……壮美又带着奇诡的一个个场景，都让洞头洋面上出发的捕鱼队给占了！是的，这个只有9万常住人口的小县城，却是全国上亿餐桌上海鲜的主要供货者——壮美下的一个细节，一下子就把洞头提升到一个全国百姓日常生活中的特殊位置。而望海楼，作者又置它于审美的历史视角，它身躯特别强壮健硕，又是集庄严雄伟、古拙悠远、不怒自威、奇崛深厚四美于一体的集大成者，不可谓不令人啧啧称颂。特别是在文章结尾时，别出心裁的韩小蕙以海"可煮、可耕、可写、可吟、可诵"这五可，把洞头的文学扫描重新托出到一个新的平面，让我们又可以重新进入洞头，再寻找出与此文不同的新美，真乃神来之笔。

张纯洁先生把江心屿称为"诗岛佛国"，他的审美触角指向的是水系与湖泊，在这些通灵性的地方，他找到了对应诗与佛的最好的诠释。在"小家碧玉"与"大家闺秀"之间，他选择云水为家中的务实与创造，看重的是一路走来时不时涌出的审美感受，那是与高大榕树下的一块块方块石板路、冬青墙下的泥土相呼应的一种心的歌唱，是花岭古亭与之吟思，九曲桥旁与之迂回，游廊飞虹与之抚肩拂背的那种呢喃燕语，是心可相印又不必多言表达的幽幽之情。

张先生写江心屿,实与何香久的《温州三章》是相呼应的。那长眼睛的船,入海,就是一群鱼。这不仅仅是一个比喻,更能从中看到人类学定义上的一种生态美学思想的闪光点。捕鱼船要捕鱼,但捕鱼船自身又是一条鱼,这非但不矛盾,反而人性化地提出了两个哲理性问题:一是渔民是由鱼养大的;二是我们本身是一条鱼。这很符合逻辑,所以,我们更应保护鱼的家——海洋。只有在这个知识和社会伦理层面上去认识,才能理解"点了眼睛的船才是活的,有呼吸、有体温、有脉搏,也有了情感,有了意志……"

卢文丽是将自己化作岩头的一块石、楠溪江的一滴水而书写文字的:"岩头是适合闲坐的,宜在清爽的暖阳下,清茶一杯,知己三五,絮语谈谈,笑声朗朗,任凭阳光缓缓爬过,轻得像一只蚂蚁,依次迈过春天的桑叶,夏天的溪流,秋天的稻穗和冬天的飞雪,抵达朴素的村庄。"在小石滚过地表,水滴溅湿衣裳之下,便深坠地里,浸润肌肤:文丽眼中比野花还要瘦的炊烟,是心中的一缕莫名惆怅;那不时而来的顽皮的风,是善意的小孩天真地来与她解闷。而桥墩、古桥倒影、鸟飞莺鸣,也就成了她人生中一曲春雨、夏荷、秋霜、冬雪幻化的吟唱。卢文丽说:"多少前尘往事,飘荡在楠溪江两岸,茫然不可追忆。"然我依然认为,若干年后,一位美女作家,戴上新闻的眼镜,在岩头驻守和聆听美景的瞬间,是永可让人追忆的美的记忆。

不能不说陈富强的《唐宋残简》。"我站在库村的古樟树下,乡愁穿越黑瓦石墙,呼啸而来",在长远与近景之中,陈富强为石墙上坚硬的卵石与小溪柔情的流水把脉。相对隐居而言,外御与内流是非常必要的因素,前者以意志涉外,后者以情感治林,这便是库村的性格。而库存的内涵,耕读二字当是关键词,尤其是读,如以德为中心的堂之命名,如一座小山村竟拥有半百文武进士等。

同样写库村,郑休白着眼于泰顺印章,他首先以浑浊对清澈、浮躁对沉静、华丽对质朴、热衷对淡泊、粗劣对精致的五个对比,勾勒出库村的隐士特性。何谓泰顺印章,作者为我们造了三个意象:景致奇绝的老峰林泉,意境小令的老屋古道与溪流墙根,静谧清幽的村庄氛围。若再做深入解释,那便是"四个没有":"没有喧嚣,没有浮躁,没有包装,没有伪饰。"当然,画龙点睛处,是作者道出了"文化修身的接力",正由此,泰顺的印章才不会残缺,不会褪色。而更耐人寻味的是,作者以记忆"刻进了那一枚枚卵石垒成的印章中",把泰顺印章更具象化更诗意化。因为,"只要有卵石的地方,就找得到乡愁",精妙的一笔,把个泰顺,特别是两个古村落的文化内涵,提举到了全国瞩目的位置。于此,"三个独",即"依山独享,依水独愁,依石独乐"的"慢生活",必将引来全国乃至海外游客的青睐。

《文化名家看温州》的另一半是诗歌。叶延滨"趋向大海你却如锚守住晨钟暮鼓/正是春光烂漫几朵桃花醉了东风"(《望江心屿写意》),把温州的诗意神奇拉开一角。这个"孤居江心幸会千年风云八方贤"的江心屿,"相携相扶登屿就是一场千年缘分"的描述,道出了游客来温州一游的人生真谛。什么缘分?"温州,在我的词典中/从一个充满铜臭的页面上/绽放出诗意的新绿"(周占林《温州,山水诗之故乡》),也因为,"不需要修辞/不需要技巧/江涛的每一次拍岸/都是一首首经典的诗"。而祁人的《登江心屿》:"江心屿,走在路上/我多么像你/身处尘世的洪流中/经受灵魂的炼狱/经受良心的考验。"写出了江心屿的性格。也是借得江心屿,诗人更会茁壮成长:"我是我自己的江心屿/任凭滚滚红尘的冲击/保持诗人的本色/和向上生长的姿势。"确实如此,丘树宏才会是雁荡上的一只小雁,"纵然远方有多少美好的风景/我都永远依恋着你,不离不弃……"(《温州三首》)。就此心境,诗人晓雪便会"见过无数溪流、山泉、江湖","唯有雁荡山深谷的水","还能照透游人的肝胆肺腑",使得诗人的"我""在仙境般的雁荡山醉入梦中"。(《温州的山水》)若再以海外的眼睛去看,"温州,今天你把全球都唤醒了/我就这样和大家一样痴情地/醉伏在你的怀抱里"(恒红《温州,你唤醒了谁》)。是的,"心只知道/从岩石和碧波之间/升腾的黎明"(顾爱玲《温州城外》)。黎明,不只是自然的现象,也不只是天亮的所指,它是光明的意象,是躁动的初始,是生机的勃发,是无尽的力量。自然,大景面前也须注重细节,当"爱的泉水从树梢涌出","旧的人在钟声里远去/新的夏天沿着雁荡山的雨滴/湿露脸颊"。诗人叶梓在两块石头上升腾起不少意象,引出无穷的遐想,但最终,"世界那么大/我们/依偎在这里/够了"(《雁荡,两块石头的热恋》),短短几行诗,道出了前去温州旅游的真谛,这是一块有情有爱的热土。

《文化名家看温州》的重量,更在于作品的生命体验和人文情怀。游记文学是作家诗人迈开思想脚步、敞开内心情怀的生命之舞,也是通过他们对山水自然与历史遗存的再解读,会引发读者与后来游客的一种对地域文化、独特风景的文化关爱与生命融进。它逗引和激励人们到这里体验不一样的审美感受,可从中享受到灵魂自我的一次深刻的鲜活洗礼。李犁的"先生,能把心唱到你的高度/人生便没有一点尘埃"(《致谢灵运》),洪烛的"即使在背井离乡之时,想家,也是这群苦行僧的口头禅。我从雁鸣声中,听到是它的心愿"(《雁荡山诗意》),南航的"李杜没来过,但却知道温州江心屿,还知道有谢公亭"(《脚下的风景,心中的天地》),"在面对山水的诗歌吟诵中,把中国诗歌的对仗艺术,从字义对,拓展到了字音对和字形对",如此的艺术创举,就发生在温州。它更让我们懂得,在生活不如意时,你还可以"到自然界寻求精神慰藉与心灵栖憩,让脚下的风景,化为心中的天地,给自己的缺憾人生打补丁,进行诗意化艺术化的升级"，若谓不信，温州的山水可为你佐证。为此，著名老诗人叶坪才会有对"海上百岛，海霞故乡"的洞头，具有深入骨髓的审美感受，对"不游雁荡是虚生"，做了更新更深的风景诠释和带我们"走进历史时空与现实的祥和之中"（《百岛洞头采风小记》）的审美阐述。接踵此说的，是庞培在《风雨泰顺界》中不可多得的描述："语音、语言至此迈入一个更加原始陈旧的疆域，时间在明显古老的黑暗空间里变形。"这样的述说，非但使我们更清楚地听得见唐代张志和的诗和南宋辛弃疾的笛音，更让我们想到了古文字大家孙诒让，是他用早于王国维等"甲骨四堂"的古文字考释及音韵训诂之学，去解世存之疑，时有"他人读书，受书之益。子读书，则书受子之益"转对仲容，则是合适的美誉。也亦此，傅维在《温州：比想要的总要给你多一点》中，提到"在泰顺编梁木拱廊桥边，最想就地卧倒，最想做一尾碧溪红鱼"的想法，这无疑也是众多游客游温州时最抒情最浪漫的一个即景。

如是，再回头来读读黄亚洲"而今我在河畔的风情街走过/始终有汉代的船歌与晋代的墨香尾随"（《诗三首》），就更予人非游温州不可的油然之心了。

民谣的最后与当下

曾经有文友说过，人生活的最高境界是醉了又有梦。今捧读史小溪先生的散文集《最后的民谣》（内蒙古文化出版社2012年11月版），便忽然有了同感。《最后的民谣》以西北汉子的粗犷融入黄河的恢宏，以一个作家走读时的心灵境界，创作了妙笔滋生的美文，给了中国当下散文不可轻估的影响力。其中，尤以《陕北八月天》《黄河万古流》《陕北高原的流脉》和《月夜夜莺声声》等是最为爽口之佳作。

《陕北八月天》呈现给我们的，是一个丰硕果展的植物园，那里"糜谷是黄灿灿的，高粱是红彤彤的，荞麦是粉楚楚的，梅花是白生生的，绿豆荚是黑玖玖的，白菜是绿莹莹的，玉蜀黍亮开自己的金黄肤色，烟草坦露出它青油油的胸脯……"读到此，哪一位读者不想即刻就放下书本，立马去陕北追寻那富梦之想的陕北八月呀。至于像小说细节般描写高粱地里种豇豆的情景，那则更如王国维所说的给提升到了一个境界："那秫黍（高粱的俗称）套种豇豆，美如彩虹落到了地上。侧看，一层泛红，一层涅绿，一层透黄，美丽而层次鲜明；俯视，则轻轻、虚幻、朦胧，一种颜色融于另一种颜色，像花蝴蝶的翅膀一样自然、贴切。"这简直就是以美学家的眼光在赞赏自然之美与劳动人民的心灵手巧。再看对驰名中外的陕北信天游的描写："当那种狂热的生命精髓在他们的内心跃动着，他们甚至会唱出更粗野更酸甜的歌——八月山野袅袅回应的山歌呀，深厚而悠长！"与这份深厚与悠长对应的，是"渐渐，一片片庄稼割倒了，一簇簇火炬般燃烧的红高粱簇起来了，一行行金黄闪亮的糜谷拥起来，一仑仑玫瑰色的荞麦轮廓出现了……"深厚而悠长的歌声，飘荡在一幅凡·高式油画般疯狂簇起、疯狂燃烧的片片庄稼地里。此情此景，正若作者自己在文中所书："那深厚的沉甸甸的声音，仿佛小泽征尔在指挥一个庞大的交响乐团。"是的，面对陕北高原这八月的宏大气势，是史先生之笔在指挥着奏响着这五谷丰登的大交响大合唱！同时，我们更应注重的是这位指挥在抒情节奏上的别有韵味：

"——哦，我的黄格灿灿、红格丹丹、绿格莹莹、紫格楣楣、蓝格瓦瓦、黑格玖玖、白格生生、五彩斑斓的陕北八月天啊！我的甜格浸浸、香格盈盈、酸格溜溜、俊格蛋蛋、巧格灵灵、自由自在、富足、丰饶和温暖的乡村八月天啊……"在妙笔神秘的指挥下，土味雅韵的独有造词，卓识的、隽美的、挠心的、深情的抒情韵味，就在这样似天泻似的涌般淙淙顺溪而流，直沁心田。在赞赏之余，史先生又不忘现实中的缺陷，他机智地告诉我们："八月的时令……唯有这个季节，高原才暂时隐去了她的荒凉贫瘠的本色，向人们宽厚而无私地奉献出果实和收获。"当然，此书再版时，史先生再能在远近蜚声的枣林和中外闻名的窑洞上继续深入又别样地描写和铺叙，必将会给此文增加更高的文学性。

对于千古传颂、万笔描绘的黄河，史先生在《黄河万古奔流》中，则又有着与众不同的描写，如第一句："现在我开始感到眩晕，我已感觉到黄河疯狂的翅膀扇起的风迅速从我全身扫过。""千山飞崩，万岛迸裂。巨大的毁灭巨大的再生。"简直就是一首新写黄河的千古绝唱。由史先生的笔，我们知道，黄河溅起的浊浪，也是人类的生命之泪，那是"扎白羊肚手巾老艄公，赤脚裸背，俯首抵臂，大张着口，高耸臀部，使出浑身的劲紧摇着棹柄"；那是"壶口下游十里龙槽边先祖山民的塔拉台拉舞"；那是禹、鲧和他们的子孙以生命的智慧和勇气，"劈孟门，凿龙门，疏通河道，遂使急流一泻而下直入东海，使人类得以生存的陆地露了出来"；那是"大窑洞的煤油灯下，用粗糙的马莲纸，浩喊出一部震撼天地的黄河大合唱"。读至此，谁又能不为之热血潮湃。那是若黄河之水天上来之笔力呀，才让我们又在《黄河万古流》中再一次审美黄河——"黄河气度恢宏，一如昨天澎湃，峡谷漂泊的泥腥味，依旧不歇止地舐舐残黄并浓烈"。侃侃诗意的叙述，后面支撑着的正是史先生深邃的思考。它使我们读着读着就会油然"抓过酒瓶，对着黄河，干一口！"

如果说《陕北八月天》和《黄河万古流》是浑声大合唱，那么，《陕北高原的流脉》则便是一部清悠雅致的民歌。自延河上游延河、杏子河始，经无定河、清河，穿行荒凉的白于山脉，最后来到延河的源头小阳洼。在这流脉陕北高原的寻觅中，我们看到了一颗黄河儿女寻根的心："不能设想，哪一条河流会像延河这样能引起我久久驻足和强烈的探寻欲望。"而在这颗"内心隐隐生出些许骄傲"的探寻者的灵魂深处，正是"连接陕北大地的筋络，滋润高原山川的血脉"给予他的生命的灌注，所以史先生才会这样忘情地说："不死之水，永远的圣水！我理解你激越奔荡的每一个音符。你迢迢遥遥流过那些岩石、树根、草丛的每一节、每一段，都是黄土地永恒的赞美诗。"同样，在"月色溶溶，田野沉静"下，史先生又看到了"山沟的夜清凉、恬淡、明朗，同时带有一种潮湿的新鲜。硷畔下的延水闪动月的华光，听得见轻微的响动流淌声，而蛙声则清脆。远处的群山轮廓巍峨突兀，在粗犷的外表下又平添一种静谧的魅力"。这份细腻的心灵审美，与上游"天幕湛蓝高远，山谷渐渐挤成山沟。大地仿佛把所有的宁静安谧都给了这条随便喊一声都可以惊响四面的山沟。河水清雅，水中游憩的小蝌蚪，细细的水流闪动碎银一般的光芒，在弯弯曲曲的河沟鹅卵石上浅吟轻歌，甚而有点顽皮"的内敛又清悠的感应遥相呼应，本色地点亮着一脉而流的延河本真和原味。在这里，史先生美丽奇幻的笔，让这荒野有了更美的神韵与色彩，亦更增加了散文的美味和可读性。尤让我在兴奋中感到心惊的，是史先生赞美之中不忘批判："但今天这条河流的中下游，河水浑浊，污气冲天，河滨城镇噪音、尘烟，拥挤紊乱。夏天洪流季节暴戾的狂涛回斡裂岸，吞食大片良田。延河已成为黄河泥沙来源的最大支流之一。"以回恋延河"原形态，原自然"的"清爽"，转而批判地直面当下延河的恶浊与尘嚣，让我们在清灵灵的甜声中，同时又感受到了内质里涌出的与时代气息同呼吸的那份纯真与坚硬。

都知道散文之美在于用词之美和以词砌景之美。这在《月夜夜莺声声》中我们同样可以欣赏到。一座无名的山岗，荒凉的山岗，在史先生的笔下，就是既具古意又着新思的自然之美。全文其实就是一首散文诗，从"荒岗——荒岗"的鸟声，引出凄婉与北方辽阔空旷之美，到初夏"野地上山丹丹放肆地冲荡着芳香"。从"忒儿一声飞了。我带着童年长长的浪漫憧憬从大山走了出去，又带着游子长长的亲切思念从远方飞了回来"，到"现在，山坡吹过愉快的和风，久违了的夜莺深切而悠长。树叶轻轻摇着，等待已久的乳白色的雾霭悠悠地升起来"。那如诗似画的素描和淡彩，真真柔柔地把个无名山岗之夜，吟唱成了一曲舒缓、浪漫又带点忧伤的小夜曲，在"山野开始弥漫上黛黑色的阴影"的一刻，让我们的心灵离开眼睛和书本，自我又自由我走入一个我们的无名山岗，去那里，让现象去点缀幽蓝奇妙的苍穹，去与史先生的笔意会合，共同在那山岗层次各异的美声美色中，再放肆我们久已掩息的激情和风骚……

贡纸、人物与文化的意义

　　中国现当代文学与古代文学的区分，主要在于近百年以白话写作的新文学为开端。但若再追溯历史，则先秦与唐宋，也是一个古代文学与现代文学的区别，若今文经学与古文经学，唐宋传奇与话本小说等。只是到了20世纪七八十年代，由朦胧诗及现代主义、意识流等国外文学新流派的引入，中国的文学（特别是小说诗歌），又有了一个大的改观。但无须争辩的是，中国现代文学，从一开始起，就是既继承自明以来的古典话本小说的传统，又吸取了西方大量被翻译进来的翻译小说的写作手法。但不管怎么说，中国当代小说的刷新与发展，正是在中国传统古典小说基础上成长发展的。当然，中国小说发展到了今天，已经越来越西化，有的小说甚至除了还用中国文字，一切全是西化了。然小说发展到这一地步，也旋即陷入了瓶颈。正因为如此，不少睿智的小说家，为了能突破这瓶颈状态，在作品的叙事，嵌入了不少属于传统文化的东西，有的甚至还以传统文化为中心叙事中企望结构与书写出一篇与当下浮世的小说不同的作品来。可见，中国小说发展到今天这个状况，自传统文化汲取营养，是一个必然的趋势。正是在这样的时候，我们读到了孙红旗先生的《国槠》，这部以现代汉语为书写语言，注重古代白话的现代书写之穿插运用，并以此"双重"语言来体现小说中人物的生命体验，去凸显人的内心世界及自由追求精神，自有一番当下小说与众不同的特殊情趣。

　　无须讳避，《国槠》作者在创作使用的语言时，首先面对的是一个当代语言与历史话语及书写的对接问题。它首先让我们在读惯了新文学之后的小说后，又以此文本为我们置换了一个独特的阅读空间，即用古代白话为基调的现代汉语写作，使我们阅读的审美指针，一下逆转到了具有《红楼梦》成书年代的那种历史韵味中，并从中建树起一个重新认识中国古代与近代白话小说共融的审美境界。《国槠》的小说语言，作为文学语言（而非日常交际语言），注重语言的思想本体性，即在作品中让"语言说"，具体就在古代汉语的现代运用的巧妙穿插中。在一定的意义上，人选择语言是由时代所决定的，但作为作家，他在使用语言时就由创作思想去决定语言的运用。所以在文本中，作者试图由语言以角度、方向这两个层面去伸展它自身的魔力——作为文学的"语言说"，《国楮》试图去做的，是古代汉语在现代汉语叙述中的"历史运用"，从而让小说更具中国性。有研究已证明，中国现代文学与古代文学之区别，根本上就是古代汉语被转换成现代汉语的写作。然《国楮》的可贵之处，在于证明这个转换不是唯一、铁定的，这是因为古代汉语的语言思想性，是可以在现代汉语书写中延续的。在改革开放以来，国外的文化哲学思潮，连同文学的新名词，正像新文化运动那样，新名词、新思想爆炸似的响彻并迅速影响着中国文学的前行。但这一热潮过后，文学创作重新回到常态化时，随着国学热的掀起，就让不少作家开始重新审视自己的创作路向，即全面西化的小说创作既让中国小说掉进了一个怪圈，又严峻地向具有思想的中国作家提出了照搬西化方式的小说家创作是否有本土意义，这样尖锐的反思性问题。因为我们毕竟是中国人，中国应该有自己本土特色的小说，而不是借着与世界接轨，创作完全西方的小说，好像中国古代没有小说一样。而且若把这些小说翻译到国外就一点也看不到"中国味道"。为此，《国楮》中古代汉语在现代汉语写作中的穿插运用，我把它概括为"历史运用"，从中国小说自身发展的趋势看，是具有建设性意义的。中国的小说，汉魏六朝就已大量涌现，如《搜神记》《幽明录》《拾遗记》《世说新语》等，至唐代传奇小说是一个顶峰。实则上，至明代，话本小说"三言二拍"均是古代的白话小说，而至《聊斋》及后来的四大名著，语言上的运用更是如此。所以，以现代汉语写作，间杂回到古代白话小说，"美声与民族唱法的混搭"，这样的创作方法在当下不失为一种新的寻根小说。

此外，《国楮》虽洋洋三十八万字，但在语言运用上尚知"节俭"。如讲绍熙贡纸、开阳古城，作者并没有通过史料和地方志，把大量的材料罗列于小说之中而造成语言铺张之趋，这又是值得肯定的一个方面。

《国楮》开首即以"连四纸"凭价廉物美的后赶趋势，纷纷抢占绍熙纸原有的生意地盘，并以绍熙纸的掌门人延誉的长子元煦，因与玉蝶儿的私情，而被土匪黄金洪砸匾的两大情节同时展开，为我们翻开了往昔国纸——开阳绍熙贡纸很不平常的生存与成长的近代史实。每一部小说总归有一个或几个故事，然每一部小说怎样去结构故事，却总是这部小说成败甚至优劣的关键。令人刮目相看的是《国楮》的故事叙述，并非古典小说传统意义上的具有惊险加噱头的说书般的叙述，而是以某些人物的突兀出现，故意打乱故事线性的铺陈，让我们在散乱中拾起更多的体验。譬如，元煦与玉蝶儿的私情，原来是中国文学中才子佳人相约青楼的一种惯例，但从中突然闹出个乃香来，似疯非疯、似侠非侠，一样地痴情但又非比常性的出格。这样的搅局，便给小说增加了无穷的可塑性。又如，开阳绍熙纸行延誉是一个主角，接棒的元煦是B角，猛然间又弄出元靖来。这个不温不火、沉闷偏傻相的二子，一忽儿语言结巴，一忽儿身弱易病，然一忽儿又聪明绝顶，一忽儿竟身怀侦探大智，这样的附加角色，无疑是故意不让故事顺势衔接，在节外生枝交织起另外的延伸及其不可能中的可行。它故意撞坏了传统中国小说环环相扣的陈式，其荡开的无限性中，正是现代小说理念在试用传统白话小说构成中的一种气质性的显现，是诡谲引发细节的生成性作业。

《国楮》的另一个特色是它以故事的发展推动着、扩张着小说的表现力。前面谈到开首的连四纸在纸张制造上简化工艺，降低成本，急于抢占市场，予绍熙纸巨大压力。紧接着好端端又由元煦交友扯出"邸抄"，共同营造了又一个绍熙贡纸绝处逢生的新转机和惊天大案。因为"邸抄"，绍熙贡纸一下子又有了新的更大的市场，因为"邸抄"的被阴谋[将两篇悖论之文置于一刊（王锡候案与乾隆帝诏罗藏书）]，"元煦给徐府带来了灭顶之灾"——整个徐府上上下下全被押进了牢房，并有满门抄斩之祸。但也正是这节外生枝、波澜起伏的惊险故事，小说的顺势故事情节被其打乱。而在这乱中，作者又借势从中营造更大的气场。这就像音乐中的二重奏三重奏甚至四重奏一样，一个故事被打乱，另一个故事竟又会开辟出一个更为生动宽广的场景，并从中又让读者去费力寻找可能的联系，从而能让读者的视野，在树干枝蔓、杂草乱沟中做着与小说双向互动的大胆想象与审美判断。这里面又不得不提到《芥子园画传》与砸匾的故事。一个原本传统的才子佳人青楼红粉的故事，由于《芥子园画传》这个开阳绍熙贡纸珍本与粗蛮杀人土匪首先在故事中形成了巨大的反差，接着恰由这土匪意外地从《芥子园画传》上，以逻辑的推理寻找出被自己"梳拢"的女人养着的小白脸是绍熙纸行的元煦，并由惊悚的故事情节：一白面书生、一杀人土匪在红粉佳人卧室中的正面冲突，引出了更加出乎意料的结局，即原本要由土匪杀夺人所爱的死对头的刀，改由土匪自己刺自己一刀而收场。这不啻是一种现代性的构成在中国式传统文化故事中的闪现。这样的处理，无疑更具有阅读的意义。

再回到"邸抄"，正因为元煦看到了"邸抄"的绍熙纸的市场生机，所以他不惜奔波于京杭之间，又准备说服父亲和大肆制造适合邸抄独用的"绍熙市场纸"而非贡纸。正因为"邸抄"，让竞争对手有了图谋欲加之罪的诡计。自然，我们很快就会看出来，这不是追求数量的长篇之故事凑故事，而是故事中连环式扩张，是情节与细节有机置合中的延伸。我们知道，小说里的故事，并非民间故事里的故事，小说里的故事，是小说结构的重要部分，也是营造小说品质的元素。我非常警觉地注意到了作者孙红旗先生，在故事结构的运作上似乎正在考虑避免现代性小说彻底把故事打乱，而导致故事游弋得不知所云，也就逃离了读者的现状。他在《国楮》中既以现代小说写作手法实验之，又极其避免任性意与扩大化，所以他的故事，既有突越传统小说常规的实验，又不完全依照现代、后现代、实验小说等非常西化的小说写作手法去照搬照写。所以你说他的《国楮》里有故事，确实是一个连着一个，从连四纸与绍熙贡纸之争，到元煦与三个女人的故事；从元靖与放鸽子，元靖与月婷读书，到元靖赶考先头名后失头名；从邸抄到爆出商场的生机，到徐府的灭门之灾，故事确是一个连着一个。然这些故事的组合与排列，这些故事的顺小说之势的开讲，又非完全按照传统白话小说的写作手法。它一忽儿顺势沿进，一忽儿被打散遁影。一忽儿高潮迭起，险象环生，一忽儿又游弋无际，支离无架。并且，细细研读，我们又会发现，孙红旗先生在处理这些环环相扣与细节生发中，往往或双事共向呈现，或单事乱头转向，或故事刚要出局又新象滋生，或新出悬念瞬间把故事的澄明又一次搅浑。这一切，当然也显示了孙红旗先生创作小说的能力。并且，由于作者创作时的动机是刻意让现代小说回到传统白话小说的纯中国品性中去，所以，在小说结构的故事引申或延宕处，作者往往别出心裁地以大量的押韵古诗作为故事行进或称小说结构的环链，这样，既避免了陷于太传统的习惯性陈旧纠缠泥淖之中，又开凿了浓浓的中国文化新意的诗意创作。这应是《国楮》的第三个特色。我国的四大名著，《西游记》之所以脍炙人口，是因为在游戏之中劝学谈禅、识恶护善，神话之下又食人间之烟火。《三国演义》或云天下黎民，或汉室宗亲，智慧奸诈，讲道护法，无一不在天理人情之中。然一个筋斗十万八千里，一把羽扇借得长江东风，凡此种种，亦在《国楮》中有所体现。书中人物朱筠，方戬节以"从简牍到缣帛，从蔡侯纸到'三坟五典''八索九上'，这一切都有赖于传承"为中心话题，以吟诗答对重新开创中国小说的文学生态，以仕女变魔魅勾勒出小说铺陈的人世惊变。此种手法，宛如明清之交文人流行的"游幕"方式，于徐渭、方文、朱彝尊们的种种，借入于书中的或吟诗诵读，或落笔生画，把商场竞争、官场互庇、家事衣食、人间情事演绎得既古色古香，又生态鲜溢。且从中平添了中华传统中之优秀文化的遗香，这兴许是《国楮》的又一特色。是作者的叙述方式——将故事散杂化再回归传统的一大创新。

《国楮》中有两个人物，其出格的魔力，当是长篇的又一亮点。首先是元靖，这个人物在与月婷一起成长学习时说话结巴，嘴角常淌涎水，我还以为这个人物是生硬的刻意为之，似乎故意给书中添加一点胡椒似的，倒少了感觉不对味，倒多了又呛气管。一句话，生硬之中呈现着做与制的不良感觉。直到某一天元靖连考三场顺利夺魁，而到最关键的省考一场因身体素质与月婷突然夭折的心灵打击等诸多原因，原本聪明绝顶、天生夺魁的元靖，结果只拿了个"增生"。之后，把全副精力与聪慧天资全部用于继承和复兴绍熙贡纸上，我们才对元靖这个人物的看法有了一百八十度的大转变。而也只到这时候，我们才真正认识这个"被生硬"的人物，原来是一个隐喻极深的文化人物——他有极高天赋进入传统文化，并形于古代名贤之痴呆怪相等。每当生活起有风波，或者日常须待理性时，他总是以其不起眼之势力，爆出冷门，彰显国学。又于潜行的方式，出现于大众日常生活之中，故于书香门第是不极品的宠儿，于普通人群是不入俗流的病相，如此形象，实有嵇康阮籍之玩，八大张旭之颠，而又自成一个元靖。他不是道德的判官，却是伦理的严格践行者；他不是国学的专门导师，却是个满腹经纶的谦谦君子；他不是侠士快捕，却是个嫉恶如仇的汉子勇士。我更看重的是这个人物的"背后"：在这个人物的背后，是作者重新诠释传统文化的灵魂，是传统文化令他激动、令他神往也令他战栗的那种澎湃心绪。是作者内心神往的中华传统文化的深深庭院的缩影。

《国楮》还有一个以行动来强化说话的奇特形象人物，那就是乃香。不要以为她只是看戏、嗑瓜子、偷汉子又不顾家庭死活的放荡女人的典型，她可是一个敢说敢做又敢担当的侠义心肠的奇女子。她对元煦之爱的大胆与疯狂，她处理父亲去徐府大闹即将出人命的石破天惊的意外方式，她酷爱艺术的单纯与痴迷，她悄悄离家行走江湖的侠骨柔心与无畏精神，给了这位人物许多僭越式的魔力。无论是她的姑娘地位，她的知识修养，她的家庭处境，不是她的相同于常人的日后生活处境，看似平常乃至有点平庸，读时觉得一般却又有点意外。她是在作者别出心裁的创作心理中强势成长的。如果说玉蝶儿是个写实的人物，那么，乃香就是个写意的人物。她的饱满在于几个特殊的细节，她的深度在于几个出格的场景。其实，乃香和许多年轻姑娘一样，有着爱美的天性和幸福的理想，只不过因为不能做家务活，结婚仅一个月就被一纸休书赶出了家门。所以，乃香首先是一个受害者，遇到了元煦，她压抑的心灵得到了释放，那种追求纯真的精神，非常强烈地投射在了她的简笔式的言行之中。她仿佛要在新的生活中证明，自己要别无所求地铲除庸俗，她能用自己的力量得到一份真诚的爱，并以此证明自己的不可被奴役性。为此，她可以不顾唾骂依然我行我素，她也可以在紧要关头、众目睽睽之下，不顾私利而断然于明智。在《国楮》中，作者于乃香最为绝妙的两笔，一是她在调停父亲与徐家正面冲突时，说了一个"一奇女，衣毛为飞鸟，脱毛为女人，此女便是女岐了"的故事，和她求方戬节打胎时说梦见自己在金龙潭洗澡，遇一僧人的荒诞奇遇的两大怪诞故事；二是她在前一日还是端正坐着看戏，放开嗓子学戏，后一日竟悄无声息地隐遁而去。这种现代魔幻主义的小说写作手法，无疑给了《国楮》中的人物有别于其他小说人物的特殊性。乃香与元煦，这一段孽缘，在本质上就是一种虚幻，但通过乃香这个人物，却在这虚幻之中另生出一种真诚地追求真实之可能与可行。故乃香的随团而消失，其实是无常的毁灭，但在这无常的毁灭之中，又是一种生命的不朽，是个我与社会挣扎与抗争之中的独特闪光。

这是《国楮》在人物塑造上的特色。

最后，《国楮》另一个闪光点，是作者写家乡。在青石板尽头的孔埠驿站，我们仿佛可以依旧闻到历史扬起的尘埃；在开阳城夜晚的荷花塘畔，卧佛山下，我们可以乘着月色尽享清丽幽静与禅意秋深；在清晨棒槌声四起的西渠，我们可以想象到农妇村姑大户丫鬟们比早的身影与叫碎一天晨曦的甜脆的声音；在三十五都的七个古村落中，我们可以充分领略开阳城乡旧时的繁华和商业经济的兴盛；在开阳绍熙贡纸特殊的配方与精细的工序里，我们读着的是一本走不到边的特色的历史，皇家的用纸与中国第一纸的身份确立与历史沿革；阅读凤凰山文塔的那些许诗性的描述，作者对开化县城美丽的山川风光、人文历史的美文书写，还有待于审美的眼光去不断探测，不断发现……这是作者的文学关怀，也是家乡情结；是历史主义的艺术显现，现实状态下的历史追怀；是作者家乡情景空灵曼妙的审美，记忆与遥望的真切情怀；是作者对家乡历史积淀与未来建设的深情释怀，美丽胜迹的情感寄托与理性梳理。所以，与其说是作者在《国楮》中写家乡，应该正确地说是作为家乡人的作家，由当下背景与家乡历史文化的对话，是乡土意识与文学创作心态的一次思想碰撞与原创性的互动，它在追怀中滋生新的生态，是反思中情感与理想的呈现。

此外，不得不提的是书中不能让人遗漏的一个人物，那就是作者不露声色地刻画着的地方官王维鼎，有了他，被打乱打散的故事可以重新开始梳理；有了他，一些难以支撑挺进的情节可以自然合开。面对徐延誉要用明代砚滴行贿，王维鼎"我当着徐先生的面，把这尊砚滴给砸了"，王维鼎的那种斥责徐延誉要陷自己于不义的正义凛然，与随后徐延誉与方戬节关于乾隆不断尚廉，惩处贪官的讨论，前后呼应，使王维鼎这个陪衬人物，亦有了饱满的状态和铺陈的力量。

在阅读《国楮》行将结束的时候，我突然想起荣获美国国家图书奖的小说家哈金这个深受中国小说影响，又试着要创作伟大的美国小说的作家，曾经说过这么一段话："一部关于中国人经验的长篇小说，其中对人物和生活的描述如此深刻、丰富、真确，并富有同情心，使得每一个有感情、有文化的中国人都能在故事中找到认同感。"这份感受与我阅读《国楮》是那样地吻合。《国楮》以小说的形式，向我们传递了大量的历史文化信息，比如"邸抄"的兴起与官方内刊与报纸的历史渊源，绍熙贡纸对中国古代珍本及《四库全书》的重要作用，绍熙贡纸与其他亦有名有质地的纸张的特色与区别，及以朱筠、方戭节为代表的人物传递的国学、中医药方面的传统文化，并以月婷之死，玉蝶儿以绍熙贡纸捻搓成线上吊而亡的故事，给我们带来恰似重温四大名著与"三言二拍"、《新序》、《说苑》等中国小说的启蒙。

当然，《国楮》在再版时，还拟做以下修改：一是在主角徐延誉与方戭节这两个人物心理刻画与情节构造中再行深入，特别是徐延誉在开卷几次大波动中亦儒亦商，但天平最后倾斜在商上的进一步描写，则人物就会更加有个性和丰满；二是乃香与无煦之爱，总得有个生活中的理由，如乃香风情的大胆化，浑身肌肤性感化 (与大脚匹配)，这就是作为书生与商人的恪守传统之元煦内心渴望的东西；三是玉蝶儿套路上的"吸毒"，也拟再增加一个刺激她会去这样做的细节，就可避免俗套化。若此，《国楮》将会是当下一部优秀的长篇小说。

禅诗:情丝

中国新诗百年来第一个选本《镜中之花——中外现代禅诗精选》(李天靖编),以世界性的视野,结合禅宗的本土特性,为我们的阅读奉献了一本既具开阔明澈的现实,又寓禅意于深思重悟之新的好诗选。尤其编者选择角度的平民化,相当于当年敦煌写经——把高深的经文用民间文学的形式普及寻常百姓家。《镜中之花》正是借现代诗的平台,把禅的深奥义理以诗性的语言感染和点悟读者,如美国诗人威廉·卡洛斯的《诗篇》:"就像猫/爬过/果酱柜/的顶部/小心地/先伸出/右前脚/接着后脚/伸下去/到空空的/花钵的/洞穴中。"果酱柜的满与高,猫的爪伸及的却是花钵的空,强大的反差,道出的是时光中之有与非有。在有与非有之间,唯一的独语就是悟,即禅心之悟,而以诗意去诠释,这正是禅宗的"道不可告,皆听其悟"之哲理的诗意显现。

如洛夫《灰的重量》:"一粒灰尘/有多重? /这得看摆在哪里。"开宗即是明悟,而后一个"摆"字便让灰尘沾上了灵性。自然,尘埃之摆细究其意,有其模糊性,然这正如法国年鉴派第三代核心人物雅克·勒高夫所说的:"心态史最吸引人的地方正在于其模糊性。"[1]翟永明《画中人》:"在纸上,在布里,在空气中/我存在过吗? 是我蘸着天地/还是天地蘸着我。"前一节着慧能之尾,后一节以慧修行,诗意的张力借助禅意不可界限。同样,蓝蓝的《正午》中,"小和慢,比快还快,比完整更完整",亦是续慧能之尾而延伸之。而看得更高的,是韩作荣的《贝叶经卷》:"一方狭长木质的经卷,一方贝叶/已被蠹虫穿透/孔洞,有如无数细小的空明之塔。"好一个把蛀蚀的孔洞称为"无数细小的空明之塔",这便是顿悟后于细微处见真大,倚顿悟终能大胆明彻地把蠹虫也认知为"通灵的佛子"。如此,曲近在《心境·月夜》中,才能把月光小酌、浅唱、泼墨,甚至"可以熬药/也可以唤出笋尖/打探人间冷暖/如何从心里穿过"。"笋尖"

---

① 周兵:《新文化史:历史学的转向》,复旦大学出版社 2012 年版,第 238 页。

一说,既可谓是心性与心印之力,又是瑜伽最根本之"光明"的根、道、果的一个隐喻。正因为如此,江离才会在《沙滩上的光芒》中有了真悟:"春日的沙滩上,一片交织的/光芒在流动/有时它会流动在屋顶/高过屋顶的树叶,和醒来的某个早晨。"万物通灵,光高过一切,均源自禅的神奇之悟。

自然,禅定在慧的相融与提升下,参禅者必定会有境界:"在开合之间,出现一道门缝/门后面,被推开的是海阔天空。"欧阳江河的《母亲,厨房》,是一个大境界的化身:"菜刀起落处,云卷云舒……暑天的豆腐,被切成了雪意。"虽然"去留之间,刀起刀落","但母亲手上并没有刀",禅宗的"四禅",无欲,欢喜,平和,调适,在欧阳江河的诗里,就这样诗意地开合起来。

国外诗人对禅的领悟亦有独到之处。如德国诗人希尔黛·杜敏《印度飞蛾》:"一位老汉/跌倒在汉堡或是曼哈顿/心中,一只蝴蝶在死亡/——三十年来/在吴哥窟/蓝色的翅翼不住舒展。"跌倒的老汉与一只蝴蝶的死亡,似有某种冥冥之中的合谋,但蓝色的翅翼,作为人之梦想又不停地在"舒展"。这既是自然,又是信仰;既是现象,又是本质。这也正如美国诗人罗伯特·勃莱在《傍晚令人吃惊》中所写的,"我们有为白昼的亮光而存在的头发",但"树上栖满我们不曾看见的鸟儿"。亮与不曾看见,头发与鸟儿,其实是一种隐喻,也是禅心之定的见与不见。所以,"我确信现在一盏皮肤下的灯正越来越近/带来雪"([美]W. S. 默温《冰之一瞥》)。火与雪不相融,但皮肤同时感觉到时,我们也就会不觉奇怪了,因为冰火两重天,都可融入禅心之中。更为诡异的是,波兰诗人维斯瓦娃·辛波斯卡的《一粒沙看世界》:"湖底其实无底,湖岸其实无岸/湖水既不觉得自己湿,也不觉得自己干。"为何如此,根本原因在于"落日根本未落下/不躲不藏在一朵不自由的云后"。落日未落,云不自由,形在无常,无常无形。外国人以诗性的智慧,把中国禅学诠释得天轻云远,海阔水深。

禅意的另一种声音,是在远方响起。当我们看到多多在《就在我们身边》说"死者,仍用生者的语言/和每一天说话,说:/让死者停止"时,我们就会看到,远处有一个人,"把山坡上的荒草,那被/秋风加重的荒草/按在纸上"(人邻《荒草》)。而几乎在同一时间,我们又会听到远处身后飘来的诵吟:"一棵树你已经看见它/你却未必真的看见它。"(胡弦《树》)也就在不同的地点,叶人在他的《枯草》里见证"已是黄土的颜色了/但照样还在/且硬/索性再等上几天几月几年吧/这枯枝终于活过来了"。还有雷平阳,以一个高人的身份指点我们:"一个情绪激越的人,内心矛盾的人/苦大仇深的人,从生活中走开。"走开,正是"自性自度","了悟自度"——六祖慧能教义中的"烦恼无边誓愿断——自心除"的诗意诠释。

当然,说拜读《镜中之花——中外现代禅诗精选》,尽管已是深夜,但毕竟只是匆匆一瞥，个中精华，难免挂一漏万。然掩卷之际，尚觉余香萦绕，若李天靖在《只要说，你愿意》中所云："只一瞥，惊见你/先于七八棵树的静穆探首/任飞也飞不过/那一瞬，眸中燃亮的花蕾——/已在云天之外。"是的，是云天之外，亦在斗室眼前。禅定者，慧亦明也。

权以竹久梦二的《情思》收笔吧："断了么/被风吹断了么/跑去田野一看/没断 没断/袅袅遗香般的/那条情丝 那条线。"

禅诗是条情丝，它牵着你我，也牵着天地万物，我们在其中，是手牵着那条线的两头。

从心灵出发

梁启超曾经说过："趣味是生活的原动力。"趣味含有审美的因素，因为对于审美价值的判断，在美学界渐已达成共识：它不再是我们指认被审美的一个客体，而是审美者作为审美主体和被审美者作为审美客体的一种相互间的互动关系。这样带着审美趣味来看雪野的书法作品，我不由首先想到他有一句名言："我爱孩子，孩子爱诗，诗爱自然和人类。"这同时也点题了他书法创作的主旨，那是一种心灵的极致，也是一种独特的文化现象。诗性即文心，文心与书道的自觉融合，便自然会将最美的东西呈献给我们。

先看雪野在书法创作中，他的现代意识的创作践行。邱振中先生指出，当代中国书法正朝向三个不同方向发展：一是在传统风格中（书法史）寻找自己深入的道路；二是在现代风格中扩展含义的深度与题材的丰富性，寻求原创性的起点；三是现代观念与图形的积存。然而真正的书法是个性的，举凡历史上的大师大家，基础学书后，便有着一种自己独创的路，方成一家。恪求大师大家的轨迹而几趋乱真者，终不会被历史所特别器重，如欧阳询、虞世南，尤其是王献之。以草书为例，张旭的《古诗四帖》，颜真卿的《祭侄文稿》，怀素的《苦笋帖》，后二者均以张旭为师，然个性极不相同，故张、颜、怀的草书都以个性著世而绝不雷同：张旭用笔偏肥，粗细变化多，结体茂密，笔劲墨重，有横壮之美。颜真卿转折变换精巧，以渴笔枯墨见其美，纵笔豪放，一泻千里。怀素运笔如旋风暴雨，飞动圆转，其《自叙帖》把篆书融入草书，藏锋出笔，刚劲矫健。三人之不同轨迹恰来自同一美学意识：创新。所以由此来看雪野先生的作品，其特点也随即明晰起来：一是优良文化素质与对书法史的辨析，在对传统的继承中有扩展的意义，主要得益于他的诗性童心，滥觞于对自然与人类的爱；二是想象力与诗意，促使对线质的把握有独到之处，且不时渗出文化情趣与个性追求；三是结体与置境的语言策略，导致精神意趣能具独立性。当代书法的书卷气已被粗顽、鄙俗、狂野等挤兑殆尽。当代的"文人书法"，也相当缺失"文化意味"。而雪野恰恰在于用实践弥补着这流失的珍贵。雪野以诗来润泽书法：润者，滋养；泽者，福、富、裕、壮实也。所以，雪野的作品同时也让我想到了，书法是艺术，不容作秀。一个书法家，只有具备了才、识、胆，才能成就艺事：才者，是努力；识者，是知识积累；胆者，创新也。雪野作品的实践与努力，似乎正在证明着这一点。

具有明显特点的是雪野的小草，它讲究线条的质感，墨色饱满，内涵丰富，美感从趣味意味中来，有王羲之《十七日帖》、孙过庭《书谱》、米芾《临十七帖》、于右任、林散之印痕，表达了书者谦逊好学、涉猎颇广的特点和为人沉稳、低调内向、讲究实际的性格。亦喜见作品中起伏情绪融诸节奏，线条的流畅，有苏东坡之言指之意："书无意于佳乃佳。"在雪野作品的意象的汉字（书体）中，我们看到了一种心象联结宇宙万物的诗化形态。

美学上有种观点叫树无寸直。它是指、腕、肘的运行变化，在思想统率技法中求出诗意。诗意者，美学最高境界也。自古至今，书学论者，皆从心从德从品，无有从诗者。而王羲之在《晋王右军之自论书》中提出："须得诗意转深，点画之间皆有意，自有言所不尽，得其妙者，事事皆然。"我们非常欣喜地看到，雪野之书法，正从点画中着意，于笔墨顿挫转折中镶嵌不尽之言，夹思夹想，而助其神活脱而出。

我们知道，历史上的董其昌与王铎曾经是忘年之交，两人在临摹古碑帖、艺术鉴定上，都有着相同的美学观念与同等高的水准。以当时董其昌在文化界的地位和对王铎的提携，王铎完全可以成为第二个董其昌。但王铎深知真正的艺术一定要有自己的风骨，所以尽管两人一致推崇和拜学米芾，但最后王铎与董其昌之书法风格绝不雷同，王铎尤其重视点画与单字而谋全篇的美学意识。今日的雪野竟然有与昔时王铎相似的风格，如《米颠庄周》中的"颠"与"周"，《萧衍夏歌》中江南的"江"，《渊明少陵》中的"少"字等，均以点画单字而牵全篇，移晃独舟而波全湖。美学上曾经有一说：艺术是认识，艺术是一种特殊的认识，艺术不是认识。最后归真的便是创新，是一种超越自我之新。书法和绘画初中级阶段，均离不开临摹，但为什么到最后的成果指认，一定要说已学得像谁了，才算成功了呢？这方面，雪野的作品似也正在给我们一种别的启示。

再来看历史上的黄庭坚和王铎，一个狂，一个霸。一个狂中优游穿插，是文静表面下的风骚；一个粗拙飞扬，执着而极具情绪，是张狂中依旧有序地求异。这里面有个学术性的问题，就是丰富与单纯。只有丰富，才能真正地单纯。那么，何谓丰富呢，我以为一个人要正草隶篆都学好是不太可能的，当然最好都学，能一点就行。在正楷上下苦功，学到家，基础即功底就有了。然后，你趋向草书也可,趋向行书也可,依你的爱好与个性、特长去发展。假若是当代书法,也允许,但不可简单地说书画同源,就把书法艺术变换成画一只鸟一条蛇就是现代书法,这是倒退。中国象形文字初始是这样,进步了就不是这样,更何况从书法这个词来讲,它讲究的是线条,是线条的质量;讲究的是结体,是美的境界的再现;讲究的是墨色,是心绪与气势的双向互动;讲究的是变化,是自由与艺术的有机更新。而雪野作品中的狂,正是放在了这个正道的感悟过程之中,这可从他作品的整体中就能体悟出来,而他的霸,就是在临摹中的审美取舍。

一件上品的书法作品,书法家除了具有书法修养上的笔墨线条的技巧运用,以及结体与章法上的审美认识之外,还须有整体的情趣洋溢与格调的景象。近观雪野的新作,这方面的特征似乎更趋明显。《盖世藏山》,初入眼帘,即被其意态生动所打动,雪野先生完全领悟了倪鸿宝超逸风格的要旨。自然,亦有张二水的提按起伏与跳跃,故整幅作品内外俱佳。这特征在《黄宾虹题画》作中尤为明显,横撑、竖撑的转动,尤其是笔画伸张急转与开合,予人干脆利落、顺畅劲挺之感,飞动之中留韵意味,力量之间饱储含蓄。而其《渊明少陵》与《月斜风散》两幅作品,前者明显有"尚意"书风的印痕,以笔势的变化夹着墨色的变化,意趣相当突出。还涵王宠的巧中见拙,十分生动可观。后者既有祝允明之流转波动,亦有黄山谷的以圆点与斜线相互呼应的"势接",当然孙过庭的醉态烂漫,蔡襄中锋用笔的轻灵与动感亦时有渗出。可见这是雪野深研黄道周、倪元璐,又悉心习悟唐人文人尺牍心悟所得。

卧游也是一种美学态度,古有沈周(吴门画派)等,当然不是奥勃洛莫夫,而是"澄怀卧游宗省文"。我这里的意思,雪野先生并非执意要像某些趋时势的书家一样,专门出门寻访大师而"某门立雪"。在家中,以自由之思想作自由之艺术,以古人卧游之精神作书艺之探索,以其野逸,以其出俗去返璞归真,在返璞归真基础上作自我个性化的草书等的书艺之作。以求书艺之归,人本之归。所以说,书,性情也;人,自由求趋也。雪野的作品和他的儿童诗,也很自然会让我们想到明代大文豪祝枝山。

身处广东这嚣浮之地,又走自我谋生的商道,雪野更要加一点点祝枝山的艺术审美境界,这也许正是5—10年以后,雪野先生第二次个展会令人刮目相看的新面貌。

作为书家的雪野,另一个身份是诗人和作家、教育工作者,这又极自然地让我们想到沈从文、胡适、鲁迅、茅盾,他们除渊博的学识外,又都写有一手好字。所以期待雪野作为中国当代诗人与作家,继续朝着文人书家的路子进取与发展,并期盼他的章草在转折时的圆能与整体更和谐,尤其是收尾的一笔。

同时注意不同的章草之间，取谁还是二者皆有形而成我，也是一个亟待思考的问题。特别是先前曾临摹皇象《急就章》，如今却在作品中鲜见其出锋之镰利，是需重新去补足的。在墨色方面宜注意，有的作品太均，容易被造成印刷的错觉。飞白、枯笔尚要加宜。对篆刻的看法，以书刻字，那么，书与刻可统一，冲刀呢，当然理论上讲与狂草可统一。

中国当代书法的庸俗颓废与民间书家的暗流登岸，雪野的作品让我们看到了新的希望：真正的书艺追求者，真正在野的高人，必将成为中国书坛归宗的王者。

精神的花迈向果实的路

　　构成一个诗人和他的诗作品位的,首先是诗人的视野。在对待一个时代的交替或是一个潮流的更迭之时,诗人的视野,"是从落英的身影,还是落魄诗人的眼神"的视角去审视世界,是我首先须关注的一个诗人的审美品位。青海诗人高建斌在"粘接破碎的梦与面向黯淡的生活"之中,转向了如斯特朗姆斯基大隐喻般的黯淡的生活,因为子夜的重黑暗,更预示着黎明的大光亮。"在暮春的大地花园/什么样的东西在反叛,什么样东西的投入/归顺的队伍?"必然两极分化,一方面让"厌世者从往事的阴影中撤出",一方面又让"来自春天的花朵陆续撤走"。生活是严峻的,现实是残酷的。这样隐喻的诗句,不正昭示和告诫着行进中的每个人,面对生活须有精神,面对现实要有韧性。要早点开启你那扇自我封闭的窗:"清晨的那阵风,就是他,打乱了懒人/睡懒觉的生物钟。"尽早醒悟才能抓住契机,融入时代拼搏的洪流又不失为一个划筏者和冲浪者。"如果可能,请拴住/那朵最亮最轻的白云,它曾擦去一个孩子的/眼泪。""当你的成熟与成果再次与/那朵最亮最软的白云相遇",那么,"更多的时辰/歌唱的声响遍每一个角落。仿佛一万架/钢琴的喉咙在展开"。想象的张力在这里为新的现实既作铺垫又作动力,它让文学从一个诗人的作品中走出,让读者不再觉得这只是放在书本里的一首诗,在现实里,它同样是一个神话,因是神话,它便夹杂着诡异与奇迹,结果就在于你的自身作为。所以,好诗的社会意义,有时就在走出书本之后的一种新的建设,即诗意的豪宕与现实之间具有超越性的张力所涌出的浪涛般的精神助推力量,同时又脚踏实地地从诗行中不时闪现出的社会雷电风云。而这一切,正是近年国内日常生活审美化的诗意显现。

　　更深的哲理辨析和社会学上的思考,是构成诗人与诗作品位的又一要素。如在《远眺》这首诗中:"在风和日丽的正午,沉思默想的静坐是否/适宜于内心的远眺——如果河流的沉默/——被引向大海/并且在莽原中穿过了命运可疑的间隙/——是否说。"如果说沉思默想适宜于内心的远眺，那么，河流的沉默被引向大海就是一种隐喻。这正像当下庞大的打工群体，早几年他们被廉价工资和拖欠工资的欺骗折腾不已，而今他们反具有了更大的自主选择权，法律使他们在工资及养老等"三金"方面有了保障的前提下，又让他们在工资翻番的阶梯中上行，这是否可说"我们已经摸到了自然法则的心跳和人类灵魂的律动"就是一份政治社会学的诗性答卷。又若通过失败与挫折，回到生活的原点又走上新的起点，那就是说精神的脚步已经穿越朦胧，让岁月的风在领悟中穿过了命运可疑的间隙，摸到了个人在社会的一个位置——自然法则的心跳和人的灵魂律动自然便相对和谐。于此，从社会现象学的光明之眼去远眺，"而登高或者俯首，从东到西，从北方到南方/便都能看到"，"那分散在其间的人们仍有光洁的额啊"。为此，诗人在这里就是一个哲学家和社会学家，"不要说我们不曾对命运跪伏得更低"，但"我看到的是一条大河从上河吐纳出静止/的时间/是历史和一个博大的祖国，是母亲提着灯/和风鼓动的大地的弦，是光中露出的黄金"。是的，"是光中露出的黄金"，那是作为一个真正的具有思想的社会人——有着"血液一样循环的思想！"在走向权利的时代，与之对应的是民主与法制，而思想，那思辨与理性，正是后者的基础。诗中自然的法则隐喻社会必然的进程，让我们想到，诗的用语不再让诗句落入一个刻板的定义。这与理解一个命题，不在一种方式是同义的。

构成诗人与作品的品位，还在于历史的回顾中激发具有进取性的新锐之光，用诗人高建斌的话来说，就是"精神的花迈向了果实的道路"。"曾经爱过一棵树/那是一棵不开花的树。"(《成长的过程》)幼稚、幻想，但也连着追求。而当"一朵遇到寒霜的花"，知道了社会和生活，"——当命运之手赐予我这份馨香时/我摊开掌心"(《馈赠》)。是的，我们只能"让消失的时光/带走疼"。知道并如哲学家那样，第二天起来嘲笑昨天的嫩稚与无知。继而，认真地开始"把每一个平凡的日子当作生命里的/第一天"(《在我们幽静的庄园里》)。这正是精神的花迈向果实之路的第一步。然而，面对回忆和前行中的曲折崎岖，不顺才是真实的。所以，新锐之光首先需要光照自己灵魂的，契机是在"当琐碎平庸的词语卸下思念的行李时"，这是自我拯救，也是新生命的蝉蜕。把不切实际、好高骛远的想法抛卸，回到日常生活的美的平凡之中，在虚拟火焰熄灭的灰烬边，重新点燃一簇新的未能让颜色幻象掺杂的火，脚踏实地之中，"像一个弯腰添着柴火的人/让我在不熄的火焰下/懂得富足对于一首诗的意义多么重要"(《谢谢你》)。人生创业的第二阶段，基本上于挫折中重新开始，于失败积累中蓄谋新端。付出青春的代价，买教训、买社会经验与生活知识，才能真正理解"富足"一词的社会人类学意义上的审美价值。可见诗人正是将诗活在了现实的纠缠与挣扎之中，自我与作品的品位，才会被赋予认知的社会价值。

当下一些创作新诗，包括小说的青年作家不缺娴熟的技法，然在他们经常见之报刊的作品中，独独缺乏的正是生活的最真实的东西。自然，作家可以各美其美，即一类作家可以生活经历为素材进行创作，一类作家可以资料加参悟进行创作。前者以生活与感悟触动创作的灵感，后者以历史与想象触动创作的灵感。但于后者之作家作品而言，坐在电脑屏幕前面，靠资料与加工让文学还原于生活又高出生活者，恰恰显示着不够。有一些甚至已渐渐蜕变为极端小资情调式的无病呻吟，他们的作品，与现实与生活，绝对是一种小痒大抓式的嘲讽。这样的作品当你掩卷之后直面生活，便让你觉得作品的渺小与作者的眼光、境界的低下。这不由得让我想起2011年在北京我的学术研讨会上，陶东风先生做的文学不能低于生活的发言，他说："现在的情况是文学低于生活，作家想象力低于生活。而文学是不能低于生活的。"[1]由于缺乏对现实生活的真切感应，他们的作品便如陶东风先生所指责缺乏的，正是"人文立场、作品中与庸俗的现实有对立的勇气，并借作品发出警示的声音"。而高建斌恰以亲切与感悟看到了"水注满生命掠夺后的凸凹"，看到"在田野，成熟的深处/谷穗的光芒击退水中的石头/镰刀之上，一声鸟鸣/点亮一个秋天"（《鸟》）的正反之逆差和人生航程中社会层面上的问题所在和底层民心的主流趋势。所以，诗人会喊出"还是玉门关拦截了春风的征途"，写出了"面向黯淡的生活"，"在暮春的大地花园/什么样的东西在反叛，什么样的投入/归顺的队伍"这样高屋建瓴的诗句。

唯有如此，才可"想象你会启程/以超越马背和鹰翅的急切"，过渡到"而我，就是那只休息着的蜜蜂/等待着被你发现和收容/——我们，都是爱的情人啊"（《风景》）。诗人、作品、审美，三者之于日常生活后的思辨体悟，便能真让精神的花迈向果实的路，恰如2011诺奖得主斯特朗姆斯基在诗中所写的："我唯一想说的/在无法触及的地方闪耀/像当铺店里的/银子。"

这正是生活的最深处和最细微的角落。

---

[1] 肖黎、海刚：《推动文学创作与理论的有机结合和良性互动》，《中国艺术报》2011年7月13日第12版。

历史回顾中的人性之光

报告文学的题材，在社会变革中总在不断变化，它指向创作者搜集目标时的眼光，在抓住语言之篓中饱满颗粒的同时，也让创作者自身在欲望的深处，抵达生命的更大空间。

《东极之光——"里斯本丸"事件纪实》(阎受鹏、孙和军著，浙江大学出版社2019年版) 以一个历史性的突发事件，记述了浙江舟山渔民为代表的中国人民，在抗日战争中震撼世界的人道主义大救难——营救抗日反法西斯同盟的三百多名英军战俘的事迹，为沉默了半世纪的"里斯本丸"在东海极地沉没的国际性事件再做纪实的历史新叙述。

《东极之光》的第一个特点，是给予读者的新鲜感，营救英军战俘虽然已是七十多年前的战争旧事了，但读《东极之光》报告文学后，这战争旧事却让你无法否认的恰是一种新鲜感觉下的审美接受，是回顾时代中的当下认识，它让我们的心灵震撼，也让我们精神飞扬。未读《东极之光》，即使同处一个省的范畴，我也不知道东极。知道了东极是怎样美丽的一个岛时，我们更知道那里的渔民都有一颗善良的心，同时知道——新鲜地知道"舟山群岛有一种特殊的文化——海滩文化，任何海面上漂来一具尸体，他们都要打捞。打捞上来便'梳洗干净，整容着衣，然后白幡招魂，念慰魂经咒，再郑重地入棺，与自己的祖先葬在一起'"。不必说大话，这就是全世界人民都在渴望着的世界大同中最高级别的善！任何一个海难者必救，任何一具浮尸必捞，这是一个多么伟大的人性之举呀，却早在数百年甚至千年前，就已经在这里——浙江舟山群岛，成为栖居在这里靠海生活的渔民一种最自然的习惯性善举。而我们身处通信如此发达的高科技时代，却还是第一次从《东极之光》里获知，这样的新鲜感，是绝非单纯的新闻性或新奇性，而是一种文化使我们敬仰，让我们折服："每一座岛子都有安葬海上浮尸的坟墓区域，称'义冢地滩'，有些岛子还建有'义火祠'，清明时节，这些安息异乡之魂的坟头上也照样摇曳着一杆白幡，墓前也照样有人焚香点烛吊唁,摆几盘冷菜,烧一叠纸钱。"读着这些文字,立即会让我们想到中国的"心性之学",想到为仁成圣的中国文化。是的,其实,真正的为仁在中国老百姓的普通生活中已悄悄地非功利地在践行。而"成圣"的,往往不是高喊口号的权力者与文士,却是普通的平民百姓。《东极之光》正是让我们在阅读中更深地懂得了这一点。它也会让我们能更深地去理解《新约》中保罗的那句话:"现在活着的,不再是我。"那就是说,作为一个公众社会中的人,他已经不是单纯的一个生活人了,他的精神维系着人类,自我是建立在大众社会基础之上的。东极和舟山的渔民,也许不会说明白这些哲理,但他们行为透露出的灵魂,却实实在在是在这样地形塑自己、形塑群体。舟山渔民的善举,是让灵魂与生命在生活中不断地延伸,在"挽救一条命,团圆一个家;捞起一具尸,捡到一个宝"这样的朴实信仰中,舟山渔民的无数次善举早与科学人本主义接轨。

《东极之光》让自身具有文化厚重感的,是第二章"东极渔家"。通过这一章的阅读,读者对东极有了更清晰的认识。"浪岗兄弟庙"让我们知道为啥庙里还要放一袋米和一盒火柴,它更让我们深刻地领会到,不顾自身安危地去救助别人,是岛民渔民的比天还大的情怀所在。财伯公的故事,让我们感悟到一个真真实实的道理:世界上菩萨是有的,但菩萨不是天上飞来的,而是来自民间,来自老百姓最普通的这一群人之中。"穿龙裤的渔民菩萨",这个称呼非但是因为海与龙有关,龙也象征着神威之力。然而,它的实质在人,在人心。这就是《东极之光》的可读性和引起读者的关注度所在。同样的可读性,还在于当舟山渔民营救落水英军时,由于船小载不下更多的人,那些奄奄一息地挣扎在死亡线上的英军,没有一个争先恐后抢着上船而不顾船的不安全现象出现,"即使已抓住船沿的英军,发现船已满员,就主动松手放弃,等待下一批救援"。更有"船员们惊异地回头一看,只见三个英国人爬在一块圆形的礁岩上,挨在一起,挽起臂膀,一人吹口琴,两个人高声歌唱。潮水已涨至他们半腰,再过片刻,便会淹没他们的头顶"。这情景,让我们自然会想到电影《泰坦尼克号》,船沉没在即,但还有一支乐队在镇静地演奏的场景,这是发生在现实中,绝不是艺术虚构。

《东极之光》的文学感染力也不可忽视。同样在第二章中,"岛民的信仰"一开篇的"没有信仰的躯壳是一束松散的腐败的枯草",就让人惊悚。我们不必过分注重当地的图腾,而看这边的一个特征——"东福山从有人居住到现在还没有人被蛇咬伤过","外来客如果在山里发现蛇,不用害怕,蛇自会避让"。这不啻是一个意外,也是一种特别的文化。因为有白蛇与菩萨斗法失败,白蛇让地并转身在此修炼,也因此有了"由蛇而龙进而演化为对东海龙王的信仰。这一角色的转换和神形的变法与东夷人不断征服或同化直接相关"，然后又有了高僧鉴真途经舟山蛇海之说，这三者相融后，首先显露的是初始的真实。蛇的存在，且是修炼所在；龙的出现导致信仰的升级；鉴真和尚与蛇海的弘法相遇。三者都是生活经验构成人最直接的生活存在与精神拥有，而且让人与这些故事的民间性越走越近，越走越亲切。这就凸显出一个极为深远的意义：人与这个世界所能相处和友好相处的构成基础。它既是人类与自然世界相处中存在的深层里的真实，也是人类精神世界自身在生活中一种自我厘定的象征，是一种特殊的文化言说。所以，《东极之光》第二章的加入，使本书更具感染力。

《东极之光》的魅力，还在于书中国际人道主义的高扬。它告诉世界，这种国际人道主义，是中国人民自我为仁的一种行为，是发自内心的一种真爱。也就是说，在这个世界上，充当人类先进精神之价值体系负载的，不是神明的指引，而是人类自己在历史进程中自觉的积极的表现。而这一点，浙江舟山的渔民在营救"里斯本丸"被俘英军的海上大救险中，通过实际的为善之举，而后又在日寇搜捕全岛时，岛上百姓无有一个告密者的现象，将普通百姓的力量高尚化，且彰显出中国传统文化的独特美德。人类的善，就存在于这个国家，就存在于这个世界。它为国际人道主义，添加了丰富的弥新的内涵。

《东极之光》在揭示生命真谛之时，还以史实的沉重，为我们别开生面地介绍了缪凯运这个人物。他是积极的营救者，又是曾在历史前行中有过浮沉的多元人物，而后又因为错案冤案而过早地被结束了生命，以至在"里斯本丸"大营救这么一个重大历史事件档案中，未曾出现过他的名字。当然，不管是被错杀含冤而死，还是因他未听从蒋介石的密令，被下令暗杀而死，这里大大的一笔，着实给《东极之光》有了外延叙事的可能性。

《东极之光》在结构与用词上也颇有特色。前面已经说过，第二章的"东极渔家"其实是东极的史志与民间传说的结合，与东霍洋面大营救无关。但阎受鹏、孙和军两位作者似乎特别注重这一章的叙述。这是因为他们没去史志上或传说中摘取几笔以作叙述的铺垫，而是专门辟出一个整章，把民间传说、历史史实、地域特色，乃至以渔民画中的传奇故事中萃取精华，为本长篇报告做了厚重的奠基——是的，做东极岛也好，做整个舟山渔民也好，那种站立于国际人道主义前沿的举措，绝非倏然空降而来，而是有其岁月积淀的历史文化渊源的。并且，两位作者巧妙地把这一章不是作为通常开篇的习惯性安排，而是在叙述了"英俘被日军押进地狱"后，再开始记述，初看有点突兀的安排，其实起到了承上启下的作用。"拭去档案的尘封"，也是两作者刻意安排的一章，它以外交公函为切入口，重新把东霍洋面大营救推向了当下人们的视野。在历史的叙述中，既有民国政府褒扬的态度，也有不完全的救助者名单，既记述了英国人酬谢的温情活动，又扯开并继续关注日本方面后来面对历史史实的虚伪一面。同时，又以正直正义之辞，面对当下的英美两国，提出了质疑。这一章的结构合理，安排在"历史不会沉没"一章之前，也是合情的。还有第一章最后的第四段和最后一段，前者写挣扎出船舱跳海的英军俘虏，非但没有得到已赶至"里斯本丸"边上的日本军舰的营救，反而被他们开枪射杀。后者写渔民们反用自己的小船赶去营救，"紧急的螺号声，岛峰上扬起了救海难的大旗，渔民们倾岛出动，队队渔船穿风破浪蜂拥而来，东霍洋面上展开了一场空前绝后的大营救，将挣扎在惊涛骇浪中的英俘一个个捞上船头"，形成了强烈的人性对比。

在阅读《东极之光》时，我也注意到了作者的用词。如第一章第六节"英俘求生的拼搏"中，作者在记述英俘几次冲舱拼搏时，也不忘英俘被押船舱的即时心情："一位英兵扶着皮特中校，跟跟跄跄地回到2号舱。他伤在要害，躺在舱板上觉得周身发冷，仿佛灵魂已经凝结成一块坚硬的石头，慢慢地向地底沉坠。他看见了死亡，想起了伦敦附近那个风景如画的小镇，宁静的小河上架着宁静的小桥，白色的教堂尖塔旁的那丛树木掩映着一座简朴的木屋，恍见苍老的母亲正以焦急的眼神，倚在木屋门边翘首望着自己回家，两行苦涩的泪水流过他的嘴唇：'再见了，妈妈！'……"那份凄美和战争的残酷，让长篇报告文学在这里更具有文学性。说到用词，也有一点要引起作者在修改时注意的，譬如书中大量运用从档案和史志中撷取的材料，同时也插入了不少对此历史事件的各种评说。但那些话语，基本上是非文学性的话语，直接放在书中且多次出现，就显得与报告文学的叙事话语不相融合，同时也削弱了本书的文学性。如何将它转换，将是作者思考的新课题。

凄美壮烈与苍白如水

阅读高建斌短篇小说《这样的日子慢慢过》，最令人震撼的是蓝倪这个浸润于戏曲中的人物形象。在一个精神追求处于饥寒交迫 (京剧虞姬的形象日渐被人冷落)，渴望演出又处于极度贫困 (5年未能演出)，这么一个现实的生活状态中，作为戏曲演员的蓝倪，当然是既看不到灿烂的前途，更不容有积极的进取与可喜的收获 (观众戏迷的喝彩与掌声)。火热的爱戏之心被强迫退于舞台的边缘，本来很正常的排戏演戏，竟残酷得一下子变为不可能。而尊重传统、保持中华优秀文化经典又不时噬咬着蓝倪的心。就连身边最亲的人，她的丈夫骆阳，也不时开导式地在她耳边打退堂鼓。这就是渴望成为演虞姬主角的蓝倪的处境，精神与灵魂被砌在坚硬的高墙之中，身跃不过、声飘不出的唱戏的蓝倪。

当这样的叙事为我们拉开了故事的序幕后，作者并没有按俗套去人为地制造曲折离奇、大起大落，或是依第三者故事情节去生发一个新的变形的蓝倪，而是非常深刻地紧扣蓝倪灵魂与精神同步的挣扎，把蓝倪内心世界最深层的东西，放在日常审美化的复杂现状中去做新的艺术处理。我们知道，一个人的灵魂在生活之中的作用，是通过其判断后做出决定，然后在此前提下去付之行动。作者给蓝倪的判断—决定—行动，正是戏曲退至舞台的边缘，蓝倪坚韧之心终于崩溃，在她决定放弃又怀上小孩准备另走生活之路时，忽遇剧团团长让她马上上班重排《霸王别姬》这云开日出的转机。于是，最后的行动就在于蓝倪做出了果断之决定：打掉孩子！在这个"一转身就是虞姬自刎时的动作"，睁眼就是"一股哀怨的刚烈之气"的蓝倪身上，她的意志就是把虞姬演得"凄美壮烈"。作为一个艺术型的女人，能在她心仪的角色上，把她的灵魂与精神完全真诚地交付给她的心仪偶像，这就是最大的人生。而在这里，我们又可深入地看到潜在的作者意志：那就是对传统经典艺术的一种永不动摇的信仰。正由此信仰，他笔下的蓝倪才血肉丰满、令人信服地去做自己勇敢的判断和坚毅的决定；也能让读者自然地想到和看到，蓝倪在如此窘境下做出的出格（跳离俗世的大道）行动，正是为了真正的自我超越。它合乎一个真心地酷爱艺术的演员的本性。当我们看到蓝倪这个形象生发的一系列生活场景：由决定不练功，另谋生路，到为一场虚空的演出打掉孩子；由拒绝去K厅演唱，到去黄红精心安排的包厢唱虞姬，再到"蓝倪：jdj惊情夜及《亲爱的虞姬》首发式"，我们看到的是一个实在的、情感丰富的、追求执着的蓝倪，一个把意志完全融入生活世界，并以追求和梦想企图把不理想的现实过渡，挣扎出满地的陷阱与泥坑，迈向艺术与精神的自由王国的一个现实中的理想者。正是这些理想者，被甚嚣尘上的现实挫败打落得所剩无几。而今天，作者又刻意从生活的深海中为我们打捞上来这么一个"稀世珍品"，让她为我们哭为我们笑，更为我们被金钱麻木的灵魂来个狠狠地刺戳，从而让我们在惊醒中能与蓝倪一起获得重生。作为人的根本存在，作者在这里以艺术形象的高度与深度，为我们再一次提出了人的品质的存在，人的神性的存在这一个生活的哲理。小说的价值，就在于以痛楚告诫我们：人的灵魂不需用彩笔去描绘，而是需要你准确高尚的意志去行动，去做新的创造。有追求才有生活美，这样的生活美才是真正的人的尊严。

一篇小说的成功，还在于以独特的语言去营造具有张力的氛围。《这样的日子慢慢过》做到了。如描述蓝倪对虞姬这个角色的迷恋，在她做出决定放弃，又偶遇正在上演的《霸王别姬》，"她怀着诀别般的心情，走进了剧院。而那气氛立即把她点燃了……虞姬在舞剑，那剑光把那团红色撕成碎片，她能感觉到四处弥漫着的血雾，那种淋漓的喷涌，那种对生的决绝与对死的坦然，那种爱的凄美与情的壮烈，不仅是在演绎一个女人对一个男人的缠绵，还有激越的人生里面那种深切的苍凉，绝望和不可调和的立场"。点燃、舞剑、撕成碎片的红色、血雾、喷涌、生的决绝、死的坦然、爱的凄美、情的壮烈、苍凉、立场，这些动词与场景加上色彩，齐刷刷地为我们交织成了一个立体的环境，它既有客观的，又有主观的，既是艺术的，又是自我的。叙述与故事，也就在这里让读者感受到小说神秘的魅力。如此独特的描写，还在同性恋嗜好的黄红安排的专唱虞姬的包厢里："蓝倪在唱着，她的运眼、运手都不可避免地带着一股鲜活的气息。她像一片上好的茶叶，她在没唱戏的时候是平凡的，蜷曲着的，不显山不露水的，甚至让黄红不会注意到她。可是当她一入戏，她就像遇到了适宜的水，慢慢地舒展了，圆润了，饱满了，展露出清香的底蕴。那情景适合在有风或无风的夜晚，一个人在月下品尝，越品会越有味道。"是的，正是这种深蕴的、只有在适合她的时候才会展露的才艺，才是让老包们"觉得这光芒还是把他给刺疼了"。而同样不去舞台，在让她走向远离舞台的现实生活里，作者娴熟高超又带有诗性的语言，一样会以词语的奇特新颖给我们营造催情的情境："蓝倪的话让骆阳十分感动，他从梯子上跳下来，一把拥住了蓝倪，手里的灰桶倒地，洒了一地。在满屋子的纸屑与废木料中，他充满激情地亲吻她。她仰着脖颈，感到他的嘴唇在热烈地游走，像一把利剑在把她的生活割裂开来，一半留给她的理想——虞姬，一半留给现实。她知道虞姬将永远成为她的一个梦想。她今后的生活，便与这些琐碎的纸屑一样布满她的心田时，她的泪水喷涌而出。"

有时候，含蓄新颖的用词，却是作品与读者审美阅读之间的桥梁。它既有小说写作上技术的含量，也有作品作为艺术的内在质地。这一点，只有成熟的作家才能自然自由地做到，而高建斌在《这样的日子慢慢过》里，也做到了。尤为典型的一例，是他在描写骆阳为蓝倪退出江湖"补偿"给她的床上戏："他不由分说地抱起她，回到他们的床上。这一次也许是骆阳发挥得最完美的一次，他整个身心都似乎得到滋润，他饱满得像雨后的春笋，不顾一切地脱颖而出，让蓝倪看到了一个全新的早晨……"极其含蓄的形象又有着新颖比喻的用词，包蕴着巨大的张力，非常酣畅淋漓又跳出俗套的叙述，留给我们的是鲜净清新中的怦怦心跳。

说到新颖与奇特的刻画，我们又可在高建斌先生的另一个短篇《落差》中看到。作为一个女人，王林为什么在镜子前看自己一丝不挂的身子，会有"她的身体对她自己来说也是陌生的"，因为她的同居的男朋友出国后，"日子就在分离中变得苍白如水"，因为"自从男朋友出国后，她开始冷淡自己"。这就是《落差》中的女主角，比起《这样的日子慢慢过》，它没那么多枝枝丫丫，没那么多纠结曲折。然而，就在这貌似素描般的短篇里，我们无论是从作者的单刀直入，还是女主人公的生活的直接现场解剖，都会看到简单之中夹杂起伏的复杂变化。因为"一个人生活"，所以似暗潜的水流一样，在起平常生活不易觉察的变化，虽然表面依旧，但内在变异却着实不易掌控。一个简单的情人节，一个简单的老情人约会，也是一个简单的动作，然而，富有意味富有寓意的，虽然两个人同时"滑入更深的黑暗里"，但王林在黑夜里寻到了白天的光——她"闻到了树叶散发出来的香味"。而王一平——她的旧情人，"闻不到，可能压根儿就没有"。这是作者的艺术巧妙，更是人与人之间生活内质的差别！所以，当自在的欲望将两人拉近，当异性的感觉把干柴点燃，干柴的王林反会突然惊觉："他的胸脯很宽大，但怎么就那么荒凉呢？"宽大——荒凉，这两个关键词，就像一首诗的诗眼，把整篇小说一下子从平常中拉升到一个高的品位，也把《落差》这个主题艺术鲜活地点明了出来。

《这样的日子慢慢过》与《落差》，均是作者关注底层生活，平常百姓的叙事，它没有高大的理想框架和厚重的伦理说教，也不让绝对的平庸与琐碎进入文学。它刻画的主人公，面对生活的曲折诉说不平，并不博求读者的同情与泪水，或者以一个单身独处女人的艳情，来排遣某些无聊眼光的色欲，他只是用心真实地记录那些揪心的纠结，用纯真客观而不是完美地去叙述一个太平常的故事。作者的笔像一只兔子在地下奔跑，但小说的神却似一条龙在天上腾起。

小说记录了作者对生活的态度。它告诉我们，有时，天堂里吹来的风，到人间也许就是一场暴雨。从这一点而论，两篇小说似乎更接近于文学的本质。

社会新变中的天地踪迹

阅读陆原的《苍鹰在天》小说集，仿佛是上天把我从一个阴霾的冬天带到了阳光灿烂的春天，掸去那些厚厚的带着潮气的东西，让我重新回到热情与激情相互摩擦的年代，也如阳光照亮了生命列车过后被遗忘的角落，它拉着我亲着我又鼓动着我，让昔日风干的生活重新被灌注滋润，让过于被快节奏生活削平变瘦的思想与情感，重新因激活而丰富起来，红润起来。

《苍鹰在天》讲的是一个平常人的故事，他并没有飞得像苍鹰一样豪迈高远，更没高高在上俯视和嘲弄人间的陋事笑料。林森木，只是一个过着大半地狱小半天堂生活的人，一个在改革开放中赶上经济大潮，终于能够像样生活的人。然而，由于昔日的理想、冲劲及能力，加上多舛的命途，让他不该遭受却又偏偏遭受了过多的苦难，致使他及全家人的心里，对生他养他的这块土地埋入了深深的恐惧、积怨和仇恨。"富有对贫困的歧视，优越环境里的人对恶劣环境里的人的歧视"，在城里人歧视乡下人、乡下人歧视山里人的"地域歧视"中，让林森木与罗仙妹都具有了一种强烈的逆反性格。作者白描式写了林森木人生两件大事：一是婚姻，初恋情人罗仙妹为他殉情而死，第一任妻子为林森木去留在村的问题自寻短见；二是事业，带头承包小水电站被清扫，办起制碗厂有了好前程，又因村与村的宗族之斗而被砸厂毁屋，丢失了基本生存权。就这么一个能人，也是这么一个容易被欺侮的人，总算皇天不负有心人，让他离开乡村到镇上打工，而后成了企业家。这本是一个圆满的结局，当然也是一个平俗的结尾。幸好聪明的作者并没有落入这个传统的圈套，而是向林森木发难，当然也是向自己发难：让村里最与他为难的三个仇人的后代前来向他负荆请罪，并要他回去竞选村民委员会主任！好个"回去"，好个"竞选"，短短一个情景，两个词句，三个人的出现，一下子把整篇小说推向了悠远的纵深，同时也把前面的故事变得更有价值起来。著名法文翻译家何碧玉说得好，"文学作品的价值不能依附于别的东西"。是的，作者正是将故事中的主角依旧置于新的突发浪尖上，作者也将小说陷入一个永不满足的状态下，让读者与自己双向走入一个不断改变或不断在可能会改变的情景，让我们觉得这个世界永远不会让人满足，这个世界也让人永远不会自我满足，使我们读着读着便会在最后觉得，这个小说开始可能是贫血的叙述与笨拙的白描，但它又在逐渐改变和改善，最后走向成熟和耐人寻味。

值得刮目相看的是，作者非常有意思、有思想的另一篇反讽小说《美丽的飨宴》。煮不死的虫大量出现在人们的饭碗里，成群的蚊子带着B52型的威力大肆进攻村民，直至吞噬人的生命。自然生态与人的失衡，导致了超越人之常规思维的范畴，当然更是突围了以往生态环境的天然界限。作者以一个小山村为背景，为我们展示了一幅人在自身利益的驱使下进行杀蛇杀青蛙等灭绝性行为的图景。看似是一篇荒诞派的小说，事实却正是人们自身的行为比荒诞派小说中的故事演绎得更荒诞，所以才会有了这些看似荒诞其实是由人们的道德水准与价值立场低于生活而导致自然生态失衡的行为，当然这些最终会必然给人带来真实的祸害。作者是在借用荒诞的手法，还现实世界一个可以预见的可怕前景。这是一种警示，是作者站在艺术高于生活的审美高度向读者展示的一份精神宣言。

在我们现实的世界里，不缺乏的是光怪陆离的种种现象；在我们的现实世界里，缺乏的偏偏又是能将光怪陆离现象背后深潜的东西托起，让人们能够从中得到比现实的现象更为深刻的感受。文学中的小说，恰恰是最能做到这一点的一种文学形式。《身体的记忆》便是一个较好的例证。"浪"的张素花，健美的张素花，充满诱惑力与魅力的张素花，这是张素花自大姑娘到中年妇女一直保持着"优秀传统"的独特优势。然而，偏偏世道坎坷与命运曲折全赖到了她的身上。我在这篇小说中注意到的是，作者匠心独运地把女主人公张素花刻画成了一个真正的小说的人，即王安忆所说的"异质的人"。她的异质在于尽管父母之命在先，她仍主动约了已有相好的孙木匠，在大樟树下野合。为了能达到与孙木匠结婚成家的意愿，她又别出心裁地让孙木匠跟着自己去有"悠悠"土匪历史的望海尖自作主张地上门退婚。孙木匠意外死亡，她又主动找回数十年前曾亲过她一口的王朝岩合家。最后，由于张素花的"异质"又产生意外——碰着了曾经剥光了她又揉摸过她，但最终没能再怎么她的望海尖上的"匪孙"春望。令"异质"生光的是作者奇思妙想的结尾的一笔：当年张素花上门退婚被灌醉后，被赤身裸体捆绑在春望的眼前，今日的春望亦在张素花的劝酒醉倒后被赤身裸体地捆绑在张素花的眼前："素花把春望捆好后，站在床前看着赤身裸体的春望，不禁悲从中来。""她找了一根棍子想打春望，举了几次下不了手，最后扑在春望的胸膛上哭了起来。"奇妙的结局，奇特的构思，身体记忆中的仇恨夹着潜在的渴望的历史，如今在一腔泪水中化为玉帛，化为情潮，化为一曲不再跑调的歌……《身体的记忆》为我们创造了一个比现实更大的心灵世界。

与《身体的记忆》合拍的，还有《无常的日子》，通过张三为参与特大新闻的拍摄而欲在电视上露脸，继而能繁荣自己照相馆的生意，到因拍了死人与死尸解剖的整个场景，让人们一下子联想到他的相机"倒霉"的迷信种种（被他拍的都要成死人，都是死人等等），由此引出昔日生意火红、今日冷落倒闭的张三照相馆令人忍俊不禁的一幕。它辛辣地告诉我们，原来生活是如此的诡异，通过小说，我们认识到生活的另一种——原来期待与现实是两回事，理想并不总是美好的，因为生活中往往一加一并不等于二。而小说更深一层的含义，还在于隐隐约约地批判着一种世相：做人，你不要太尖。太尖，生活的刺往往就会戳中你自己，让你流血，甚至让你残疾，像马里奥·马尔加斯·略萨说的，"文学使人们得以面对现实的残酷"。

也许如今的80后90后，会看不懂《冬阳如血》。好端端一个文静漂亮又说得一口标准普通话的语文老师王素珍，为什么也会像乡下没文化没见识的姑娘媳妇那样，一碰上事就跳了枫溪潭。她不但能说会道，又见过大世面，是大城市里来的上海姑娘，怎么会怕一个山村土霸吴全鸿？大胆跟他斗不就是了。再说，斗不过他，也有三十六计走为上计呀。这是道理，可现实生活有时就不买这些道理的账！作者有意在小说集中安排这么一个故事，我想既是为了批判那个不讲理的年代而立此存照，更是为了敦促年轻一代，要更加珍惜今天生活的宽容、顺畅、和平与法制。

最后，必须要说的是，《桃花坪轶事》是《苍鹰在天》小说集中写得最好的一篇小说。在这篇小说里，作者开始注意到了细节的精加工（杀黄虎送狗肉），同时对于人物的刻画也有了更为精心雕琢的加工。令人特别振奋的是，作者紧密联系当下城镇化的情况，非常刻意地留心到了农村在这一进程下的深刻变化，并能在这变化中安插往往为人忽略的年轻农村人在干什么的情节。在很多人的印象中，农村的青年往往就是进城打工的代名词，而在《桃花坪轶事》中，学业有成的大学生郑胜男成了作者笔下一个新的典型人物，作者把郑胜男推到竞选村民委员会主任的风口浪尖，并以"识时、胆气、度量"把她树立在当代中国乡村的桃花坪上，成其回归农村、扎根农村、发展农村的有理想一代。须知理想与信仰在我们这个时代，基本已被快节奏生活与经济为上的世界所推远和湮没，而作者勇敢地扯起审美主义的理想大旗，张扬人生崇高壮丽的创业信仰，为人们陷落平庸的思想再次敲响了审美与价值的警钟。《桃花坪轶事》故事结构紧凑，情节起伏悬宕，人物形象各具特色，语言顺畅，且坚强有力。特别发人深省的是，作者在小说里向一切漂泊在外的农村青年，指出了一种生活方式。人生、社会、政治、时代，我们面对的当然是一幅五彩缤纷的生活图景，但我们的选择却往往被五彩缤纷的外相所迷惑所困扰，《桃花坪轶事》仿佛是一支清凉剂，让我们发烫的印堂和迷雾的目光有所改善。《桃花坪轶事》同时也会让我们思考自己与整个世界，我们应该要有不满足，也应该要有不顺流的眼光。这篇小说的价值，就在于更深层次的批判精神上，它是对贾仁益类思维的批判，也是对郑胜男类的挑战。这是戏剧性的，它更是批判性的。改变，是它的关键词。

陆原先生是浙江省写散文与报告文学有影响的作家，想不到小说也不落下他。希望陆原先生在《苍鹰在天》之后，能继续这份执着，以语言的新巧、结构的诡异、故事的提炼及形式的变幻让作品更具小说性，也就可望像他的散文与报告文学那样，能成其在浙江省产生大的影响。

生命嫁接

在中国当代文学创作中,写农村中青年改革创业,有的甚至放弃城市生活,再返故乡创业的小说,已不鲜见。然写一个曾经作为城市知识青年下乡到农村暂栖几年,返城后在安度晚年时又返回曾经下乡的农村,以全身心地投入去为该村创业的小说,却还较少见。周建新的长篇小说《红豆杉旁的泥屋》(浙江工商大学出版社 2017 年 6 月版),便以这种独特的题材独特的视角,让已经在红豆杉旁消逝了三十五年的黄梦怡,以一个曾经的知青、现在的城市退休者、为丈夫治病的护理等多重身份的角色,把一个"社会存在者"的继续发展"存在"的故事。以多向度的叙事,为我们塑造了一个可以信赖的、在现实生活中常进不歇、日常生活中屡屡受挫又决不后退的要强者,这么一个血肉丰满、永远在路上的当代女性形象。同时也以现实农村中如何脱贫致富为指向,让作者自我以写作的自觉意识与进入主人公生命之内的创作审美,抵达到了当代长篇小说作品创作高峰的山脚下。

《红豆杉旁的泥屋》不是通过重新建构记忆去描述乡村的种种,而是通过主人公黄梦怡穿越了自己生命的记忆,以行进中的快板,重新建构一个值得未来历史记忆的改革创新创业的场景。作者首先非常睿智地把黄梦怡只当一个极其普通,又为着极其个人化的目的——为患肺癌的丈夫,到乡下作清纯空气深呼吸的治疗而来的退休妇女的身份去走近红豆杉,而且是几十年与这乡村不曾有过往来,只是为了治病出此下策的黄梦怡。但当这个人物一进入红岭村,她的思想即发生了变化,她的情感旋即也由昔年的记忆而激起了比当年当知青时更为冲动又更为成熟的创业热情。正是在这样红岭村非我又是我的场景下,作者把人物与故事情节放入了一个具有超常意义的新意之中。

在阅读当代西方小说家卡夫卡、博尔赫斯、马尔克斯等经典作品后,当代不少作家的创作心态与创作手法,正自觉与不自觉地朝着他们曾经的路子去做大量的摹写,有的甚至已不可自拔。也有的作家,除了陷入过度的自恋、情绪化的写作，也在不断演绎一个又一个城市焦虑症的类同角色，而让不少读者为之迷茫，不少评论者为之焦虑。也就在这当口，作家周建新却是个明白人，作为身处大山里的作家，他明白他应该怎样写，他应该去写什么对自己来说才更重要。选择《红豆杉旁的泥屋》，正是乡土写真与作家生命体验二者结合相融的最佳方式。所以，一个故事，两场斗争（一是与自然的改造与争取，一是与乡村人中落后自私代表人物的斗争），然后回归一个中心：以日常细节化的故事叙说，最后让生活与改革创业进程中发展的必然性，推出了乡村民主管理的自治方式，这不啻是在众多长篇中不可多得地留下了历史性的一笔。而且，在这里，整个小说的审美维度，又纯化为大道至简——就想让红岭村走出贫困，主人公黄梦怡也就这么一个信念。这是小说整个篇幅的中心，也是作者以一个接一个故事的生成与发展中的好读，让小说有了自己的目标走向：它以红豆杉这棵有着五百年历史的奇树为意象，在故事发展中不断滋生不同的场景，让阅读者在这起伏跌宕的场景中积极参与着生发的种种，无论是竹林养小鸡的被野兽奇袭的场景，还是村支书刘太顺暗中举报招致森林警察的现场突击检查与处罚，还有小学校舍的争夺风波，以及刘炳财的从前与现在大相径庭的表现，等等。那些经由故事与出现的不少片段的场景，共同交织起了红岭村与黄梦怡及其四姐妹们的创业时空关系，且又在由一个又一个新问题出现而带来快节奏的叙事中，把红岭村作为大兴乡村旅游之前奏的昨天的代表性的人与事、物与象，均在这历史的进程中呈现出活灵活现的扣人心弦的状态，又让在这物象之中的人的内心世界与精神境界，有了更为形象与真实的写照。

　　不能不提作者的一些写作手法与用语。如小说开头"红岭村已今非昔比了，当年好多泥墙瓦房或茅草屋都变成两层或三层的楼房了。但楼房挺难看的，想必建楼房的村民没等房子完全建好，老底便掏空了，连粉刷外墙的钱也拿不出，所以满眼都像剥了皮的怪兽——一幢幢楼房都是赤膊墙"。这样一描写，既和主人公黄梦怡未曾意识的未来相合拍，又与"时隔三十五年，杭州老知青黄梦怡突然回红岭村了"的描述共对应，且直奔主题，非常直接地呈现出在脱贫致富前夜的乡村，虽说已身处改革开放奔小康的旅程，但依旧有不尽的苦衷与无奈的软肋，为后面情节的展开埋下了伏笔。紧接着，当黄梦怡想会会三十五年前熟悉的大婶大妈和小姐妹们，"她也和这个村子一样，今非昔比了"。还有，"孩子们都送到镇上去念书了，村里只剩留守家园的老茄子和老丝瓜了"。当黄梦怡来到桂花婶家，她昔年居住的那间靠近红豆杉的小屋时，"板壁上糊着的报纸依然在……'那幅让她百看不厌'的杨子荣的宣传画依然在……只是一角脱落下来，但清晰可见杨子荣瞪着的两只炯炯有神的大眼，仿佛在责问她为何一去杳如黄鹤，狠心地将他抛弃"。作者没有用过多的笔墨去复述为什么，而只是"今非昔比"，"留守家园的老茄子和老丝瓜"，"旧报纸"与"杨子荣瞪着的两只炯炯有神的大眼"，那些绝不是干巴巴的历史的陈迹，而是渗透着人与事物、生命与历史的见证，是有着怎样也抹不去的血肉的记忆在新场景下的一次异味的簇拥。主人公的精神，阅读者的精神，就在这样一些词语中开始了各自的奔走与寻思。

作者在客观描写中着意小说结构的技巧，使小说有了丰富的层次感。如杨俊华听了黄梦怡之说，天真地以为红岭村是个天堂一般美好的森林氧吧，但到了这边一看，手机没信号，电视看不了，满村猪尿味，每条路上都有鸡屎，且蚊蝇乱飞。来调研的冯倩倩夫妇在第二天清晨，走出村子准备呼吸清新空气享受红岭村的自然恩赐时，她丈夫朱水光"一不小心中招了，一脚踩在鹅粪上"。这与"景色如画，青山绿水"的美景呈现出夫妻俩卖掉杭州城里房屋，到乡下来定居的最大矛盾，也给计划搞旅游开发的"大经理"朱水光一记现实的重重耳光。但也恰恰是这个大矛盾重耳光，才使黄梦怡有了一个全新的小说主人公的形象，也让作者周建新有了这部成功的小说。若说技巧，也就是作者巧妙地在故事叙事结构中安插了三个跌宕起伏的情节。一是促使黄梦怡能够乘势前行的几个关键点上出现的人物，如办高山蔬菜基地要找大买家，杭州蔬菜大老板冯倩倩，恰是她前夫的妹妹。还有她的创业开始要找的两个关键人物，都是昔年追求过她的男人：老局长柴骁勇，红岭村土皇帝刘太顺。这无疑给小说的阅读带来了悬宕效果。二是成立合作社原本想让毛友娟上去，但唱票结果却让黄梦怡上了，这样的意外，既符合事物发展的规律，又给小说增添了情趣。三是龙潭风情建设工程近尾声，必须引进人才进行管理时，杨若男——其实是黄梦怡的女儿杨俏燕意外地闯入了她这支队伍，杨俏燕作为黄梦怡女儿，在红岭村开发建设中的呈现，也可说是黄梦怡于红岭村建设的二度加入。它像红豆杉一样，有着深刻的寓意。

不过，在小说的叙事与结构中，我们也看到了小说结尾时的程式化，并且若在其中再有桂花婶去做上门女婿的儿子，风闻到红岭村的发展，他又欲来与黄梦怡争夺自己母亲的房屋这样的情节，则小说与人物就会更加地深入化。

自然，提到红豆杉，就不能不说它的五百年树龄以及这个不患癌症乡村的神秘性与神奇魅力。"可听老辈人说五百年的红豆杉已成精了，它身旁的泥墙不能动，动就伤了红豆杉的精气，会遭报应的……"这既是与人类密切相关的信仰的意识，也是与人类生死攸关的哲学思考。其实，贯穿一个生命进程的每个阶段中，都会有一种信仰意识的生成，而于红岭村及村民而言，是红豆杉，特别是这棵具有五百年树龄的红豆杉。在它旁边的泥墙，其实正是老百姓的化身，人与自然物在大自然中是共融的：拆了墙，红豆杉就伤了精气；有了墙，红豆杉会渐渐成精,这正是人与自然的关系所在。而它带给我们的思考,既是现象上的,更是心灵上的。人会生病,人更会老,直至走向死亡。但人又一代传一代,生生不息。这就成了泥墙下的红豆杉和红豆杉下的泥墙这么一种互存共生的关系,而要维护我们良好的生活质量和未来,就是要让红豆杉与泥墙,永远和谐地生活相处下去。这恰恰又成了一种文化,或者说是红岭村的文化——正是依靠这种文化,让作者在小说中有了更大的回旋余地和思考空间,也使小说本身有了更大程度上的枝繁叶茂。红豆杉的坚韧,红豆杉精神的招人之处,红豆杉不可预测的利好的未来;泥墙坚守,泥墙的安宁质朴,泥墙的老人的处世哲学……它会让我们继续穿越时光隧道,去思考自己与这个世界更新的走向。就这一点而言,《红豆杉旁的泥屋》让我看到了红岭村及其村民,也许更是中国众多山村与村民,在现代化进程中的自我生存方式与自我尊严,同时也让我们看到了更多基层作者写作会如何走得更高更远。

在时间的阶梯上

好的诗,在时间的阶梯上,每一层都会闪出不同的光来,读浙江诗人张德强的诗就会有这样的感觉。

在历史与现实之间,诗人思考时,往往又会加以灵魂的拷问,让诗句发出现实生活中的质疑声音而一路向前,这是《时光的姿势》中的特点。"掉进水里的一个月亮/让你明媚之笑/照亮了我幽暗的苔壁",这绝不是一种悠闲,而是以幽暗反省着"掉"的行动。于是,"你只知道我很深沉/且有点冷/却从来不注意我的涟漪/也曾含蓄地激动过/当你探身打捞自己的/倒影时"。是的,深沉有各种缘由以及不同的评判标准,但阴冷与倒影似乎是可以联系起来的。诗人在这里要突出的是"涟漪","仅仅拥有这么一小片天空/我也满足了",动与观,后者一定是美学审视的双向性——这样,"只要每天都能有一幅/你汲水的姿势图/无论什么季节/我的等待总是恒温的"(《心井》①)。对于读者而言,理解的视域就会更宽阔,它是爱情的,也是生活的;它是理想的,也是政治的。温婉、阴柔,没有丝毫的大声呐喊,却神奇般地在迸发一种力量。这样的诗学精神的体现,一定有着诗人的理由,且看另一首诗《多么虚伪的河水》:"多么虚伪的河水/像高血脂病人的一条静脉/在脂肪的城市内流淌。"这是因为,河还是那条河,但河分明又不是那条河,"问津农贸市场/没有哪种蔬菜不曾撒谎",这岂不是平民百姓每天面对生活的恐慌。可河水还在微笑着流——"原汁原味的生活/已经远离而去/只剩下我昨日的记忆与奢望"。这绝不是等闲之辈仅仅在打捞着回忆,这是诗的尖刺在刺戳已经铁板般坚固的丑像,是正直之心面对恶行的又一次讨伐。所以,诗人会果断喊出:"一首诗的疼痛/是灵魂的疼痛/几乎每一行诗都在痉挛/面对残酷的生态/你不得不忍耐/弯腰抚摸被忧患击中的伤口。"对现实世界的深切关注,也即我们常常挂在嘴边的人文情怀,在诗中自然

---

① 张德强:《时间的姿势》,浙江文艺出版社 2007 年版。本文中其他诗歌均出自本诗集。

溢出而激越不停:"那些血/越来越多地淤积在语言的皮肤下/形成青紫色的肿块。"(《一首诗的疼痛》)在这里,诗人并没有逃避,也不虚饰自己。是的,一般人,在残酷的生态现实中,只能似青紫般肿块做出反应,但诗人让我们与文字再次相遇时,我们看到的却又分明不只是被动的抱怨,而是"沿着时间的裂缝/我们重新布置生活"——这不正是当下的"五水共治"和久违的但又可以再见了的蓝天白云吗?"在废墟上下棋/破坏与毁灭的仅仅是一种形式/精神的新颖建构/已把握在你我的手指间。"(《在废墟上下棋》)自信中充满着期待,这就是诗人对于时间对于生活对于未来的姿势。

诗性的语言,总是让多重的姿态行进在诗歌的驿道上。张德强的诗性语言,也以非随众的脱俗语言写着他的诗。"我不想从一根远古的头发/去猜测岁月谜语。"(《考古发现》)"悬挂在棉株上的那些风铃/始终缄默着/声音被紧紧包裹于内/在阳光下酝酿成洁白的梦。"这不是在兜语言的圈子,而是诗人的诗性漫步。"何时才能倾情絮语/如万里云彩连绵不断",心声已经出来,然在结束这首诗时,诗人话锋一转,"纺织或者裁剪/却属于往后的日子/棉桃只是天真烂漫的童年"。看,这首《尚未打开的棉桃》,让我们见识诗人的心与眼光,聚焦的不是它的作用与功能,不像平时所宣传的那样,它能怎样怎样,它又造福于谁谁谁,而只关注棉桃的童年,而且是"天真烂漫",这个修饰词对于诗人来说非常重要,简直就是挑开了诗的灵性,它"被土地宠爱/任轻风抚弄"。自然的现象,我们的眼前只往往是一瞬间的事,然在诗人的眼里,它就是历史,就是一个被定格了的温馨的,充满生机又无忧虑的时光世界。它不只是记忆,更是一份珍视,一种回归性的追求。因此,这里的童年,不再是吉光片羽或短时瞬闪,而是我们在时间的生活长河中,久经磨难之后的一种意念的坚守与寄予更深层次的期待,至少对于我们的后一辈,是一种良心的祈福。这样的童年,这样的"被土地宠爱""任轻风抚弄",在茫茫人海中,在纷繁世事里,难道我们不正在期盼着这样纯情的生活吗?所以,诗人张德强的这首《尚未打开的棉桃》,可说是他在时间的姿势中,以诗性精神在竭力追求中的一种活的生动的心灵姿态,是他创作诗歌的审美精神的一种艺术呈现。因为"这一个",诗人的"心在旷野了"(《办公室内的野外》)。

用词的凝练,也是诗人的一份追求。在《海边诗六首》里,他将"一滴江南的水/滑入北方的一片蔚蓝中","任阳光的舌头/把我的皮肤舔得殷红"(《海浴》)。滑与舔,骤然增加了诗歌结构中的动感。而在《搁在女人大腿上的琵琶》中,为了演绎弹琵琶的姿势,他让"五匹马在上/沿着台阶踱步/五匹马在下/在琴弦上弹跳驰骋",一慢一快,一张一弛,加深了形象的浓度。更让人拍案叫绝的,是《站起来的水多么健美》,"惯于平躺的水/突然直立而起/以飞瀑跳跃的形式/展示风采"。"直立",无疑是诗人创新的另一审美视角,它让水在有了宽度的前提下，又有了高度。

在诗人张德强的另一本诗集《心灵瑜伽》①中，我们又看到了他更趋成熟的诗艺与更为高远的创作视角。在《倾诉》一辑里，最为突出的有《空镜子》《以穷人的方式》《诗人之死》《朗读者》四首诗。说"最为突出"，也即俗称"优秀好诗"。在《空镜子》里，诗人通过"窥探""走进""面对"和"蒙沙"，营造了一个似是而非但绝对深沉多情的她。而当你关注并主动去试图理解她时，便是"举手投足间你细微的改变/包括内心的纠结/眉宇滚过的雷中，嘴角飘出的叶/都逃不出她织就的网"。这是诗的含蓄与深切，也是生活的深邃与迷离。在《以穷人的方式》里，诗人平实得像菜场摊主般娓娓道来，却又分明指时尚与无可奈何的生活状态，是小康生活下的一束投影，也是生活哲理的一份大众谱牒："因为富裕，所以知足/因为简朴实在/所以平和宁静。"与以上两组诗不同的是《诗人之死》。默默地走了，没留下一句遗言，让活着的诗人有了自己的想法："远离痛苦，远离纠结/飞越了囚禁思想的重重栅栏。"但诗人的走让活着的诗人更能看到他，那就是"呵，水中的瓷片多么锋利/切刻着岁月"，这正是诗人张德强的独特。于《朗读者》，不仅仅展现了作为诗人的张德强在扮演着诗膜拜者的角色（沈泽宜先生的评介，见诗集序言），更在于把朗读置换成一个画面和一份动态加味觉的另一番风景："使节奏模糊/语调也泛着蜜蜜的光泽。"第二段以试设的"胴体"的意象，细腻地描绘着声音与节奏在语词之间更能产生出来的美的形体，仿佛是幻觉主义者在一片风景中滋生的更美的世界和更丰富的想象中流淌的多彩的层面。第三段则以更深入的叩探，追究着汉语世界无比美妙的拼凑和构造，剖析着同时又直接感受着声音与诵读者姿势（如眼神、身躯微动、脸色变化等），可能会带你进入的一个既是胴体的酣畅又胜过胴体的那种美妙。所谓引人入胜和神魂颠倒，用在这里是最恰当不过了——这就是朗读和朗读者的魅力。所以，"朗读是愉悦的"，诗人说。诗人最后还说，"恰如水珠沿着她的曲线滑落"，初看以为这是胴体的世界，但细究它其实更是精神的享受，在美妙的朗读中，声与腔，内容与形式，齐齐地如水珠沿着曲线滑落；诗的世界，正是在这样的魔幻境界中，让诗人和朗读者们着迷！当然，《心灵瑜伽》中分量更重的是几组具社会担当，又对现实做更深沉的思考与批判的诗。"一座城市整个儿就是/一个大工地"，《没完没了的工程》一开头，就对城市几乎每日每月都在挖地开建的现象，进行了深度的思考。城市的品质好坏，在于能让居住者有一个静谧温馨的宜居环境，整日连年的大工地状态，对市民又意味着什么呢，这应该是管理者在建设规划中应予以高度重视的一个现实问题。

---

① 张德强：《心灵的瑜伽》，上海文艺出版社 2012 年版。

"在争辩和质疑声里/城市一次次怀孕/生育的孩子向近邻更远郊",还有"疯狂的黄沙车""断头路与烂尾楼",这一切,莫不在呼吁管理与建设者在"城市让生活更美好"的追求中,必须更要有文明的意识与建设的策略。在《春运的表情:归心似箭》里,诗人叙述的角度不是表象,而更关注内心。"长长的曲曲弯弯的队伍/长长的等候,长长的期盼/弯弯曲曲的长长的乡愁",对应的是"目光散射着焦急与无奈/脸上写满了疲惫与憔悴"。纵眼望去,"检票候车的长椅上早已坐满/身旁堆积着大大小小的行李",而此时,"列车晚点的广播声一遍遍响起"。诗人不无动情地说:"靠在行李上小憩一会吧。"此时,"临时搭建的候车大棚的缝隙间/有冻雨和雪粒在飘落,飘落……"情景交融的诗的世界,在这里交响般的叙述,正是孕育着一种巨大的文明警示。

这样,我们就不由得想到了《体悟》一辑中的《仰望》:"在埋头躬耕的间歇/有时候/我们需要仰望。"也想到了"但你的脚印/永远无法超越自己的身影"(《逆光》)。但我们毫不气馁,反而更加奋勇向前:"好在总有一些手稿/印记着他曾经的执着。"(《时间之镜》)那就让我们回到纯朴吧。在《献血的打工妹》里,三个趁放假一天游西湖的打工妹,见到献血车毅然决然上去一起献血:"面对医生赞许的目光/女孩慌得红了脸/轻声问:/我的血真能救人性命吗?"娃哈哈的农夫山泉是"有点甜",但送水的车被偷走了;从西部山区来的保洁员大妈,在胆怯与慌乱中又产生疑问了,"爱干净的城里人喜欢制造垃圾",这是为什么;小区保安是部队转业兵,现在,他"成为公寓的守望者","五年了一张暂住证/结束了一段流浪的青春"。这其实正如诗人在《梅花三弄》里所说的:"花蕊细密,刺绣着/一份生命的秘密。"因为,"我无法把握我的针/——尖尖的竹筏",只能"把闲话系于两岸的芦苇叶",是"生命里总得有某些段落"(《漂流的心境》)。如此的纵横捭阖,我们不由得再回过头来看时间,"时间是多么光滑/像一匹丝绸飘逸而去",而"我的掌纹如同叶脉/勾画一生传奇/密布命运之网/像一匹丝绸飘逸而去/时间多么光滑"。(《时间多么光滑》)是呀,不管是《时间的姿势》,还是《心灵瑜伽》,诗人张德强都为我们作了生命的抒情,生活的关注,深情的寄托与现实的批判。

> 一瞬的美艳
> 等于一生的美艳
> 竟能倾国倾城
> 足矣
> 　　　　——《焰火》

引爆的生命,就这样在诗的时空里熠熠生辉。

我来，是因为诗歌

　　读《桅顶上的眼》，看到诗人云其既在"寻找着自己"，又在"寻找那一片激情燃烧的海洋"。这是诗人与读者双向互动的审美，更是诗意的桅顶引着阅读的眼光，走回昨日的梦，重圆历史的梦。

　　在历史中穿行的诗人，首先以《领海线》的姿态，向我们直述了一个"纵然有阳光下的弥合/我仍记着被切割的断裂声"的海与诗人、与历史的昨天。这首诗与众不同之处，在于第9节："我呼喊着，我期待着/就像大雨来临前剧烈躁动的云天/我的爱，躁动在心底/春的使者——快乐的云雀哟。/在我身后复苏的森林中飞来/在白云和绿浪之间/在阳光与云霭之间/煽动着充满信心的羽翼。"若单就此段而论，是一段平常的抒情，但若从第1段读至第8段，再读此段，则就完全可以从另一个平面去诠释：它是面对战争、兵械及保卫行为的华丽转身，诗人的呼喊、躁动，诗人身后被复苏的森林，由复苏了的森林中飞出的云雀，都以真正的人性与权利喊出了属于自己的爱。虽然，它可能只能隐藏在深深的海底，但爱的内在的力量却是大海巨浪与天空暴雨都无法去阻挡的云雀。是的，只是一只小小的云雀，但它有爱，有自由的翅膀，更有百折不挠追求的精神，所以它能"在白云和绿浪之间/在阳光和云霭之间"挥洒它的真情大爱。这也可是一种心境，与其他无关。与此相呼应的是《台风季节》："在台风季节我们学会了抽辣嘴的廉价烟/学会了怎样将纯酒精调成威士忌/也学会了发很大的脾气/我们也发生了一些稀奇古怪的想法/——和台风手拉手去联欢，跳跳集体舞/我们很想一起唱唱歌/我们甚至想为发电厂，和台风/达成某种契约或签订协议。"这就是诗人在台风里与众不同的思路。与众不同，还可见于《冬天》："只有在冬天才能感受恩赐，才能感受/你飘雪的伤害也有某种难言的湿润。"在给意境一分为二的时候，诗人又突然笔锋一转，"我突然想到我是为冬天而来到这世上的/那些不曾注意的屋檐，天井和窗棂/亲切的阳光呵，终于让我看清"。而同时，"房舍的灯，煤铲炉和旧信，这些/属于冬天的事物紧贴着我的胸口/把我变成一朵开败的花朵"。瞬间,多层的蕴意又生出一个奇特的意象,让我们面对生命的冬天,感知人类又多了一层两难的诗意诠释。当然,诗的结尾"冬天啊,我心永恒"写得太匆忙,把整首诗给破坏了,否则,它应该是诗集中最好的一首诗。

每个诗人都会有自己独特的气质在诗里行间穿行,我们看到"蓝天鸽从我们的蓝披肩起飞/蓝天鸽要飞向蓝天要飞向/燃烧的蓝眼睛"。这是心情与希望的寄托,也是在骚动之中飞翔的青春。因为有傲视的领海线,所以"我们的目光因此省略风暴/省略波浪省略那种难以名状的寂寞"。独特的气质雄鹰般地翱翔,被它抛落的,只是与浪沫一起随葬的俗泪。因为诗人的气概是"大陆沉寂/只有我的血液在辽阔地喧响"。

云其的诗,又是多元的,优雅、浪漫、激越、冷傲……呈现着一诗多元的走向。如该诗集中的佳作《今夜有十一级大风》,先以诗意与辩证写出"在种植太阳与月亮/种植灯标与岛屿的蓝土地上/也种植了他们这些水兵"。而后,在"等待的时间被卷进纸烟/被火柴重重地点燃"时,又"该计算的都已反复计算过/未被计算的起航后就要受到计算"。在这般几乎与暴风雨来的可怕寂静一起凝固了的时空,诗人却又转过来轻轻地舒缓表达说:"不需要用这剩余的时间来写决心/或者做一只蜡封的漂流瓶装今夜的风暴。"坦然,是的,很坦然,因为"相思的天空永驻风暴的漩涡",经久的历练后已不会再产生奇怪与惊恐。倒是诗意,出自诗人之美的诗意,真乃石破天惊:"也许,他们会因今夜的风暴/永远地被种植在浪峰波谷/令遥远的爱情/涂上一层化不开的蓝釉色。"这个"化不开的蓝釉色"的意象,我们还可以从组诗《海水回来》中的《蓝》这首诗中找到更为详尽的注释。也可从《与浪为伍》这首诗中,剖开它的多层意境。当然,若在这首诗中,将"浪"拟人化地直写它内心深处,让它与生活更广阔的天地再次多级地碰撞,那么,擦出的火花,也许会使蓝更加地扑朔迷离,引人入胜。与之唱三部曲的,是那首《是蔚蓝色》,我们首先可以将蓝看作诗人的一个心结。在这首诗里,强调复述之中让蓝振荡出了铿锵的声音,又让这声音与颜色交融后涌进心与海的世界,在诗人称为更辽阔的那个地方响起、撩起、荡去、远去。"是一切的开始,是一切终结的开始/是蔚蓝色。"神秘,哲理,气昂,声振。美的诗意,在多元的包裹交响中次第被呈现,不可不谓好诗。

当然,我更看重的是诗人介入当下的批判。《前年在石浦镇》,以生活在海鲜中的即景,场移昨天与今日,虽然"生活是一把钝刀",但"歌声已干涸","然后沉默"。《鱼说》,则更是以生态的权利,向利益与滥捕,以及污染,发出了尖刻的批判:"那么多网","那么多油轮","钢质的集装箱",以及构成绯红世界的水藻,"铀"。一个个相继而来的,是沉重,是杀戮。所以,我极其理解诗人墓志铭式的人生感叹："但我们最终是一滴在诗里流失的水,海洋空空荡荡。"空空荡荡的,是生物的最终灭绝,是人性的湮灭,是人类最终失去了海的信任与亲情。这是批判,也是警示。

读《桅顶上的眼》,让我想到海的伟岸与人生的平凡共度,而诗是恢宏的,因为它有梦想与光荣。

最后,想谈一点近来诗坛出现的"废话诗"(乌青),而也有一些有名的诗人出人意料地拥戴它们,认为"长期以来我们的诗歌伤害了你们——其实你们也可以写诗"。这里的问题当然不是人人都可以写诗,这是权利。但是否人人都能写得出好诗,或能否写出像样的诗,这又是另一个概念。还有一位名诗人认为"所有分行文字都是诗",若如此,我们不禁要问,还要分级教育干什么?还要审美和美育干什么?换句话说,还要文化干什么——如果什么都是文化的话。由此看来,今天的诗歌研讨会虽然规模不大,也不是在省城或京城召开,但它对诗歌的意义与审美价值,是不可估量的。

它同时也使我想起了马尔克斯《敬诗歌》的一次演讲。他说:"因为诗歌,老荷马《伊利亚特》中数不胜数的各色船只乘风破浪,穿越历史,勇往直前;因为诗歌,但丁用区区三层脚手架就撑起了中世纪这座沉重宏伟的工厂;因为诗歌,伟大的、最伟大的诗人巴勃罗·聂鲁达在《马丘比丘之巅》中用生花妙笔,描绘了破碎的美梦,抒发了千年的忧伤,重现了南美的辉煌。诗歌是平凡生活中的神秘能量,可以烹熟食物,点燃爱火,任人幻想。写下每一行字,我都会祈求诗神的庇佑,运气时好时坏。诗神不易亲近、未卜先知,其力量从来都超越对一切充耳不闻的死亡之神。我希望写下的每个字,都能体现我对它的虔诚。"

我与诗人陈云其先生不认识。今天,是通过叶坪先生的介绍,才到这里参加《桅顶上的眼》诗集研讨会的,也得以认识了诗人陈云其。然而,我内心知道,这都不是理由,唯一的理由:我来,是因为诗歌。

爱情·牵挂

一、轰轰烈烈"人·妖"异恋之爱

七夕,盛传着许仙与白娘子的爱情故事。

思凡下山、游湖借伞、端午惊变、嵩山盗草、水漫金山、断桥相会、雷峰塔倒……通过这系列故事,人间就曲折生动地展现一段"人·妖"异恋之爱的故事。它的诗意在于:蛇是丑的,冷血的,可怕的,有置人于死地的凶险,但在这里蛇是美丽的、热血的、善良的、纯洁的,为了爱,它能一往无前、勇于舍命。从上述情节又可以看出,思凡下山是情愫,游湖借伞是爱心,端午惊变是真实,嵩山盗草是舍身,水漫金山是争斗,断桥相会是苦恋,雷峰塔倒是超越——每一段情节都蛰伏着冲突,每一个冲突的指向都结构着一个诗意,每一个诗意又孕育无数可歌可泣的诗。为此,千百年来为这美丽的故事,留下了无数可歌可泣的民间吟唱。其中,我尤为关注的是一首较为雅致的诗,那就是柳如是的《雨中游断桥》:

> 野桥丹阁总通烟,真气虚无花影前。
> 北浦问谁芳草后,西泠应有恨情边。
> 看桃子夜论鹦鹉,折柳孤亭忆杜鹃。
> 神女生涯倘是梦,何妨风雨照婵娟。

这里我特别钟情的是此诗的几个关键词:野桥、丹阁、烟、虚无、梦和风雨。断桥作为诗的野桥,不是随心,而是有隐喻的,它与"丹阁"呼应,成为白娘子修炼与成精之间爆出的一段真生命的过程。因为修炼其实是凝练,生命一旦凝练,虽成精却已固化,而生命与生活恰恰在于热血与奔放之中,才有意义与价值,犹如深山之千年古松,虽历史沧桑,于人间何涉？"野桥"虽野却是桥,有通之潜在所在,也即人间诗意未断。"丹阁"与之相存,虽高阁有其幽深,但有桥与之并存,必然会有人间烟火与之抗衡,所以是"总通烟",烟是欲望,是热血,是冲动。"虚无"在春天里不是虚幻和不存在,而是"在场",它是一种造景:人与妖在爱情与异恋之中升腾的一种殊美的胜景(中国古代的词本来含有多层意义),虚者,精神之缥缈、升腾,无者,不谋实利只有爱的无有妖人之分的纯真。之后,虽然代表封建势力的法海拆散了这对鸳鸯,成为人间一梦,但爱无妨风吹雨打,几千年后,神圣之爱的光环照样锁定在所谓蛇妖的白娘子身上,成为历史的爱的象征。"妖",诗意地幻话成人间美的婵娟。

二、一往情深,梁祝化蝶的千古绝唱

有京西王居士诗一首:

同窗三载缔姻缘,
一朝别离泪湿衫。
昔日挚友成片土,
今朝化蝶共缠绵。

它也不由得令我想起了当年也有这么一对青梅竹马、两小无猜的情爱之侣,即宋朝末年刘翠翠与金定的姻缘,他们是怎样看待梁祝化蝶的爱情呢,有诗为证。

金:十二栏杆七宝台,春风随处艳阳开。
　　东园桃李西园柳,何不移来一处栽。
刘:平生每恨祝英台,怀抱为何不早开。
　　我愿东君勤用意,早移花木向阳栽。

封建社会有如此大胆之爱,出自女性,不得不令人钦佩。但由此又想到祝英台爱的犹疑,人间俗世种种,梁山伯被摧残镇压了纯真情爱之心,导致了两颗都被扭曲了的心,是一出怎样的悲剧。人间自有说不尽的话语,人间也自有写不尽的诗篇。

都过去几千年这么长时间了,那么,当代人又会怎样去看化蝶呢,我不选纸质诗歌的知识分子雅气的诗,我拣有代表性的大众网络诗山燕的《梁祝化蝶》为例:

小时候/双飞的蝴蝶/伴着皮影老艺人挑担/从村口翩翩地翩翩地飞来/在光与火的影印里/从老艺人的十指上/飞进小妇人的眸子。

双飞的蝴蝶/跟着爷爷的老黄牛/伴着晚霞翩翩地翩翩地飞/在昏暗的油灯下/在奶奶的故事里/飞舞在奶奶的叹息中。

长大后/双飞的蝴蝶/从发黄的书页里飞来/从村口的小溪边/从屋后的山坡上/翩翩地翩翩地飞来/飞舞在年轻的如小妇人一样的眸子里。

蓦然,天地归于寂静/一片片乌黑云朵铺天盖地/电闪雷鸣从长空划过/雨倾盆的雨/无情地敲打着/双飞的翅膀……

我不知道它应该以怎样的情怀/面对双飞的蝴蝶/假如我能/我愿意化作其中的一只蝴蝶/如果我是其中的一只蝴蝶/却不知你是否愿意/做另外的那只。

传诵千年,又新鲜千年,常传常新。缘由在哪,就在只要有人在的地方,就会有爱情。但也是只要有人在的地方,就会有爱的悲剧。恩爱情仇也好,风雨曲折也罢,它是一个千古话题,我在这里关注的是"化蝶"——"诗意的视觉"。

诗意的视觉不是诗的意象,意象是由词演绎而出的,而诗意视觉是由物象(或传说、故事)的精华演绎合成的,它是视觉文化研究中的一个特殊艺术。说它特殊,是因为虽然它是视觉的产物,但没有具体固定成形的具象,只是人们口头的传说、故事的演绎,它流转在民间这么一个大的时空之中,而非单一的舞台或展厅中(有关梁祝的影戏另当别论)。与意象相比,它不是由词语基础上去产生意象,恰恰是由意象去滋生诗意,视觉文化定向于视觉性,而诗意的视觉定向于想象性。乔治·罗德说:"格特鲁德·斯坦认为,改变我们时代的是我们所见的事物,而这些视觉物象来源于每个人的行为方式。我们所见依赖于存在什么样的可见物像,以及我们如何看待它。"这是视觉文化,而诗意文化我认为是"它于传说中的故事借喻物像,我们所听并在从中依赖巨大的想象去飞越生活的天空与海洋。它不会改变我们的时代,但它一直激荡着我们不断成长一代又一代的历史的心灵。它的诗美的再现不会因时间而褪色。它是诗,而非固定图像艺术的强调"。这里我也不由得想起晓弦诗中的名句:"黄金的爱,需要蝴蝶的哭泣。"这就是对"诗意的视觉"最好的诠释。[①]

---

① 以上"一""二"两节均参照《光明日报》《文汇报》七夕专版的相关内容,特注。

三、古往今来，媒妁之言的家庭婚姻爱情

我把未谈恋爱的旧式婚姻称为"后来的爱情"。

提出这个问题，其实具有社会人类学意义。因为，对于因介绍而婚姻的夫妇来说，这一是命运，你注定不会有轰轰烈烈，或风花雪月式的浪漫爱情；二是相对剩男剩女来说，这还不是一个"老来伴"的问题，因为距"老来伴"，他们还有三十年左右的人生路。所以，第一，你要理解他们不是不会浪漫，是因为种种原因，他们的爱情是"藏锋敛芒"。第二，你遇到了他（她），你得首先要有一个好的姿态，像大诗人王维在《三台》中所说的那样："酌酒会临泉水，抱琴好倚长松。"也就是说，在生活中，彼此都要善待对方，爱待对方，女方当丈夫默默酌酒放松神经的一刻，要像泉水一样出现在他的那个场景中，给予他酌酒的自然的音乐、天然的春风、柔曼的诗意、清丽的境界。而当女方由于工作压力，办事不顺心，表现出一些不如人意的心态与言行动作时，或者出现容颜与身材急剧衰退时，需要的是男方精神的支持，你要以青松般的长者姿态，去呵护她、温暖她，与她做贴心的交流，给她一种生活的倚靠。这样，你才会像"美人靠"那样，让她病恹恹地在你怀中，更能展露出她潜藏在深处的另一份美——当然，你必得要用善心，用你平时积累的文化素养发现这种美。

这也不由我想了一首歌词，丁少华的《最浪漫的事》：

背靠着背坐在地毯上／听听音乐聊聊愿望／你希望我越来越温柔／我希望你放在我心上／你说想送我个浪漫的梦想／谢谢我带你找到天堂／哪怕用一辈子才能完成／只要你讲我就记住不忘／我能想到最浪漫的事／就是和你一起慢慢变老／一路上收藏点点滴滴的欢笑／留到以后坐着摇椅慢慢聊／我能想到最浪漫的事／就是和你一起慢慢变老／直到我们老得哪儿也去不了／你依然还把我当成手心里的宝。

这首歌词使平淡的夫妻生活有了爱的生命，它没有朝霞的新鲜与激越，但它却有午后阳光的温暖、舒坦与诗意的散漫。如果你的前一程爱情生活中未曾有过浪漫，那么，它就会让你知道，没有风花雪月，没有曲折沧桑，夫妻相厮相守，平平淡淡之中，背靠着背、摇椅，彼此对望，慢慢聊，就是后一程生命的爱之浪漫，"老"——是爱的浓汤！

四、澄明世事，悄然归隐爱的余波

传说西施在接受越王勾践的"秘密任务"前，曾由范蠡带着到浙江海宁古称槜李的地方学习吴语和礼仪。在学习期间，西施与范蠡产生了爱情，每晚范蠡都要走过一座桥（即今海宁境内的伊桥，现属海宁市海洲街道伊桥村，东与联合社区相连，南靠洛塘河，西与张店村交界，北邻沪杭铁路）去与西施相会。范蠡依《诗经·秦风·蒹葭》"所谓伊人，在水一方"之意，将此桥命名为"伊桥"。西施在学吴语时，也为当地老百姓传授养蚕技术，她洗脸洗衣的地方，被称为"胭脂汇"，洗脚的地方被叫作"汰脚滩"，均在海宁桐乡交界处。据说两人归隐前，又曾到此地怀旧。

西施与范蠡（南乡子《偕隐》）：

尘事自如如。似有惊雷引梦苏。厚禄高官身外事，须臾。且看浮云漫卷舒。

田野遍古芜。苒苒流光系白驹。携手佳人归隐去，提壶。一棹烟波泛玉湖。

（依《白香词谱》韵）

一说归隐，一说西施被包着袋沉入江底，范蠡痛不欲生，为自己取名为"鸱夷子皮"，意思自己是包着西施的皮袋子。但不管怎样，有一点十分明确，爱是圣洁的，不管在它身上曾泼撒过多少风尘，最终，善良之心会去呼应历史的传说：真正的爱是要回归的。

五、美的爱情与美的诗心

最美的人，古陶不配，古玉不配
金银、水晶和钻石也配不上她

她无姓氏，着草叶的衣衫，穿太阳的芒鞋
在荒蛮的人间牧场追逐季节的雪线

夜晚，她兀自躺倒在辽阔大草甸
裸露月亮般洁白的胸脯给星星喂奶

那群一刻不停在逼近她的狼绿的眼睛

　　顷刻间,像抽去火焰般变得含情脉脉

　　她是露珠的露珠,圣洁的圣洁
　　有着猫科的安静,更有吓退虎豹的力量

　　她丢弃世间一切有姐无形的伪装
　　心里翻腾着潮水般的大爱和善良

　　她如兰的气息,催开人间所有的莲花
　　只有英雄眼睛里最后的云翳配得上她

——《最美的人》晓弦

　　《最美的人》告诉我们,最美的人是爱着的人,最美的人是被爱着的人,她不属于一个姓,它是自然的又是社会的。属于自然,它纯朴,有内蕴的光亮(她无姓氏,着草叶的衣衫,穿太阳的芒鞋);它必须躲开浑浊的尘世,永远朝圣(在荒蛮的人间牧场追逐季节的雪线);它用心的眼去发现现实外的珍宝(那群一刻不停在逼近她的狼绿的眼睛);它会用自己的安详与宁静,去应对尘嚣、物欲与陷害(有着猫科的安静,更有吓退虎豹的力量);它真诚得让你无法施伪(她丢弃世间一切有姐无形的伪装);它坐在大爱与善良的磐石上,似人间的天籁,催开莲花的清纯,兰花的高贵(她如兰的气息,催开人间所有的莲花);最后在崇高的平台上似一片无法玷污的云,飘荡在天上人间(英雄眼睛里最后的云翳)。

　　晓弦《最美的人》使我油然忆起竹林七贤的代表人物嵇康。他在《释私论》中说:"夫气静神虚者,心不存于矜尚;体亮心达者,情不系乎所欲。矜尚不存乎心,故能越名教而任自然;情不系乎所欲,故能审贵贱而通物情。物情顺通,故大道无违;越名任心,故是非无措也。"由道心提升至自然心,至精神与心灵的至真至美,在于自由精神与自然状态的完美融合。"生命对爱"的"宝性全真",才能使我们"手挥五弦,目送归鸿"。

　　当然,作为诗,有些词还要锤炼,有几个段落还可以重新服从节奏的安排。

六、弯抱如月——爱的姿态

　　一千七百多年,京杭大运河在嘉兴城西眷恋不已。最后,东流十八里,经学绣塔,过白龙潭,后深情绕城与秀水合,成"其水弯曲,抱城如月"之态,月河便由此而名。宽壮的大运河雄健地流淌,途经嘉兴之中,因古城而留恋,绕塔穿潭,交合秀水,这"美的历程",最后为世界形塑了一个独特的爱的姿态——弯抱如月,为嘉兴的历史留下了美的诗学。这正如月河民居曲径通幽中介绍的:"布满历史年轮的古老街道,镌刻岁月风雨的门楼花窗,透着柔柔韵味的逦迤河道……徜徉在月河历史街区,能感受到在朴实无华中超凡脱俗,在超凡脱俗中返璞归真的魅力。"好一个"三河三街",组成一个六意的上街下河,即乾街坤河的天地、人与自然合而和之、合而化之的一个天地人的格局,并在其中又以历史之易——月河的平易简朴;行动之变易——大运河恋城,绕塔穿潭,与秀水交合符其自然规律人的意愿之变;内在之不易——现象在变,内质不变:月河依然秀水。有道是:"山之出云,连绵不绝;水之出声,流淌不息。"此声乃人的精神需求与感性解放高度认识中体现出来的休闲文化,是发展中的文化强市嘉兴的文化内涵的当代丰富与美学意义的当下诠释。

为此,知识分子就应在这样的氛围中保持一种高度的理性自觉,以尊重经典,贴近现实,面对当下,注重文本的实事求是精神,发出自己具有文化批评公共性与文化批评公正立场的深度的声音,让纯洁的爱情更纯洁,神圣的爱情更神圣,也让迷蒙的爱情有个清晰的导向,非爱之情过渡到重新燃起的爱的篝火中,去映现未有的甜蜜与温馨。诗歌,这颗文学皇冠上的钻石,它闪烁的光芒将永不褪色!

用一朵花约你入诗

有时我会在想,现在条件好了,作者到一定的时候,就会出一本诗集散文集或小说集等,宛若春风吹过文学的原野,待秋后让我们看到的,或许就是历史的梦想和文学的魅影,丰富着我们平常的生活。而为文友出的集子写序,则便是一种温暖的交流吧。

《年华独舞》就像高高的明月下,一位霓裳美人在独自舞蹈着一个清朗宁谧的世界。这就似诗人小青在《守望》中写的那样:"一棵寂寞的花树/静静地守候在凋零的冷秋/无人能嗅孤芳之美。"是的,真正的诗人,内心有时绝对是寂寞的,然"为了你高贵的灵魂/岁月定然会让你遇见对的人"。这是艺术中正负的转换,也是《年华独舞》自我的期待:"一切孤独的等待/都是对心智的磨砺/相信未来/所有的孤独守望/终得以圆满的释然。"

在《时光清浅》里,诗人自我描述着一个城市诗人的感觉:当"月华照着层层叠叠的荷叶","漫步于湖光山色的西湖",又转身来到"霓虹闪烁的钱塘江岸",便敏然感知"那是一种刻意的靡丽"。而她欣赏的是,"波澜不惊的江水",是"水墨的色调""弥漫着氤氲的诗意"的夜西湖,它让我们可以真切地看到,诗人"罅隙间窥到城市的未来",真的是"何处不深情"。(《何处不深情》)深情的延续,更在于峰会的杭城:"金桂早已开始构思/如何与西子十月荷香/在清风月白的秋晚/给你送上醉人的诗意。"是的,这就是杭州。非但是诗人,就连阅读者,也会立马而起"与苏堤一般绵长而蓬勃的联想"。(《峰会杭城》)诗人在这里为我们展示城市的美,是具独特性的。

在《雨季清莲》中,我们仿佛嗅到了隐忍而又浪漫的那种气息。"我是精神与生活双重洁癖的女人/执着地追求着纯真。"那不是饶舌,而是"清真"式的独白。仿佛让我们看到了一扇门洞斑驳的老屋里,依旧挂着你耐心去擦拭,仍然会呈献光亮的铜环。而穿过陈旧的老屋,我们就会看见"美丽的生命如清澈的河流"(《纯粹》)。当然,这跟写诗有关:"人生究竟有多少心仪/温柔了岁月惊艳了时光/站在时光之外/看一朵朵文字花开。"(《文字总关风和月》) 它让我们看到纯洁的清莲,是如何打开她的花蕊。如是,则随着岁月的流逝、人的老去,诗的光芒依旧会在历史长河中闪烁:"隔着岁月的距离/我依然会拾起一弯微笑。"(《一弯微笑》) 这就是文学永恒的所在,也是《年华独舞》留给我们的一抹永不褪色的华彩。

小青的诗歌,基本上是明晰的,晴朗的。它有一种我们在旅途中,走过喧嚣的瀑布,然后坐在一块大大岩石上的清静感。在《别样的烟火》《花香径远》和《细语轻遁》里,我们都可以读到这般晨露清洗过的野草、清风拂尘后的高林样的诗句。"有一种友情不在生活里/却在平淡的日子里/有一种陪伴不在身边/却在心间。"(《相契》) 这有点心中始终住着一个有雪的冬天,但阳光依旧灿烂的感觉。而当天空湛蓝又沉默时,诗人"就让我用一朵花香约你入诗/在清风吻过的痕迹里"。不要认为女诗人就知道吟花弄月,当众鸟飞过,把翅膀交给天空时,"指尖碰疼了柔软的心事"(《约花入诗》)。瞧,女诗人的心往往更细腻。"这世界没想象的那么美好/即使我见过你眼里的繁星/就是轻易不能见到/不是所有的情绪都要喃喃/在每一个你受人伤害的时刻。"(《漠然》) 是的,人生永远会有你猜不准的那一刻,但正是在那一刻,让我们饱受生活的磨难,让我们能仰望未来倔强地成长。

《年华独舞》也时有意象新塑在语词句的闪烁。如《挚爱》:"没有更妥切的表达/说出我的牵挂。"如《更替》:"雨季来了又走了/曾爱过红唇般的荷尖/把雨的爱全部倾烙在荷心/犹如一曲高山流水的韵律。"这份才华,应该得益于诗人纤细的体察:"无边的黑夜里/总有一双耳朵/在静静地倾听/一如涌动的波浪/在黑夜的浪脊上/接纳我的喃喃。"(《更替》) 所以诗人才会"欲断还续的诗文/在温暖的春季灵感乍现",她"就着一枕落花/静静体味生命的愉悦与满足/在心灵的一隅/时常会泛起一种异样的温情"(《浅笑不语》)。

诗与诗人,有时又是一种纠结难缠的关系。你有感觉,但用不好词;你有灵念,但琢不好意象。越纠结越难缠,自然,个中也会滋生诡异的深情。小青与我在省作协安排的一次采风活动中相识,与她微信交往中,知道这是她的第二本诗集,亦更充分认识了她那份"心有诗意,岁月不老"的真情。自然,更看重她的"春天在蜜蜂与蝴蝶的翅膀上赋新句"的永远"新娘"(《风的新娘》)的激情。为此,也期望小青持续"等一杯咖啡的时辰/便可享受一个人的春秋",那是因为"东河永远不缺故事",也"从不缺少姿态"。而"漾起思绪的涟漪/让我步步莲花"之际,也许,小青的第三本诗集就会应运而生了。

远古青瓷当下诗

　　翻开流泉的诗集《白铁皮》的第一页，从小听顺的锯木声，已经改易："锯木声隐去了建筑本性/光阴流转湮没了一颗心的路径。"(《锯木声》)那是对幻觉的注释，也是对锯木声的延伸，显然这是超常的诗意。那份诗意，正若"旷野上的铃铛/从未消失"(《空隙》)。故读流泉的诗，一下子给搅动的，是那抒情性中饱含的哲理。不是吗，"树不孤独/宗谱上的文字不孤独"(《独山》)，于独山"隐去多余烟尘/隐不去独山额际大写的'仁'"，正是在诗人哲思的慧眼中，诗散发着更为深邃的意义。这种意义，在《四月》中更为放大："三月刚过/四月就为春天修好墓园。"与之对应的是"等不及返回故园，父母已动身"。请注意，这绝不是承袭中国古代诗人的伤春，而是由自然进入对生活的更深层的思考："其实啊/阴阳不过一张小黄纸/烧起来，是青烟/不烧起来，就是人间之生活。"读《四月》，自然会让我们想起人生如行云流水。然在行云流水中穿梭的你，清楚了人生的悲欢离合，明白了小黄纸般的阴阳之隔，目光依旧要如行云流水般地前行，因为"有一把青草，绿绿的，长在爷爷奶奶的/坟头上/拔下的时候/它们的根茎，有一汪水，清亮亮的/仿佛岁月/——从不曾老过"。知道有死，必更重生。那从不曾老过的岁月，正是诗人勇于进取、从不言败的人生态度。那一汪水的清亮亮，更是精神对生活的一泓滋润——诗的审美价值，就在此提升了。

　　自然，诗集《白铁皮》中，尚有更为隽永的诗。"一根细发/长长的，令整个夜/深渊般的漆黑"。这是诗的张力潜藏，"顿时，拥有大片耀眼的白，它白过了/紫色窗帘，和我们的/无数春天"。好家伙，张力此时如岩浆喷发，一下由潜藏而升腾。而睿智的诗人，却又并未顺着这个情景去复述，因为若复述，不管你再用词巧妙，也是蛇足。"枕边荒草，遗落在左岸的/小面包……它们。"一个超现实主义的意象，一下诡异地降落在我们的视野。"我看见/——它是棕黄色的，长长的，像我们曾经写下的/深锁在眉际间的那些火山岩般冷峻的/文字……"

（《整个夜》）由爱而文明，由一根细发而膨胀的黑夜。由深渊般的漆黑而滋生耀眼的白，白过无数个春天的白，那是隐喻历史的一种不可预见性，那是世界竭力为之保存的人类的感性与理性。诗集《白铁皮》要为我们提示的，正在人必应具有的那份高贵的眼光。正像中年后你微微凸隆的肚子，那不是脂肪的堆积，而是生活积累的显露。在超现实主义的意象里，还有《大风》。"它在吹/它在汹涌/而我，必须受命现实之坚果。"在这个世俗的社会，该不会成长成一颗庸俗的坚果吧——"我只是压低帽檐，归隐在路的中途"，与之对峙的，是"它卷起黄沙/遮蔽一万朵玫瑰的葱茏"。此时的诗人，把思想已放入社会的大旋涡之中。这不是简单地感叹唏嘘岁月的印痕，也不是刻意地去昂扬精气神的那种宣传式的诗，"以静默，为一片绿/化缘"。是诗眼，更是诗人内心的黄钟大吕！它意在批判俗世中沉溺于消费情怀的芸芸众生，更是借静默引来让世界彻悟的启迪。为此，才有"身体用旧了/一颗心，仍在蓬勃"（《第一日》）；"而故乡，正在迎风生长/而信仰/正在迎风生长"（《乡村语言》）。在蓬勃与生机中，我们更可看到"一个人的旅途，会有众人的合唱"，"天地有奇绝/感动，来自日月"，这是万物有诗，这是有灵即美。

在《白铁皮》诗集中，还有一组颇为耐人寻味的诗。在"日子掖了一把阴郁的小刀"的《第六日》里，我们看到"角落里的一摊废纸/字迹，有些冷"。而在《第九日》里，是"昨日沦落冰点/谁在说？怀念是温暖的"。紧接着的《第十日》恰恰峰回路转："抬起头，与茶几上摆放着的那盆水仙对视几眼"，"窗外，大雨/我的内心，寂静"。随之的《第二十三日》，也许是对日子诗意的小结，当"几滴鸟鸣，还深陷在美梦中"时，快速的日子有如电脑的鼠标，"完成了所有的填充，窗外的阳光/卸下最后的金缕衣"。此时，我们会仿佛看到西边的天河，正驶来一条满载沉香的船，它的行速淡雅而致远，在苍穹双眼的关注下，它驶过山川壑谷，驶过光灿的白日，"而喜黑的猫头鹰，遁入/远处丛林，眼光暗藏"。《第二十三日》的真谛，亦是我的喜爱，那是低调的行程，是深情的隐潜。而更为振奋的，是"窗帘掀开第一页，冬日的阳光/不为某段插曲，停顿"！耐人寻味的这组以日为题的诗，由此句跃出整组的诗眼：人的一生中，许许多多的日子，就像每晚天上繁星点点，我们是去读浓浓的黑呢，还是读星星的闪烁，好像它们都有一种神秘的召唤。在这组诗里，我们又会仿佛看到诗人流泉把日子都化成了诗，又让诗把日子撕裂成语言的碎片，让它洋洋洒洒地飘飞在人一生的旅途中。它让我们感知到日子在春夏秋冬中的体悟，也让我们懂得日子的春花秋草与夏日冬雪。日子近在眼前，日子又似乎遥远。然诗人又把一生的日子尽收眼底，在笔尖下纪实，在笔尖下想象。让它有趣与危险并存，精彩与失败共放——"颠倒的时光/再一次，为寒冬写下春风"（《第一日》）。

　　中国的好诗在哪里，这是近几年评论界与诗歌界，乃至文化受众群体关注的一个聚焦点。我想，只有诗歌本体以及她的美学，乃是本质的东西。诗歌的创作，并不会像诗本身那么浪漫，它必须走出喧嚣，进入心灵的荒野。是的，在流泉的《白铁皮》诗集里，我们读《猕猴谷无名瀑》的"为大千添注韵脚"，读"水的繁复与扩张"；在《白日书》中，看到"在一场风中，不被你带走"的坚毅；在《玫瑰书》中，领悟"玫瑰怀抱着尘间之艳美，在黑土堆上制造风暴"的深远含义；思考蚯蚓为土地犁出"逝水的波纹"，去拿捏"一个走失的锥心"在时代的警示……再回到《白铁皮》，"我抚摸着它们，缘在白铁皮里／抚摸着那些生了病的日子"，这些成熟了的思考，让"那些白铁皮／那些被雨敲打的声音，真好听"。是的，它既是远古的青瓷，也是当下的中国诗。

照见自己和世界的一盏灯

人的岁数随着日子在加大，这是任何人都无法躲避的。然而，孙思却用诗在做独特的抗拒。

"你曾让自己/一直站在悬崖上，抛掉/所有能抛掉的，只留/一颗核给自己。"岁月的容器犹如时代的刻盘，什么字，什么花纹，该朝怎样的方向转，这一切，诗把它做深了。最后变成一颗核的张爱玲，面对的是"你门前的那棵梧桐/是你一个人的"丰子恺。尽管一个风尘，一个脱尘，但皈依是一致的。因为，日后，人们才渐渐明白，"关在门里的，是你的岁月/关在门外的，是你的思想"，这是丰子恺的，也是张爱玲的呀。诗人在这里，至少让诗句寓意着历史的纵深和思想的久长。在丰子恺的内敛里，我们可以看到文化的气场；在张爱玲的小我中，我们同样可瞅出绚烂的生态。

岁月在家里长大，然而，在《家》里，"我总是与疼痛对坐"。巴金的《家》，有时"它/还变成一种液体/在我的身体里反复地流淌"。真的是这样。"没人知道/舞台外的你，心思/像一片着不了地的云/飘过来，飘过去/却下不成雨。"梅兰芳的坎坷，正是巴金的与疼痛对坐。诗人用词唤醒了沉睡的时光，也让我们同时直面人生精神的重负。

有时候，女性诗人的细腻就像一面镜子，能照出历史纵深的另一面："你拿惯手术刀的指头/还曾以一种手枪的姿态/在极短的射程里，把自己/子弹一样一枪枪打出去。"（《上海，父亲的故土》下同）这是把真相化为幻影，却又是浓缩着回归人生的真相，以至诗人"常常的，我会走失/在一个很深的时间隧道里走失/这个时候，我会很想给自己/点一盏灯，一盏能够照见自己/也能照见你的灯"。在这里，也许诗的语言有点飘忽不定，像"子弹一样，一枪枪打出去"；像隧道里的我，"常常的，我会走失"。诗人这是想让读者自我的去指认与选择，它更是一种视角穿越岁月后引出共同的当下思考。当我们来到曾经是父亲故土的上海，当我们看到了已被岁月的尘土掩埋了的历史，我们在沉重的历史与光怪陆离的现实之间，该做怎样的改变。那些历史的隔阂，那些文化的差异，即使是在上海的夜晚，我们依然会看得清："于是，月亮成了/人们遗忘的一只旧币/被人们从一只口袋/放进了另一只口袋/像那些很少水落石出的故事/被夜色松松地打个包裹/扔在了林立的高楼后。"（《上海的夜晚》）因为灯光的假，而抛弃了月光的真，这在都市是一个蒙骗力很大的现象，但细心的诗人感触到了。诗人在这里可能弱化了抒情，但通过对现状的复述与某些暗示，批判的正是那些麻木和平庸。那么，黄昏，有雪或起风呢？诗人在这里都做了神奇的应答。"白天的耀眼已退去……/上海的黄昏被带着硬度的/高楼，割得七零八落……/这些裹着烟雾般的黄昏/似乎是最后一坨黏黏的砝码/压了人们已经弯到地平线/以下的思想。"（《上海的黄昏》）这不是一种情感转变，而是一份精神的受压。不管是土生土长的上海人，还是"海漂"的外来工，他们都会或多或少感受到上海高楼的坚硬度，都会有时让自己不由自主地变成黄昏，被无数的高楼用硬度冷冷地尖利地割得大卸八块。在这样的氛围里，他们似乎又成了敏感的先锋派。"从海上出发/迅速地向陆地漂移/带着海水的寒味，很快/笼罩了一切……就连哪里传来的歌声/也像沉没的桅杆一样/孤独地露在水面上。"（《上海的雾》）这种多样性的隐喻，预示着一种可能的未来，这正是不断涌入上海的人们的未来，也是上海正在发生着的未来。因为，风也在与它呼应："到了郊外，风开始奔跑/或许真正的奔跑是看不见的/就像风起云涌，就像日出日落。"（《上海的风》）在这里，普通与特殊、弱小与强大，似乎正开展一场丰富而又强力的对话。它不是自恋的、情绪化的，它是一种合众的声音，是后现代的新声，它让冲突具有了理想的表达，朦胧具有了清晰的力的质感。它来自民间，来自田野，来寻找新的碰撞。在这个商业世界与经济力量的层层裹挟下，倔强地伸张着属于自己的美学主张。

上海，的确是个说不尽的话题。其中，最典型的是石库门和它的路。"上海的石库门是房子，也是/站立的路"……"石库门的天井，也是/石库门的庭园，装着/巴掌大的天……"是的，石库门是站立的路，而且是直接通往世界的路。石库门的天井，确实是巴掌大的天，但它却是倾听世界宇宙最近声音的天，也是自我演变可以变幻世界宇宙的天。那是小中之大，自然也有小中之微："在石库门，只有天井里的艳情/才会这样的/嘹亮和直抒胸臆/而许多作家的爱情故事/就诞生在这样的天井里。"（《上海的石库的门》）也许，这样的解读过于单一，那好，就让我们寻找一下相同的含义的诗句，那就是《上海的路》："上海的每条路/都是通向另外的路……没有人知道路是有声音的。它的声音喑哑，像长着/毛茬，玻璃丝似的/常常扎得人心痛/也没有人知道，路/是大地上裂开的细纹/它总是拧着绞着纵横着/也疼痛着。"连着石库站的路，是一条拼搏的路，也是一条没完没了吵闹的路。在小小的石库门里，久演不衰的是十里洋场，而今发展到百里洋场的丰富多彩与奇诡怪诞。它往往会从细节反证出庞大，从平庸中见证出高远。那是历史的反映，也是时代的回响，同时也是石库门的小曲，上海之路的意义。当我们以诗性去解读上海的世俗时，它让我们体会到的深刻，就是由一个性到大众的现实的都市世界，以及从这个都市世界中摸索到的独特的界面，和渗透这界面中的历史和人性最通俗、也是最具代表性的海派文化。在这里我们可以清楚地感觉到，诗人不是单纯地在怀旧，而是以怀旧的意识去重构一种门里门外、路上路下的礼赞与思考。礼赞那种使上海由小渔村、小滩涂变成气宇轩昂的大都市的气势与风采。思考的是新常态下如何与历史共鸣、与前行共步的助推历史的新能力。所以诗人看上海的高架，会是"说不定哪一天/它会越来越薄，瘦得只剩下/一副骨架，最后标本一样死去"（《上海的高架》），而《上海的狗》，"弄不懂，为什么/主人们生活得很复杂/即使邻居也活得陌生/老死不相往来，似乎是/活伤了……不像它们，不管认识/还是不认识，只要碰到一起/贴面搂抱，一如见自己的亲人/彼此没有一丝隔阂"。这是诗人批判的理性之光，也是诗人作为上海人对上海充分感受后的诗性的深层表达，诗人在这里同时也抛下了怀旧诗人与感伤诗人的身份，以一个具有前瞻眼光、时代意识的诗人，为结满老茧的眼光剥下了厚厚的一层糙皮。并以宽阔的充盈人性的胸怀，在经验世界的感伤与遗憾中，重新树立新石库门的人性视野，面对当下，在冷漠中回归关爱，在功利突围中让城市走向温暖与亲和。

这是孙思《掌上的红烛》中的一部分诗的特色。而另一部分的特色，也可以用绘画的语言去作诗学的诠释，那就是第三辑《笑是你一辈子的事》。

"你的秋"是梧桐，这是墨色淋漓的挥洒。"蓬松趴在地上"的是头发草，小晕使它神韵悠然。"女道士"般的秋葵，充实深隽，似一健壮的硕笔。蝴蝶兰制造着"紫色的梦"，勾出了空灵的意境。"比雪更像雪"的梅花，冰清玉洁，在宣纸上更像一个冷美人的微微叹息。"打着油纸伞的姑娘"般的丁香花，润含脂露，是中国的水墨着了点色彩，挑逗出春的气息。绸缎般的百合，雍容华贵，让人感受到丰腴的质地。"喜欢摊开手掌"的是红掌，那是墨色与红颜色黑红交响的一种激情。"一副满不在乎的样子"是矢车菊，水墨清醇是它的真貌。"像一只只眼睛/巴巴地盯着你"的是满天星，皴擦之后缀上点滴颜色，便稚气益然。"群怡倒悬……宛然少女掩面"的，叫垂丝海棠，墨在水晕中自成淡然姿态。"每一枝纤细的藤上，都顶着/一连串紫色的花朵"，是二月兰，侧锋与中锋的线条，或柔或刚，蹦跳出一种力的诱惑。……这众多的花，构成了笑。笑是动词，所以我们的解读也应该跨界。解读一朵花的笑的形象的画面，也是过程现象学。

它是多种颜色自然生成的过程,它是生命在生态中的真气释放的过程。在它里面,形状与气象,感觉与气息,都是由自然的本质牵着诗人的心绪放马天宇的心路过程,也是跨越时空,这物我两忘境界的整合相融的过程。在这些过程中,我们的诗人或淡墨素写,或浓墨重彩,或风趣卓然,或高古清逸。这是人生的旅途,诗的豪放,说它风花雪月,更加凄烈悲壮。

在《掌上红烛》的第四、五辑中,我们可以在诗人孙思用词的奇诡与意外中,得到一种亲切、沁心的美,一种真诚的敬畏和幻想的张力。

> 没娘的故乡一直伤口一样
> 活在我的身体里
>
> 每次回去娘只能在泥土下
> 仰头看着我

诗一开头就以词的朴实中含有的奇诡,让我们淡漠的心一下子又亲切得收紧起来。

> 这时的故乡如一弯月牙儿
> 在我的眼前弯曲着
> 怎么也伸不直
> ……
> 尽管如此,我的故乡仍像一块
> 烧红的铁,给我铬下一身的印
>
> ——《我的故乡》

可以清晰地看到,诗意在逻辑的助推下,更显出了潜行的张力。我们在感受到没娘的伤口的疼痛中,去把故乡再次亲切地揽入怀中。我们在"娘只能在泥土下仰头看着我"的悲凉凄切中,明晰地体味故乡在自己一生中最重的分量;并从中能在清醒与回味中看到故土那永不褪色的淳厚与油油的质地。我们也可以通过反复吟诵,让诗自己汩汩地流出她的清纯和疼痛,让诗的语言从中再现出灵性与通透。而在这里,鸟的意象在故乡中,又开启了恐惧与悲伤,警示与珍贵:"找不到树林/也找不到麦地和稻田/大部分的时候/故乡的鸟/只能立在高楼顶上/或是电线杆上/俯身看这座城市。"(《故乡的鸟》,下同)"灯光和太阳光一起/在城市里人们的脸上/结出一层漠然的茧。时间长了/故乡的鸟/厌倦了这些城市的景致。"故乡的鸟被折断了的生活,让它们灵性的翅膀,只能与冷漠坚硬的钢筋水泥厮混着。为此,"故乡的鸟已经好久/没唱歌了","它开始想家/想那个树/有麦地有稻田的地方。"这不光是一种情绪状态,它更带出了生存状态的大问题。在沮丧与沉默之际,诗像一根断了半截的绳,但依然紧扣我们的脖子,在另一端用力拉出现实的拷问:所有的发展是否一切都是好的?没有自然生态的良好延续,人类生活的幸福滋养又该去哪里寻找?这正若一匹太阳马拼了命在吃它寻找到的草,但它吃的还是它自己的影子一样。惊悚之下,诗人自然为我们安排了阳光里真正的闪耀:

它开始幻想,幻想
城市会在一个早晨
突然长出一片山脉
流出河流

这是生命强烈的渴望,是对城市发展进程中的批判,也预示以后百年,城市人群间的亲切努力和自然回归的当然追求。这可是这一辑诗的强度、力度与深度。焦灼的诗人,忧患的诗人,她不能悠闲于自己小小的天地,就像一个走出浓郁缠绵爱情的电影院里的观众一样,去积极地面对和反映已经被暗淡吞噬、被岁月撕裂的情感。她必须要有警醒。而我们,通过它词句的诗意叙说,也开始获得了生命的高度。

生活中,不管你是沉默还是主动发言,我们一定会从泥土中起身,走向石头——好的坏的,统统不可避免。"这些年,我到任何一座城市/上的任何一座山,都会去/寺门里寻你。""每天,跪拜你的人很多/因为他们认定你能/让石头生火,让水点灯/他们都是一些溺水后/等待上岸的人,/他们的/欲望和求索总是/永无止境"。(《观音娘》,下同)然而,诗人对这个世界有自己的转折:"只有我,是以女儿的身份/跪拜你,当所有的人都称你/救苦救难的观世音时/只有我叫你观音娘。"请注意,在这里,诗的语言一下子变得澄明和轻松,甜蜜而亲切。它抛脱了伟大,得到了亲切,面对迷茫的灵魂,诗人喊出了回归现实的真谛。

生活中有些无奈,是让我们被迫去拥抱它。而当经验在阅读之中引发出新的理性,哪怕起先仅是一种假设,时间的现象学或许会激活它而成为现实。阅读《掌上红烛》就有这样的感觉。它把外在的社会现实与内在的人性,进行了精细的诗化处理,从而让我们的认知,在它的丰富的隐喻与强大的感召下,有了新的精神的能量。对于一本诗集,它已经足够了。

自我拯救与进取不已的重建

翻开晓弦的散文诗集《仁庄纪事》，一下子就被晓弦的诗吸引住了：

"这枚1976年诞生的伍分硬币/带着一月的哀思，周游世界"，诗人在历数了它的可能的"历史经历"中，说，"广西前线士兵的一次/不经意的占卜"时，我的心亦为之一怵。这枚硬币，一下燃烧起了我的生命，以至读到诗结尾的"它经历了共和国的风雨/依然有着饱满的麦穗和庄严的国徽"（《一九七六年的一枚伍分硬币》）时，一股神圣油然穿透诗句而生，我亦成为晓弦诗的猎物。同样，在《一滴墨水》中，诗人兴吟"一滴墨水在黄昏走失"，"当她踮起脚尖伸长颈子"，"当她隐身于/一枚狼毫的亢奋与瘙痒里"时，那种化静为动、化物为情的诗意的灵动，刹那间就会令你从梦魇中突围出来的那颗惊悚的灵魂，面对诡异的词语，感到不知从何开口。而当"一滴檀香的墨水/终于耐不住寂寞/纵身化作酥祥的暧昧"，诗人笔下的墨水，已经成了流在血管里的血，浸淫在灵魂里的情感。那"此刻，一只褐色的蝙蝠/在夜的瞳孔里一寸寸迷失"，诗人为我们建构起的魔幻之景，似石头燃出的火焰，大海开出的天路，一下子让你的审美视觉与审美感觉，朝着不可预见的方向疾驶。

面对现实，诗人之笔，又会写出另一番寓意深刻的景象："抽水机不断地抽着水/矮下去的鱼塘，像一具被吸干血的尸体。"即时即景，诗人所不愿意看到和意愿中的所指，是"皮包骨的鱼，骨包肉的蟹，顶着长矛的虾/还有，被时光锈蚀的/辨不清去路和来路的肋骨"。这是被冷酷的现实冻醒的灵魂，这是一颗心行走中突然坠入深渊的血吟。在貌似草木葱郁的花世界里，还有这么一个鱼塘，也许还不止这么一个鱼塘。它让我们看到了见底的世界，它终于让我们看清了原本模糊的实质。"像耶和华丢失的手杖"，用了括号的诗句，绝不是简单的说明，而是寓意，深沉的寓意"大白于天下"，是"那些打诨插科的人/那些浑水摸鱼的人/早已不见了踪影"。（《干鱼塘》）挂着社会主义旗号，却比资本家更贪婪地在肆无忌惮大力吸吮劳动人民血汗的腐败分子，总是在光鲜的表面下肥利而从不会损己，留给国家和老百姓的，只是干鱼塘。幸亏，中纪委的屡屡重拳出击，在不断地宽慰老百姓愤怒又无奈的心。所以，"像耶和华丢失的手杖"，是一词二意甚或更多意的寓意，它是正义的期待，理想的追求，也是节制的警示，法治的必然。可见，诗人的一首短诗，文化与社会学的内涵是够丰富的。

在《仁庄纪事》里，有两首诗可以相互参看。先看《鸟有先知》，诗人予以云彩的"镏金"和鸟儿的"失恋"，把词语的修饰运用到了一个新的境界。而"现在，只需低下头/像鸟儿的一场失恋/把仁庄看得风生水起"，决不与开首"先说天空/镏金的云彩"相矛盾，它是一则别出心裁的用意，意在不协和的意象引出新的审美。所以，"大地依旧/一些遗落的事物"，"却很新鲜"。那么，"荷锄的农夫，消失在/老牛几近干涸的眼眸中"，"像空中迟迟不肯降落斑鸠/鸟有先知，先自飞去/我们何曾怀疑"。是否是诗人已经在怀疑历史的遗落，是否在怀疑日趋荒芜的连斑鸠也不肯降落的现实，先知的鸟先行飞去的村落的老牛眼中的干涸惨景？"向南去？抑或/向北去？"是诗人的迷茫，还是失去了信心的绝望？这份悬念与疑惑，只要读《仁庄的良心》，就会豁然开朗。"我只关注/仁庄芝麻大的东塔漾和丝瓜长的石佛港/关注村西山上小小石屋里先于春天醒来的祖先/是否惊悚于打桩机强劲的咳嗽……"一颗希望的心，一颗包裹浓浓乡情的心跃然纸上。"原谅我老去的心，与仁庄一起深陷于/被十二月的乌鲤鱼死死咬住的枯水期。"这是一种什么样的感觉呀，分明是血浓于水的乡情，是诗人精神图腾中最基调的一笔。"十二月的乌鲤鱼"与"被死死咬住的枯水期"，两个意象如此的准确又如此的饱满，让我们在沉重之中仿佛又瞅见了诗人从内心挣扎而出的一份精神追求。在诗人对着行进的现实的当口，他自有了自己的生命体验，且又在这体验中滋生出锋芒和力度："我是如此地执着于光线的质量而忽视钻石的重量"——不管日益长高的摩天大楼如何雄踞于都市，诗人精神的双眼，只看重农庄与老民，这是诗人精神光线的质量所在，更是高科技发展下，社会进程中聚焦的所在。

在《仁庄纪事》里，诗的另一个明显特点是，作者突破了诗人往往会喋喋不休围绕小我的呻吟，而高扬起飞翔的翅膀，把陆地也视为拥有张力的太空。同时，以文化对话似的方式，置诗人、自然于大众共处下的新探测，从而能让诗真正进入生活的本质。"石头返回天空，拧亮星星/好让银子似的雪花笑着回家/小河脱下风的衣衫，裸露清癯的身子/挥霍一空的田野，静默着绝食"（《还债的冬天》），诡异的行间，纯净且又带着财富的未来，正试着朝期待的田野（未来）走来。"干净得让人想起天堂/想起天堂口，一个咬着嘴唇的/沉默而倔强的圣女。"（《只有雪是干净的》）请注意，在这里，诗人又一次强调并提醒期待的田野，天堂，既是干净的，又必得让人敬畏。宗教式的提示，实是重建崇高精神家园的基础。而"圣女"咬着嘴唇，会让我们想到鲜红的颜色与性感，这是财富也是诱惑，但"圣女"的不容玷污性，又在指称什么呢？"她穿过乌青样的云朵/在静处和近处给你/指一下迷宫，然后淡淡一笑。"宫与官，古文是通假的。为什么是迷宫，寓意显而易见："人世间能够完全覆盖什么的/唯有雪和坟墓"——这不啻是一声惊雷，人生的尽头，口碑与定论是最重要的。所以，那个咬嘴唇的圣女，"用六片花瓣，欠欠身/溜出了冬天的出口"，在她的身后，我们完全可以看清，"在雪地行走，雪地和坟墓的美/使人的 灵魂闪出淡淡的光晕"。它让我们惊觉，也让我们振奋，作为一位诗人，在诗行里向我们透出的，是更多的社会学家历史学家以及作为政界领导的历史隐喻与自觉自律。作为诗的文化含义，则是对人精神皈依的高度敏感及其与正义、服务、行善的血脉相通。至此，"终于松开了，难挨的午夜/松开铜绿的时间，和目光的悲悯/她的影子急剧地向森林处飞去/像一场起于青萍之末的飓风/她发动了森林里所有的凶猛的禽鸟/向自己的内心一寸寸包抄/最后，她松开被寒风吹散的长发/以及那颗停留在夜莺嘴边的露珠"（《松开》）。松开，晓弦携散文诗集《仁庄纪事》，在公共空间的姿态，正是诗人自我拯救与进取不已的自我重建，也是《仁庄纪事》以离不开的本土，散发出最为撼人的诗篇。

差异的视角

异

当代文学批评的审美诠释

批评的诗学精神与独特眼光

海德格尔曾有艺术中的真理空间一说,其关键词为澄明。这就是说,真正的创作,自身在创作过程中必有纯粹的东西存在,而当艺术品达到一定的高度时,纯粹也同时回归其艺术自身了。此理对于当下中国文学的创作与批评,是一个真实的指向。有品位的文艺批评,也当践行和服膺此说。

一

历史在每一个重要阶段都会有文本与诗学精神的冲突,继而引出社会对诗学精神的需求,并在其层累的过程中对应时代的检验。为此,说文艺批评耕耘在一片果实与杂草交叠互缠的田野里,一点也没错。它需要高远与睿智的审美眼光。观当下经济社会因受高科技与经济的高速推进发展,文学的嬗变也令人刮目。

所谓嬗变,一是原有的文学样式的能量已在衰竭;二是由此,原有的文学样式已不会再继续作为朝向未来行进的唯一标准。一句话,自五四新文学开始的学习西方文学的写作样式,已到了该"终结"的时代。嬗变的另一个新象,是新的文学写作已在跳出现实主义现代后现代主义写作样式,并正以最有影响力量的锐不可当之势汹涌而至,与老一代作家继续在使用的习惯写作模式的文学并存,共同构成当下发展中的新文学。但随之问题又出来了:过去的绝不会全部死亡。形式上的消亡,其传承中却又保持着旧的内核。历史就这样以正反两方面在证实:现实不时存在着过去的影子。从这个意义上去认识,我们就会抓住文学发展的内在脉络:即文学的嬗变是在有继承中的创新,创新又不可能完全脱离一脉相承而来的经典文学。但这嬗变事实又非常地不单一,即随着年轻一代的探索性文本(包括他们创办的文学杂志《文艺风赏》《最文学》等）的涌现，一批垃圾式的杂草也乘势强力盛开。这一方面是因为年轻一代利用因特网的便捷而加入文学创作的众势之优，让人在自由空间滋生了强盛的创作状况。在这状态下，又飞快带出了随心所欲、不受文学规律约束的随意性。随之尚有一大群追捧者无知又无畏地热闹着阅读的介入。

　　另一方面是"技术的误导"让不少会使用键盘的人，误认为敲几个词的串联，就是文学，编一两个土白故事用新奇的词装缀一下就是文学。面对这些轻率的举动，不得不让人要冷静去思考一个新的老问题：审美价值的迷乱与精神价值的缺失。（赖大仁）譬如近期出现的以废话写作为特征的"乌青体"的"废话诗"。其中《怎么》是这样写的："我打电话给张建华/接电话的是/他母亲/我问：张建华在吗/他母亲说，在、在大便/我说，在大便啊/他母亲说是的/我对张建华的母亲说/那怎么办呢？"又如《我火了》："我给我妈打电话告诉她/最近我在网上火了/是吗？我妈不会上网，真的吗/真的，亲爱的妈妈/这次我绝对没有骗你/我妈听了很高兴。然后呢？然后我就不火了。我说。"（据《文汇报》）废话加无聊，让我们看到了什么呢，看到了对一个所谓作家的恐惧和他内在的虚胖。自然，从另一角度去理解，在消费时代与多元文化共有的公共空间，这本也无可厚非，因为网络本身是中性的。但一个背离了诗学范畴的"文本"，在客观上却阻碍了诗学意义上的品质提升，从而让它沦为无聊的文字游戏。因为不管是雅文学还是俗文学，文学的底线是不能被任性踏灭的。作者也许想以大土白与日常生活中心理场景的白描，企图去解构传统经典创作的技巧和叙事结构，或以反讽式的修辞在创新一种新的审美效果。然而，由于连文学创作的基本审美底线都未守住，所以，这样的形式与叙事策略，只能是审美价值迷乱之下的低俗和精神价值缺失之下的忤逆。我们说的创作底线，就是诗本身应该是诗，它应该以自己精巧的修辞与优雅的结构形式创造给读者以"健康营养的文化"（库尔特·冯内古特），而不是以非诗的形式骚乱与玷污已有从《诗经》至今数千年优秀传统的诗之美。

　　当然，也许有人会诘问，文学创作是自由的，诗与非诗，谁说了算？诚然，创作是自由的，但它正像书法一样得有个度。当我们看到不少当代书法完全撇弃了章法、结体，任由自由之手任性挥洒，以致乱线纷飞，结构哄散，完全是一副野蛮人耍泼撒野的恶俗相，连狂草也惊叹不识其为何家之传承时，以中国的文字为基调的作为一门艺术的中国书法，在这里还有意义吗？"乌青诗"亦如此。在一个无限自由的网络空间，你写是你的自由，但若要以诗的文体闯入文学的殿堂，那你首先必须得有文学素养的底子，然后又得遵循文学创作的规律。素养使你的修辞有质地，规律让你的诗行走有诗意，雅在俗中隐现，俗在雅中升华；一句话，意象应该有诗意，这才能成其真正的诗。那种"口水化""脱口秀"式的分行句子，是不能算作真正的诗的。这也不是谁说了算的问题，而是文学本身予以作品是否有艺术水准作甄别的一个最起码的审美标准。文学是人类现实生活行动在想象层面上的凝练，诗更是人心深度的精神结晶。若说句子分行就是诗，人人都可以写诗，那么请问，我们还要开设分级学校去进行教育干什么？还要继承优秀的传统文化干什么？

二

20世纪90年代曾盛行一时的口水诗，与当下的"乌青体"，其中一个实质性的要害，就是它们对于文学的不敬，也即无有敬畏文学的文明意识。若说国外流行培养一个贵族需要几代人或数十年的努力，那么，培养一个诗人或作家也是同样道理。这里的"几代人"与"数十年努力"，在于作者自身对几代经典文学的阅读和数十年写作的历练的文学素养。就作家而言，文学就是灵魂的姐妹，要真正进行创作，他必须要学习前辈中外古今的文化精粹，然后在探索中给作品注入新的生命活力。更有一些著名的作家，他们或以灵魂的叛逆，或以折断的翅膀，从生命的体悟中去积累，再激发出文字，才写下不朽的诗篇。所以，作家于自身生活的经历与磨难，生命的体会与领悟是十分重要的一个环节，我们决不可尚无一点生活经历，便傲视一切祖先光辉厚重的文化遗产，毫不思索地就来个十分随便的"创作"，轻率弄个句子分行即为诗的那般浅薄与可笑。也曾听到赞许者认为这是文学的"又一先锋行为"。殊不知，先锋艺术狂放纵达在于汲取前几代艺术精华基础上的自由，是内心情感与艺术锤炼相融后行云流水式的抒发，而非哗众取宠式的虚胖与无聊。为此，你更要睁开眼看看文学宽广的天地以及行进中的主流趋势。有句话说得好，你把眼睛睁开了，就看到了别人，同时也给了自己光明。也许文学叙述已经属于过去，但事实上文学永远是行走在与现在同时的轨道上，她以语言结构故事（或文体），产生鲜活的思想，以思想扛起担当，蓄发社会的精神能量。

从"梨花体"到"羊羔体"到"乌青诗"，这样一路走来的一个现象，也让我想到阅读环境对新一代中国知识人的心智状态的利与弊的影响。如在浙江当代文学研究会上，一中文老师提出了一个问题真让人纠结：她教的大学生中，一个学期读五本文学书的，一个也没有！读一本的，有几个。问为什么，说：没用！如此实用主义和被金钱尘封了双眼的、被扭曲了的学习心态，怎不令人心惊！其实，文学是渗透进各个学科的一门具有动力性质的杠杆式的学科，也即是其他学科的母科。以眼前实用去对待它，是一种有悖于科学性的观念，是短视的僵化。事实上，文学之于科学的巨大作用，历史上早有记载。科学家桑德拉·林厄姆就一直认为："文学鲜活的力量一直在赋予科学新的生命。"①当代的科学实验也证实，科学与诗歌交互作用产生了当代一个新兴的学科：神经美学。美国著名建筑师埃里克·艾林森就用文学的形式，设计了著名的低碳建筑"金字塔农场"。②可见，文学的价值，是在历史与生活的进程中渐渐体现的，而非急功近利，满足一时的某种物欲。她是生活不朽的行吟，是历史行程中的张力。这正如英国文学批评家彼得·威德森所说："作为一种高尚的审美领域的体现，文学是在捍卫人类的利益，在与平庸的商业化侵袭对抗。"③正是我们的教育缺失了这样的审美教育，一路走来的这些"废话诗"才会在某个阶段一波又一波地掀起蹿红的热浪，才能使薛蟠、焦大成其行吟诗人，而让李白杜甫们欲哭无泪。我们也同时在奇幻、惊悚等对入世未深的年轻心灵具有初级吸引力的文本上，以及他们努力在摸索与创新属于他们的新的文学样式进行审美批评时，更要注重以真正的创造去抵制平庸的一种只属于"准文艺"自身的积极的回应。自20世纪下半叶始，随着E时代的日新月异，文艺越来越走入寻常百姓家，它与百姓的距离，也由阅读的审美距离，借助电子设备的技术手段，而一变为可以自由渗透，甚至可以自主改造成为每个人随意创作的文艺。所以，当它一度曾出现"全民颠覆"的文化现象时，我们的精神警惕，我们对抵制平庸的指认就变得尤为重要。于此，把真正的文艺中的审美价值、精神意义与历史性再次提到高度，乃是每个文艺批评家面对当下现状，要必须具有的一种责任与担当。所以，对网络文学中自由写作的庸俗性，踩一下刹车是诗学精神的当下体现。

三

如果我们不借助文学去说世界，世界就不会由此更精彩，诗学的精神更给了文学一种社会审美的价值判断和历史的追溯意义。就文学的文学性而言，彼得·威德森还说过这么一句话："小写的文学是在批评之外而独立存在的，然而大写的'文学'却完全是由批评创造出来的。"④这就使得批评必须要有自己的眼光。针对中国当下的文学现状，批评必须挺身而出，要以英雄主义的

---

① 严蓓雯：《文学与科学的新关系》，《外国文学评论》2011 年第 2 期。
② 严蓓雯：《文学与科学的新关系》，《外国文学评论》2011 年第 2 期。
③ [英] 彼得·威德森：《现代西方文学观念简史》，钱竞、张欣译，北京大学出版社 2006 年版，第 41 页。
④ [英] 彼得·威德森：《现代西方文学观念简史》，钱竞、张欣译，北京大学出版社 2006 年版，第 41 页。

姿态，勇于指责流弊，警醒非文学把文学拉下水，以批评的"除魅"（雷蒙·布东）勇气与正义感，坚决不做和事佬或赞歌派，去以保障文学高雅健康地行进与发展。

指责流弊之一，是当汽车进入千家万户（包括电动自行车、助动车与摩托车）之时，一个"捷驶"的中国时代已经到来，但文学应该还是行走，脚踏实地写深刻反映当代社会转型中的现实体验。唯一与之捷驶时代相呼应的，只应仅是电脑写作与出版速度，而非以"捷驶"去解构沉稳中前行的写作。任何"捷驶"式的写作只会导致文学的浅泛化与变性快餐，而不能使文学在原有良好的基础上更高层次地发展。真正的文学是积累而出，深入而出的。这正若从书写层面而言，文字可以任你海阔天空乱写。但就文学而言，文字决不可随意涂鸦，否则，就不是文学而是粗制滥造，是制造视域污染。要敬畏历史：当初文字的创造背景是"惊天地、泣鬼神"的。所以，就人而言，没有比生命对人更重要的东西。就文化而言，没有比文学（文字）更圣洁更崇高的精神享受与启示。

指责流弊之二，是近期有人将五十种古典名著，包括中国古典文学四大名著在内及《古文观止》《论语》等语言、思想类名著都大言不惭地宣布"不必读"！尽管也许出此狂言者有反其意而用之之意，然客观上所起到的误导作用，恰是迎合了当下浮躁浅阅读的不良风气。须知一个不喜欢认真阅读经典高雅文学的民族，决不会是一个精神强盛的民族；一个没有高雅文学出现并担纲主流文学的国家，也绝不可能成为一个真正强大的国家。我们不苛求作家，特别是年轻一代作家，一定要有所谓宏大叙事或有强大历史感作品的深度与广度。作家的作品可怕的不是没有宏大与历史，而是他们的创作头脑里没有宏大与历史的精神。走过现代的后现代，它的意蕴也是创新，它的意义在于为时代、世界与文学提供一种更具时代性，也更具文学性的文学新作，从而也为作家的新一代面貌，诠释更具时代意义的新维度。

四

当然也不是说我们的批评已经全部地没落。也有批评的眼光，正在忠实践行高雅文学审美原则的批评，如刘川鄂先生对21世纪湖北作家群的批评："现实意义的强势和现代主义的弱势，作为一个现象，在当代湖北文坛乃至中国文坛都是一个明显的存在……作为一个偏农业的内陆省份，湖北并不具有催生先锋艺术的肥沃土壤，政治抒情诗、乡土诗和写实小说的发达反衬了湖北文坛在现代审美和先锋精神上的贫弱。"[1]这样中肯又尖锐的批评与自我批评，实是当代国内文学批评鲜见的真切之论。同时，我们批评的眼光，又要放弃渐在自我意识中成权威或惯性的己见，要虚心去听听新一代作家与读者们违逆自己的说法，如石天强先生对先锋作家马原《牛鬼蛇神》叙事的评介："这个骨架如此稳定，以至其中发生的任何时间倒错的故事情节，都无法超越。也是在这条时间叙述的河流中……那种渴望与颠倒的章节形式完全一致的、对严整的叙述时间的破坏性叙述的期待，并没有出现。阅读期待遭到无情的放逐，也是在这种失落中，那个具有先锋性身份标志的马原遭到流放。"[2]最后石先生说："梦想已经失落，留下的，就只有空洞的符号。在貌似惊人的形式背后，却是叙述人面向远方，逐渐远去的身影……历史，成为先锋们寄予梦想的最后的归宿！而迎面扑来的，则是高度商业化的市场写作：文学真的蜕变为一种文字的堆积！"[3]文学应该永远牵着希望牵着艺术，她不应该只是继续在维系原先。复述而非真正意义上的创作，其实质是一种悲凉的倒退。文学更应该是打破旧有，在摧毁中去建构新的文本。我们知道，作家，特别是已有成就或早负盛名的作家，生活与创作有意无意会给他们制造心灵的危机与创作的路障，当他们驾驶的创作之车长时期停泊在"直行待行区"或"左弯待转区"时，批评家应该毫不留情地予以狂喝，指出他们因安逸而缺乏思考，因成就而流失激情，因缺乏生活的深入而陷入平庸的复述，因名利与其他因素而使灵魂麻木，眼光迟钝……那种毫无审美价值地去迎合广场狂欢，网众娱乐，或为潜在的"被电视"而去创作，最终失去的灵魂工程师的历史美誉与文学作品自身的美育功能，同时沦陷的，也是作家自我的人格与他的文字的美学光彩。

大江东去，浪淘尽，千古风流人物。诗学的精神穿越文化的不同层面，历史之鉴也无一日不在训示我们：文艺批评要坚持诗学精神与自己独特的眼光。

---

① 刘川鄂：《屈原的"楚殇"盛，李白的"楚狂"衰——新世纪湖北作家群创作概观》，《光明日报》文学评论版，2012年4月19日。
② 石天强：《再见了，马原们！》，《文汇报》2012年4月14日。
③ 石天强：《再见了，马原们！》，《文汇报》2012年4月14日。

海飞：战争与人性中的女性描写

再次看到海飞描写抗战的小说《惊蛰》，让我产生一种新的思考：海飞作为一个70后作家，他对抗战题材历史回顾性的描写中，于女性的人物描写与内心刻画，正呈现出一种多元的深度。

海飞对女性人物的刻画，镂刻的角度，不在这些人物所承担的不同社会角色、不同的爱情遭遇以及由家庭等面临的社会甚至生死问题，他以各种不同的方式表达出这些女性人物对这场战争、对祖国、对民族和对亲人不同形势的真实情态，传递出她们在这个复杂动荡的历史时期，对人生对社会不同层次的认知及其价值取向。如双重身份的中共地下党员张离，她对待救自己生命的陈山欲纵又止的情感："很久以后，张离轻轻地推开了钱时英。她一直在想，陈山现在在做什么。"她与陈山躺在一屋，激动地以"自私"为题说出了自己名字的意义：为国家为民族离开父母，又经常一忽儿重庆，一忽儿又马上离开去上海而奔波，这是"离"字的意义。当陈山问她离开喜欢的人，又喜欢谁时，"当然她爱陈河但也爱陈山"。后被陈夏带队围剿突围的她，拼命逃跑时唯与生命同等重要的是保护着电台；在教堂与"麻雀"接上头后，她坚定地告诉上级："钱时英不会叛变。你小瞧他了。"当上级说以防万一时，她又毫不迟疑地回答："没有万一。"所以，离别，她又会石破天惊地对上级说："我来替他活下去！"

另一位貌似以汉奸形象出现的女性唐曼晴，她与特高课长麻田风险地周旋，她巧妙地分解陈山再见陈河时的兄弟矛盾，在为陈山接风的舞厅里她又含蓄地告诉陈山："我还能看到你骨头里面的自卑。你不要对时英不服气。你和他没得比。"在与钱时英骑马时，她又悄悄告之荒木惟盯上了他。当钱时英被捕后，她又顶着风险冲向荒木惟，试图以各种方式去营救他。后来，终于又抗衡了荒木惟不准收尸的命令，把钱时英的尸体安葬："唐曼晴离开钱时英坟地的时候，已经黄昏。一群老鸦在放肆地啼叫着，在这种聒噪的声音里，穿着长裙的唐曼晴踏着荒草渐渐远去。她的皮鞋和裙摆上，沾上很多的枯草碎屑，这让她觉得自己十分苍凉。她又想,自己的一生已经过完了。以后的日脚,是多出来的岁月。"也正是这个情内妆外的无党无派之人,积极协助陈山去偷荒木惟"秋刀鱼计划"时,为他召开舞会创造了条件。在陈山冲出重围时,又冒着极大风险开着福特汽车以特别通行证再次救下了他。在陈山问她为什么时,她说:"那我告诉你一件事,我不是汉奸,因为我其实是半个日本人。但是认识了你哥哥钱时英以后,我觉得我就是中国人了。"在荒木惟最后审讯并欲放她回日本时,她又突兀地咬荒木惟的肩膀以证明自己是"中国人",而被荒木惟慢慢折断她的肋骨,又以断骨刺破内脏这样壮烈地为国牺牲。

陈夏无疑是《惊蛰》中一个最为读者注目的女性形象。她由先失明,后复明,再失明但伴随出现的是精神的最终觉醒,而称奇于本小说中。她先由荒木惟的误打误撞,既作为人质又随即"不用死了",然后被送去日本治疗眼睛,并接受了特种训练且成为全科甲等生。而后凭着超天赋的听觉与分析能力,成为一名神奇式的日谍。对于这个人物的刻画,作者海飞确实煞费苦心,他给她安排的是一曲人生的四重奏:第一,在钢琴声《樱花》的伴奏下,"阳光从窗户刺眼地渗入"照亮了这位失明、沉静又有超人听觉的姑娘;第二,双目复明的她"一阵旋风似的扑向"小哥哥陈山,但陈山的心"像被扎了一针";第三,她又有了一个名字,叫夏枝子,并有了以她命名的工作小组;第四,她出现在捕捉和击伤自己亲大哥的场景里,她也出现在营救自己的小哥哥并最终将自己这条命也搭进这场营救中去的场景。这本来是一个与社会疏远的人,但通过一段特殊的情况,她被推至没有硝烟的战争前沿,并与自己的两个亲哥哥站在了对立面。可贵的是,作者并没有把她当成一个觉醒了的进步女性这套路来描写,而是通过她对残酷现实的直面认识,特别是对荒木惟既具情窦初开的真诚欢愉,又具复明双目的感恩,心认他是第二个小哥哥,到从第一次看到狂怒的荒木惟时内心涌出的诧异,后渐渐发觉他对掷炸弹时的心跳加快的喜悦,之后更觉得他干净整洁的外表与形象,让她开始感觉陌生,且是在怯生生的懵懂中感到疑惑与心悸。在最后以"突然从暗处的一只邮筒后面像猫一样闪身而出,连开两枪"地对日军的阻击,一枪击毙一个鬼子,写出了这个聪慧过人的姑娘,终于能挣脱出生活在别人怀抱与手掌中的囚牢,以她特有的方式,对生活、对人生、对自己的国家和亲人,写出了自己独立的方式和最后的承宗。

在海飞系列的抗战小说中,我格外注意到他作为70后作家,对历史和人性的态度。这是一位对历史的自然主义与对人性肯做积极的深度剖析的作家。他知道一切理性也许在小说里不能充分说服读者,便用非理性的独特叙述,强有力地推进了对战争与战争中人性的深度叙述,同时也帮助读者进一步深入地从阅读小说到理解人物,再到能深入客观地理解历史,以及能最终看清历史中被遮蔽的和人性的多重场景中的变异以及留真。

中国年轻一代小说家成名之后的再次自我提升，以及对过往历史与敏感题材的艺术创作的新曙光，或许正在于此。

海飞："异乡乡愁"中的人性与狼性

我在阅读海飞的文学词语间，看到了人性深处许多壮阔和夹在战争与和平中的种种挣扎与生存、对抗与建设的交叉与繁复。它们有时激烈，有时悄然无声，那些不可预测性和偶然性，又令故事充满了惊险和诗意。《惊蛰》中两个非等闲的人物陈夏和荒木惟，就是"这一个"典型。荒木惟的出场被安排在陈山被人敲昏绑架醒来之时，"荒木惟坐在窗户边弹钢琴。叮叮咚咚的琴声中，窗口的光线翻滚着漏进来，洒在荒木惟青光光的下巴上……他白而干净的手指头在琴键上按下去，那是一首多少有些忧伤的曲子，他开始在琴声中思念家乡，并且想起了那个充满森林、腐草与木头气息的家乡奈良，以及狭长的号称日出之国的祖国"。这其实是一段富有建构性的文字，它告诉我们，这是个特殊的人物，他的特殊不在于钢琴或琴声，以及干净的手指，而在于当琴键按下去弹奏出来的是勾引往事与回顾家乡的声音。它是那么的充满魅力，同时也更富哲理高度地提示和询问着读者，恋乡的人为何又会跑到中国，扮演着一个绑架者，且他自己并不能与被绑架者统一认识的角色。同样，陈夏的出现也并非双目失明的青春少女能特别引起人的关注与怜悯，而是她长于他人千倍的听觉辨析能力和一颗安静的心。这正是荒木惟们作为特高课人士惊奇的"发现"，是对陈夏这份"奇迹"有可塑弹性的另一种眼光与用心所在。这也正是小说不同于其他同类小说的地方。因为它也同时为小说的合理与新奇的发展，铺垫下了富有折叠韧劲的张力。

若我们再进一步追溯下去，为什么读者与荒木惟，在对待陈夏日后出入梅机关及其被医治好失明的疾患，成为既精灵式的又强悍的双重优势的日谍人员，会有截然不同的看法。那亦正是作为小说家的海飞，不是单纯地把陈夏与这场战争简单地联系起来，而是让陈夏借助荒木惟对她的直觉的力量，引出了感性感悟与理性认识之间的一段先明澄后血腥的人生经历。它让陈夏在真诚与现实的交叉感悟中，自然决然地做出了心灵的反应。这与她真正的成长：前半部分从单纯的小哥哥与收音机，到查找出几多军统的潜伏电台，击伤她的亲哥哥陈河，及后来又以牺牲自己的生命去营救陈山，便给小说的人物在内心的感悟的力量上，有了两次火山喷发时的奇观。让我们看到在小说人物塑造时，避免了那种由单一理性说教式的"培植"而造成的虚假，同时也显示了本小说作者由陈夏在小说中喷发出的直觉的力量，彰显出他对小说创作的人物观以及独立的定义与价值，同时亦延伸了包括陈老伯在内的陈家儿女情感的广度和长度。

由此再来看荒木惟，这个脚踩在侵略的土地上，心中却时不时让其安静下来，在钢琴声与清纯姑娘之间寻找到平衡点，同时还由陈夏的奇迹与战绩，滋生了压抑不住的爱情："荒木惟终于松开了军医的衣领，他无声地挥了挥手，示意所有的人出去。然后他坐在了地上，缓缓地抱起浑身抽搐的陈夏，陈夏不时地发出惊悸，双目死死地望着前方。她的眼睛因为身体的伤势太重已经看不见任何东西了。她身上的血把荒木惟的衣服染红。她能听到自己的血液在流动的声音，甚至听出了梅花堂以外，一朵春花在瞬间绽放的声音。荒木惟的脸无比温情地贴着陈夏的脸颊，陈夏的泪水也湿润了他的面庞。荒木惟的脸上就浮起笑容，说我答应过等共荣了，带你去看日本的樱花。"一个垂死的人在诗一样的语言里，开始灵魂反向的苏醒。而在这陪衬下，残酷的现实同时教育也激励荒木惟压抑内心深处情感闪现的时候，我们随即又看到了他对待另一个女性的狰狞面目："荒木惟平静地说，中国人就爱咬人。一会儿，他的肩头上沁出了一小摊血，他的内心却涌起了一丝欢叫。他抱紧了唐曼晴，嘴巴附在她耳边轻声说，你听，然后他咬牙切齿地唱起了《君之代》：愿我皇长治久安，愿我皇千秋万代，直至细石变成巨岩，长出厚厚的青苔……荒木惟一边唱一边把唐曼晴越抱越紧。他用手指的力量推送着唐曼晴折断的肋骨，这些骨头斜斜的切口像尖刀一样扎破了她的内脏，甚至扎破皮肤突兀地冒出来。唐曼晴的鲜血浸染在荒木惟的白衬衫上，无比鲜艳。荒木惟最后松开了手，唐曼晴就像一朵开败的百合花，慢慢地萎顿下去。荒木惟轻声说，恕不远送。"这场景，不由我们会一下子又闪回到荒木惟让陈夏弹完一曲《樱花》，陈夏要改掉乐谱上那几个错误的音符，荒木惟说"不用改，他一直面向墙上的天皇画像恭敬地站着。那天陈山也在荒木惟的办公室里，他在喝荒木惟新到手的一种福建岩茶。他看到荒木惟目光深邃，仿佛整个人要沿着自己的目光走进天皇的画像中去"。在这里，我们不难看出一个侵略者和中了天皇东亚共荣阴谋之毒的那种愚顽和变性的残忍。但就小说文本来说，更深刻的意义在于小说作者的现代主义文学的方法，他常常把荒木惟放在自我二元对立的场景之中展开描写。比如琴声与乡愁，比如樱花与战争，比如他对陈夏说，你愿意当天使吗，等等。

它也让战争使人性变得残忍无比及血淋淋的场景,只在文字平静地倾泻中悲惨又心悸地渐显出来,让读者深度感受到比读惨不忍睹一类的形容词更为刺骨揪心的灵魂震撼。

在荒木惟身上,我们还可看出作家海飞的"异乡乡愁"情结。有句话说得好:小成功需要买卖,大成功需要敌人。《回家》里的千田熏面对家乡,在密集的枪弹中,于船头自杀。更在于他心中还有家里无血缘关系,却比有血缘关系更亲的养父和姐姐,以及大海和海钓。《花红花火》里的酒井欲霸夺花雕秘方而使清酒更成其灵魂的圣物,使出种种阴招,然在小说结尾,作者还让酒井的儿子漂洋过海到绍兴花田顺花雕厂参观取经,以致又艺术性地鼓帆起酒井乡愁的游魂。再到《惊蛰》中荒木惟经常沉浸在钢琴声的乡愁之中,特别是陈夏的出现,更把家乡、樱花和陈夏紧密地拴在心头。特别是中共潜伏要员钱时英(陈河)与荒木惟最后斗争的场景描述:"后来荒木惟将刀片扔在了钱时英的身上。他的手下陈山曾经告诉他,钱时英像钢筋一样硬。现在他知道陈山说得没错。他抬起头来,望着小树林的天空,那些从树叶间隙漏下的光线斑驳地洒在他身上。这是一个阳光充裕的深秋的午后,但却是从遥远之地响起隐隐罕见的雷声。"海飞在这里用生动的个例,有血有肉地呈现着他们"异乡乡愁"的场景,又各有别韵地描摹着他们"异乡乡愁"的精神状态,实质是开拓了我国同类小说题材中,对于反面人物的深度描写的领域。

增强文艺批评的审美效能

　　而今，大量的文学批评语言枯涩，动不动就引用国外理论，杂以文化等，实质其中多有虚晃，让人云里雾里摸不着头脑，把真正文学批评下的审美空间给遮蔽了。我们有些批评家在批评文章中大谈"诗学"，然而他们不知道，过多杂以理论与文化的阐述，正是缺失了文学与文学性的不足之一。事实警醒着我们：批评的语言应该永远是在与文本的真情沟通中产生魅力与价值的。

　　当代批评的不足，一是机械地设立公式，简单地把作家与作品分为什么"70后""80后"，甚至"90后"等，这不啻是一个难以准确定位的说法。其实，说青年作家与中老年作家之间有代际的分裂，也有些道理。因为作为一个作家，他必然会有自己的想法，所以，由自己的想法创作出的作品，就明显带有该一代人的印痕。但是我们也不能不清晰地看到，这些年轻一代作家之作品的产生，绝不是孙悟空般从石头缝里自己蹦出来的。据我的有限的调查，一些青年作家（不管是"70后"，还是"80后"等）之所以能成为作家，就是当他们还未识字或会写文章前，就已经接受父母或爷爷奶奶辈们的经典文学的学前教育了。当他们爱上文学到后来试图写作，也是在文学的经典熏陶之下开始慢慢成长的。无有经典，哪来新创？所以，"70后"等的代际之中，其基础是由经典训育而成。也就是说，他们的骨子里彼此都连着经典是一个既定的事实。国外许多名作家，也承认父辈激发子女创作灵感，如爱尔兰作家科尔姆·托宾，他说："我和上一代甚至更上一代人同坐在屋子里，他们让我拥有了我未曾经历的家族的往事的记忆。我仿佛在尘土堆里和长辈们的鬼魂一起工作，而不是在用词语和句子塑造小说形象。"诺贝尔文学奖得主奈保尔在为了成为作家努力时，他的想当作家的父亲也给了他很大的影响。而也正由此，区分"70后""80后"等作家，其实应是没有太大意义的。因为在他们之间，仅10年的间隔基本没有历史的变数，而且彼此同样存在有许多的统一和诸多的愿望。他们中也有超前与滞后的，所谓超前，先锋性的追求很明显；所谓滞后，坚守传统的写法很固执。就是在"90后"初露头角的新苗当中，写长篇传统皇室后宫逸事的也不乏人在。且有的年轻作者，他们的作品中有先锋性、荒诞派的，也有很传统的。年长一点的作者中，他们的作品中也开始出现先锋、魔幻等。正如王德威先生所说的，现代性应该永远是复数的。这也就告诉我们，对"70后""80后"等作家代际的划分与称谓，其落脚点真实性的甄别，应该在于见出作品中阐述的语言的历史性、故事回旋的时空性与它衍生的美学的循环性，然后可去一般层面上的归类。我们决不可用时尚快阅读的文化消费，去对待一个文学的延续现象，去考量一个新作家的作品及其定位。

当代批评的第二个不足，是批评家没有细读而是泛读或快读文本，从而只是浅层次地理解甚至误读，不管是褒是贬，都最终造成了对文本的曲解与对作者的伤害。且往往由于批评家独立见解的不到位与超越固有形成的流行话语体系的独立性不够，也就未能对作品与作家深入地说出个道道来。他们东引西凑，杂乱相加，让真正的批评流失，成为说评书先生类的瞎胡诌，让读者与作家自己看了批评文章后，只知晓几个国外流行的批评词，或一套与文本貌似相干、实不关切的理论，致使作者与读者对文学批评有了更深的成见。这种现象，曾屡屡发生于诗人与批评家的对话之间，直至诗人愤而拍案离去为止。就以每年的诗歌年选之编本为例，有些批评家之眼光总爱情感式地停留在面上的几个有名诗人的每年的作品上，致使每一年年度诗选编出来，就只不过是熟人老面孔的年年花相似的"年度笔会"而已。殊不知，即令是名诗人，也不可能每年都会有好诗面世，而一般名不见经传的，或刚崭露新芽的生活在小镇乡村底层的草根诗人们的好作品，虽也有民刊的推扶，但于年度诗选编文本中，实是少见（偶见由辽宁人民出版社出版、宗仁发主编的《2011中国最佳诗歌》是一个能以民间视野编选年度诗选的例外）。真正具有批评的深度与高度的文学批评，都必然首先要去细读文本。为此，文本细读应该是一切好的文学批评的前提和原则，这一前提与原则决不可被各种理由和形式加以置换。

当代文学批评的不足之三，是批评家用老模式老眼光去看新作品。真正的文学批评家，应该不断给自己以知识与生活充电，在与新作品平行之中做更高视野的审美诠释。当代中国的经济、社会与文化的高速发展，以及由这高速又引发的生态、环境、民事等大纠纷，作家在作品中的细节体现（指虚构文学作品类）或隐喻所指，乃至文本结构上的变化等，你体察到了吗？体察的深一层意思就是领悟，也即批评中理论性的独立思考，只有在此前提下，批评家才能做出对文本与作者货真价实的审美诠释。然而，当下许多的批评却不能"与时俱进"，即不能因新作品新风格而嬗变自己文学批评中的美学观。我们知道，历史研究中的议题、视野、分期、考析是十分重要的，然在文学批评中，连贯历史、选好议题、考量作品、分析文本特性与存在的时代特征等,亦应是批评家所要首先做好的基础工作。譬如,中国当下高速发展,俨然成为世界经济第二强国,那么,它的文学作品在经济时代这一特殊情况影响下,不同的作家会有怎样不同的思考,他们在文本当中的文学反映又是怎样不同的面貌(风格与语言),特别是文本中细节的部分,作为批评家的尖锐眼光,是否又极其审美批评性地去做考量和分析了,并又跳出来全景式地从小说、诗歌等不同的文本特性,以及该一时期的总体风貌做过仔细深入的具有历史连贯性与当下性的审美诠释。我们对文本的批评不能只是"顶层设计"式的鸟瞰,而要深入其结构中的前瞻式批评。从革命全球化转化到经济全球化,再具体到个人化,范式的转变,我们的文学批评有没有与之相呼应?还有,作为批评家自身,又有没有从作品本身来检测批评审美观,已从新的批评审美观去重新观照作品做更为关系紧密的深层次的文学批评?须知,批评家从文本中发现的,正是范式转型中记叙事的创造性,而非名词概念的复述。批评家的观点准确与否,也正是相对作品新因素中是否具有新认识而言的。

当代文学批评的不足之四是,当众声斥责当下文学批评的不是时,一些刊物又玩新招。比如,硬定主题组织文学批评家进行有针对性的批评时(或者号称振兴文学批评),不是让批评家真正的自由地、有的放矢地去进行批评,而是人为地具有功利目的性的"组织行为",即让一个或数个批评家故意对某一个著名作家或具时有一定社会影响的作品,进行批评,批评的方式是走极端的:安排一方进行彻底的贬,安排另一方进行高度的褒,从而形成文坛热闹的论战,以此来壮批评的威风,实际上是为提升该刊物的知名度与发行量。究其实质,非但有悖于文学批评自身的规律,更是在导演引人发笑的口水战,毫无审美价值可言。当代文学批评,只有各个批评家对自己感兴趣和关心的问题进行批评,才会有真正的繁荣,而不应是"被调配式的",文学批评家应该有自己独立的批评品格。

文学的审美价值与市场经济中的文化价值是不对等的,在年轻的作家作品中,我们还看到了一种文本的游戏现象,即它们没有特意设定的历史背景与文化语境,如张英进先生所说的,是"预想了一种历史之外的虚构立场,即外在于线性时间性与确定的空间性"。作者往往以游戏去选择叙事的对象,在拓展一个自己走过去的时空世界。由于他们所处中国社会的经济高速发展,也由于网络的便捷因素,以及由此发展带来的猝不及防的日新月异的变化,面对文学创作与文化生产相交混杂又令你招架不住的态势。在文学经典与大众文化消费之间,他们的选择与两难,正宗文学的沉重与游戏文化的轻快,他们的正在逐步深入的创作中亦正在渐渐建设起来的美学维度,或者甚至可以说是作品发表与期刊级别改变他们生活境遇，予以他们累增的文化资本的快速呈现以及可能的文化地位，以此与艺术真实性、文学创作自由度与审美性相悖的文化现象的出现，亦正是这个时代给当代文学批评家留下的美学现象学的研究课题。

刘悦笛先生在《以生活美学革新当代艺术观》一文中认为，"一个时代的艺术变化了，艺术观必定随之而变，艺术理论也由此得以重新定位"的观点，既警醒又重要。当代文学批评真正能让自身升华，并重新振兴，关键要做的就在于批评家们让自己的审美批评观不落后于时代，不背离新文学作品中显露出来的具有饱满时代特色的文学性，并正确、正直与认真地对待作家与作品。这也许是文学批评的一个前沿性的问题，应化为当代中国文学批评家的一个真实的行动。文学批评家心中的一片江湖，只能是文学，而非花哨的盲侃。

那有一种令人信服的力量

"Is Bob Dylan Literature?"（"鲍勃·迪伦写的东西算文学吗？"）鲍勃·迪伦应不应该得诺贝尔文学奖，这既不是纯粹的文学能予以解答的，也可以说只有文学才能真正回答的。为什么，因为事实上对于鲍勃·迪伦首先予以质疑的，还是沉溺于文学创作的一班在搞文学的人。当然，他也不乏高校搞文学理论的年近花甲的教师。之所以这样指认质疑者，是因为"他们不识庐山真面目，只缘此身在其中"。原因是长期以来，对于文学及其创作，他们永远被框架在一个有限的被确认为文学的范围内。殊不知，文学的产生亦是在民歌唱词与俗语之中，随着发展，文学自身的外延亦在拓展。并且，早在许多年前，我们就已经有了戏曲文学、音乐文学和影视文学等，况且，而今势头正猛的还有网络文学的日渐显摆。可见，其实文学之纯粹，它既是独立的，又是多元的。多样的情形，用《诗经·大雅·文王篇》的一句话来概括，就是"周虽旧邦，其命维新"。文学的发展，在于创新。

当然，文学就是文学，而歌词是不是文学，尚须廓清。所以，我们先来看看这篇《于坚、西川读鲍勃·迪伦：不写远方，直接处理问题》的专文，就会有所感悟。作为我国著名诗人的代表于坚和西川，可都是在诗歌观念上毫不含糊的人物，前者坚定开创出一个口语化的诗歌新样式，后者是诗人与诗开创现代诗歌理念的人物，可见二人都绝非等闲之辈。所以，对于他们的意见拟更应有重视的必要。且听听，西川对于鲍勃·迪伦歌词的说法：是"灵魂深处的一个振荡"。由歌词追溯词作者，于坚说："他们的心目中都指向了'诗的本源'。"好了，这就是说，虽然字在歌词，但由一流的诗人听来，它是诗，而且是高雅的诗。

请注意，两位一流诗人对鲍勃·迪伦的评介，绝非即兴所致。他们已注意到了一个文化的背景。于坚认为，20世纪80年代西方"垮掉的一代"的诗，慢慢延伸到了鲍勃·迪伦。西川认为，鲍勃·迪伦的英文歌词"很经典"。而这些告诉了我们，认识文学和进行文学创作，不是在文学上，恰恰应是在"生活方式上":"迪伦通过歌告诉我们,人们还可以怎样去生活。我觉得有一种非常强大的魅力,精神性的吸引力。"(于坚)是的,鲍勃·迪伦通过对生活的反抗,找到了和主流话语不一样的东西,他通过一种面对生活的方式,启示给我们一个极为珍贵的精神理念——"超越"。

其实,这就是文学,生活的乳汁,创作的灵感,是纯文学表达中所应去不懈追求的核心的东西。如此,再来看鲍勃·迪伦的歌词。

你已经一无所有,自然一无所得
没人在意了,无须遮掩了
……

孤身一人
归乡无路
无人问津
像一颗滚石

——《像一颗滚石》

人生旅程的挫折,人生活中的厄运,还有绚烂的理想与冷酷的现实,生存的无奈和放弃一切的洒脱,尤其是失与得,虚荣的遮掩,直直地把人推置到一个本真的所在,也是勇敢面对生活的一种极为可贵难得的无畏态度。

一个人要走多少路才能真正称作一个人?
一只白鸽要翱翔多少海洋才能安息在河滩上?
炮弹要飞行多少次才能永远被禁止?
我的朋友,答案在随风飘荡
……

一个民族要生存多久才会获得自由?
一个人要扭多少次数还是假装看不见;
……
答案在随风飘荡

——《答案在风中飘》

面对这样的歌词，相信没有一个人会不被震撼到，它是在低俗地卖唱吗？不，它是批判，批判已被罪恶泯灭的人性，批判战争的永无休止，批判自由之神圣的被亵渎，批判伪善的文明！

《于坚、西川读鲍勃·迪伦：不写远方，直接处理问题》这篇文章，还在于西川向我们提供了一个好多文学人不太知道，甚至知晓了也不太愿意接受的东西："但是在西方，在非洲，有一套东西，叫Lyrics，中文翻成抒情诗，实际上就是歌词。如果我们按照评价Poetry(诗歌) 的方式来看鲍勃·迪伦，你一定看不出好坏。鲍勃·迪伦写的是Lyrics，它跟歌唱有关，当然迪伦往里边加了价值观，表达了他对世界的看法，表达了他的情趣。你要是读非洲好诗人的诗歌，全是像歌一样的节奏。尼日利亚有个诗人班·欧克利，得过英国布克奖，他的诗就是这样。"

事实也果真如此，比如鲍勃·迪伦的《你准备好了吗》。

让我们感到诧异的是，鲍勃·迪伦并未去瑞典领取诺贝尔文学奖的奖金，但他发表了一篇"获奖感言"：

我是在世界巡演的过程中得知这一令人惊讶的消息的，我花了好一会去消化它。然后，我联想到了莎士比亚这位文学伟人。我想他是把自己当一个写剧本的来看待的，他怎么也不会想到自己是在创作文学。他的文学是为舞台而生的，是为了言说而不是阅读。

……

但我从来没有时间问过自己："我的歌算文学吗？"

够了，这就是鲍勃·迪伦，这就是文学。正如瑞典皇家学院Horac Engdahl教授的颁奖词中所说：

什么会带来文学世界的巨变？通常，是一种简单、被人忽视，从更高意义来说被贬低为技艺的一种形式被某个人所掌握，并令其蜕变的时候。

……

他以一种人人想拥有的、令人信服的力量来歌颂爱。突然间，世间那些书面的诗词变得如此苍白无力，而他的同行们那些按部就班创作的词曲也仿佛成了随着炸药诞生而过时了的火器。

于是，西川说："鲍勃·迪伦的歌词有些字词搭得很巧，使他的语言有了一种飞扬感，能让重的东西飞起来。"于坚说："就歌词来讲，我认为是非常好的诗。"所以颁奖词里有这么一句话："他与兰波、惠特曼和莎士比亚比肩。"

文学，就这样在被不断重新解读。

　　当风遇上了云
　　空气碰见了声音
　　宛如
　　诗相会于歌词

　　目光
　　那有早晨，正晌和午后
　　恰似三季
　　轮回在你的一天

　　于是，百花热烈的齐放
　　温暖了公园每一个角落

批评的文学性和代际误读

读郭伟的散文，就像面对一个西北汉子的直抒胸臆，他以卷起敦煌风沙的姿态，撩开已被尘封的往事；也以一棵老树的斑驳风貌，去抵抗将被遗忘的悔恨。

《从雅安到泸定》，看似是日记式的记述，日常的路，平常的雨，却分明蕴含着不平常的旅程，奇诡的险情和令人意想不到的人为的重重阻碍。190千米预计3小时的旅程，却一下子变成了12小时，且旅途在作者们老于世故的乖巧中顺利开始，到头来却是一场紧凑一场的艰难：顺利被放行的作家，二郎山的狗咬，塞上去的买路钱，解决卡口夜宵的再掏钱，最后前途在望，又冷爆出个代驾费，真是二呀么二郎山，高哟么高万丈……这一笔笔的记述，简直以为是故意为读者设置了一个惊险的游戏，然而，它分明又是冷峻的现实！读着它，就像欣赏书法的魏碑，笔笔有力，横竖刚劲，又似看那酷夏肆虐春花，片片滴滴均是血。

《邂逅一条蛇》亦是如此深沉。简简单单的一个生活插曲，令多思的作家引发了与蛇多次"邂逅"的疑问。本来，人与蛇相遇，是最平常不过的事了，我们的先民，早知道蛇比人类要先诞于在地球，以蛇作为图腾，引导着人类的精神。在人与蛇亲密相处的上古时代，蛇也是人解决饥饿的上等食品；并且它还是帮亚当找到夏娃的聪明动物。在洪水灭世的年代，也是它机智地上了诺亚方舟，以至今日依旧与人共处。有历史学家考证，飞龙的来源还在于人对蛇的敬畏与神化呢。而我们的散文家郭伟，在这里先是在受惊中捕杀，然后是在意外中失蛇，紧接着在似乎的遗忘中又发现了蛇，几天后在后排座位下又一次抓到了这条小青蛇。本来，一波三折的故事也可就此结束了。然而正当这位作家准备开贪欲之口时，又倏然忏悔起自己用酒和枸杞泡蛇的行为，使得这篇小散文，在一个普通故事的叙述中，刹那间就有了内涵的提升。整个故事的境界，也一下子突破了故事本身，成了野生动物需要保护的文学的间接宣传，成了人性在贪欲之间的一次微小但真实、含量又十分高的灵魂拷问。它使得《邂逅一条蛇》，不再是一篇单纯的抓蛇喝蛇酒的散文记述了。

2018年与2019年新旧交替的假日里，我集中精力看了郭伟散文的十多篇代表作，觉得他的旅游抒情散文与回忆记叙散文，前者若热爱之中有彩蝶纷飞的诗情画意，高山流水之中长阔高远的阳春白雪之音；后者似现实症候中牵出历史的阵痛与为人处世的奇象大观，生活长河中灼心的思考和人生行程中双脚的支点，罪与恶、率真与世故、混浊与斑斓的不同人生，在此时有着不同的亮点透出。

《梦幻楠溪江》《甲居藏寨》《苏轼故里眉山行》等是旅游抒情散文的上乘之篇。《梦幻楠溪江》由自问自答开首，娓娓道来傍晚初到楠溪江的眺望之感，凌晨先睹为快的速掠之美。然后是沿江随水而行，作者巧妙地以甩响牛鞭，水鸟空中俯冲，水中鱼游在卵石水草里，先为我们勾画了一幅清晨楠溪江的虽淡而散，然生动又极富灵性的水墨画。然后是天地感应："天的呼吸、江的呼吸、你我的呼吸融在了一起。"在如此"水是青罗带，山如碧玉簪"中行走，还有哪一个不是神仙皇帝。而这美景，这幻景，正是郭伟给我们带来的，这正是"船怎么行走也走不出楠溪江两岸美丽的风景"。同样是写景，《苏轼故里眉山行》却绝不雷同。"当我一脚从动车内踏上眉山站台时，那透亮的站台上洒满了阳光，一群年轻男女提着行李从我身边走过，边走边玩着手机。我却呆呆地站在站台上寻找什么。"而随后第二节穿插"我怎么没看见眉山"这个问答，虽然是作者巧意安排，为读者解决为什么眉山没有山，但全然无雕凿之痕，仿佛似天云下水，自然而来。以苏轼喻夕阳西下时对花影的抒放："刚被太阳收拾去，又叫明日送将来。"画龙点睛式地把眉山花影放到了一个既具象又抽象的胜景之中。是的，这一刻，作者醉了，读者也在作者笔下醉了。

《坝美村》与《甲居藏寨》是两篇写古村落的游记。《坝美村》以马车、铜铃，碎石路开路，牵着读者的眼光，看到"被一座植被茂密的大山，郁郁葱葱合围着的一条"美丽小湖，其实不是湖，而是一个坝。"那永远流不尽的清澈的溪流"，从一处洞口流出，其形状之即引出作者"溪流孕育生命"的联想。也令读者面前顷刻浮现出大自然的鬼斧神工。以下的记叙，从六人小舟划入山洞观看奇石雕塑，到出洞又见大山围簇下的山村。这个"狭长形的坝子，东高西低，四面环山，地形奇特"，到农家小院的亭台楼阁，潺潺小溪，"举目远眺红红的夕阳已隐在青山翠村中，缕缕红霞如烟似霞地飘在天上。叮叮咚咚，叮叮咚咚，远处响起了悦耳的铃声，循声望去，从远处绿色田野上，走来了一群黄色的牛群，那叮叮咚咚的声音是牛脖子上发出的声响，真是一幅好牧归图"。一幅自然风光又独具个性的山村美景跃然纸上，令人神往。

回身再看《甲居藏寨》，正与《坝美村》的行走相悖，它没有牛铃摇响碎石路那般悠闲，只有"车轮在沙石和泥浆中缓缓前行"，当"大朵洁白的云朵飘在天上"，"三位朋友"为"防止滑坡""只好下车徒步前行"。而散文家郭伟似乎总有些好运气似的，即令是在这最懊恼的时刻，也会天降卓玛们为他歌唱。这就是郭伟为我们开局的进进停停、难难乐乐的甲居藏寨之行。当远眺到"绿树中红白相间的藏式房顶"，看得见"如同在绿绿的大海上航行的船帆，顺风破浪披荆斩棘的行驶"时，甲居藏寨之美才一下子来到了你的眼前。如果说《坝美村》写的是一路风光，那么，《甲居藏寨》写的便是风光中的实际生活：一是可否让旅行者见好就住宿。二是就餐菜肴的制作先"征求"旅人的口味。三是在弄清楚"甲居"就是"百户"的意思时，也同时知道了寨子的总面积、实际住户和人口以及落差千米的位置。四是藏族的生活本色：能歌善舞。动人心弦的歌，妙曼轻盈的舞。它让我们自然想到生活的品质，更想到人心的诚真，而这最珍贵的，也是作者借以描述四朵牡丹盛开在眼前中的一朵——南吉格玛的释名，道出了"圣洁"之意，这既是名字本义的初释，更是整个游甲居藏寨最为明显的美感。"此时歌声又起，月光下我看到南吉格玛领着拥忠拉姆、骑马青青、降初拉姆踏着月光翩翩起舞……这一刻连月亮都醉了！"此间阅读，我也在想，醉其实不在于歌舞，而在于文笔，历史的沉香，当下的风骨，因有文笔的精巧描述，才使一批又一批读者醉在其中。

　　自然，郭伟笔下分量最重的，还是那部分回忆记叙的纪实性散文：《78号大院》《一只船》和《八十年代的文学青年》等。《78号大院》是以一个个故事串起，带点小说形式的散文。它记叙着作者曾经的岁月，真有点追忆逝水年华的味道。"坐落在兰州市东岗西路78号的这个大院，在20世纪70年代是一个很特别的社区"，随着作者历史的纪实，大院的位置、结构、布局，以及居住在此的不同级别的人群，这个大院本身的"被特征"，让我们立马知道，78号大院确实是一个非比寻常的大院。而作者笔触的神来之处，不在于顺着这个不同级别的人群的政治元素这个敏感层往里面写，而是笔锋一转，以自行车、军帽、游泳与滑冰，自己先"臭美"了一下，然后便牵出了真谛：你这个外形样样强的小子，在实质上没有"本事"，那不，到口的天鹅肉（粟娜）不就飞了吗。这就是"臭美"之后的辛酸，也是本文第一波高潮予人的艺术感染。在吵吵嚷嚷，一排二十多岁的小伙子，对着走来的一个姑娘以精神意淫围剿着她，使她迈不开腿时，我们在气恼的谴责与同情中，更多的是一场愧对那个时代的沉思与批判。而其中的两个细节，一是作为三班倒的工作，他们去厂子上班是一种什么样的出行方式——说出行方式，倒不如干脆叫抢步夺座的貌似土匪混混的行径：从市区要倒三次车才能到厂区；换乘区间非但要小跑，还要在公交车未停稳之前就游侠或干脆叫爬贼似的双手快速掐进车门的门缝，随车奔跑到车门打开……酷暑的烈日之烤，寒冬的刺骨之冻，不是一天两天，而是一年又一年，乃至成年累月。这跟我们现在的天天开私家车上班，或为环保提倡天天坐宽阔洁净的公交车、骑早已为你放置好的随处可取的公共自行车上班，该是有多大的天壤之别呀。然令人更感战栗的还在于军帽，为了一顶军帽，因为自身"没有资格"轮不到有军帽，就去"抢"个军帽戴，以求得别人的正视与尊重。结果，失手之下便是游斗和被枪杀……作者的描述，是文学为历史提供了一份珍稀的纪实。尤其是文中引出作者的"曾经朋友"刘为民，一身警服，腰挎手枪，动不动拔出手枪顶着人家的脑袋，在公交车上精灵似的抓扒手，到后来因"情人"一词而拔枪击人被捕，出狱后做生意又杀了出租车司机，最后被绳之以法。传奇式的人物加离奇的故事情节，看之震撼，思之寒噤连连。小小一篇散文，竟浓缩了整个20世纪70—80年代人们的生活状态、政治风貌和离奇的思想与意识。令人读之，宛若看了又一册《拍案惊奇》般的唏嘘不已。

《一只船》虽然局限于作者少年时代的记叙，但从逃学到去防空洞玩，从逃离家门去同学家寄宿，到最后爬火车离开家乡，彻底成为流浪儿。那一幕幕令温室家庭的孩子，听听也要毛骨悚然的情景与遭遇，在一只船的郭伟身上，演绎出了当时中国流浪儿的半部历史。而在里面，我最为欣赏的是，不管他身在何处，天性的顽皮、倔强的个性、灵活的脑袋、无畏的勇气，以及最后最讲义气的他抛下郑峥嵘独自逃出遣送站的真话，是《一只船》的灵魂。《一只船》，因为有了它，便有了人间的辛酸，少时的磨难；也因为有了它，才有老了回头会有过多的感叹和人性的反思。《一只船》的阅读，让我们会自然忆起奥登在1938年写的十四行诗中的两句：

他们徘徊在尘世间
体味着巨大的失败

《八十年代的文学青年》，没有《78号大院》中的惊险与冲突，也没有《一只船》的诡异与多难。它以甜蜜的抒情方式，回忆了当时作为文学青年的郭伟们，是怎么热爱文学，怎么利用一切可能的时间去学习文学，把自己融化入文学。读诗，写诗，买书，听讲座，毫无顾忌地找名家请教。兴奋时出口是诗，业余时聚在一起、活在生活里还是诗。他们以文学为圭臬，以文学为情侣，直到学20世纪20—30年代文学先驱们的做法，自办刊物《萌芽》，到最后"被教育""被提个醒"……辉煌的回忆，黯然神伤的收尾，以一场如歌的行板拉开序幕，最后以悲剧的交响终场。《八十年代的文学青年》，初看平平，细思却五味杂陈，内涵中具有相当的张力。记得19世纪末，一个文学流派——先锋派的出现，成了美学上的突破与创新，乃至社会变革的新锐力量。而中国在改革开放初期，提出的美学原则的突破，也引发了文学书写上的一场革命。随之出现在散文上，如余秋雨的《文化苦旅》等大文化散文，迅速在散文界崛起。这既是散文在自身中寻求的纳新与改革，也是时代的多样化引发写作创新的一个有力支点。它的经验是要我们重视这变革的"创造性过程"。我们如今已迈入小康社会的"品质生活"阶段，对于散文写作而言，这正是一个可以尽力发挥其魅惑之时。作为文学形式中美学的创新者和抒写的普及者，散文写作在与小说、诗歌、报告文学等样式的文学写作中，就更应该追求超越常规散文的写作。在美学情绪的表达上，充盈时代性的自我表达，及其激情与技巧在文化与哲理的思考下走向新的多元，充分显示出当下散文的时代新写作，以及攀越高峰显示出的不凡气质，和改陈布新独立的美学价值之体现。

自然，郭伟在散文写作上，如同样是游记，写作手法上还应多样化。在遣词造句上，特别是在对某一自然物等一景点的描述，也应更有别于其他作者的用词，包括已被自己曾经用过了的，即不重复自己。在刻画由旅程中生发的感慨，也宜更深入自己的内心，展开更优美的抒情。在保持絮絮叨叨的自我叙述的写作形式上也应注意大文化，特别是历史文化的有机融合与生动再现，当下人与事的巧妙铺垫与为启迪读者营造的思考空间。若如此，郭伟的散文，将自然又会在自我提升中再攀新高。

平淡的美丽所在

2017年的诺贝尔文学奖给了英籍日裔作家石黑一雄,《海宁潮》头条的特别推荐,也刊出了石黑一雄荣获曼布克奖(The Booker Prize)的短篇小说《战后的夏天》。我们知道,曼布克奖几乎就是"最好看的英文小说"代名词。然当初看《战后的夏天》时,你也许会大跌眼镜:叙述平淡,情节不曲折,语言更不煽情。

然而,好小说是要用心读的。

首先,作为日裔的石黑一雄,五岁就离开了日本,那些儿时的记忆,其实是淡淡的,而说他的东西方文化身份,也有点勉强。所以,他的文学语言给人的第一印象是平淡无奇。但奇怪的是,他最初用日语写作,注意,最初,为什么是最初——日语写作?说明他的内心深处,或者说在他五岁后家庭对他的教育影响,依然是日本的,这就与他小说中的人物所出现的孤独、压抑,与之带来的自我矛盾的不安与自我戏嘲是相呼应的。人总是生活在现实中,对现实做出敏感反应的。石黑一雄写作的特点是记忆,但在小说里,他无时无刻不在对现实做思考与反应。就像一个水中游者,他进入的也许是一条在几百甚至几千年前就已开凿的河流中,但他必须正视前方和左右的现在,并对企图沉溺他的流动的水和不断闪现的岸景,做出生命存在的回应。在继续生活顺游式逆游的状态下,一路向前。所以,石黑一雄笔下记忆的人物,其实正是他通过记忆而在当下重塑的一个角色,并让阅读者通过对这个角色的阅读,去咀嚼他的叙述,从中得到对生活与世界的进层式理解。自然,对角色内心的理喻,更是一场精神上的非比寻常的文学的熏陶与升华。

为什么石黑一雄没有激情地呐喊,只是平静地写作。正是在真实与虚构之间,他让平淡的文字去生发不平淡的思考与感受;让平静的描述,去见出深潜着的澎湃的潮流和喷薄的火焰。它告知我们的是一个隐忍的世界,也许是一个战前的世界,也许是一个死后的世界。正像一句诗中所云:一花一世界,一沙一天堂。然这花兴许带着麻醉的毒素，这沙还可能会硌瞎你的眼睛。那些承诺，会变成戏剧，那些关系，一下又成了泡沫。

《战后的夏天》，有着石黑一雄成长与思考的同步。起先，只是好奇于祖父的隐藏不露的绘画和对一整套武术高招的崇拜。然后是随着天长日久，会随着祖父武术招数的步步深入，"幻想出一些错综复杂的情节"，这无疑是由表及里的心情变化和积极主动的迎合。最后是祖父习武尚有余温的地方，会有他身影的真实站立和又一幻想的飓风刮起在这余温之地。当然，直至感觉到祖父不让他，他也能将祖父摔倒在地——这无疑是祖父和我的一次新的出现，也是"我"这个角色在转移中的重生形象。

《战后的夏天》之重要性，还在于石黑一雄将小说放置在自己的日裔方位，从中流露出日本情怀与对战败的种种正反的内心对应。如借用女佣典子对侵华战争态度时，"她第一次以好奇的表情看着我"——"没有什么不妥"。又说，"战争并非是件好事，现在人人都知道这一点了"。而取意祖父，则先是祖父一张被他们七翻八翻翻出来的海报，"一位武士举着一把刀，在他身后是日本军旗"，虽然，这是颂扬武士道精神与军国主义——"日本定当向前冲"，这是经济的目标，也是侵略者蛊惑人心的宣传。但祖父为何虽在天天练武，却又在"那场战争真是劳民伤财，真是大错特错"（客人说）的结论后，来个和调："是啊，太悲惨了。"它与前面"我"与祖父在浴室里的对话："日本兵是最优秀的战士"，"是最勇敢的，无比勇敢的士兵。但有时候，就算最优秀的士兵也会吃败仗"。然后，便是更有意思的叹惜："一郎，战争是多么的可怕。"自我拥戴与看清问题的本质的矛盾心态，在淡淡的对话中向四周扩展。

石黑一雄的特色写作是记忆，然他的记忆的叙述，又是在记忆与现实之间双向互动中展开的。"树枝上高高悬着一块东西，看似褴褛的毛毯"——"我想起了战争，想起了我早年所见的衰败之景"。战后——褴褛的毛毯，在一根树枝上高高地悬着。而后，是被清扫的庭院，"有一条蜿蜒的石阶小径，穿过那些灌木丛通向庭院后面的树林……它们长势正旺，叶子颜色鲜艳却有些古怪——红、橙、紫交相辉映"。现实的鲜花青叶小径石阶的庭院，记忆中战争如衰败的如褴褛的毛毯，高悬在树枝被风不断翻动——完全是一幅后悔又锥心的记忆与现实的交叉拉扯着的景象。"起初，我还以为是初见台风刮损的，但很快我就发现大部分是被战争毁坏的。""祖父一直都在修复屋子那侧。"现实的被战争（过去式）损坏的破败现状，现实的不断修复，实则是隐隐的记忆在不着语言地诉说着战争的不是，是记忆的自身一种特殊形式的批判。

《战后的夏天》，也是政治的历史与个人之间，那种不能抹除的巨大的精神负荷的再现。客人的突然到来和极其礼貌的交谈中提出的要求，女佣典子说了又匆匆逃离的神情,祖父天天坚持的练武和对战争可怕的认识中的心理压力,那张被藏好又翻出来的画,以及祖父在浴缸里的轻度中风,和"我"又想当警察又想当画家的轮番上映。这一切,像是精神喷泉喷溅出来的,既有水又有泪,既是呻吟又是呐喊。轻扬与沉重,各据其位。

短篇小说《战后的夏天》中强大力量的隐喻,亦加重了小说的内质和人物的分量。先后数次展现的祖父用臀部掘撬大树,欲把树连根拔起摔去的习武情景,幻想自己背着祖父,一样也能用臀部掘撬大树的情景引申出与祖父夜间回家同行,与数量众多的醉汉或不明身份的社会人打斗,并顺利取得胜券的勇武之心。最后幻想会在祖父的目光注视下,"将树连根拔起",并"将它摔入灌木之中",又幻想自己是"一位非常勇敢的日本士兵"(让祖父猜猜"我是谁"),直到后来想当警察,"看着庭院"想练柔道。一条隐喻中的力量带,既平静叙述,且夹杂在极其复杂的不是现实心态中,不断地,一场又一场地在阅读者的场域散发出它的张力。

那么,在石黑一雄的文字里,我们到底能找到什么呢?

我们找到的,是不用花哨文字激扬情绪的那份平淡的写作。

文学为良知的报告

一

一篇优秀的报告文学,是作者对被报告人与事物本身含义的一个新的理解,并以具社会性的广泛之中简约出要点,把审美的眼光深度地探测于人与事物表象的本身与本身生存的社会之中。读报告文学家李英的长篇报告文学《感动之城》,首次使我有如此的想法。

在"生命希望"这一辑里,《留在生命深处爱的味道》无疑是具代表之作。作者以一根布带长长地叙述着人民教师陈斌强背着痴呆老母亲上班整五年的故事。这根又粗又长的布带,与其说把他对母亲的爱牢牢地缠在一起,或是说将他作为人民教师与道德伦理紧紧连在一起,毋宁说是中国传统优秀文化与为人师表的形象再次紧紧地系在了一起。作者善于挑拣生活的细节,如母亲把衣服全部塞到了马桶里;如为母亲洗头她不肯低头,还要经常打翻脸盆;如抢时间跑步去上课,下了课急匆匆赶回来还要抱母亲上厕所……如此的忙碌,他还坚持担任"学雷锋"校外辅导员;已经要调出去别处学校了,还认认真真叮嘱学生,"你英语基础差,要多读多背""你的字歪歪扭扭,要多练习",等等,把一个默默辛劳在讲台与家中侍母、在师生惜别的依依目光中有德有范的形象,全面细腻地展开出来。通过照顾母亲和奶奶,以及如何在工作与生活上处理好冲突,并能再出成绩等核心部分的描写,让我们觉得这位老师活得确实不容易,他的那些故事一件又一件使他在作者笔下成了一个特殊的忙碌的人。然也正是通过作者笔下的这些描述,让我们渐渐从故事中看到不时闪烁出来的平凡中的高尚,看到一个平凡的人在平凡的忙碌中为我们树立起的那种力量的光辉。它是个人的,也是社会的;它是伦理道德的,更是祖国优秀文化的传承。和妈妈同住一个房间，妈妈半夜三更起来东敲西打；他身上让学生嗅出的一股股怪味；仁川初中楼梯口器材室；磐安实验初中边上的出租房，住着奶奶和妈妈……它离我们现在的小康生活究竟有多远——其实，这是在相对来说共处的时段发生的。历史就这样构成了陈斌强的生活和我们的生活的现在进行时，而又恰恰是他的生活，让生命的深处更有爱的味道。

王森章是一个金华被服厂普通女工的儿子，而且她的母亲因病，又仅在金华被服厂短短地工作了一年。但就是这短短一年，却让王森章和他有病的母亲享受到了人间最大的温暖：三十位工友为他们捐款，让他母亲靠这笔捐款治好了病，撑起了家。也是这短短一年，使王森章有五十九年的坚守与寻访：遵循母亲遗愿要偿还这笔救命款。《一个跨越世纪的感恩故事》，就讲着这样一个故事，一个使美丽的玫瑰永不枯萎的故事。在这个故事里，我们油然而生的感觉，那是感恩和信义。或许有人会以为这是小题大做，区区十三元九角，哪怕就是加上千倍，也是个没什么大不了的数字。然而，他们所不理解或看不到的，恰恰是在这个数字后面的巨大，那是社会温暖的一个反射，那是人类本质良知的一种显现。当金钱与冷漠横亘在我们人生旅程中时，唯有内心的良善才能让人们真正看见天堂。由此，捐款表扬名单的失而复得，范大姐等一批媒体人神通广大的寻找，特别如单巧英这位坚韧的热心帮查者的出现，让中华民族这个礼仪之邦有了当代的诠释，让中华传统崇尚信义的美德，有了当下新的内容。试想一下，若无这样的寻找与报恩，我们的生活会是多么的稀薄和平淡。而也正是有了这样的寻找与报恩，我们的生活才真是有声有色，重情重义。一个凡人的小故事，被作者写得自然天成，又让现代化中前行的中国，重新拉起了信义的标杆。

一本《感动之城》，它到底感动了什么？我想，通过李英的报告叙述，首先是使我在感动前的大吃一惊。这惊，正是从"平凡坚守"与"逐梦人生"这两辑里走出来的三部曲：荣誉村民、景观设计与柔弱肩膀。荣誉村民洪铁城，他拥有建筑学博士、教授、资深建筑师、民族建筑专家等许多头衔，其实，最重要的一个，我以为是"他是一个绝顶聪明的卓有远见者"。这个自称"编箩筐的老人"，在李英的笔下，画有一条长长的粗线：1996年，他发现了"婺州南宗——榉溪孔氏家庙"，那是孔子嫡孙最大的聚居地。同年，他又发现了郭洞，那是贡莲美誉皇城的典型原始村落的现在所在。2010年，他指出了"隐性资源"的社会发展理论。在全国大办工业振兴地方经济的大趋势下，又是他在婺源提出"旅游兴城"的规划，这在当时不啻为石破天惊之举！正是由他的主张，才使婺源成了"中国旅游第一县"。李英的笔，在这里真诚地书写了知识兴城的历史故事。

　　第二曲《景观设计》令我吃惊，是我的孤陋寡闻，想不到在金华，还会出现这么一位震惊世界的景观设计师俞孔坚。在李英神话般的报告叙述中，俞孔坚的"土地有生产功能"与"大脚革命"理论，神奇地展现在了我们的眼前，他的将"花木、水体从人为的封闭中解放出来，还其原生形态"，实实在在开启了我们愚钝又短视的目光。他的批评中国园林中存在封建士大夫自我封闭缺陷的前沿意识，他的"海绵城市"的理念在全国的提出，让我们对金华地区涌出的这位年轻才俊，不禁真的刮目相看。同时，也为中国美学至今仍在争论与推进中前行的"唯有环境，才有生态"的生态美学与环境美学之争，有了更进一步的实践性的审美价值的提示。

　　如果说第一、第二曲是激越与高亢的交响，那么第三曲《柔弱的肩膀》，则是低沉迂回的大气磅礴的吟唱。一位原本可以在日本过安逸生活的日本筑波大学硕士，却无意中参与到了一个具有国际性意义的日本侵略军的细菌战国际诉讼。李英睿智地把王选这位孤独的斗士，安上了十种角色：原告、斗士、专家、人类学者、志愿者、演说家、发言人、民间外交官、专职翻译、医学专家助理。这多重的角色，让我们通过阅读，有了更多的想象空间。在曾经发生的历史前和正在行进的历史中，李英的笔始终不停地去诉说和思考，这就像魔鬼与上帝的一场对话，那种轰鸣只来自灵魂与心间。科技的发展和生活指数的提升，让有能力的人不断享受着品质生活，但王选这位斗士，却主动地退出阳光的享受和冲浪的快乐，默默地搜集诉讼的原始材料，辛劳地奔波于中国、日本之间，走遍武义乡村的每个角落。也正是李英的这支笔对王选的形象再造，让我们确信地球上建立公正信义的可行性，让我们对那颗付之于社会公益之心的无比敬畏和精神上的自我提升。李英的这篇报告文学，又让我们自然想到，人来到这个世界，并不只是按生理程序和社会秩序让自己被编织进这类程序之中，他们更大的可能，是在人世间不断寻找到人类原本的良知和应该负起的职责。世界的中心，不是人依着城市和事物转，而是要城市和事物依着你的思想和精神转。本来，以人与物质世界而论，每个人都是世界的中心。《柔弱的肩膀》的可胜之处，正是让我们看到了这一点。是的，正是王选，让"个人的作为"传播到了世界，成为世界的"中心"。这期间王选"代表的是民间"，也正是这篇报告文学散发出的力透纸背的力量。

　　从事宣传工作的李英，在《感动之城》的写作之中，同时也为我们展示了一个文学写作者的一元立场。那就是，作为报告文学的《感动之城》，在客观上和所有的文学作品一样，均有宣传性质的一面，但文学的本质，即它自身去反映人与世界的精神面貌与本真世界的形象生动的独特的文学性语言叙述，又是他在写作中能牢牢把握着的，致使《感动之城》不会流失成为一册简单的宣传手册。尤其是在还原历史事实之中,如写婺源成为中国第一旅游县时,并没有按常规大肆宣扬上级领导的如何英明决策,而是凸显了洪铁城作为知识者的远见卓识与领导者集体尊重其睿智之论的具体事实。写国际细菌战诉讼时,也并非刻意追写哪一级哪一部门给予王选的方便与背后支撑,而是忠实于孤独斗士的形象,使这篇文学报告更具真实性,也使文学本身更具震撼力。

哲人亚里士多德在讨论"友爱"时,曾经既强调了"为朋友自身之故"和"不求回报的高贵的",并由此引申出"为朋友着想不顾自己"和"会在需要的时候牺牲自己的生命"。但随后又不无矛盾地指出,即使在完美的友爱交往中,一个人还是把"较大的善留给了自己","给予自己最高贵和最好的东西"。①然而今天,当我们在阅读了李英的《感动之城》后,便沿着亚里士多德的思路有了新的见地,那就是通过本书"人间大爱"和"美在瞬间"的专辑,让我们欣喜地看到,这些在亚里士多德看来不可避免的局限,正被当代中国涌现出来的无数友爱良善行为的事实所弥补。若要说把较大的善留给自己,那就是社会的公正评判,给予奉献大爱之人一个个美誉的真实存在,当也是《感动之城》作为文学作品的一份奉献。

《感动之城》的阅读,让我们对爱与良善有了更坚定的信仰。

二

阅读长篇报告文学《第三种权力》,首先会强烈感受到它的社会价值。字里行间,告诉人们应该怎样建立道德责任与社会权力之间的平衡与掣肘的关系。在中华人民共和国成立七十多年的政治管理模式下,为防止腐败并从关键点上找到制约制衡的要素,以民主政治为根本的第三种监督权力的出现,看来是必不可少的。而这一切在实践生活中的自然引发和对未来历史进程中的宝贵性经验的提供,正是报告文学《第三种权力》生动形象地给予了我们。因此,《第三种权力》,实则上也是社会主义现代化进程中,不断出新也不断出现问题时,由社会的需求而呼唤出的一部适应时代的文学作品。它来自现实,又把实践与经验送给现实作典型借鉴,正好印证了一个好的文学作品,既来源于生活又高于生活这样一条艺术规律。

《第三种权力》通过几任村干部积极肯干、领导有方而使村庄走出贫困,在带领集体奔小康之际,不断地出现了令人痛惜的昔日好领头羊,今日成了腐败

---

① 郝仁春:《完满友爱:"自我关切"还是"非自我关切"》,《世界哲学》2017 年第 4 期。

分子而倒下的惨痛局面的陈述,给读者同时也给整个社会提出了严酷现实的反省与思考。其中,它又相继涌现出活生生的人物,如上访领头人陈岳荣,有文化有算计又敢说话的张舍南,天不怕地不怕的陈联康和村支部委员陈忠荣。作者慧眼识荆州地抓住这几个代表人物的性格、言语和经历,通过他们,在作品中借典型事例燃起正义的关切之火,升腾起捍卫集体利益的道德标杆。作品机智地利用上访、合议、算账、边缘监督,对话与质问等方式的记述,把乡村迈向城镇发展中,权力与个人腐败的这一社会基层组织的典型问题,以着重诉说着二者之间的复杂社会现象,以层层叙事又环环相扣的方法,全面、深入又形象逼真地为我们提供了中国农村中存在的一大社会问题与较普遍的现象,从而让文学的聚焦与人文关怀,又有了一次生动和深刻的演绎。

一个生活在社会主义现代化发展进程中的作家,他的实践立足点在哪里,他该怎样对他面前日新月异、巨大变化的社会现象进行准确把握,并有可能是去抓住典型的聚焦点,特别是作为报告文学这一形式,怎样去进行非虚构的创作,怎样让作品具有既高又深的社会关注度,从而能让读者感到心灵震撼,是摆在当下作家面前的一大难题。事实上,也唯有作家创作眼光的着眼点,它是否具有审美高度与深切的社会关注度,他的作品才可能有震撼人心的力量,也才会是真具审美意义和具社会学价值的好作品。《第三种权力》恰恰正是这样一部具有上述所指的审美与社会学的高度与深度相融合的较好作品。它把人性的需求重新规范到一个法可容行的现实需求之中,让第三种权力以适合现代化进程作辅助机制,且用合理的历史理性的文学阐释,用生动的形象,可靠可信的实践典型事例,来给我们做出了这方面最好的证明。

在创作文法上,《第三种权力》没有通过对第三种权力的本身要义去迎合生活和现代进程中的需求,而是通过大量的回忆、倒叙和正在进行时的场景描写,展示着第三种权力即将临盆的征兆以及它的前瞻性的生命力,同时也让作品有了无限的延伸。如后陈村从"红旗村"变成了"问题村",成为县里上访的第一村;如胡文法为何会出任"问题村"支部书记的倒叙;如后陈村作为"问题村"的典型事例的罗列场景的铺垫;如新村支书到任做的"两件大事"为第三种权力诞生的铺垫;等等。它让我们在阅读时,不只停留在文字与事情的层面去思考,而更多地是激活我们的思想在彼一层面与此一层面之间,在这个事情与另一个现象之间,打开一条更新的思路。而在这里,纪委书记的蹲点和他对要村民监督权力的前沿性思考,正是开启了作品的文学对政治的又一有力叙述,也为我们打开了更大的视野和思考的场域。这不得不说是李英报告文学的又一个性化的特征。

尤其惹人关注的是,作为第三种权力的代表性人物——张舍南,作者在这里并没有粉饰现实,也不回避问题,而是照实写下了当第三种权力从金华走向全国时,这位代表性的人物却"落选"了。正是这样的文学报告,让李英的文学作品有了让阅读者进行思辨的更大的天地和空间。它让我们接受生活的时候,更有了真实感和应对生活难题的更深层次的思考。同时,也对改革中涌现出的先进人与事在出现意外与挫折时,有了保存个体先进的机制上的前瞻性的思考。并且,它让文学作品给予人审美与影响的时候,人物的自我天地的开掘也有了一个更为丰富的所在。它是生活的,也是精神的(意态);它是个别的,也是本质的;它是问题的,也是创造的。在我们现实的感觉世界里,至少它不是单纯的:因为生活往往就是这样,美的事物,有时它不会是对等和直线的。就写作来说,它更是一种积极的态度。

《第三种权力》的问世,还有着人类学意义的价值,作为改革开放主体的人,特别是作为乡镇或任何一个参与改革进程中的权力人,他更应是改革——发展这个社会大环境所要着重保护的"活生态",就这一点而论,《第三种权力》就此做出了积极的贡献。我们知道,权力人之所以产生腐败,正是因为当他们一旦掌握了权力,我们这个社会与国家的管理层面上,还远远没有机制去制约权力人将权力上升为个人霸权,从而容易怂恿权力人在权力之中滑向腐败的温床。要想让这温床不产生腐败,在于现有管理模式中,应还另有一种可以去掣肘权力人的方法,这就是共为权力人的民众民主权力监督。《第三种权力》以文学的形式,及时形象地给我们报告了中华人民共和国第一个民间权力监督机制的诞生。其实,不管社会如何发展,人的价值依旧应该高于其他一切而存在,社会管理系统也必得有相应的以监督方式对权力人进行保护的机制,这个最高的存在才是可行与真有价值的。《第三种权力》正是为发展中的环境,提供给了主体——共为权力人生命上的健康支持与能量延续。

同时,我们还格外以文学性的关注,去注意到《第三种权力》在每段的结尾用语,它简直似歇后语般蕴育着更大的张力。如:第一段"如何破解村务管理混乱凸显的村庄治理危机,是中国农村民主政治遭遇的一个重要课题";第二段"哪些问题需要先解决,大家提出来,我们一起想办法解决……村民们生出了一些亲切感、信任感";第三段"上级对后陈村采取了很多措施,可是这一切,似乎对后陈村都不奏效";第四段"就这样村民财务监督小组建立起来了。让这位最最基层党支部书记胡文法想不到的是,他发明创造的这个财务监督小组,居然是中国农村第一个村务监督委员会的胚胎";第七段"胡文法说:'我回村里短短一个多月,感受最深的就是,村干部不能有私心,村务一定要公开'";第九段"他在新华社内部材料第89期发了《武义县设立与村'两委'并列的权力监督机构》一文,首次提出了'第三种权力'机构概念……于是,村务监督由一村之计,上升到治国之策"。我们不妨再梳理性地提炼一下,那便是:民主政治遭遇的一个重要课题→大家提出来→上级很多措施都不奏效→中国农村第一个村务监督委员会的胚胎→村务一定要公开→第三种权力→治国之策。这不是逻辑学上的一种推绎,这是中国农村改革进入深水区的新的管理模式走向社会化的一种整合,是新政治管理以集体意志化的方式下的历史性创新。当旧的政治管理理念被一次次重复使用时,它就会有折旧的现象出现,所以对于日新月异大变化的社会来说,新的管理模式的渗出,正是可持续发展的能量补充。而这项新的民主监督的社会民主性管理措施,或许正在证实一个可能的事实:腐败是完全可以避免的。

约翰·伯恩赛德在《旷野》中说:"你打开灯时,要快/你将看到黑夜的存在。"是的,我翻开《第三种权力》,我就抓住了权力的生命/和他存在的持续。

学做太阳——最见人性底色的感动

一、刘佳芬寻找光

在长篇纪实文学《一个都不放弃》中，从陆明亮与刘佳芬两个人物形象中，我们不难发现的是，两种心理在人世间艰难地行走：刘佳芬校长作为看护人与教育者，她的高度的责任感与善心；刘明亮作为智障儿童，他的半知半痴，在一个特殊生活场景看待人和事的心理。这两种心理演绎出的是一个人性的不同气象，然也是人生求真求善共同的走向。所以，当刘佳芬在刘明亮第四次失踪三小时之后，在桌子柜里找到他，为他冲洗完身上的大小便时，作者的旁白说："一个画家会忘记一切地去画布上寻找对美的理解，一个诗人会在他的语言中寻找构建精神家园的一个理想，一个工程师会夜以继日地在图纸上寻找他对于未来建筑格局的一种想象。"而身为达敏学校校长的刘佳芬，一个培智学校的教育者，她会在残缺的儿童心灵上寻找到什么？它使我想起《圣经》上的话："上帝说，要有光，就有了光。"是的，刘佳芬在寻找光，寻找残缺儿童存留身上的微弱的光；刘佳芬自己就是光，她以自己的光，去照亮黑暗中的非主流的遗弃者，让他能从她的一线光中走出来，走向他自己发光的位置。是的，智障儿童如何走向正常人生活，是人类现实生活给予一个身处善与恶、爱与厌（甚至是恨）之精神中，予心灵的一场拷问与较量。这既是现实的，也是残酷的，但它也是真实的，更是美丽的。因为残缺一定会在博大的爱心、深度的耐心中得到修补、校正和完善。冰冷的石头一定会被温暖的心融化成可亲可热的宝贝蛋。刘佳芬的明知不可为而为之的行为，正是以实践批驳着以为智障儿童只能管管他吃喝，任它残疾一生的消极主张，且更以实践证明生命的温度与爱心的力量相加去对待他们，任何人间的奇迹都可能发生的事实，她改变了智障儿童的下半生,更改变了主流社会对智障儿童简单粗暴的看法,是还智障儿童一个人类的公道。

二、独特的社会价值与审美意义

读钱利娜的《一个都不放弃》,简直就是在读一部当代的情感史。由此去看,《一个都不放弃》也是一部情感的历史小说,是叙述隐潜在整个浮躁的、美与善被钱和利渐渐淹没的物欲时代中,一群占少数比例的当代人,虽与主流人群生活在同一公共空间,却又偏被挤在边缘角落遭受白眼嘲讽的特殊现象。它虽占比例不多,却又实实在在地烧灼我们的心窝子。它让我们在习惯了高楼大厦上班,假日开车旅游的常态的天经地义的生活外,又去扯开现实生活真实世界的另一角:在我们可以随心所欲地行走,轻松自如地吃喝,飞快灵活地用眼审视用脑思考着事物时,还有一群人在步履艰难地行走,万分费力费神地维持饮食,数月数年几百遍几千遍地重复学习一个词、一个动作,而领着我们从惊恐、厌恶、蔑视甚至攻讦中清醒过来,走出这个认识误区的,正是《一个都不放弃》。它用文学的叙述,以真实的记录,打开了生活真正广阔无限的空间,它告诉我们并让我们真切地看到事实存在,才合成我们这个智障儿童完整、真实的世界;他们与我们的言行举措相对的不合拍,正是我们特殊教育的缺失,而达敏学校的出现,刘佳芬、姚望、田娟们的勇于担当,正是以崇高的教育与高尚的人性在弥补这一缺失。所以,《一个都不放弃》的深刻,不在于描述了几多智障儿童不同的境遇而让我们辛酸地流泪,抛洒出一点同情心;它的深刻在于教育,对智障儿童的教育,应该是中国乃至世界现代文明的一部分,因为只有包括了这一部分,人类的教育才是完整的。而对于主流人群而言,才能觉着自己的知识的真正完整而不羞愧或内疚。试问,当健康的人被培育成一个高智商的偷盗者、制毒者或其他罪犯时,我们还能对特殊教育下成长起来最后结婚开店的成吉,以及利用空隙去做义工的成吉们无动于衷吗? 所以,《一个都不放弃》的深刻,是以文本在呼喊全人类去重视这份特殊的教育,让全社会去关注这类特殊教育,让每个人去投一份爱心,去“融资”这份特殊教育——自然,这也就是《一个都不放弃》文本具有的独特的社会价值与审美意义。

我们已知,任何善与美,都没有理性的整齐划一的自我认同,从哲学层面去看,对善和美的社会学意义,正是引导或启示你进行社会人的自我反思性——作为人类的社会人,作为迈向更高级文明精神结构的现代人,你为需要资助的人,或你处于社会边缘,近乎被社会抛弃的少数人,能去做什么,或已做了什么？而对于智障儿童（成人）来说，他们的精神世界和理性能力中的灵魂引进，又可引申到一个哲学神学的层面，那就是天生的表层的丑与恶，如何让你面对：即你的社会的人性怎样去穿透表面，去发现与丑与恶之内之深处的一丝一点飘忽不定的美与善的光，然后用你的热能把它引燃，冲出深陷之地，走向社会与生活的平面上，能够成为一束正常的不再飘忽不定的光柱。这就是对人性的信仰，纠正对智障儿童认定的历史语境、思辨的视野。同时，从教育学的角度充分去看待公共空间与平等的关系。而这一切至为复杂的、富含哲学、美学、社会学、教育学与神学的高层次的问题，就在一本平常的《一个都不放弃》的长篇纪实文学中流淌。它以还原生活的真实的创作手法，去以形象诱导读者思维辨析之中，在对本书的阅读流通的延伸中，"在时间在他脑子里从一格一格放置的空间形式，还原了流动的本质"。我们看到的所谓奇迹，正是还原着一个人作为社会人的正常的面貌，并深刻地印证着一个"真理"："其实对所有的孩子来说，没有什么是不可能的，哪怕是智力残缺。"为此，才会出现高舞指挥棒，沉着完整又优雅洒脱地指挥合唱的张浩，说一口标准普通话用"黄莺般美妙的声音"唱一曲甜美悦耳的《隐形的翅膀》的崔晓雅们。

深刻还在于对吴悦被移送至养老院环境的描写，直接触动主流人群的神经：我们老了，当身体与精神都不能完全坚定地处事的时候，被送进养老院，以老年临终的一段有限岁月，去重新面对一个陌生的十分不尽如人意的生存环境时，该怎么办？那时我们不能咋样，因为我们已经没有力气推门逃跑，也没有精神书写或打电话投诉求助，更不能依仗自己的想法去寻找一个自我满意的颐养天年的理想之地。那么，《一个都不放弃》的描写，正从这看似遥远的一面给了我们启示：随着社会的发展，必须要有专业知识＋爱心的护工去维系今后不断增多的老年群体的生命，这恰是本书主题以外的重大意义与社会作用。

特殊教育，既是心灵的沟通，更是情感的等待，而这一切，乔雪月们"觉得应该是一种神秘的力量让自己和孩子们都在发生着变化"。这个"觉得应该"关键词，虽然是作者撰造，却分明是神性的启示，尤为值得我们深思的是这份神性恰恰来自主流人群的少数人，这就不得不让我们为之敬畏！《一个都不放弃》在这里，以文本替代主体对主流人群的多数，对整个前行的高度文明的社会，提出了一个更加深远的问题，我们的爱，不能只停留在爱里；我们的爱，要跟上这个伟大的发展的时代，去创造更多更大的爱。

差异的视角

重思的历史与人物

重拾历史的疑惑

在未读《汤恩伯传》时，心中对汤恩伯的概念，是一个不懂军事只知愚忠蒋介石的人物，同时，还为他怎能在《战上海》时作为一个反面的重要人物之出现，表示出极大的疑虑。读了《汤恩伯传》之后，我才第一次认识到，汤恩伯是一个中国当代重要的军事历史人物，对于他的认识，既不能局限于某一方面的政治性宣传，更不能误听于史书的主观陈述与武断定型。《汤恩伯传》以历史的客观、明智的理性，把汤恩伯身体的军事与灵魂的军事，通过客观的叙述，让我们对这位当代历史军事人物有了新的认知，也像武义郭洞的宣莲那样，有待我们进一步去品尝和体味。

一

《汤恩伯传》(邹伟平、章瑞年编著，人民日报出版社2011年版)用一把正当的尺度，依据史料与理性分析，全方位地呈现汤恩伯的整个人生，特别是他内心复杂的情感的真实流露与在军事、政治场域中所映现的种种不尽相同的精神才干，乃至不足，从而让读者能通过对《汤恩伯传》的阅读，准确地把脉这个人物，透过迷雾看清他这条人生航船的真正行程，恢复和纠正先前对他军事与政治行为的种种认识上的偏误。通过一些历史的细节，我们真切地感受到汤恩伯作为中国20世纪初寻找光明与救国的一代知识分子，如何在他的生命实践中充满着激情与热爱，感应他昔日在历史长河中为祖国山河而跳动的理想与心脉。

譬如首先映入我们眼帘的是，汤恩伯为人为军的真面目：即遵循晚清名臣胡林翼的名训"要有菩萨心肠，要有屠夫手段"治军。"他与部下的关系犹如父子"。他"衣着朴素，士兵都称他'伙夫头'"。在经济上"主张公开""廉洁自律"。书中还有两个例子，第一个例子是江西铅山一警察局长向汤恩伯行贿，即被他枪毙。而后在向苏区进行第四次"围剿"时，一下子杀了两百余名红军将士，留下"汤屠夫"的骂名。就这一点来看，非但客观公正全面地展现了汤恩伯为人为军的真面目，而且印证出本书作者撰写时的公正、客观、尊重史实的理性立场。同样，汤恩伯在办事上讲原则，作者也给予了应有的叙述。如汤恩伯提出过一个口号："对人诚恳，对事认真。"它与"对事不对人，争事不争利"相呼应，这条原则典型地体现在国共合作时，他对共产党的教官"待以学者名流之礼，一视同仁地予以与部属相等的待遇"。其中有两个细节：一是在部队集会时，"他总要拉叶剑英一起并排站，进出时亦总是并肩而行；每次给学员讲完话时，他都要请叶剑英继续讲演和补充"。二是之后叶剑英在谈到汤恩伯时曾说过，"将来国共合作，汤将军是共产党的好朋友。万一不幸破裂，汤特军也是共产党最大的敌人"。作者细致真实地运用这两个细节，把汤恩伯为人为军的形象，由客观一下子升华到内在的精神层面，无疑也增加了本书的厚重度。另有一个尤为值得关注之处，是刻画汤恩伯对历史人物曹操的崇拜与敬奉。这份精神的宗教在汤恩伯的军事生涯中，还具体化为"三王结盟"的实际行动中（与戴笠、胡宗南），相对"特工王的戴笠""西北王胡宗南"，梦想做"中原王的汤恩伯"，实是他崇拜与敬奉曹操的"武事文谋"之发挥及人生目标。这是为人为军处事的政治生涯中的另一个汤恩伯，由于他徒有曹操之雄心，无有曹操之雄略，所以，到头来只落了个凄凉的暮境之下场。这也正是本书极有价值之处——它为读者提供的，正是一个复杂的汤恩伯。第二个例子，还见于许昌之战，此战充分显示了汤恩伯由政治野心而导致军事上的失误，同时也说明了从卓越的军事将领过渡到政治人物的汤恩伯在政治上的先天不足。所以我特别赞赏的是，作者在这里睿智地指出："汤司令变成政客了……一个军事将领的政客化，往往就是他军事生涯的终点。"这一富有历史感与哲理性的点睛之句，非常明显地突出了本书作者撰写此书的过人之识，于书，也同时增添了历史学的价值。当然，此书第一百十三页上对"黑白汤恩伯"的分析，更是我们对作者具有的历史眼光的一份有力的佐证。

二

个性的鲜明突出，增高增厚了汤恩伯这一当代军事历史人物的形象。我注意到作者在传记中，总是以事例加分析，或结合当时的历史背景，去深究彼时汤恩伯的所作所为，从而既让汤恩伯活在历史中，又让汤恩伯的个性，在历史中更具国军只有一个汤恩伯的极富传奇色彩的个性来。

非常有趣的是，在作者通过少年汤恩伯自发劝阻人吸毒（如在吸红丸人的竹筒上刻上"愿食红丸死，甘做亡国奴"），在庭审时为帮朋友用石块怒击法官而被迫逃亡，朋友托他经营餐饮不善，他干脆将它卖掉这三个事例，一下子就把"有性格"的汤恩伯活灵活现地推到了读者面前。又如，他之所以得到蒋介石的赏识，在于带军队主动请缨去最艰苦的内蒙古绥远一带驻防，即他向蒋介石赤诚表示的："凡人家不所做的难事，都交给我做；凡人家不敢打的难仗，都交给我打；凡人家所不肯去的危险地方，都让我去。"倔强刚烈的个性，就是这样在蒋介石嫡系与杂牌争地盘、争待遇中，体现了他与众不同的国民党高级将领的形象。同样，在著名的抗战南口战役中，"我死则国生，我贪生则国死"的铿锵慷慨之言；对老师陈仪的"出卖"及其终生自疚；尤其是对陈仪"出卖"，但对陆久之自始至终予以内心的保护，这样的个性陷于现实中生发出的复杂性，《汤恩伯传》均予以了客观与真实的记述，从而使汤恩伯的个性更具有了血肉之融与丰富之状。在这里还需特别提出的是，汤恩伯在作为正式主持京沪区日寇投降缴械的主要将领，在处理日本战犯与侨民的问题上，特别是对待冈村宁次的问题上，充分体现着蒋介石的"以德报怨"政策，这其实是汤恩伯接受中国传统文化的内心与之蒋介石政策的自然合拍，也是文化灵魂的一种自觉呼应。八十五万日本士兵与侨民，在一年时间内，由汤恩伯的悉心安排得以顺利返回。今天，当我们从历史的视角再去回顾这一史实时，不得不从内心产生一个想法，日后中日邦交的正常化，莫不也正启迪于这一事例之中，即它至少为日后的中日邦交埋下了一个好的基础，虽当时汤可能"无心"，但事后的历史"有心"。对于汤恩伯释放冈村宁次，至今可能也仍会有两种根本不同的观点。从另一个侧面去看，正若作者在此书第一百二十四页中所写的："相邻之国战后的和好友善是应该的，从长远讲更应当如此。然而，在日本军阀的血腥之手刚刚缩回时，且在尚未按公理争取到战胜国的相应权利时，受害者马上伸过手去握，以示和善，实在是令人难以接受。"作者这段话说得很对，也仿佛就和读者重新因汤恩伯而在讨论这桩历史的"公案"。但当汤恩伯在日本医病去世后，日本为其举行了公祭，这无疑既是汤恩伯个人的政治魅力，也是历史留给中日人民不可复述的一笔。

三

对汤恩伯军事才能的历史记述与客观评介，使《汤恩伯传》有了立足文坛的根本, 对汤恩伯在历次战斗中的功过是非的叙说, 使《汤恩伯传》更具有了历史备忘录的性质。迂回的巧战使汤恩伯的生命姿态有了特殊的美感, 错综复杂的战事失利与责任追究, 给读者多了一份分享汤恩伯复杂人生的文献。

南口战役是汤恩伯辉煌人生的第一页, 同时他也是书写了中国抗战的民族决心的第一页。汤恩伯军事英名的赢得, 一靠他在南口的死守死拼的顽强精神; 二靠他富有弹性的运动战术。假若如台儿庄之战中对汤恩伯的运动战术还有存疑的话, 那么随枣会战即充分证明了汤恩伯的运动战的才能。还有豫中会战中的巧妙突围, 粉碎了冈村宁次的合围全歼计划; 湘西反攻中的克复独山; 马场坪会战, 打退了日军的突进; 尤其是芷江会战这一抗战期间的重要战役中, 汤恩伯第三方面军作为中方主力军取得了全胜, 以及最后一战的金门之战 "直接影响了两岸对峙的政治格局", 无疑让汤恩伯作为可圈可点的当代中国军事历史人物, 有了坚实可依的凭据。而这一切, 正是《汤恩伯传》于坚实详细的史料中予以我们的。这也正是《汤恩伯传》的又一可人风采。

四

《汤恩伯传》的又一特点, 在于对传主这一历史人物做着客观公正的史迹介绍的同时, 又推出了作者自己对汤所经历事件以及对传主本人的史识。如对台儿庄战役中, 对历来沿袭的汤恩伯拖延避战的 "主流说", 作者不是给予直接的辩解, 而是通过两个不同说法的史实转录, 从侧面提供给读者一个自己去检验真伪的, 自己去思考的回旋余地极大的一个场域。在 "拖延避战说" 与 "迂回奋战说" 之间, 作者仅用 "台儿庄战役在汤恩伯的一生中占有极其重要的位置, 直接影响到对汤恩伯本人的评价。简单的否定汤恩伯在这次重要战役中的作用是不符合历史真实的" 这么一句话, 让读者有了更多更广更远的思考空间。在对待汤恩伯与共产党的问题上, 也仅做了简洁的感叹: "可惜的是, 汤恩伯与共产党人相处共事的机会太少了, 时间也太短了。他对共产党人萌生了些许新的认识, 但毕竟太肤浅。" 对汤恩伯整个人生的形成, 具有发人深省的作用。在对待黄河铁桥被破坏和花园口决堤之事, 我们历来的认识总是只有一个: 严厉谴责。然作者在这里却认为 "黄河铁桥破坏和花园口决堤", 客观上起到了 "阻绝战" 的作用, "直到1944年, 日军主力都无法进攻中原"。这一说法, 同样让我们了解到了另一个事实。虽然, 战争与政治有时就是这样的冷酷。特别令我感兴趣的是, 作者对传主曾经之事做有趣而非无理的推测, 这在一些出名的传记中均有所体现,《汤恩伯传》的作者亦是如此。在对待陆久之劝汤恩伯起义并为其设想大动作（即4月27日蒋介石父子亲临上海督战，陆久之要汤恩伯当即扣押蒋介石父子起义，一举惊天下）时，作者这样写道："从现在的眼光来看，假如当年汤恩伯要是听从了陆久之的劝告，当机立断，做傅作义第二，那么，这将又会是一起了不得的历史事件，他的影响可能不亚于西安事变吧！但是，历史是没有假如的，汤恩伯不是傅作义，更不是张学良。他还是一个忠于党国、忠于领袖的国民党将领。"历史确实没有假如，但能在曾经的历史陈迹上纵横去看，亦不失为传记的一大特色，更是传记启迪读者多元思考的一个很好的抒情写法。也正由此，作者在汤恩伯兵败上海、退回舟山群岛时，亦抒情夹议道："谁也无法知道，这位身经百战、为蒋介石鞠躬尽瘁任劳任怨的战将，站在开往舟山的兵舰上时，他会做何感想？面对一败涂地的战斗，面对张权的被处决，面对刘昌义的投共，特别是他对'恩师'陈仪的'大义灭亲'之举，不知做何感想。他会悲痛和感叹吗？他会寂寞和后悔吗？以前没有人知道，今后也没有人知道，除了他自己。这一切也将随着军舰所溅起的浪花一样，悄悄地融入了大海。"是的，汤恩伯的内心，他的感叹或者后悔，只有他和大海知道，但作者把自己的感叹抒写在这里，无疑是将汤恩伯的内心及其情感，结构得更加复杂和丰富了。《汤恩伯传》就这样又给我们对以往历史的政治局势，做了精深巧妙又睿智深刻的概括。

阳光打在苍苍白发上

　　读完包新旺长篇纪实文学《黄源传》(上海文艺出版社2016年版) 的当天晚上, 突然觉得黄源好似一座没有奢华外墙装饰的大楼, 在阳光照射下, 它坚硬的躯骨, 本色的坯墙, 依旧自傲地耸立在历史的驿道上。时而还有一道高速的车轮呼啸而来, 闪电般而去, 在轰鸣与震颤之中, 它任其穿透楼壁和脏腑, 在历史的边界, 它仿佛会有生命的力量不断滋生, 依然如我, 在静静地体验生活的那些快乐、痛苦、恐惧、不平以及更重要的责任与友谊。当它被阳光完全照亮, 或是它把阳光完全掩藏之后, 留给我们的, 便是永远独自的思考和对祖国对人类的忠诚之思。

　　《黄源传》以求真的精神和写实的态度, 还原一个文化老人成长和坎坷的一生。又以分析的眼光, 展示时间、空间和传主个人的特性, 勾勒了传主从单纯求生机, 到以知识度人生, 将一个充满生机又憨厚的生灵, 从自然状态进入社会状态, 从而为我们拉开一位翻译家、编辑、革命文艺战士与组织者的人性展演的过程。

　　我们知道, 一个人的生命行动, 当他开始走向自身, 也同时走向了外部。从"我们是要靠你吃羹饭的"家庭期待, 到踏进十里洋场的上海, 在证券物品交易所分发报纸, 又去东华大学读书, 聆听泰戈尔、徐志摩、章太炎、马君武诸名流的演讲, 之后又转去白马湖春晖中学拜访夏丏尊并再求学, 确实如传记作者所说, 是在"意义的丛林中穿行"。其实, 传主自身求学, 也是彼时中国社会趋向文明与进步的一个时代缩影。而传记作者在此时特意安排了一个由黄源引发的罢课片段, 便使先前描述传主生长在"海刁子"的家乡, 从小熏陶强悍民风, 有抗倭传统的个性化特征, 有了一个极为自然的呼应。也为日后黄源既不当汉奸也不投靠条件甚好的国民党, 反而甘冒吃苦与生命危险, 赶去参加新四军的举动, 找到了最好的注释。

　　社会使黄源走上了一条认识丰子恺、朱光潜、郑振铎、叶圣陶等名家的道路，当时充满灵性与寻找真理的激昂个体，很多都走上了东渡日本的路。传记作者说："黄源去日本的动机，也许不见得有这么高大上。"其实，这正是传记作者们所必具的本色语言。尊重历史原貌，不拔高和美化传主的成长过程与个性显现，是作者品质、思想与传主经历记述重构最能服人、予人有益的书写。

这样的书写，让我们看到的是一个充满热血的正直青年，以极为平常的方式认识了茅盾，同时也同样因记录、出版而认识了鲁迅，乃至自然成为鲁迅最后的一个学生。在此其中，传记也为我们提供了重要的史料：第一，《鲁迅日记》载有"晚寄还劳动大学讲稿"，是"黄源根据内容加了《关于知识阶级》的标题"。第二，傅东华主编的《文学》，实际是由黄源主力的。第三，《译文》自第四期起，由黄源开始独当一面。第四，《译文丛书》的出版，是黄源出的主意。第五，把鲁迅墓从万国公墓迁到虹口公园，也是黄源的主意。第六，黄源在参加新四军反"扫荡"中，具有沉着果断的指挥才能。第七，1944年成立的"浙东鲁迅学院"，黄源任院长，并且编辑出版了《东南文化》月刊。第八，一个剧本救活一个剧种，抓《十五贯》的幕后主办是黄源。第九，领巴金第一次到鲁迅家去的，是黄源。第十，在浙江，黄源创办了《东海》纯文学刊物，组建了浙江文化艺术学校。第十一，黄源品牌意识极强，指使浙江越剧团要放"姚花"（姚水娟）。第十二，以新中国文化管理干部的身份，在全国率先提出"把艺术还给艺人"。凡此种种，传记让我们重新开始从更高更广的视野去认识传主，自觉对黄源的历史认识进行调整与变化；也让我们能更好地利用这些新的史料的再现，去寻找黄源在各个历史时期的边缘记忆与模糊印痕。同时，可在更加宽广的范围内对黄源集作家、编辑、翻译家、文化联络员、文化管理者于一身的文化现象进行更深入的学理性研究。

由《黄源传》的文字记述，我们还可引出一份记忆的意义。这位纵贯线式的人物，由清朝晚期至民主共和时期的成长与去上海谋生，到抗战时期翻译外国文学，承担《译文》杂志的具体编务工作，提议编辑《译文丛书》，乃至解放战争的战地记者、文化领导干部，直至中华人民共和国成立后亦管理亦文化人士（创作者）的双重身份的交错，尤其是戴上右派帽子被下放农村接受监督劳动、"文化大革命"陪斗的种种癫狂下的边缘生活，莫不给读者一个放大了的横跨新旧时代，纵越战争与死亡特殊的历史场景和竖起的历史象征性的人物，在传记的那些叙说与修辞上，为我们诠释出一份具有深度意义的观察与思考。在这方面，传主的一些细节似更有文学的魅力和记忆的召唤性。细节之一，黄源为生存找张元济，张元济因黄源无学历无著作没帮忙，但黄源成名后，首先提出建议在海盐张的家乡建设张元济图书馆。细节之二，《译文》的排版格式，"你去设计吧，鲁迅随口应道"。这中间其实潜藏着鲁迅与黄源一种精神上的合适感。所以之后鲁迅又会对黄源说："下期我不编了，你编吧，你已经毕业了。"让黄源直接当了主编。细节之三，1935 年 10 月 8 日，黄源欲去日本，前来向鲁迅先生告辞，他突然想到，"在《译文》停刊一事中，对方是一大批人马，而鲁迅先生形影单影只，只有自己这个小卒……"于是，他决定留下来！传记的意象色彩与黄源友谊的温度，在这里竟如此地耀目和灼手。这是对理想的追随，是对中国现代文学有着千钧重量的思考，也是日后黄源毫不厌倦地走在文学与文化大道上的永恒的追随。细节之四，"徐懋庸也说过鲁迅的话是符合实际的"，鲁迅说"……胡风也自有他的缺点，神经质，繁琐，以及在理论上有些拘泥的倾向，文字的不肯大众化，但他明明是有为的青年"，等等，表证了传记叙事的公正性与作为传记作者的中性立场。这便无疑大大提升了传记的可信度与可读性。 而关于"两个口号"之争与"万言长文"的论争，传记作者又以可观的记叙，还原了当时的历史。在那个恍惚的、充满着复杂性与诡异性的时代里，作者冷峻地把这些复杂予以梳理，把那些诡异予以澄清，从而在传记中凸显了经得起历史推敲的文本自我的力量和纪实创作的理念。这正如本传记在序言中所云："新旺写黄源是合适的，按照他自己的说法，拨开历史的云烟，忽略身份的差异，我和黄源老因为文艺组织管理工作者，在抓作品、出人才等方面感同身受。"细节之五，"上半年经受皖南事变的锻炼，下半年在反'扫荡'中又起作用"，黄源的毅力、精神与谋略能力，在传记的战士形象中独出新彩。细节之六，在鲁西南土改时，公安部门抓到一个特务嫌疑人，黄源认定是持不同学术见解的人，把他放了。在部队整风时，黄源因香烟一向都由部队供给，为防特殊化，最终把烟戒了。是非与廉政，而今读之依旧光彩闪烁。细节之七，黄源在上海接管剧专后，实施了三大措施：将有名的演员都集中起来学习；对袁雪芬领衔主演的历史剧《乡思树》进行全面客观的评介，试图以此基点逐步提高演员的自身素质和思想境界；向银行借贷作担保，大力支持剧团的发展。如此，一个懂行又爱艺术人才的文艺领导形象，便以可爱的高大跃然纸上。细节之八，分析"上海亭子间队伍"与"山上的队伍"，不仅为本传记增加了学术含量，还为中国现代文学研究提供了可贵的理性借鉴。细节之九，黄源对"双百方针""两为方向"的理解与执行，与原浙江省委主要领导的理解与贯彻相悖的叙说，为传主的秉性与文艺理论水平做出了新的诠释。尤其是黄源自己在回忆录中的记述删去了有关与江华、陈冰、陈伟达的矛盾，更展示了一个有知识涵养的文化人的宽阔的胸怀。细节之十，"戴罪下放"后的黄源，在看到亩产上报不实的情况下，以自己劳动的实践，企图证实作伪假象，提起勇气向上反映真情实数，后果是一句"毕竟是右派"惹得黄源大哭，说明一颗爱国爱党爱真理之心，在黄源不管遇到怎样的不公也决不会易质。

《黄源传》更精彩的部分，还在对传主人与事所处复杂历史环境中的叙说与分析。它将传主因某种缘由被遮蔽的灵魂，重新经由文字，鲜活又真我地返回了自身。一是故意性反差。如以真实地记录徐懋庸与鲁迅交恶的1936年8月1日的信，徐懋庸在信上非常尖锐又极其攻讦地恶说黄源："黄源是一个根本没有思想，只靠捧名流为生的东西。从前他奔走于傅郑英门下之时，一副谄佞之相，固不异于今日之对先生效忠致敬。"在《黄源传》中，作者能于如此坦率与大胆置放这段文字，实是从反面佐证了黄源作为一个后生辈，作为一个在文坛跑龙套的无名之辈，工作就是那么认真，思想也是那么活跃，对文坛名流又是那么地尊重。还有作为人，为了生存，所处恶劣环境下，他的一份无奈，全由徐懋庸的反言而给凸显出了掩藏着的黄源的正光。也即由此，我们还可从黄源的二次储稿、让稿，可窥其真诚与谋略之为。"鲁迅赶译的稿子寄来，但黄源也收到了一些新进翻译界的稿子，便先用了他们的。""在鲁迅家里，黄源无意中看到楼适夷的译稿，当他知道情况后，毅然表示，楼在狱中翻译不易，愿意终止自己的译稿，把机会让给他……"储稿与让稿，除留给我们一个真实又真诚的黄源外，我们更看到了黄源心灵深处那一份宽厚的情怀和意志的光灿。这是黄源人生途中一种良知的生命体验，爱的意愿之表达，是崇高的文学姿态。当天还亮的时候，我把光积储，这就是黄源。

追寻历史与时间，追寻传主的踪迹，在历史的真实性与文学的艺术性中，《黄源传》更有了一份融合两者之后的思虑。而这部分思虑，亦是通过黄源一生中的一时一地、历时历地的记叙过程里间杂着出现。如，在鲁迅与徐懋庸的论战中，记述鲁迅没有征得发信人同意而公开私人信件。如，"对于鲁迅的'被神化''被符号化'，冯雪峰、黄源们显然自觉不自觉地充当了'推手'的角色"之纪实言说。如说黄源"你黄源30年代靠鲁迅，后来靠陈毅，如今事事指手画脚，讲一通主义"的夏衍与他的矛盾的思虑。作者进而提出："黄源与夏衍，如果从现当代文学史的角度看，是一个较有意义的研究课题。"无疑是传记对学术史与思想史家们的一个点拨。还如对"何其芳现象"的叙述分析，对"双百"方针下强烈意识形态与纯文学写作之"高贵思索"的思考，等等。尤为有趣的是，作者特意记述黄源"不知怎么的他养成了嚼茶叶的习惯，每次开会或学习，同事们时能见到他的下嘴唇上黑乎乎地趴着一片茶叶"。这其实是知识分子在窘境中的一个特殊的"生态现象"，就像非洲草原上的游侠不时嗑瓜子使嘴里生津一样，为解决思想的接力，嚼茶叶是黄源滋生身体津液与思想津液的一个中介。可以说，这是传记中极为精彩的一笔。

"无常的生活，充满吊诡，不断和黄源开着玩笑。改编婺剧，未成；创作《越王勾践》，未成；写高彩柳，成；写叶飞，未成……"传记作者在传记的收尾这样说后，又紧引了下面的话："今年是完了……原定计划如何，今年一篇作品没有定篇……真要倒霉了。"这是黄源日记里最后的一些话。如此的吊诡，如此地让读者揪心，正是《黄源传》留给我们最大的阅读启迪与深度思考所在。

历史脉络里的寒冷与温暖

一

翻检萧殷先生的小说，历史不禁又一次让我们扯开了它尘封着的沉重一页。同时，也让我们看到了萧殷作为一个旧中国的知识分子，如何运用小说揭示着底层劳苦百姓蒙受战争苦难与生活煎熬的沉重叙事；以及作为作家的萧殷，是如何在小说中表达自己对这个时代的生命感悟及其责任思考的。

由花城出版社1984年2月出版的《萧殷自选集》中，共有十四篇小说，其中，最具代表性的应是《生路》《芋园》《灾》和《倒闭》。《生路》和萧殷早期其他几篇小说一样，讲的也是底层百姓寻找工作养家糊口的故事，然其情节的刻画、人物的形象、环境与细节的描写，均已见出较深刻的审美观念与尖锐的批判现实主义思想。小说首先借助阿荣在砖厂找工的事，引出了他失败回家的压抑沉重的情景。接着便巧妙引挨饿要吃奶的孩子阿金出场，既增加了压抑沉重情景中的氛围，又让人产生悬念去思考孩子妈妈的种种。养媳妇出生的孩子妈兰嫂，在穷人家长大，又在贫苦中成长，却偏偏长成一副强壮的身躯，这就给小说一下子增添了一道希望的亮色。为了养家，为了孩子，兰嫂和男人一样，赶去车站做与人争食的牛马似的挑夫活。照说，即使她男人阿荣一时找不到工作，她只要挑得到东西，就能让全家喝口粥汤，也是可勉强活下去的。然而，偏偏是风雨专打破漏屋，儿子阿金鲜龙活跳好端端地，却突然跌伤了！而且跌得不轻，人已经流血昏迷了。医院当然是有的，但"一打听，最少也得十来块钱，这不比上天还难么？"①短短一句话的刻画，虽小说画面上没有官僚、

---

① 萧殷：《萧殷自选集》，花城出版社1984年版，第709页。

军阀、地主老财类到阿荣家进行欺诈、压迫,但似空气般弥散在他们生活中的制度,这个剥削人压迫人的制度,却无处不在地挤压着他们的生活,窒息着他们的呼吸。终于,作为一个代表与象征,孩子阿金因无钱医病,只是跌伤流血便一命呜呼了。这里要特别指出的是,作家萧殷在这里以小说表达社会的痛苦,已冲破了工人农民的界限,他将阿荣作为一个"公务员"式的身份(统捐局卫兵),失业回家也去码头做挑夫的形象去刻画,让我们看到他写作时的多元趋向与社会学上的开阔思考。这与同时期只写工人农民如何贫苦如何受压迫的小说相比,无疑给该时期的小说作者拓展了多元文化的创作视野。尤其令人刮目相看的是小说的结尾。它不按由读者循惯例所想象的,即由于贫困,如由于阿荣人瘦弱又不熟挑夫行当,根本抢不到生意,于是或出现他被同行欺打受伤而病,最后与儿子一样的下场;或因妻子健壮惹人妒恨遭人暗算,甚至让她给行业霸头们欺压奸侮而走上自寻短见之路;等等,来以如此的悲剧结束小说。这样的情节,自然既符合逻辑,又顺应当时社会的情形。然这样的描写,因为常常出现在不同作家的小说中,也就难免流俗了。睿智的萧殷先生,机灵地跳开了这一套路,他在阿荣与熟练壮实的其他挑夫相争抢不到一丁点儿活为诱,笔锋一拐,一下子就把日本人占领车站,镇上再没有挑夫的情景,冷酷又无情地推到了阿荣一家的生活中,也推到了心中正为阿荣一家之生计忐忑不安的读者面前。"阿荣……像着了魔似的跳起来窜到房里叫:'难道这种卖苦力的生涯也不容我们过下去么?'"①接着,作者让兰嫂出来:"兰嫂听了这话,喉咙里像给什么堵住似的:'天啦,这世道叫我们怎么活下去! ……'"②无须诠释,高唱人道民主的旧政府,就这样无视国之根基的百姓的生活,任由他们在困顿、饥饿,挣扎和绝望中走向灭亡。萧殷先生在其创作谈中曾说过,写这小说是九一八事变以后,由于日本帝国主义的步步逼进,不仅农村破产更加恶化,亡国的威胁也日益加深。于是,"心中有许多激情要迸发,有许多积愤要呐喊……"③这是一种精神的审美观念,也是萧殷先生创作小说的积极动因。于现实,于社会,于国家,于人民,让萧殷自然拿起笔,以小说为形式,去揭露伪善下的罪恶,去刺戳花朵下的脓疮。我们知道,20世纪初,特别是20年代,中国知识分子的目光,正开始有力地探测与关注乡土中国的农民问题,城市居民的失业问题,并逐渐发现了在其中的错综复杂的社会缘由与政治制度的腐败的主因。同样,中国知识分子在发现这些问题与苦难的同时,让自身也陷入了

① 萧殷:《萧殷自选集》,花城出版社 1984 年版,第 710 页。
② 萧殷:《萧殷自选集》,花城出版社 1984 年版,第 710 页。
③ 萧殷:《萧殷自选集》,花城出版社 1984 年版,第 963 页。

由此带给自己的精神上的胁迫与折磨,并从中逐渐有了新的认识。正是在此过程中,文学的审美想象以及文学对社会承担的精神义务,也就在他们的创作与小说人物、情节等的刻画中,有了新的发展与提升。

《灾》和《倒闭》,更是两篇上乘的小说。《灾》的出现,注定了拼命种田的农民,到头来只能被社会抛弃在边缘饿死。《倒闭》的出现,有力地证明了即令是处在社会中层的小业主,他们在艰难维持营业的最后,不是坐牢就是出逃——两者的拼搏生活,最后都是没有希望可言的。这是中国大革命前夜中国农村与市场的一幅凄惨的图画,也是广袤的神州大地百业凋零、饿尸遍野的一个现实写照。《灾》的取材虽与当时其他同类小说相似,但作者把故事情节的安排与发展,均置于整个社会的变动的大情势之中,这就不得不令人感到叹服。七月的平原,禾苗苗壮,丰收在望。然而勤劳的阿赤突然遇上了妻子劳累过度而流产的大事,尚未享受丰收的喜悦,生活的灾难竟又降至。阿赤无奈,只好偷偷拿了地契作抵押去财主家借钱为妻治病。然病未去治,灾又空降:城里的米价,每百斤七块半跌至六块八!这无疑给丰收在望的农民,又狂打了一记令人眩晕的大耳光。"反正总是我们吃亏!"①阿赤的话道出了亿万农民长期压抑的心声,也道出了其时中国农民的实情。不管是战争,还是自然灾害,到头来,一切的一切全摊到了普通老百姓的头上。社会,就这样的不公平——小说表达的,正是这么一个时代的病相。然而,灾难的空降犹如日本鬼子的炸弹那样,接二连三地狂轰下来:突然,大雨滂沱,一连十几天的暴雨,先是冲决了堤岸,尔后又淹没了长势正旺的庄稼,后来甚至冲毁了房屋。当撤退上山的一班人惊魂未定地喘息下来时,阿赤才猛然醒悟,患病的妻子还躺在床上……勤劳、拼搏、希望、禾苗、长势旺盛、丰收在望;妻子、流产、地契抵押、借债治病;米市跌价,大雨、冲堤、淹没庄稼、房屋冲垮、妻子还在床上。一连串的情境,在小说的叙事中似电影镜头般摇晃着闪现,整个小说恰似一出扣人心弦的独幕剧,将生活中喜剧的闪影与悲剧的多味重叠,浓缩着展现在了阅读者的视野与心灵中,让我们通过文字的有限阅读,却直观又无限放大地看到了该时代中国农民活生生被折磨的一幕。作者虽亦身处在这样艰难的环境中,但他并未躲在小我中置身事外,发出小资式的呻吟,而是通过对社会与自然等的诸多灾难的典型描写,为挣扎在生死线上的广大农民,表达出了特有的责任感与人道主义的审美精神。相比同时代的一些作家,萧殷先生的忧患意识确是难能可贵的。《倒闭》讲的是小业主兴和米铺老板何侃的故事。处在赊给农民大米的艰难境地中的何侃,眼见自己的米铺也将入不敷出,不料晚上张富翁因移居香

---

① 萧殷:《萧殷自选集》,花城出版社 1984 年版,第 748 页。

港又来讨债,而且是三百元的大数目。而泰隆钱庄上,何侃还欠着四百元。无奈,何侃只好向李先生再借高利贷(三分利息)三百元。年关到了,人家欠何侃的怎么讨也还不上,而张任生、三奶又来催债,更何况还有高利贷利上加利的欠债,泰隆钱庄的欠款……何侃终于逃走了。《倒闭》的故事延续,是续篇《沉落》。何侃到了广东珠江,找乡友未成,只好流落街头,沦为乞丐。最后,"陡的一块硬东西压到他那裂着龟纹似的脚胫上……原来是一对玉柱般的腿,套上一对发光的高跟鞋……本来破裂而含血的脚胫,经高跟鞋这么着力一压,已流出淋淋的鲜血了……冷风仍旧呼呼地咆哮着……"[①]可想而知,逃出来的何侃,他最后的下场会是何等的凄惨。

由《倒闭》到《沉落》,我们看到的不仅仅是一个小业主的由生到灭的过程,而是整个中国的民族资本经营者,在该一时期萎靡衰败的写照。这是文本自觉的民族意识在创作中的流动,这是自我矛盾与自我寻找中企求自我突破的该一时代民族精神的底层显现。在萧殷先生的叙事框架里,我们看到了他对社会疾患的深度认知,在欲望与恐惧、生计与家庭的交织中,让我们直面这类社会人的无助与绝望,以及该时代悲凉特征的写实批判。

二

上面谈到萧殷先生的叙事框架,我们还可从这里找出萧殷先生游离出这个叙事框架,在不断地探索中僭越题材与主题思想,从而创造出另一个美学的精神指向,那就是不同于上述题材的两篇小说——《芋园》和《疯子》。

一个美丽的爱恋故事,被包裹在沾满泥巴的芋园里。两颗情投意合的心,让每次激烈的冲动真实地演绎曾经的梦想。在实实在在的肉的交合中,宣告了想要的自我之实现和灭亡。这就是《芋园》,寂静里有光的透亮,幽深中有热的升腾。林子和梅姐,决不仅仅是偷吃野食的奸淫之欲,更重要的是代表着没有一定明确的理性目标,但内心深处蕴含着一种朦胧的、潜在的向往自由的冲动,这是人性的冲动,是向往一个新时代跳跃的先声。自然,两人最后的结局必然是封建制度的牺牲者,"就在这一天夜里,小河里浮着两个尸首,那是牢牢地捆在一起的"[②]。这不仅仅是一个民族一个国家处在现代性前夜的一份祭奠,更是一个具有现代意识的作家,在发现他自己身处的环境的一种糜烂衰败、毁

---

① 萧殷:《萧殷自选集》,花城出版社 1984 年版,第 770 页。

② 萧殷:《萧殷自选集》,花城出版社 1984 年版,第 740 页。

国祸民的毒雾之后，便以精神的深度批判与生命的全力呐喊，试图去毁灭这团毒雾，去追寻百姓真正的希求，并把它作为一个知识分子内心真正的需要，从而去确立自我人生的一个崇高坐标。这是小说的审美性，也是萧殷先生自我追求的美学价值。

《疯子》的话语权显然是作者于另一种形式的反证方式来展现，更以此境暗喻彼境的想象效应，诠释着一个疯子的苦难史。如果说疯子的疯是因为女儿被抢被杀而患了疯病，那么，造成疯病的一定是更疯的对手——这正是萧殷所注重的"比较重大的社会主题"①。疯子是被逼疯的，而被逼疯的当有成千上万的老百姓。因此，也就有在心灵上有许许多多各种不同的疯子，而导致这一类疯子的产生，正是那个不讲公道、不讲人情的社会；正是那些恶霸，那些乡长，加上那些道貌岸然的绅士，正是这一类贪婪、狠毒的真正疯子，做出了一桩桩非人性的罪孽之事，才导致玉姐父亲的变疯。是的，首先是这个社会疯了，它疯得开始在吞噬构成社会最基本的元素——百姓。小说以它的荒诞塑起了该时代一座座疯的群雕，展示出社会对人性无情的摧残，对家庭疯狂的破坏与戕害的无边的罪恶。这正是小说《疯子》极其深刻的社会意义所在，也是文学史中作为历史缩影的小说的历史意义所在。

在这里，也不能不议论到另一个小说，即萧殷先生的小说处女作《乌龟》。作者通过主人公"我"对一群人追围辱骂陆伯的感性认识与理性认知，撕开了"我"的灵魂的感悟过程。"我"起先几次表示出对邻居陆伯的厌恶，直至"我"溺水被陆伯救起，才开始重新审读常常被众人疏远嘲弄恶骂的"乌龟"陆伯。故事及小说并非简单地告知读者，"我"从无知到亲近到深读陆伯与之"乌龟"这个名词，只在陆伯蒙受了被误读的冤屈（原来他老婆被人睡了，是被强奸的，后又因继续受辱而自尽的一个悲惨故事）。小说的更深远处，在于作者借故事的曲折发展，借小说的叙事与场景描述，凸显出主人公"我"的人性觉醒，它的觉醒的深度与社会学价值。这也正是萧殷先生笔间渐渐流泻出来的人性的温暖与光泽去应对人世的冷酷与醒龊。这既是主人公"我"对社会的认知与感悟，更是小说在鲜明的苦难之下深蕴着批判现实意义的闪光思想。

三

小说的力量，有时会像风暴一样，掀开读者的心灵，同时带出我们的内力，

---

① 萧殷：《萧殷自选集》，花城出版社 1984 年版，第 965 页。

与之共舞。萧殷先生于小说人物中的那份无助、孤独、孱弱、忧伤、痛苦,乃至绝望,是以人物的悲之形象去对应旧中国衰败的社会面貌,是新文学人物群像中的一份独特艺术贡献。在如此的社会境况及内在构成面前,萧殷先生表现出极大的同情心与主动性。作为一个有良知的知识分子,他不屈从于那股压抑霸道的反人民力量,更没有流俗于逃避消极的行列,而是以生命的自觉感受,思想的主动碰撞,身源的巨大活力,对广大在该时代备受战争、贫困、灾难和压榨的人群,倾注了自己极大的热情与心血,以敏锐的观察,沉着的思索,无情的揭示,形象的批判,写成了一个个催人泪下的故事,刻画了一个个身受同类苦难而又不同遭遇的文学人物形象,为中国的新文学建设留下了一页厚重的叙事和历史的遗存。

　　萧殷先生与其他一些作家一样,不回避自杀的题材。《狗运的一生》中的狗运,是个典型。这孩子才出生一年便死了母亲,寄养在叔母家里,又受到叔母的虐待。同时,还饱受同伴孩子的欺侮。在学校,由于"不讲卫生",一个肮脏的形象,让他也"被疏远",永远成为一只失群的孤雁。最为可怕的是,他一生两次被诬陷做贼,随即连父亲也去世了。于是,我们的狗运只好去干苦力活做挑夫,但因经常揽不到活,只好饱一顿饿一顿,被迫借债。逼债、坐牢,让一向沉默懦弱的狗运变成了暴烈、狂躁的狗运。他一不顺心就回家拼命摔东西;他顶撞逼债的富农,甚至一把把他推倒在地;他怒火中烧,跑到土地庙把神像推倒,摔个粉碎。都说小说是活着的历史,在狗运身上,我们看到了萧殷先生寄托于文学的那颗心魂,是怎样的不安,怎样的悲恸,这正是作为小说家的萧殷精神内在的一份波动的持念。人来到这世上,都是渴望幸福的。但偏偏因为时代、政权、自然灾害等诸多原因,人又无不在苦难中渡行。当然,于哲学人类学及社会学而言,幸福与苦难对于人类总是相生相随的。因此,萧殷先生的精神持念,就在小说中作为他的人文关怀流动和发展着,并不断地在延伸,在扩张。他没有在小说中创造光明和幸福,也没有在人物身上塑造崇高与伟大,而是还故事于生活,还人物于真实。在这里值得我们提出来加以研究的是,作者并未由此而陷入浮泛的虚狂,去做脱离现实的理想构成。更没有陷入宗教,让故事、人物,乃至整个社会投身到宗教的大海中去。萧殷先生只是深沉地表达:用他凄婉的叙事,颤抖的描述,如鲁迅先生所言,把苦难一层层地撕开,让带泪带血的现实,血淋淋地展现在你的眼前。也许,这就是萧殷先生创作小说时的持念:它是精神的,但决不迷惘;它是社会的,但决不虚假;它也是时代的,真实无饰;它更是艺术的,平直中蕴含着深沉的启示意义。

　　同样,《父与女》中的瑛,为父治病只好沦入出卖肉体之列又被抓。《一夜》中呆呆地坐在床前看着病儿的身子一点点变冷变僵的寡妇。《车夫阿火》中一生忠厚的阿火,饿着肚皮拉车,却碰上了一个长途,半途中肚子因饿而剧痛,实在拉不下去,跌在地上不省人事。一个个脱出常规的人物形象,无不是被这个社会、这个时代受虐而变形。然而,正是这些变形的小人物的不同苦难,激活着小说,使它更具丰富的形象性与复杂的社会性。同时,也激活着阅读者的思想,让读者从品尝一杯杯苦酒中去思考,去寻找正义,寻找解脱苦难的钥匙。

萧殷先生在他的《从生活出发》中,曾批评"文化大革命"时期的文艺作品"闻不到一点生活气息,也闻不到一点生活着的人的气息"[①]。"生活气息与生活着的人的气息",无疑是萧殷先生小说创作中由精神持念到审美境界的美学操守。我们从萧殷先生的小说分析中,亦可体悟到这份美学操守给萧殷小说带来的特色、文本的质地及其历史性的审美价值。

萧殷先生的小说,离我们如此之近又如此之远,通过对萧殷先生小说的重新阅读,仿佛又把我们带到了那个苦难深重的年代,特别是让灵魂又重新魔法似的被带进了一个面对苦难、面对沉重、面对一个民族与一个国家兴衰,在底层,甚至在地狱边缘直接发出的呼救呐喊,以及在这呐喊后面支撑着的一颗发烫翻滚不停的灵魂。是的,重新阅读确是小灵魂被带到了一颗由人文关怀放大的灵魂之中,所以,萧先生的小说,其实是意识与世界关系的一个现象学问题。作为一个小说家,他承担起了由现实而想象,又将想象的艺术世界还原为意识内容的一个艺术创造的过程。而且特别需指出的是,萧先生的还原意识内容,又是从自身接受苦难的一次洗礼中拔出来,以新的富于社会学意义的审美眼光去做一种存在与展示的写作,并在生活世界里,像由树而发现水一样,让读者去做实在的理解,并由此过渡到社会人类学的视域再去思考问题。(如《疯子》中内心行程的艺术行走,《狗运》中狗运推富人的反抗与自杀,《芋园》里梅姐"最爱一个强壮的男人来强欺她的心理及两个强字的词义学层面上的含义等")。萧先生的小说,都是从一个很小的角落(一户人家,一爿店,一个"疯子"或一个"乌龟"称谓)把巨大的社会现实联系起来,让我们从一个单一的社会细胞中看到了现实世界近代中国中彼时的结构。由这结构再回味到我们的五官由小说在阅读之思考中产生的味觉、知觉与感觉,从而让我们能在历史的彼岸(从小说的时间段)去看也能作为一个参与者而非旁观者去感应历史,认识社会,加深对当下现实状态的实践性理解。于此,我——作为现在时的读者,就被统一进了一个不可分割的、存在着的世界里了(我们的父辈就是这样带我们一路走来了),这正是萧殷先生小说的核心意义所在。

---

① 萧殷:《萧殷自选集》,花城出版社 1984 年版,第 126 页。

惊蛰冻雷响何处

——尹向东长篇小说《风马》文本的审美分析

一、在世存在与根的追问

《风马》讲述的是一个典型的中国传统文化结构的故事,恰又是一个虚构叙事与历史叙事相结合后共创的全新文本。尹向东的长篇小说《风马》通过故事虚构的文本建构,为我们凸显出康定这个介于草原与三山合围之间特色城市的历史建构。在以文学的语言全方面地叙事这座城市的历史构建中,在不能违背史实的限制,亦不可以转换或虚胖的形式去影响与改变虚构叙事文本的同时,却又让虚构的叙事给历史叙事涂上了几多变幻的色彩,也加深激活了它的历史内涵。这个带有后现代主义色彩的叙事文本,为当代长篇小说创作中的民族题材,拓展了空间的边际和启迪了创作手法上的关系,也让文学的想象更有了审美的新趋向。

本来,当阅读《风马》到行将结尾时,夺翁玛贡玛草原上的仁青翁呷和仁真多吉兄弟,一个终日酗酒沉溺青楼,一个平地盖起自己的房屋,行将迎娶新娘。这样的所指,似乎有一个共同点,即身负深仇大恨的草原的两个儿子,复仇的精神都已经被这座城的生活销蚀了,显示了城市作为草原的对立物,它的巨大的力量与历史作用。但更深层的意义,在于哥哥仁青翁呷曾经是搏熊的英雄,却一下堕落成最俗的平民;而弟弟仁真多吉,虽然没有哥哥那样的魁梧身材和巨大威力,却能在私奔失败后清醒过来,在平俗的生活中闯出一条自我建树的新路,他在繁杂人多的城市角力中竖起了砖木结构的生根城市的房屋。这正是时空、地点与个人＋社会的三维结构，我们在作者的语言中读着它们，看它们互动，由故事的叙述揭开生活的本真，由生活的本真与人物的流动，让我们看到了历史的重现及历史与当下的连续性。然事实上文本并非如此简单，匠心独运的作者在故事本当顺理成章结束的时候，却来了个一百八十度的大转变。它以故事主人公命运的突变——仁青翁呷因被诬偷窃金灯遭受极刑，把原本兄弟两个的命运安排与形象锁定，推至了边缘，让一个巨大得如草原般辽阔广袤的问题，推到了我们面前。那就是这兄弟俩，该不该离开草原？且看作者的几处伏笔：第一，"三天之后我们去捡了骨灰，然后爬上山顶，那地方是我选的，就在山巅松林口边，那是我们从夺翁玛贡玛草原逃出来，在深夜到达这里，骑在马上第一次看见康定的地方"。第二，"那时候的记忆复活了……哥点点头说：'罗家的坟地大，我数了，有八座坟，他们的家庭真够大的'……哥带着深深的遗憾和憧憬问：'立民，我在想我们两兄弟几时才能有自家的坟地'"。第三，"在我把哥埋到土里时，那个远大的目标实现了……这会儿，他却成了一抔白灰被埋在地下，哪有这样简单的？"这第一点与第三点，正说明他们不该叫泽民和立民，更不应忘记郎卡扎和夺翁玛贡玛草原。换句话说，"第一次看见康定的地方"，也就埋下了死亡的种子。当然此话说绝了，就完全剥夺了人与时空与地域活动与发展的可能性。所以这里的概念绝非单一，而是带有一种根的追问。现在来看第二点，明显是个反讽。虽然它具有极大的不可靠性，但作为人物的内心世界——原本可以像雄鹰一样翱翔草原的兄弟俩，在山巅的松林口，拥有了再次失去亲人的坟地。这就要笔者从现场文本的角度对文本创作做思想上的思考。自家坟地的拥有不在草原，而在城与草原的临界点。自家坟地的壮观不在自身的发展壮大，而在以自身的衰落为代价。这是研究者应予注意的一个文本作者心理创作的问题。我们既可以在语言文字的阅读中参与其中，更可在跳出文本站在边缘去思考作者为文本人物所作的这种安排，它的文化意义何在？它也让我们想起了克里斯蒂娃的话："生命并不只是一种生物学的过程，而是在持续应对生活遭遇所提出的问题中寻求生存的意义。"兄弟最后所处的事实和克里斯蒂娃的话，也至少对文化自身的本质，会引发我们新的质疑与多元的思考。也许只是一个历史与个人（家族）无可奈何的事情，也许寓意着民族观念在历史转折关口的一种必然的变更与显现。思考正是对文本的一个解释过程，我们在这样的解释过程里，文本便不再是孤立的，即故事的叙事和整个中国近代历史状况的质的变化有机地联系在了一起。作者巧妙地利用了兄弟的谈话，研究者便在这里可运用作为现场文本的谈话并继而进行思考——对作者创作思想的思考。这里没有对与错，而是让我们进入一个可供质疑历史事物本身的更大空间。在这里，文本宛如一个框架,框架内容与形式的陈列,正是创作思想的有趣体现。它让我们有可能掘到文本内在的动态潜力,当然这是以审美双向互动为前提的。从坟地与理想的谈话过程中,我们似可深入认识夺翁玛贡玛草原这个家族与近代中国的关系,也可更深层次去理解这个家族中最后的兄弟关于他们与这个世界的令人多元思考的行为方式的奇异生发。

在这里,我们看到了作为长篇小说作者的思想释放,并且在选择这种释放形式时的审美能力和审美创造。这也正如作者在这一节中所说的:"整个事情绝不会这样简单。"——"必须喝醉又必须清醒。"它让我们看到了"跑马溜溜的山上,一朵溜溜的云哟"的那个诗情画意的康定,它的内在又是那么的曲折,那么的艰难,又那么的凶险……正由此,到头来壮汉仁青翁呷是被移作的替罪羊,而这只彪悍雄健的替罪羊,又是那么的在无奈中倔强地闷闷死去。这闷闷的倔强,在这里又非一个单一的雄美表现,这是草原面临风暴前的自然现象,却更是集有大草原在整个历史进程中、军阀混战时期,被政治汉化的一个牺牲品的文学形象的浓缩符号。在这个审美意义上,我们还可欣喜地发现,文本为我们创造的,是一个反海德格尔"在世"哲理的思想:即它的审美意义告诉我们,世界首先向人显示的不是生活,而是紧随政治或者政治后的生活,当人(翁呷和多吉)还没有完全进入世界,那种权力先行下的政治,已经将他们先囚禁于牢笼之中。所以,翁呷的最后屈死,引证出了拯救力量的式微或者说是消亡,这样的"存在"的切近处,正可引发我们阅读后进行再思考的另一面,即在世与存在的新思考。也因此,《风马》叙事的故事是过去时,对它的阅读是现在时,审美的意义恰恰是将来时。这也是《风马》的价值所在。

二、异质多元与现实超越

《风马》文本的另一特点,是以人物的性情烘托出历史风云的变幻。它并非是一种人与事物的悖论游戏,而是在时间与历史的过渡中,让人物活在性情里,让性情凸显在历史事件中,并且在作者着意刻画的人物身上,随意淌下的平庸性中,见证着历史的奇诡和政治的风雨。

日月土司的三个儿子,彭措郎甲——江升,以及江科、江芳,是文本以异质多元的形式为我们创造了多变世界中的多变人物。自然,这首先是以头脑简单的日月土司弟弟的头颅为铺垫的。然后,精明谋于筹划的日月土司江意斋也被算计而吞仁青日布图作假死,而最终换取实质性的自尽。于此,文本的异质多元拉开了帷幕。由出康定到雅安,作为哥哥的江科一下子长大了,但不久便莫名其妙地身亡了。你可以说他是水土不服而死，也可以说他是误食中毒而死，还可以说他是蚊子带来细菌和肠子积滞运行不畅共同造成的死亡。但不管怎么说，这是一个怪怪的不正常死亡。如果说日月土司的弟弟与日月土司两人的死亡，都是相同性质（一个死于愚，一个死于精，但性质相同），那么，江科的死亡却让这个人物陡然背上了一层奇异的光涂。

豹皮与泥石流，豹皮与康定，江芳在失去父亲、叔叔和哥哥后，俨然成了想要掸去豹皮上历史积尘的江芳。也是政治抱负让江芳认定去木坪土司家入赘是命运使然，新婚不久的江芳瞬间就让自己改变了命运。然正当他与木坪土司，他的丈人运筹帷幄以真正夺取木坪大权并使之永久太平后，他与他的家族在政治上会有更大的回旋余地之际，一颗流弹过早地结束了他年轻的生命。如果说日月土司的宏图还在于他本人政治谋略的欠缺，那么，弥补这一缺憾的当是他的三儿子江芳。但谁又能料到江芳毕竟年轻缺乏实践经验，被地方恶势力先算计了一把，便早早命赴黄泉。这个人物在文本中的异质，就在于他是集弥补日月土司、土司弟弟、大哥和二哥的种种不足：如日月土司的政治幼稚，土司弟弟的头脑简单，大哥的无政治抱负，二哥的不谙风土人情与地域自然特点等。却因缺乏实战经验，而由流弹之意外，过早结束了生命。当然，这是作者刻意的安排。说有点牵强的异，但偏又符合实情——谁让他缺乏实践经验呢，就像三国中的周瑜那样。所以说是作者以三兄弟各自奇异的结局，去印证了作为当时藏族地方政治势力的相继衰败，是合情合理的。我们更可以这般不同的奇异，见出了封建农奴制统治下的藏族社会进化时期所呈现出的该地域政治的质地与知识的质地，印证出了封建农奴主们的代表势力，走向衰落的历史必然性。如此再来看日月土司的大儿子，也是文本作者特意着墨构造的一个典型人物江升，从他一开始离开康定去木雅官寨，临走在跑马山上攀上巨石鸟瞰整个康定，到中途欲出家寺庙去拉萨，再到哥接弟媳维系家属婚姻，参与政事去瓦须部落联络，在回返路上行"圆寂"状，非常明显地作者在这里让小说超越了生活常规。他让江升这个人物的张扬、压抑、退缩，再到扩张，再现出的是一种跨人物性，即江升代表的是那股反反复复、起起伏伏的封建农奴主的主线，也可以说是一种政治性的缩影。他的独特复杂的身份、情感与生活方式，正是那个历史时期康定与其草原的一个缩影，是政治历史进程中康定与草原被变化着的一个变幻着的符号。他是作者个人创作思想在这个人物身上的体现。历史的多重性与政治生活场景的多元性，在江升这个人物身上被艺术地再现着。它是作者我的审美塑造，也是历史客观他者意识的移植。当然，在其中，江升的虔诚佛教与最后参与政事中的施药治病等，正是小说异质多元性的一个明显特征，它通过"这一个"江升，让我们感知了藏地历史中的政治人物的差异性。而这差异性,恰恰是《风马》文本中多元与超越的审美性所在。它是平等、善良与权力的实践相关联的可能,是美学的存在于游戏与政治之间的审美生命的文字再现。若说它是审美差异性,那就是作者刻画小说同姓人物本身审美差异中,又将其混合成一体的异质多元的一个日月土司家族综合型的文学典型,这在当下长篇创作文本中亦是鲜见的,其审美的先导性价值也是非常有意义的。

三、性别在情感与行为上的人物影响

叙事在性别上的成功描写,我以为并不是男性作家以男权主义的眼光描述女性,而女性作家拒绝"男性凝视(望)式"的描述。更重要的是,文本中对一个女性人物内在品质的刻画,是否是由文字到语言,在读者缺席的情况下,它已有了某种潜在或内在的意义,从而让读者阅读时,便有了独特性的鲜活的情境现实,并直接导致人物内在意义在小说人物的意义空间,有了更可回旋的诠释空间。就这一层面而言,《风马》在卓嘎、桂枝和小太太这三个女性的塑造上,就有着好叙事对人物性别的审美影响。

先说卓嘎。她引起我关注与兴趣的,并不是作者开场描写她作为侍候锅庄太太和小姐的丫鬟,是一个怎样的长相或修炼成的灵巧度,而是她爽直地喊立民去看拆吊桥的热闹,枪响后,又拉了尚在惊恐中的立民,再去看枪响是怎么回事。仿佛有一种天生的闯劲,不管外面世界如何,也不管自我处境如何,一定要让自己满足自己的好奇。于此,该人物内在的可立品性,亦随即隐隐现出。直至枪声再次响起,陈遐龄伺机"大义灭亲",亲手枪毙了侄子,脸被枪声与杀人吓得苍白的卓嘎,再次拉了拉立民的手说"跑",那种敢进敢退的性格,让我们看到了她未经雕琢的行为中,有一种强烈的感知力在冲击着我们,也许这就是审美感性化之过程。但事情远没有这么简单。我们看到发展中的卓嘎,在一个中午的折多河边,匆匆急切地告诉立民,她的婚姻被阿爸定了,要嫁给杨家。紧接着,便是私奔。这是卓嘎这个人物的巅峰形象。然而,就是这对男女私奔之后,又是卓嘎在讲了"既然我们出来了,私奔了,再苦再难我也要坚持下去"不久,竟又是她打破沉默,首先提出了"我们明天回去吧"的反悔意见。至此,我们可以猜测作者在这里是将卓嘎这个人物个性的美,进行着理想世界与现实世界的分裂,它就卓嘎告诉我们,爱情不是这个世界的唯一存在,还有生活。所以,卓嘎在爱情审美上的分裂,也是符合现状与实际的。这在人类学上,就是生活让人常常处在对立面,而又让他与周围之存在相融相连的现实融合中。在这里，是作者让现实自身进入文本，去影响卓嘎这个人物，去在分裂与融合中画完整这个人物。私奔，只是生活行为的一个瞬间，生活还像折多河的水，每日照样汩汩地朝前流。它以人物告诉读者，生活属于自然，审美的领域有时不会绝对与现实对立，所以尽管私奔的折返路上，最后一晚卓嘎还要立民紧紧地抱抱她，但它仅是现实生活的一个方面，并往往会被大现实所屈辱地整合。

桂枝也是一个饶有风趣的人物。她是被八斤捡来的女人，还是一个美人。这个人物在作者的笔下，首先以奇异的形象为我们开了相（先丑后美）。后来我们也就惊奇地知道，八斤原先厌赌，后来嗜赌，那是因为桂枝做了他的老婆后，几次拉他去赌一把，让他散散心，放松一下。说穿了，是给点男人除了床笫之外的快乐。但这样的善心却偏又让事物适得其反，最后导致八斤差点就被赌债要了命。但对待这件事，桂枝的态度虽然有怨言，实际倒挺坦然：这是生活的缺陷，上天安排好的。这看似一句土话家常话，却有十分哲理，正如桂枝是在坟头黑影中被捡来的一样，充满了奇诡，却又极平常。咳，一个原较奇异的女性形象，在这里作者恰恰让她回归了最普通女性的那种认命安家的行列。也正在这样的人物里，她们的家也才会有森格这条狗。它流浪而来，偏不理睬八斤的赌输了在饥饿状态下的辱骂，反而乖巧地为主人打来了野物。要不是后来八斤制止它去叼羔羊，说不定森格就是一个有"财源"的劳动力。作者写道："一个男人，一个女人，一条狗，因某种缺失，达成了特别融洽的关系，彼此相依，共生温暖，成为康定一个独特的家庭，这就是八斤、桂枝和森格。"作者在此神来别致的一笔，倒是提醒了读者，美学与对世界的当代思考，莫不出自八斤、桂枝和森格这三位一体的家庭形象。从社会学的角度去看，家庭幸福维度的所在，有时还真的不要去追求完美，因为完美会让人失去追求与向往，完美会让人失去本真与人的自然性，完美更会让一个群体与族类，在物欲膨胀中失却勤奋与上进。唯有不完美的存在，它才是推动思想与精神合成动力的基础。

日月土司的小太太，起先让忧虑促使土司把大儿子江升移置了木雅官寨，以后又为土司怀上了两个儿子。事情的突然变化，使原本只是小心眼的小太太，一下有了土司的眼光和纠正了自我狭隘的心态。

小太太是个有独特纹理的人物。我们看到在小太太的言行中，只是发生了些微的差异。她没有颐指气使，也不央求江升，或者赵尔丰刘成勋等其他官属。她只是在为土司哭泣之后，高兴地为两个儿子读书送行，之后又因儿子江科的突然去世而大哭。大悲之后，小太太只是赶紧为另一个儿子江芳完婚成家。安定，在她心中已成为一个神圣的追求目标。然也就在再次的意外——

一颗流弹把小太太的期望再次砸碎打灭之后，小太太便再没了哭声，只是在一副异样惨白的脸相下，在咳嗽咯血之际，去了木雅。这时的小太太才有了自己真正的计划，这时候日月土司家属的灵光，才真正在小太太身上暗暗升腾。不管土司的大儿子江升如何垂心向佛，也不管他的双脚正带着一颗虔诚的心即将行去拉萨，"日月家族不能没有延续"，这句政治大语出自小太太之口，宛若被遮蔽的日月，终于又开始在日月土司大家庭中升起。而敦促江升这个日月土司的大儿子，位归本位的，恰恰正是小太太本身——因为"作为一个对藏医有很深造诣的人来讲，他看见小太太的状况，知道这世上最好的药都不再对她发生作用"。而对小太太真的能发生作用的神药，唯有他江升的弃佛从政，承继日月土司家的政事。这貌似江升的艰难归位，实质恰是小太太这一形象的独特作用。这是一个令人可怜又实可敬的形象，是一个在时间的存在与进程中变化了她与这个世界关系的形象。在这个人物形象塑造的处置手法上，作者的叙事让现实与实际在历史可能的维度下进行竞争、变化和意外的结局，且在结局的尚未真正闭合处，又重开新机——让人物在历史性中走出她不凡的足迹来。这也正如列夫·托尔斯泰在他的《战争与和平》后记中所说的那样，生活是连续的，破碎的，处于不断的更新状态之中。[①]《风马》作者对小太太的处理，大悲之后不是最后让她消极，或者发疯，或走失去雪山，而是通过血的咳嗽与恳请的形态，把不断更新状态的生活，鲜活独特地呈现在这个人物身上。就小太太所处的历史时期与衰落家族的地位，她留给读者的是一种简洁深义的崇高。虽然在小太太身上刻有因私心而因果轮回的报应，但这种报应与其说是报应，倒不如说是作者刻意的文化谋略，以至小太太把江升召唤到日月土司原办公的厅堂，当面所作的忏悔，并在江升的一言一行中，又仿佛重见了昔日土司的生活形象与对待自己的眼神，她特别，也只能由她观察到的他眼神中的去凶存善。在江升拆去了经房的卡垫，小太太最后留给江升的话，"你们一定要生个男孩"，看似媚俗，实质正似纳博科夫之于洛丽塔，在韩伯特"欲望孤岛"背景下的洛丽塔，反证了韩伯特迷恋而造成对他人的伤害一样，希望江升与央金要生一个男孩的小太太，此时已从凡尘中跳出，承袭日月土司家族香火的欲望，也不再是土司这一消失的权位，而是只就家族本身的延续，安定于生活的延续。它不是过去的，而是未来的，是一种文化。它是真正剔除江升的孤独，把他与土司家族的未来，建构起了一个更为宽泛、更为深入平民的日常生活之中。是的，土司家族也是人，是平民百姓的人。

---

① ［美］乔治·斯坦纳：《托尔斯泰或陀思妥耶夫斯基》，严忠志译，浙江大学出版社 2011 年版，第 97 页。

四、历史在叙事中的文学表达

在文学中领会美学现象的趋势,窃以为重要之旨在于语言。在《风马》中,作者不惜花费大量的笔墨,以历史的叙述与自然物景的叙述,壮实着《风马》的文本。

叙述历史,特别是康定在中国近代历史中所受的影响与变迁,在土地和种族不可剥夺的特性之下,它通过现代化的进程这一形式,去逆袭和转化历史悠久,然也已老化了的康定。这在《风马》文本中,首先跃入读者眼帘的,是社会结构的重组与科技化曙光的出现。细读文本,我们看到了日月土司被隆重推出又被囚禁牢狱,最后死于逃亡。我们还更多地看到了赵尔丰、李方九、殷承献、陈遐龄、刘成勋等,接管康定的非土司的现代性质的地方官,一茬又一茬,走马灯似的替换着。这正是中国该时期军阀混战,有识之士以卫国之忠与近趋民主的一个混沌式的过程。在这个过程中,文本中的文学语言是以人物的行衬出人物的言与思想的,如赵尔丰的血腥杀戮,并行着收缴土司官印,改土司管辖为流官治理,大办教育,但他的结局却正好与自己的意愿相反——被四川都督尹昌衡捕杀了。文本的语言,以说介和故事(发银圆诱捕杀人),描绘出了以赵尔丰为典型的该一时期混政治的历史状貌,说人“受惊时后颈的骨头松开”,恰是一个寓意和象征,寓意在于前行中的历史,太多的成分在于前行前的卑下杀戮。象征,即是该时期军阀混战的一方丑象,虽说队伍,虽说政府与治理,但仅是相互残杀与对一方百姓的镇压。对李方九的叙述,以智搞土司之弟为例,让混沌的残杀有了一些治理的萌芽。殷承献的治政,则就更加的戏剧化,他以古老的欲擒故纵的计谋,先抬举土司并让他舒服,然后让这具尚带幸福余温的躯体即刻下到牢狱,并逼使他在逃亡中早早死亡。这是一个政治谋略的初始显现,铲除土司的势力,现代性的治理,必欲以戕害首领性命作为革命性的象征,这亦正如资本来到这世上,它的原始积累,每个毛孔上都沾满了鲜血是一样的道理。当然,最后的一步,由陈遐龄替代殷承献完成,让土司在“自己建起的监狱里”,开始了他的跌倒与淹没。在土司走离人间这一段描述中,我们看到了一个关键词:巧合。原先土司密谋越狱接应的壮汉,过早来到了小树林;后来又因紧张导致疲惫而入睡,被枪响惊吓后,认为土司已经暴露,“翻身上马,一气向山巅跑去”,以致土司越狱后,未能遇见接应他的人,而改变了路线,沿河岸逃去。更不巧的是钻出洞时,由于没别好二十响驳壳枪,连枪也丢了。过早、紧张、疲惫、入睡、丢枪、失接、跑错方向等,几多的巧,直接导致了土司越狱后的不利。乍看之下,以为仅是作者为情节之惊险而加以描述的,其实,巧合,正在于历史,在于时势背景,在于土司:封建农奴制度与镇守该地的政府与军阀在现代性场景下的冲突,冲突之势下行将被历史淘汰的封建农奴制偶像的土司的处处逢不利的巧合,处处不利的内涵正是历史发展的必然性。所以说,文学的语言正是借助叙述,在给读者一个真实历史的重现。而也正是在这语言的文学性里,我们同时也读出了历史性,那就是康定这座古城自身的变化。它先是经受了兵变与抢劫的劫难,而后是在劫难中又敞开襟怀,接纳了该一变化时期投奔她的不同种族的人民。在这么一个风云变幻的时期,她的古老的身躯又不时被动着多种手术,如拆吊桥,造石桥,还在她的健硕的手腿伸展处,或肥硕的臀部等蓄力处,移石拓土,建造了从此未曾拥有过飞机的飞机场。这兴许是一种作弄,实也是把她拖入现代轨道行进中的必然境遇。自然,当安洋人在教会医院开始了发电,也即意味着以电为象征,证明着康定真正步入现代化轨道第一步时,整个康定的现代化肇始,就在作者笔下那些人物的吵闹、挤推、惊奇与见证下,在电压时时不稳,最后又灯光通明一夜的事实上,铁板钉钉地钉在了康定的方志上了。这就是一份美学现象的趋势,它由疑惑、混乱,到光亮、叹服,让生活的自然场景与即时生发的迈向现代性的情景,把康定与小说开头,"我"梦见了"一只鹰高悬于空中",但是"也不动弹"衔接起来,呼应起来,从而让"我"这个自己,"发现自己真的飞起来了",这就是我,也就是康定,准确地说,是康定飞起来了,"我"是这只鹰的一根羽毛。《风马》的文学性,也就在这样的语言叙述里,有了历史的长度与厚度。

历史的叙述,还在仁青翁呷与吴涛的抢枪与死里逃生的历险,以及康定这个城市一忽儿空,一忽儿又人丁兴旺、生意繁忙的不稳定性中,也即作者所描述的,"外面的战争让康定热闹起来",但康定自身被战争戕害的残酷与血腥,也层层地埋在了康定人匆匆走过的路下。由此往前,某一日康定城南终于又发生更大规模的兵变,还抢劫了银行。在这场事件的结局,第一个被推出去枪毙的,是军事教官吴涛,仁青翁呷的知遇之人。克扣军饷,官逼兵反,几多无辜的士兵又一次被当作了现代进程中的祭祀品,吴涛便是一个典型。如此再加上作者借王怀君等之口,每每提及的积累死尸的背茶人的万人坑,这样的故事叙述插入,让康定更有了她的沧桑感。当一个城市以沧桑去丈量它历史的长度与厚度时,这个城市的独特价值也就耸立起来了。这就是作者笔下的康定。

五、重新思考的光亮

胡继华先生在《上海文化》上,对游牧民族的解释是"游牧民族是卓越的飞散者，主动的解域者"①，这是胡先生对德勒兹"解域"的进一步阐释。然在无限的漂移中，他们依然有根。这就得让我们对《风马》的阅读掩卷之后，不得不重新去审视书中主角仁青翁呷与仁真多吉对根的关注。这对从大火与杀戮瞬间没了爹妈和亲人们的兄弟，出逃时的人生座右铭，就是爹爹告诉他们的"记住郎卡札，记住那里的仇恨"，以及面对被大火和枪声吞噬的爹妈与亲人，"要回到夺翁玛贡玛"。草原，是他们的根。然而，我们看到长篇的结尾，是仁真多吉的康定结婚安家的"回不去了"，是仁青翁呷跟随江升前往瓦须部落协调政府的事。这时间段正是草原最好的季节，他在色达享受了最好招待，但等他随江升返回康定时，一行人离开金马草原之时，突然"意识到，在康定生活多年，虽然能无忧无虑安享草原的舒适，却无法长久居住下去，所以江升让回康定时，他几乎没什么留恋。骑在马上，他想着这些年来小小的康定给了他什么，让他连祖祖辈辈生活过的草原也不再留恋"。是生活的改变还是观念的改变？这是人生环境层出不穷的变化之一，也是不可简单分解与言说的人最深处的不可打通的秘密。我们可以为他找到一个基本的答案，那就是康定的非草原生活和城市人的生态环境。但城市给予强悍生命力的召唤，不仅止于此。这也许是作者深蕴于本书的一个思想性的思考。人与现实人与生活，有时会仰仗灵魂与精神，但更多的可能是通往现实之路上的那种实质性的影响与感觉上未遇的真实。这就有点像神把光与暗给了人间，而你却让生活用你去选择光和暗。

　　问题的更深处还在于，结尾处作者又特意安排了一个场景，在仁真多吉婚礼的那个晚上，来了由三个人组成的一个驼队。令人意外的是，这三个人来自郎卡札，是哥弟俩的杀父仇人！并且，"他们热情奔放的情歌也将多年前的家乡瞬间拉近，近到我能看见一头黑牦牛凝住了般在阳光下吃着青草，而天空中一只鹰高旋着，离太阳越来越近"——"仇恨丢掉了"，这是本节的关键词，也是《风马》的关键词。这是现代化进程与根的悖论，这是知觉世界与科学文明的对立。它的反常在于论证了生活的合理性，它引导我们对事物本身可进行更深层次的追问，也可以让我们回到文本，从作者描述出这个事物的本质结构，并将在作者为我们呈现出的事物本质结构中的文学语言，作对人物内心世界与灵魂追寻的更广远的探寻，包括文化对于人的影响及其异化。这便有待于我们通过对小说的阅读，深入人物原型的知觉世界，去以大文化地拓展我们的视野，并让我们找到一个民族的文化原发性与这个世界的文化推进扩展

---

① 胡继华：《游牧、战争机器与绝对悲剧——克莱斯特的〈洪堡亲王〉略解》，《上海文化》2014年第7期，第80页。

的社会可能。

由夺翁玛贡玛草原上出逃求生的兄弟俩,《风马》为我们抛掷了一个更深层次的问题,即许多书写草原的篇什,它们使用的语言与人物形象,均被根的固定模式养育成一种机械式的教条,它失去的是现代化进程中的真实性与变化性。而《风马》恰恰以康定为主旨,面对草原以及草原人物,试图以还现实的真实行影,去批判那种臆想的反抗。也许,这个场景与哥弟俩人物是不够完整的,也不能全面反映历史进程该时期草原儿女的种种;但它至少让我们知道了即使身负深仇大恨的草原儿女来到康定之后,他们面对的历史积怨与绝对悲剧(指部落间的互相杀戮),是如何被潜移默化地走出去和化解掉的,这是小说创造的真的具有社会学意义的戏,也不必我们用是与否去做判断。于此而言,对康定就格外有了意义。

由此,我们还可回到《风马》作者的创作心灵,他的那种题材依托、历史凝思,应该是在一种正视和理解人性情绪下的写作,焕发出了人心与历史更广阔的场域,包括层垒在深处与边角的那种星星点点的独特。它让我们看到,进城仅是一种生活方式,只有当我们看到了生活的真实、复杂和多样性,进城才充满了神秘的色彩,也包括起初的无奈。而进城的人物,随之也有了传奇式的气象。兄弟俩与新日月土司江升家族,也不是一个审美差异性的存在,就日月土司家族儿女,包括小太太与之仁青、仁吉弟兄所混合组成的两个一体又异质多元的综合性文学典型事例而言,说其有审美的先导性是文本中确实存在着的。所以,在这里可令读者或研究者豁开一个思想的口子,那就是作者创作时试图以叙事文本努力与内心疑惑的反经验之感,做趋向一个更为真实的根的尝试性探究。

可喜的是,掩卷沉思之后,我们还会很自然地回到作品的语言上,感受它所弥散出的创作情绪。当语言为了一种情绪,而这种情绪已被文学所魅惑,让创作的主体心灵,投入在语言的世界时,创造的丰富性就会充盈着文本的结构,从而让思想的灵魂去与魔鬼和阅读交往,并在读者自选的各个出口,找到他们所阅读的审美快感与重新思考的光亮。

从史实中走过与激活

在时文浩瀚终觉浅的同质化、碎片化的阅读时代，有幸读到由海宁市政协编、刘培良著的《徐申如——诗人徐志摩之父》长篇传记文学，真的会有一种惊喜之感。

作者以散文诗的笔法首先打开书的序幕，然后，又不是啰唆繁杂地把海宁有多少文化名人、海宁的地域又怎样人杰地灵般进行俗套的叙事，而是以19世纪中国现代工业在海宁的如何引入，凸显出本书的重要人物——徐申如。当我们翻过久远的历史，重新进入它的光辉映照中，也就被作家富有引诱力的叙事，重新带入了徐申如的创业、撑业、发展与创新的种种人生事业之中；与此同时，徐申如与他的发迹地海宁硖石的关系，也就像那年花开月正圆似的，把一些经脉根蕊的细节，一一地呈现到读者面前。那是"在一个特定的时间段里，一个风云人物会影响甚至决定一座城市的格局、特质、以及走向"。作者以历史回望的聚焦，高屋建瓴地点出了徐申如这个特殊人物的历史关键作用，也是该书第二章，接续第一章的更为引人入胜的契口。

自然，讲徐申如，怎么也绕不开一个世界性的公众人物——他的儿子徐志摩。然而，由于徐志摩想飞，年纪轻轻只三十四岁便飞离了人间。也由于他曾经与三个女性生成出风流韵事，更有在当时石破天惊的公开离婚再婚，自那事至今的约一个半世纪以来，写徐志摩的各类东西已经是汗牛充栋、不胜枚举。今天该怎样写徐志摩，是横亘在作者面前的一大难题。值得称道的是，作者睿智地选择了几个典型事例：第一，由父亲徐申如带着尚只有十八岁的儿子徐志摩参加股东大会；第二，以含蓄的笔去诠释徐志摩的"飞"与"云空"；第三，杭州府中求读，首先在于徐申如"抓住机遇"与后来的与张幼仪婚姻的谋划。视角不同，叙述出来的审美趣味也就与它本不同了。由于传记文学不是一部纯粹的抒情史，所以我们同时也看到了作者在深入赘述中又转换了文笔，在这里均以史实的叙述与客观的分析向我们娓娓道来。精彩处，仍令人爱不释卷。如第四章强调"今天我们一般人往往把徐志摩只看成一个天才诗人、浪漫诗人,只看重他的诗歌成就,只注意他的罗曼史。而对徐志摩思想的发展史了解不透,重视不够,概括不全。或者说,徐志摩思想形成和发展的历史被我们大大地低估或是忽视了"。此书的质地,正是作者注意到这方面的重要性和现实状态的稀缺性,并试图以史实文献去弥补着这一缺憾:"徐申如……人称'浙江的张謇',胡适在日记中干脆称他为'硖石皇帝'。""关于徐申如的生平,很多文献中只是笼统地介绍他生卒的年份,连月份也没有明确,更不用说日期了。出生日比较久远,后人难以明确似乎还情有可原,其忌日值得花点时间和精力去考证。"此书质地的第二特性,在于牢牢抓住本书主角的徐申如,如何与儿子徐志摩在日常的父子关系中,发生思想的对立与灵魂的远离:"到了美国,徐志摩目睹第一次世界大战结束后美国的举国狂欢,开始思考和平与民主等重大命题。""此时,他(徐申如,笔者注)完全沉浸在对儿子志摩辉煌明天的虚构中。"此书质地的第三特性,在于对现存吸引海内外众多参观者的徐志摩旧居——位于硖石干河街的一幢西式小洋房建筑的"模样"进行独特的反思:"有趣的问题又来了。至今我没有看见任何有关这一建筑设计和建造等方面的信息,更无从知晓当年徐申如是出于何种动机,要为儿子志摩建造这样别致的房子。"无从参见是无从参见,但作者在书中还是沉着地做了多种的分析,拓宽了读者的思路。

　　诺贝尔文学奖获得者君特·格拉斯在他的名篇《铁皮鼓》里,曾有过这么一段令人回味不尽的话:"我在寻找波兰,它丢失了,它还没有丢失。另一些人说,它不久就要丢失,它已经丢失了,它又丢失了……当他们从这里用导弹寻找波兰的时候,我则在自己的鼓上寻找波兰,并敲出这样的声音:丢失了,还没有丢失……"活生生的徐申如的形象,似乎也在《徐申如——诗人徐志摩之父》中这样地"丢"与"未丢",如此地浮又沉。看,当徐志摩飞机失事,老人家便在悲恸中一口咬定陆小曼是陷害自己儿子的凶手。而在不久前,又是徐申如在硖石火车站率领本地商界精英,恭候泰戈尔的到来并奉茶。回顾徐申如的一生,从创办裕通钱庄,到大胆去杭州参股创办华商银行;从海宁大老板的座位上未曾死坐,主动出击去任农民银行的监理委员;从为江浙丝茧业的大声疾呼与奔走陈情,到争取沪杭铁路海宁境内拐个弯而通车;从兴建电厂、电话公司的资本新眼光,到发起组织硖石商团,保一方平安和抗日,这就不仅仅是此书的江南硖石一乡绅的简单叙事了,这其实是一个商业文化人物在中国现代化萌芽时期的缩影,是作者以地方史志为依据进行研究书写的一个新视角。一个好的作家,不是在史实的规则面前忠实地去赘述,而是应该从史实中走过来,去书写未被人发现的那部分东西。作者刘培良,正尝试着在此书中,思考着为之期望未被激活的那部分东西。所以，说它是企图超越遗忘，重新寻到亮点的一本书，也不为过。尤其是第六章中记述并分析徐志摩在一次聚会中，当讨论到"自杀"并提示一个重要人物王国维和梁漱溟的父亲梁巨川时，徐志摩的一改平和往态，与之争论并肯定自杀为"殉道"的精神流露时，它更让我们感觉到了此书文化层面的含金量。

如是，那么，此书最后一章记述徐申如晚年寓居上海，恰又在展示浙商的风范：不肯依老就老，主动奔波沪上，建立太湖流域自治联合会，奔走呼吁恢复沪杭线通车，为海宁赈灾。好一个"单刀赴会"的和平宣传干事，加上荡秋千的绅士，徐申如生动丰富的形象，可说在这里被画上了一个圆满的句号。

历史文献是一个精彩的大世界，而传记文学就是再现这些记述里的故事。《徐申如——诗人徐志摩之父》，忠实于史料又不拘泥地写作，抒情的书写中不忘客观深入的分析，它让我们看到作者视点中的问题意识，同时又让我们享受到了历史人物对当下的教育意义与审美价值。

作为诗人和文学史家的张宗祥

　　提起张宗祥,人们马上就会想到两个"人物"的称谓:中国近代书法的开山人物,文史校勘与古玩书画鉴定的大师级人物,这是人们对被誉为"书坛泰斗、文史巨擘"的张宗祥先生的业已熟知的业绩概括。殊不知,张宗祥还是一个顶级的诗人和文学史家。

　　作为文学史家,《清代文学》是其代表作。在《清代文学》中,张宗祥以一个文学史家的眼光在中国文坛率先关注清代文学,他以"文学之变迁"入题,提出了清代文学的特点为"三例三习"。"三例"为逆演——极盛而反响——特立不受拘束;"三习"为一免旧习,二以学问为依据和三以时代区分文字优劣、门户派别。特别是在结论部分,复旦大学郑幸先生曾给予高度评介:"结论概括清代文学特点有三:文字学之修述(文字训诂之学的发展),文法学之创作(《经传释词》《马氏文通》的出现),虚字的作用等,新体文之初兴(西学的传入、白话文的兴起)。对西方新文化的传入显然给予了较高的评介。"作为中国第一本清代文学史,尽管篇幅较小,但以一部断代文学史来看,它一是内容简略;二是着重思想文化的变迁;三是论述精到,且超越文学界限;四是内中多有建树独特观点。这四大特点,无疑奠定了《清代文学》在中国文学史研究中的地位,也使张宗祥成为文学史家而无疑。所以,当《清代文学》被收录《中国大文学史》(上海书店版)之时,骆玉明先生便在序中这样评介它:"作者目光所关注者,主要在清代文化变化之大势,所谈问题,亦不以狭义的'文学'为限。如第七章《光宣文学概述》,述康有为、梁启超、严复、林纾,至王国维而终,实际是描述了整个清末思想文化的变迁,而及于受此影响的文学情况。"因此,郑幸对于《清代文学》着重于思想文化的"变迁",得出的结论是:"对思想家、革命家的介绍往往超过纯粹的文学家。"《清代文学》1930年由商务印书馆初版,收录"万有文库"第一集。随后,又两度影印,先后收录1988年生活·读书·新知三联书店"近代名籍重刊"丛书和上海书店1996年"民国丛书"第五编。2001 年又同柳存仁《上古秦汉文学史》、陈中凡《汉魏六朝文学》、陈小展《唐代文学史》、杨荫深《五代文学》、柯敦伯《宋文学史》、吴梅《辽金元文学史》、宋云彬《明文学史》这七部民国时期出版的中国文学断代史旧著一起，由上海书店出版合编为《中国文学史》加以印行。[1]张宗祥先生之在中国文学史上的地位，由此可窥一斑。

我们知道，清代是一个"大一统"的特别时代，一是它改变了汉人统治的历史惯例，二是它的疆域治理远远突破了历代帝王的"九州"版图。面对所谓的"分野"说，乾隆则依据康熙以来传入的西方科学知识来进行批驳，从而形成了广义上的中国，此既是学说，又是实践。(见杨念群先生《清朝统治的合法性，"大一统"与全球化以及政治能力》，刊《中华读书报》2011 年 9 月 21 日第 13 版) 在这样的政治氛围的历史存照下，我们再来拜读张宗祥先生的以思想性取胜的《清代文学》，就更具新义了。

此外，张宗祥先生还著有《临池随笔》《书法源记》《论书绝句》《铁如意馆诗钞》《铁如意馆杂记》，神话剧《平飐母》《卓文君》，改编昆曲《十五贯》(受周恩来总理之嘱托)，和其在《医药浅说》《临症杂谈》《本草简要方》中的文采和辨证之议，皆可见出其文学家和文学史家之文学造诣和大家风采。

张宗祥先生的文化散文，更不容世人轻藐。如《纪灯》一文，写硖石灯彩，以灯节之形式"小者持诸手，悬诸竿，大者数人肩之"的独特，以一镇各坊间之竞争："此坊起，他坊继之，相消也。互相消，则互相竞。竞则愈奇愈盛，哄然十余坊皆出……灯之盛时，呼声、詈声、觅伴声、锣鼓声、丝竹声，下及遗簪堕鞋之事，不可胜记，故言灯事必曰硖石云。"生花妙笔，把一幅硖石灯彩之于迎灯盛事，活灵活现地描摹出来，声、形、景、情互为交融，读之若身临其境，史迹复生是也。又如专言良渚的《说玉》及《瓷杂说》二文，前者从《说文》《尔雅·释器》始，以汉通西域见于阗之玉的比较，述说一通"玉匣、含玉、玉史"，以《续汉书·礼仪志》《汉书仪》等史书为依据，于娓娓道来之散谈证玉，又于"吴越自古铜而铁，自铁而合玉，利器在手，当必制玉"为推断，道出一部简明的良渚玉史。并以"玉质、玉色"之分析，杂以"浸、雕琢"之技法，"圭、璧、琼、璜、璋、琥、针、管、瑗、环、玦、镯、珩、珠、璬、珌、璈、玺、佩、梳、翁仲、兔符"等的器物分析，把一段玉史美妙绝伦地渲染了出来，让读者掩卷之后，仍可闻其美玉美文之香，更有绕梁三日之神。

作为诗人，张宗祥先生之习性更如魏晋七贤，其饮酒论诗、下棋论诗，所作之诗作随写随丢，幸其长女张珏 (原国家副主席宋庆龄的英文秘书) 有心收

① 郑幸:《张宗祥先生〈清代文学〉述评》，载《铁如意馆论坛》，中国文联出版社 2011 年版，第 23—26 页。

得，方有《铁如意馆诗钞》传世，其中两首，列入历代精品之中：一为《酬金雪塍见怀（原韵）》。

> 七旬有六混尘氛，野鹤家鸡早合群。
> 谰言庄叟肘生柳，翻手亚娥雨作云。
> 到今年老心难老，且爱人云我亦云。
> 自知衰朽无能甚，闲检书中辟蠹芸。

诙谐、自嘲之中，指斥尘世之俗，且又真切表述内心矛盾之纠结，并以书蠹辟以清检之能，直面衰朽之反动，酬答之中自有清风一尘之影。二为《湖上》：

> 北岭云迷南岭明，里湖飞雨外湖晴。
> 满堤杨柳休惆怅，随分阴晴过一生。

初读此诗，实为一描景之平常之吟，然你若与先生的另一诗《登吴山》之下半阕相读，便又有不胜感慨之情。

> 城堞半随山上下，江流横锁浙西东。
> 乱峰终古青无语，匹马何人立晚风！

二诗相映，参阅而读，则景外有情，情之出性，性中存景，景抒胸臆的诗性与大义，便随之荡然飘逸而起。真可谓指点江山，激扬文字，昂首宇宙，豪放大志之情景，跃然纸上。又如《移居铁峰山麓三章》之三：

> 门前列肆后牛栏，拾级凭山筑一庵。
> 石窟峰高容避劫，竹床夜静易生寒。
> 虫声叫月惊秋早，客思还乡入梦难。
> 缔绤出奔当溽暑，裌衣谁寄路漫漫。

抗战烽火，离家思乡之大情，与竹床、静夜、虫叫、客思之细节，令人浑然入梦，徒生悲泪。它与《秃笔》中"灯下家书常带泪，梦中诗句未生花"，形成了一种强烈的思乡张力，至今读来，仍可感受昔日之离乡背井，陷于战火的心灵痛楚。至于后来的《题画梅》：

最爱孤山雪后来，野梅几树水边栽。
着花不过两三朵，独向人间冷处开。

则更是令人拍案叫绝，不可不谓乃诗中奇葩也。

面对永久被人高山仰止的诗人和文学史家的张宗祥，愚后学亦涂鸦一首，聊表追思敬慕之心：

树生枝丫数百史，阎公剪秋巧作书。
文学间述思复展，妙为人间添景致。

差异的视角

文学的嘉兴藏

文舞历史

　　看杨自强的历史随笔，很自然地让人想到郑逸梅的《芸编指痕》、钱穆的《中国文学史》、黄仁宇的《万历十五年》、斯坦迪奇的《舌尖上的历史》等，甚至更能联系到历史随笔的经典，如《世说新语》等。然掩卷之后，又觉得不完全是，如谓"天意君须会，人间要好诗"，杨自强的历史随笔，文字简约爽朗，用词巧妙，曲达。说理明晰，条理清楚。行文往往举一反三，小小一篇文章富含大大历史，或人物，或史料，或掌故，或杂艺，絮絮展开又戛然而止，中间停顿或收尾之处，即现精辟文眼。这些文眼既可以警句予人启迪，又可以短简要言点出重大哲理或历史辩证。

　　试以《将相本无种》《一生一个字》《风骨化沉香》三书为例释之。

一、《将相本无种》

　　典型的一篇是《羊毛出在狗身上》。首先以笔说史，给呈现史中复杂性，而复杂性又非掉书袋，实是梳理出一些历史知识，如分析"天"字符——"六是元位"，以朝代更迭如东汉建武初年（25）到建安二十五年（220），共一百九十六年，有个"六"；从魏黄初元年（220）到晋成熙二年（265），共四十六年，也有个"六"；再从晋太始公元二年（265）到元熙二年（420），共一百五十六年，也有个"六"；而从宋永初元年（420）到升明三年（479），共六十年，还是个"六"。六的数：名为"六受六终"，如此地例释帝王子，政中谋士的"玩法"与"说法"，既是学习，又是历史。更深的含义还在于，"六"绝非作者想依附在数上而喋喋不休，它是作为哲学上的"场"而呈现的。也就是说，数字只是表层，其中散发的是由数而带出无限的多，它是现象，也是历史浑动的一种文化力量。说"浑动"，也是文中给予的启示，此中实有以巧为名的诣媚，以诣媚又在制造垃圾文化。又若文中对"固请"的分析，导出了帝王狼子野心外的极端虚伪。作者信笔归纳："武帝遗命、太后严令，群臣固请，百姓众望所归。"简直是黑色幽默的文笔，读之令人拍案叫绝。接着在后页上说，"时下大到投个工程造幢大厦，小到出本书成立个协会，必须请首长，名人剪彩讲话照相，主席台上坐坐……近年来有所谓'品牌效应'说，听起来高大上，其实玩的无非还是'羊毛出在狗身上'这一套。"此处固请的"群体现象"，莫不正是我们要批判的形式主义。正是这些务虚的形式，构成了我们日常生活工作上的荒诞性。批判当下，引出历史嘲讽，非高手不可能为之。

再如《韦小宝何以受宠》，说出一个十分浅显的道理，却又是学问高深者终不得其解的问题。它不是一个实际存在与虚构之间的演化问题，而是我们的前行指向，不能单纯以视觉方式和私己感觉而被感性的或经验世界所浸没。这是一种社会学意义上的警醒或叫提示，它要我们在人与固成的习性向自我发生冲撞时，不能朝向一个不承担社会道德责任的主体倾斜或合流。对于这样的"化者"虽然现实中不可避免，但我们必将要设立社会责任墙进行防御，竖起道德的明镜加以照透。这样，我们其实又进入了历史。还有《山中宰相》一文，对陶弘景内心剖析，以陶之论到译《论语》，非常有见地。特别是"大隐住朝市"这一段，让我们读后更加深了"大隐隐于市"的另一种理解：即隐于市者是其务政之心更为迫切，一是探听政治信息更为准确灵通；二是蛰伏之后"出山"更为便捷。作者在文中点出，佛道兼修也不过是一个好听的说法，其实是为了迎合武帝而放弃了自己的信仰。这种小分析却点出了大道理：在隐与仕之间，首先你要有主动选择的心理基础式的准备。这样再看作者所引用的《论语》"隐居以求其志，行义以达其道"，此"政治宣言"，被作者一语中的：隐与仕，无非是一个是准备阶段，一个是实施阶段。

《从附庸到风雅》也是颇典型的一篇。它说了道德标准与取舍，即为人如何能道德，行文平易中见深刻，社会学的意义次第迭出。其中我们可以看到，在忠奸分明的前提下，一些文章写得十分漂亮，但有个前提，好写。那么最难写的，或者是中性的，咋办？作者说："附庸风雅纵然不说是一种美德，至少也是无伤大雅，附庸风雅要比附庸恶俗好吧。"此话是有辨析之理的。《夹缝中的良心》中，作者尝试从政治做分析，从为民做分析，来提出降臣的历史评介问题，别开生面。"在宋金夹缝之中，勉为其难，缝补修葺，尽心为百姓办实事"，辩证看问题，引人深思。它也往往会令我们想到那些朝代更迭后的"贰臣"的一些作为与尴尬，尤其是历史对他们多有贬语。《生命不能承受之重》，借李师师追溯到现当代"富贵有时比贫穷更难于承受"——富会变质！对"生命不能承受之重"做出了新的解释，也对有钱即奢侈即堕落"这条社会规律"，做了有力的批判和惊醒。说历史,作者实意在当下。

二、《一生一个字》

书中的典型是第二辑中作者以欧阳修的《新五代史》为例,点出了一字(词)的千钧之重:一生就是一字。用一个字(词)概括一个人的一生,此用字(词)的历史性,实堪称无比深刻。如,盖棺论定中用"死""被杀""伏诛",读这样的用词,"实际上代表了一个时代对一个人的总体评价",分析到位。它让我想到张宗祥,张宗祥为近现代有名的文史与古籍校勘大家,其在《冷僧自编年谱》中曰:"1902年(壬寅)二十一岁……纳妇王氏。"有学者注释说,纳就是纳妾。其实不然,此处所说"纳"即是"娶"的意思。前者如此说,是因社会流行叫法,妻为娶,妾为纳。其实《王力古汉语字典》中就载:"纳,使入,即引进。"又,妇字,《王力古汉语字典》亦释为:"妇,妻。"①可见字之分量,关乎一个妇女一生的形象与地位,有时却重于一生。而于张宗祥书"纳"的正确理解,是因为王氏家道破落,张宗祥父亲有毁约之念,而独张宗祥坚持践约,在这里张宗祥书"纳"是正说。可见准确释此"纳"字,于一个人本真的品质存在,是至关重要的。"想想汉字确实伟大,一个字,点横撇捺间,就把人一生的历史、功过、美丑,全装进去。"可不是吗?

此书中尚有《我是流氓我怕谁》中的三天或十天,即后梁太祖朱温,遍淫张全义一家女子的事。《新五代史》记载此事:朱温在七月辛丑至甲辰的三天内,把张全义全家所有的女子都淫乐了一遍。作者分析质疑说,一个病老头,淫遍张全义家所有女子,又是在三天内,"可能吗?可信吗?"从正面看,作者做了客观生理上的科学分析,往更深处看,是文虽是小文章,作者恰恰能清醒地读书和做辨别,能够从中正讹纠谬,这在当下读书人中已不多见。作者又从另一儿媳侍寝上分析,又让我们明了如何一分为二地对待史料:即历史上自有一班文人,笔在手,便可随意以意气歪曲诬陷他人,以泄心头之愤——读杨自强文让我们明白:历史当读又当辨!

通读《一生一个字》,作者对史料的睿智理解,让我们读出了大学问:哪国有明君,就投哪国——学成文武艺,卖于帝王家,谁识货?在这里辨清了一件事,不是忠不忠、孝不孝之事,而是知识为谁服务,这个谁不是名字,而是一个

---

① 王学海:《张宗祥先生编年学述》,《中国文化》2015年春季号,第252页;《王力古汉语字典》,中华书局2010年版,第914页。

政治词：明君！此也是一册新书便可让我们明了：道，真可谓道，可道，非，常道。

三、《风骨化沉香》

首先是司马懿的真谛，还在《九阴真经练半部》(司马懿的人生"五禽戏"下) 里，龟 (低调、隐忍)、鹰 (敏锐)、狼 (狡诈残忍)；另外加上牛戏，牛的关键词是实干，在实干中攒取和积累"家当"，终于司马家可与朝廷抗衡了。这里作者给我们补充了另一个学习成长中的司马懿，也给我们深度了解了司马懿的从政储备。《怪诞行为学》里面的《枭雄桓温的文学人生》，也长于分析。作者以桓温一出生，便被创造出"初试啼声""英物"这样的传世名言为由，细说了桓温这个人物为文学与文学的关系。先以《诗品·序》点出桓温这个"一代枭雄"也曾有诗留世，但有点平庸说教。然后笔锋一转，说名若录入《诗品》则已不简单，只有上乘之人之诗方能在此被品评 (这是第一步)。第二步，讲桓温与司马昱一起上朝，谁先谁后，互相谦让。最后因桓温走在前面，便当场脱口而出一句《诗经》里的诗"伯也执殳，为王前驱"，以示谦卑。其将《诗经》烂熟于心，由此印证其文学修养之高。第三步，作者以桓温种柳又若干年再见此柳"皆已十围"，而说"木犹如此，人何以堪"，导致名诗人庾信作《枯树赋》，点出了桓温的文学情怀。并着重指出历史上被忽视的一个史实："桓温身边聚集了一批文学之士……'桓温文学集团'是两晋文学史上一个很值得注意的现象。"在结尾时，又进一步点出桓温对玄学的修养，以再突出桓温的多元才华，但又睿智地分析桓温此身所事——从一个政治人物来看的典型性，指出"文学从来就不全是文学家的文学"，这么一句历史性的警句，既定论了桓温在文学中的造诣到底有多高，更是以桓温之事之说，评价并小结出了文学本身的复杂性质与从事文学创作之关系及堂奥。

《王羲之及其书法与药与鹅之关系》则更绝，通篇陈王羲之与五石散之种种后，峰回路转，在鹅字上做文章，而此一做，则以大白话解了千古之谜：王羲之看鹅不是为了书法上造诣一事，而是为了鹅肉能解五石散之弊 (不用毒，是尊重当时王羲之们，还未意识到五石散有"毒"，包括对丹砂礜石的认识。在当时，道士们视此些物为"灵丹妙药"，有促"长生不老"神力之物)。也可以说《风骨化沉香》给历来书法界对王羲之与鹅望文生义的阐释，予以了彻底的批判，并做了普及性的颠覆 (借陈寅恪之考证)。

更有趣的是《打满补丁的新衣》："当补丁没地方好打的时候，就是它彻底烂掉的这一天。"作者借衣喻帝业，借衣思考朝代之更迭，虽无有历史学家的细分条缕的那种史辩，但随笔行文处，无不以最简短的话说最大的事。如晋武帝上位，连颁五道诏书，又拈个关键字"禅让"，进行嬉笑怒骂式的分析，且要害又始终牢牢地拴在曹魏留给晋的这件"衣服"上。接着，作者又往前溯源，由东汉而西汉，由刘秀而"三马食槽"，一整个光大的政治与背后的阴谋，全在笔尖上巧妙地流露。史实，也就在这不经意的随读中渐趋清晰。其宗旨，正在剑锋逼着史实般明白："中国历史上王朝更迭，不外乎武力的'豪夺'与禅让的'巧取'两种形式。"真乃一言矢之，封建王朝更迭之真相，一下子就给实质性地暴露了出来。

《无毒不丈夫》也寓意深刻。"量小非君子，无毒不丈夫"，这样的解释从时尚美学的基点来看，是成立的，否则，前一句通过解释为君子有海量，但后一句就无法解释了，难道作为"丈夫"的美学标准，就是阴险毒辣吗？那自《论语》以来，仁义礼智信该放何处呢？所以，纠正一些错误的认识，让原话自有它真正的本意，这应该也是《风骨化沉香》中的一大具有教育性质的社会学意义的功绩。

《兰亭集序的"人品爆发"》道出"人品爆发"的一个社会学道理。当然，作者在这里高明的是先能引出问题。一是王羲之"参考"了《临河叙》，二文相对，自然会有共识。二是《金谷诗序》与《兰亭集序》之关系，在于王羲之虚荣心所至，不说前有"参考"之因，就拿两个文本做比较，是根本比较不了的。这一点王羲之其实自己心里边也很清楚，只是有人拿来相比（文学修养低的人），遮蔽了无可比性这一前提，还又说出了王胜石的话，王羲之"王敌石崇，甚有？"这不是比文章，而是比人的名气。如此，再来看《兰亭集序》何以如此名贵，当然这是借书法之创作而赢得的荣誉，其实，这与《兰亭集序》文章本身来说，它又是另外的创作文本了。是借书法而模糊了两个文本，也名贵了文学文本。最重要的一点，当然是唐太宗因他出面大加赞赏，死后又把书法文本带进坟墓，这就使得原生的文学文本与书法文体，稀里糊涂地一起荣贵起来了。

纵览杨自强的三册历史随笔，总的特点是：第一，历史文献引用翔实有据，引用时杂以通俗时尚用语，容易为年轻一代所接受。第二，叙事美学上则举一反三，古今比征，使叙事生动活泼，富有阅读吸引力。第三，点题或判断言简意赅，深刻并富哲理。它非常容易让我们想起《左传》，措辞精彩而内容丰富，所述事物没有局限，往往从此事跳至彼事，呈多变之貌却内在统一，主旨突出。

由这三个特点再往深里追溯，杨自强何以非常热衷于写这样的历史随笔，一般过过瘾出一两本算了，但他执着地连续写三本，看样子还会继续写下去，我觉得这里面人文因素很重要。有思想有某种追求的人，他会在自我爱好中克服惰性，以传统优秀文化为圭臬，以历史为话题，朝向人文，思考历史，发兴当下，以使文章达臻人文境界，而自我与文本就在这种取向下，格局高出，自成境界。他把文化自觉与中华优秀文化有机融合，而现出历史随笔下的当代价值。在某种意义上来说，是继承"浙学"一派的"求实与批判精神"，正如黄宗羲所言："学必原本于经术而后不为蹈虚。"这正是从三册随笔中随处可见的优胜之处，以原本的宗旨行教育之目的，自然也是我们嘉兴乃至浙江文坛人文精神的文学体现。它同时也体现了一位作者自身较深厚的文化积累，所能由历史所催发一种多元性。

如果说，鲁迅先生在《中国小说史略》中评介《世说新语》说："记言则玄远冷隽，记行则高简瑰奇。"那么，杨自强先生这三册历史随笔，可说是："言说则纵横捭阖，评述则深远宏富。"

视野、体悟在日常

在《傲慢与偏见》出版了两百周年，人们对作者简·奥斯汀是小镇淑女还是都市女郎存在着争执之时，我看到了朱个的小说。其实，争执的背后历史地潜隐着一个问题：小镇淑女和都市女郎，都是文学之土长出的不同树木。而令我们研究者注意的是，她后背上长出的那棵树。也就是说，当生活的树挡在你面前制约着你时，你怎样让日常的生活后背长出一棵文学之树。也许，女作家朱个就像普鲁斯特那样，会慢慢地转身，转身于她生活后背的那棵树。

《像奔跑那样美好的事》展现了大龄成功女性与婚姻出了点问题的事业型男性在同一个渴求目标——家庭组建中的艰辛。作品通过表姐萧瑶对汪建国的钟情、宽容，到最后知道他没有亲骨肉但又对自己怀上他的亲骨肉做人流的描述，表达了成熟女性在由爱生恨的过程中将爱情对自己的不公进行了血泪控诉。而作为汪建国这个有点小钱的老板，他最后的结局，是在妻子离婚、儿子又不是自己的，新娶老婆是个珍爱他的老大姑娘这么一个苦后甜来的新生活背景下，竟然又心分两地，做出了转过去的怨、恨为恋、爱的悖论之举，最终导致了这对重新组合的新人的断然决裂。在看似平静、平淡的冲突中，充满了两个人处于不同生活角色中的无以名状的水井般暗涌的情感交叠，往事回忆和旧日生活的咬啮之痛感，以至汪建国会在新婚的日子里，不时记挂过去导致他离婚的导火线——那个不是他亲骨血的孩子。而作者巧妙地安排他的前妻向他频繁发短信告诉他，孩子要爸爸在大哭整夜不肯睡时，正值中国独特的过年期间。好让这个只在小说中偶尔提及而未曾让其露面的她，一下子有了看不见但摸得着的丰满的情感和那种令每个男人都要对她的柔弱无助心甘情愿付出一点什么似的，揪心地勾画出值得同情的虚拟场景的显现。而于萧瑶，这份迟到的爱情来得快，去得也快。在她还未曾精心培土、花时间细腻浇灌的时候，爱情之树一下崩裂，连根拔起。应该说，萧瑶受到了莫名其妙的伤害，这在她是不会想到的。但这种伤害其实是一种潜伏，早已存在的。小说的深远意义，正是通过汪建国告知萧瑶这类白领女性，一个曾经已婚的男子，只要有孩子，只要她的前妻不重组家庭，那么他必定是会有牵挂的。这个牵挂既是在道德之中，又是在情理之中。而与之带来的冲突与磨难，则也是在道德之中和情理之中。生活，就是这样在两律背反中继续前行。(若萧瑶不做人流，生下汪建国的亲骨血，如此悖论的生活依旧会流淌在两人的生活之河中。)

在这篇小说里，我们看到了朱个小说的两个特点：一是具有理想的书写；二是真实感触的真诚记叙。前者指小说的故事，其实已是陈芝麻烂谷子的事了，一个老大姑娘与一个有点小钱的离婚老板的故事，然而汪建国这个人物的刻画，虽不全面深入，但通过公众场合的打破规矩 (打破全家春节几十年聚会的规矩)，和为孩子不是亲生离婚，又会为孩子一点点闹起家庭矛盾的描写，将旧爱战胜新婚的缓慢过程，在新爱展开的过程中同时呈现。这是"爱调"，一边是生活与现实，一边是情与现实，在两个现实中，最终情不屈从于生活，这是朱个内心尚存高尚的一种令人敬佩的书写，是传承高贵。后者可从这样一段描写中见出："电话那头沉默了很久。当时我正站在公司八楼的半开放走廊上，往下一望有强烈的悬空感。我不可遏止地在心里浮起一层大难临头的痛感。我不是有恐高症的人，这种感觉和高度无关，它往往出现在每次做爱之后，常常是寡淡的，瞬间就令人索然无味，像崔健唱的'进进出出才明白是无边的空虚'——而空虚从来都不是留下受精卵就能满足的。"对人类应激行为的自省与批判，更有无可奈何的那类人的历史情节，这是知性与感性的矛盾，又是感情反过来诘难知情的一种历史的质疑和无问式的难题。朱个的理性叙述在这里方有令人信服的首肯。这是大多数人，在进入的那个瞬间所不会思考到的非问题的问题。

《不倒翁》的用意取形于一个人在生活中的摇摆，这本身就是一个真实生活场景中的可味的又让人反思的可爱的插曲。同时，它更应该是精灵的吊诡与平常的现实之间的一种分裂。小说的叙事，是将女主人公牟老师在呆板久长的日常生活的岁月里，让灵魂在这个充满诱惑的世界里，做一次短暂的脱离肉体的旅行。12号小年轻理发师，就是引导她灵魂脱离肉体的一个符号。而这一切，均是在文化的幌子下无意识地进行的 (那就是牟老师欲以儿子的《读者》杂志去让12号进行文化熏陶)。牟老师的作为为我们带出了三个问题，即人在若干年的家庭之平常生活后，他的爱情会不会死亡？他的情感会不会空虚？他的欲望会不会变异？而这三个"会不会"，也许正是朱个在《不倒翁》的描述中所要去追问的。在看得见 (工作、家庭、丈夫或妻子) 和看不见 (12号小理发师、光怪陆离的社会形态的奇异呈现) 之间，有可能我们会把想象和着新的欲望放大，把它变成真实，垒筑起空中楼阁般的真实。一个人的一生中，也许都会有这么一个闪点,它会在你一阵犹豫、一阵狂想、一阵羞涩、一阵冲动中走向一条特殊的路径,妄想去创造日常生活的美学奇迹。这正是小说的魅力所在,也是朱个在《不倒翁》中展示她写小说的才能所在。

在儿子、丈夫、老师这样的社会角色分置之下,作者吊诡地布置了12号这个雏的飞出。而当牟老师在艰难的挣扎中终于下决心让灵魂脱离肉体去飞翔一次时,她又突然发现,原来这么纯真这么稚嫩的小理发师,他的内心与她的情爱实是那样地截然不同,可怕的悖论当然导致了现实的分裂。这于家庭来说,牟老师摇晃了一下,依然不倒。这于个人灵魂来说,它也只是稍稍伸展了一下翅膀,未曾飞翔,依旧乖乖地回到了现代社会的这个原始部落。不过,让我们值得注意的是现实的冲动,已悄然地浮现在了我们的眼前。那个灵魂曾不为人知的角落,有了一个松动的脚印。我想,这应该是《不倒翁》的美学价值与社会意义所在,也是作为一个年轻作家的朱个,在她的体温下传导出来的一份社会关注。同样,在《不倒翁》中,朱个叙事的社会思考也十分丰满,如小说的结局,在车道上疯狂的两个年轻人,风把他们的衣衫吹出了精神饱满,但这活脱去的一幕竟然是小偷在光天化日之下作案的肆无忌惮……小说的更深层次在那让我们去咀嚼这些司空见惯的现状。

牟老师最后的哈哈大笑,既嘲笑了自己,又隐喻着一个社会可笑的种种,这无疑是社会进步与文明在进程中付出成本的一个文学的考量之笑。然紧挨着这份可笑,尚有更有力的笑,那就是中篇《羊肉》里沈瑜从闻着羊腥味就要吐,夏冬青只能痛苦地去改好这口,到一家再去夏冬青老家,沈瑜彻底纠正了习惯口味,并打心里认识了过去那么多年被自己拒斥的食物是那么富有营养和含有何等的诱惑香味,这无疑是昭示和唤醒真诚的一种笑。特别是当夏冬青昔日最亲的大哥尔今一改往态,表现出令人心寒的冷漠时,这份坦诚的笑,无疑是一份更深层次的人性的呼唤。呼唤那种已被这社会在渐渐淡忘甚至抛弃的兄弟姐妹之间的真挚情谊。这是文字的笑里透悟出的要命的真。是以笑衬出人性张力,是通过沈瑜的情感转折进行新一轮的精神回归。

在朱个传递她的灵感的另几部小说里,同样有着不可忽视的特点。如《一切是怎么发生》,有这样一段描写:"作为一个小贩,甲小贩和所有的小贩一样,甚至和居住在这个小城里的所有男人一样,总怀着一种对未来生活模糊的憧憬,这种朴素的憧憬让他总是在一些特定的情景下变得敏感而又忧伤。当他望着舞蹈老师何逢吉离去的背影,感到被深深地打动了。何老师行走在空气里的深色背影,被阳光罩上一层绒毛般的光晕,那一步一步间歇明确的移动,竟然渐渐地让甲小贩朦胧的憧憬变得坚实和清晰起来。这个在街角槐树下卖冰糖葫芦的小贩,掸了一下衣服上看不见的灰尘,站得越发坚挺了。"这是色彩与感觉的变幻与交流，它不仅让我们读到了文字，更让我们看到了富有色彩的语言，正如特朗斯特罗姆诗中所写的："我碰上雪上鹿蹄的痕迹/是语言而不是词。"

又如《夜奔》中，杨淮和赵青在经过激烈的思想斗争和克服了种种障碍之后，决定双方作一次短暂的私奔，不料就在彼此即将扬帆起航之时，一个意想不到的现象突然横在了两人的旅途之中：地震！朱个在这里转身一刻，戏剧性地结束了彼此憧憬已久的浪漫之旅。丰富的想象和大胆的假设，为小说的阅读增加了无穷的趣味。

再如在《像奔跑那样美好的事》中，用词的独特与巧妙也随处可见。如写汪建国开车状况："从主干道的车流中艰难地分支出来。"说萧瑶的第一次约会，"她今天涂的暗红色指甲油，衬在车身上（炭黑色）很相配"。坐在副驾驶位上的"我"，因被汪建国打开了半扇车窗，"这些前窗溜进来的风整齐地吹在我的脸上"。说夫妻间的矛盾，"夫妻间的争执是家常便饭，最终也会像排泄物顺下水道而去一般顺理成章地消失，没有谁更得意一些，也没有谁更委屈一些，就这样不见了"。让人觉着平实朴素，又熨帖新鲜。

当然，朱个和许多崭露头角的小说家一样，自然存在着一些问题。如，有的小说本身较单薄，故事的跌宕曲折与设局的迷蒙性尚不足，语言有些出现拖沓。尤其应该注意的是，叙述不宜太过理性化，越想在作品中以文化或思想表现作品的厚重，作品就越被消解其文学性，这在西方现代主义文学中其实已经鲜明地表示着，在好的作品中，思想本身必然是消失的。

表达与抵达

一

　　通过坟墓，进入故乡，它是无可告别的一次回忆，却又是那么揪心，那么地灵魂纠结；"不敢惊醒你的回忆——其实你有故乡"。诗人以坟墓作为引申的意象，把人生的内核之一——故乡，在凄白与荒凉中予以别致的衬托，从而引出自责与忏悔。当然，并非诗人少年或童年时在故乡做错了事而逃离的忏悔。诗人的悲凉，在于疯狂：是立足故土又去追记昔日故乡的更疯狂，这正是一种隐喻的潮湿，更是一种现实主义的批判。

　　由此，诗人张敏华看见"乌鸦，隐藏着惊慌的黑"，那确实是现实存在的意象现象学，是诗人独特的眼光在获取自然信息后滋生的一种异殊的真，它不在是自然原物，却又是自然原物。被置入心灵后的新的意象，使诗人"试图淡忘或遗忘它们"，但办不到，且适得其反："对它们的记忆，越来越黑"。黑的重叠出现，让诗人人生的记忆旅途，有了一种历史的负担。至于"宿命——现实的，或虚拟的两只乌鸦/对于它们，仅仅是/我的宿命"，应该是一种催化。"每当我一闭上眼睛/那两只乌鸦/就飞出我的体内"，才是一种新的禀性。对照《梨》，"它内在的白，以及秘密"，也是在闭上眼睛的一刻，"午夜，我躺在她身边/梦见梨/——削去了皮"。黑和白，飞出和削皮，隐喻的是同一类事物。就像江南西塘的水和镇一样，白的墙，白的水（白天），黑的墙，黑的水（晚上），墙的斑驳是人们记忆的皱纹，水的流去是人们拼命拽住却回不去的青春，乡愁中夹杂着冥冥之中的命运。诗人的高明含蓄之处，在于警示人们临到体悟的时候，也是最容易失心的时候，那一刻，才是黑与白真正让你迷惘和惊恐的一刻。至此，我们回头再去读《寒山寺》："看到晨钟，我就听见暮鼓/它们生长风和翅膀/如何让我平步登上塔尖,再青云? /内心,依旧空寂和苍凉。"就更会意会诗人这时期作品的内涵深度和广度了。2015年1月29日《南方周末》刊《方丈的官员朋友圈》,记述南京玄奘寺方丈释传真接待京城来宁大官和有事寻找地方大官,有一句"平安落地才是佛"的箴言,不啻是一声炸雷,于官于民都足以终身为训。恰也正好给敏华上述的诗,于佛理的新阐释。是的,《钟表停了》是这样,《自觉》中掠过诗人额头的菩提树叶也是这样,"我们被无限和苦痛轮轮带走",这是生活与工作、思想与信念的一种关联的历史提示。

自从市场经济冲击着整个文学的原生状态之后,中国的诗也一样为之令人不安,当下的中国诗人该怎样写诗,"看我怎样上升/看我怎样穿透白昼和黑夜"。在《上升,或者穿透》这首诗里,我们看到的诗人不光是像常人那样单纯用鹰这个意象去表达上升与穿透,而是"天空像一面镜子……/让我无法看清自己";是"以光为食","从地狱到天堂",所以,诗人能够"砰击!让我毁灭整个黑暗/让我用光芒缝合所有的伤口"!也由此,《反刍》这本诗集,才会伴着《人民文学》刊发诗人四页二十首诗计一百七十四行的《潮湿的隐喻》,一起走在2015中国诗坛。

敏华诗的第一个特点是,巧妙地用细节诱发读者的想象力。"渐渐适应刺猬般的现实/我往返于法院和图书馆之间/想想活着的好处/我在牙痛中保持平衡"。(《延宕》)按部就班的生活,有一个地心吸力在做主,那就是生存。而除了生存还有理想和爱好,于是,诗人往返于工作的法院和爱好与闪烁理想之光的图书馆。一句"想想活着的好处",是最实的大白话,也海涵了活着的许许多多细节,这一切,均在"牙痛"中保持"平衡"。牙痛与平衡令读者读之既会生发无数的想象,又在其中再生新的无数的细节,去对应"刺猬般的现实"。同样,在《烟》里,诗人刻意描摹着"烟":"一名罪犯在抽了半截香烟之后/被法警押上法庭/被法官宣布执行死刑/我知道枪响之后,罪犯的灵魂出窍/几分钟后,殡仪馆的烟囱/会冒出一缕缕白烟。"有意思的是最后两行:"但我不知道,这和罪犯临刑前/吐出的烟有什么不同。"一个细节,一个联想,会引发无数个烟的想象。随之,细节又会令人坐拥想象而攀上理性思考的"大烟囱"。

敏华诗的第二个特点是,诗创造与文化环境的相融相衬,"在遥远处,夕阳/依然伴着海潮上升/晚钟被夕阳的金棒敲响"(《夕阳》),"此刻,当我写完这首诗歌/花朵突然凋谢/在我掌心/我又找到一粒饱满的种子"(《花朵》)。夕阳与凋谢,在它们的背后,是伴着海潮上升,是又一粒饱满种子的再生。"那一年,记忆的春天,是父亲手背上/冻疮溃烂后留下的疤痕/大地简单得像一张红与黑的白纸/隐藏和压抑着多少被扭曲的生命。"这不光是叙述出生,也是记述特殊年代的历史。而当诗人长大,"而今,当我偶尔回到故乡/黎明村常常起雾/太阳的听诊器,无法触摸到大地的胸膛/我百感交集,额头挂满了感叹"(《黎明村:一个诗人对它的回忆》)。那不是简单的写生,而是一种文化的警示,由诗创造出的一个具有批判性诗意的文化环境下,让回忆具有了更广阔的公共文化反思空间。同时,诗人又在此同步创造着一种新的语境,即从形象化、感性化的侧面去理性反思严峻的现实面貌。这样,你才会"把双手伸进火焰/我能触摸石头的呼吸"(《断章1》)。

敏华诗歌的第三个特点是,诗人把诗歌作为生活的一种可能,在可能中流淌希望的源泉。"所有的事物在期待/一次抚摸。仿佛爱情的一次浪漫远行/仿佛绿色已席卷大地/在天空的缺口处,面对一群候鸟/谁能怀疑这自由的场景"(《春潮5》)。在《洗澡》中,以儿子"难以弯下身子"的"啤酒肚",与父亲"消瘦的腹部,爬出/两条蛇影般的刀痕"形成巨大反差。而"在为父亲擦干身子时/他抬头告诉我/他那几本存折的密码——/都是我的生日"。这不啻是一声惊雷,许多人以为这是在描写天下慈父,其实,这是一种惊雷式的呼吁,呼吁一种应该的可能,呼吁天下所有的子女,都要重新坐上孝道之船,从这里溯源,从这里逆流而上去还生活应有的平等的人间温暖。绝不是赞扬啃老族式的感恩慈父,而在另一面,"生命就像一只钟表/指针转动人生的欢乐和悲伤"。"钟表停了,四周笼罩巨大的宁静……那些惊叫的孩子/用心跳,起搏钟表的心脏"(《钟表停了》)。相对于《洗澡》,诗人用钟表的开停,寓意人类新老的更替、世界希望的不断迭起。

特殊的心理——历史的合理性和生命在身体中的运行联系,构成了张敏华诗创作中最具成熟的风格。"命运注定在晚秋/我背起行囊远行,不为幸福/只为这嘴唇里的阳光"(《嘴唇里的阳光》),这是一场爱情之梦的阳光之旅,也是让生活跳出它的表面,去追求有意味的美学。为想象能够予思想于张力,诗人"在一幅小小的世界地图上/我寻找海洋,寻找鲸鱼出没的地方"。而能从"鲸潜伏在哪?海水都一样湛蓝"的谜中跳跃出来的,那就是诗:"当一首诗写到一半/鲸像一艘潜艇浮出了它的脊背。"这是一种辨识,更是一种穿透,是在历史合理性中走出它新的路径。"还要流动多少世纪/鲸,才能游上岸/走到诗人中间"(《鲸》),则把虚拟的鲸重新带入现实,让人产生具有思考张力的感觉。在人的本性与他们所处的社会中的社会性中,生命与运动的联系也是既平常又神奇的。"如果我转身,我会看见/什么样的隐喻在稀薄的光中呈现?"是的,社会存在着极大的欺骗,所以,"从生活的锐角中挣脱出来/白纸上的黑字是我唯一的出口"。字,无疑是一种认识。在高度警觉之中,"解开黑夜的第一颗纽扣/失眠的树影反刍着我的目光"。是理性,也是疼痛中的挣扎。这时的字,是化为空气的一抹希望的色彩,闪烁在夜的上空,创造着新的可能性:"我惊讶于这样的发现/仿佛一滴水,照亮了白纸的黑。"(《反刍》)这绝不是寓言,这是一种心情与希望在场的现象,是自我表达中深切地大众抵达——是我们这个时代,诗意的文化行为艺术。

二

捧读张敏华先生的组诗《因为爱,所以爱》,让我突然想到了中国近代高僧印光大师的一句话:"佛法原是教人了生死的,非只当一种高超玄妙话说说。"是的,《因为爱,所以爱》,在禅思与佛理的思路中,对于爱的诗性拷问,正是在印证着印光大师的这句话。

人们渴望爱情,人们追寻爱情,然当人们获得了爱情,又会漠视爱情,甚至亵渎和毁坏爱情。当爱真的失去之后,又重新渴望去追求爱情。正是"春树枝丫拂草迟,落花暮云悔青晚"。追根溯源,正是人们未对爱情有坚韧的信念和纯真的坚守,更是世俗与贪欲之心在不时自毁爱的城堡。这里不存在愚昧,不存在过失,那是因为爱情圣火经常会被俗世之浊水浇灭,爱情的信仰经常被利益之刀砍断。"就像刚才,我不小心把杯子打翻/玻璃没碎,恐惧却溅了你一身。"在"雾霾"里,"我们戴着口罩说话/将口罩挂在耳根上接吻"的背后,是一出"那天晚上,我们在玉品汤臣/一边喝菊花茶,一边/往沸腾的火锅里/放进鸭血,土豆,黑鱼片"(《辩白》)。没有碎的玻璃,其实在这沸腾的火锅里给炀掉了,因为鸭血是一种杀戮,土豆是一种掩埋,而黑鱼片是一种逃避。这样对意象的诠释,就可与俗世的生活与披着正常追求幸福的外衣所习俗化了。但是,其实爱不是"像一个稻草人,站在/命运的郊外",她"像蜘蛛一样消耗着思耐",为了在"尘世的/伤口里",拉回走失的你(或自己):"请让我再爱一次!"(《忍耐》)诗人张敏华的睿智,正是一改以往新诗的习惯性写作与规律性思考,让意象游走在各种生活的不同环节,让公共的空间与生存的状况来发出爱的真言,而不是直接让诗句做是与非的提问与回答。由此,我们再来看组诗的开首篇《超度》:"给自己找一个借口,留在干净的床上/——远离尘事。"整组诗的逻辑性就十分地强了,因为诗人在这组诗里所要真正表达的,并非只是怀旧,只是重新叨念往事,而是"超度"——"对坐成佛"。行文至此,也许读者诸君或评论家们会就此质疑:难道你要让人不食人间烟火?人不是天生在尘世间吗?答案当然不会是否认的,现实世界的存在,我们作为人是摆脱不了的,俗世的庸俗也像雾霾一样你也逃避不脱。然而,内心、精神、信仰,以及到达最高境界——对坐成佛,绝不是虚无,也不是了结一生去让灵魂上西天,而是回到脚踏实地的现实："石头,仿佛你的自重",是"干净的床",是重新认识你自己。

是的,我们"一生落在风里",但必须要"穿过自己的荆棘/归隐于你青花的母体"(《归隐》)。在这里,诗人特别强调的是灵魂的自律与彼此精神的滋养:"身体喂养彼此的灵魂。"只有在这个前提上,爱才是"诱惑",才是"无限"的此生绵绵无绝期,才能惬意地让"无限的夜晚伏在我们的肩上"(《答案》)。所以,我说张敏华的这组歌咏爱情的诗,其中潜藏着的是在分析与梳理爱情历程的过程中,以无限丰富的人生哲理在对爱情做自我诠释。正由此,他才会自信地对人们说:"其实爱一直都在那里。"

纯真而不虚伪,客观而不夸张,这也许就是《因为爱,所以爱》要对我们说的底线。

美国诗人盖瑞·斯奈德(Gary Snyder)有首小诗曾经震撼过我的心灵:"深夜,它跌跌撞撞/跨过巨岩,惊惶不安/待在我那堆/篝火的外围/我走到火光/边缘去和它碰头。"这首诗就叫《诗歌如何降临我》。诗歌如何降临我——多么像中国的坐禅,向死而生而重返净土,穿越俗世去终极关怀。人世间精神的人文关怀,人间素朴简单的生活真理,其实依存的不是闲云野鹤的心性行走,而是实在静渡的人生之观(修)。"枯叶成蝶","存在于夜的悲若,弥补/错过的花期"。(《超度》)"从西塘出发,又从西塘返回。"(《归途》)这绝不是宿命论,读一下组诗中的《预谋》,你就豁然开朗:"给我一把锯,截下一段时光/一个人坐在那里/等你三百年——/你不来,我不敢老去。"为什么?因为"没有人敢靠近我,也没有人/敢听我的诉谈:/你的年龄,就是我/不安的岁月"。这绝对是一首诡异的诗,但它诡异,在于预谋:"因为太久的等待,仿佛/伤痛从未发生/——你是早有预谋的/——绝对是。"(《预谋》)诗让我们想起荒野的呼喊,诗也让我们想起春夜西塘小河边春草的骚动,诗更让我们落到诗人张敏华的创作心态以及"诗如何降临我"这个诡异的话题上。那是我们曾经拥有的时光,那又是我们曾经丢失了的时光。所以,《因为爱,所以爱》虽是一道小小的风景,但意象的递次和哲理的深透,让生活在都市的人都会冷冷地吸一口气,而去感知自己后背的温度。

其实爱一直都在那里,但爱的路上也充满了风险。这正是诗人所要告诉我们的。

这也证明,诗人敏华正在成熟地写他的诗。

善变、思考与河上划桨

一

读但及的小说，灵魂往往被他朴实语言中夹带深沉情感的手法所搅动，然后在奇诡的故事转折或结束时，让小说以一个读图时代继续执着文字坚守者的塑形，把读者悬宕的心一起升华至文字的高峰。这情景有点像宇宙飞船已经数次登临太空与月球，但自由女神之像在我们视觉中，每次仰头，依然是一个高不可攀的世界。

《雪宝顶》是一篇让受挫女性任性发挥的一个痛快淋漓的场景。说痛快淋漓，其实正是在主人公嫣子的纠结、压抑乃至怒火中烧的曲折中迸发出来的。我们不必去深入追究嫣子的生活与情感受挫的具体细节，只要通过对但及笔下文字的阅读，透过但及笔下故事的铺陈，即可想象得到暴风雪是如何吹入山谷，以至于她一路关了机，连孩子与丈夫都不知道她身在江湖的何处。闺蜜夺爱，本来这已经是一个俗了又俗的故事，然在但及笔下，却依旧虎虎有生气。这正像半夜的雪山脚下，一个女子会突然要冲出帐篷去散散心："想到雪地里去走一走，这个念头强烈得吓人。"但她终于拉开了门。这是黑与白的挣扎，也是情与魂的交恶。可喜的是，《雪宝顶》不是以一个完整的故事叙述强加于小说，而是以它当下青年的心态重走在历史的驿道上，是不断以内心情感的喷溅去感动冰冷坚硬的旅途。是的，正是作者以嫣子丈夫发来的邮件开始抛弃了本该旅途中嫣子有报复丈夫的行为铺陈的故事结构，却意外地峰回路转，直接让纳米小客栈把嫣子置换成一个流放者的角色——毅然决然地冲动性选择，瞬间成为受罪的流放，结伴只是借题发挥。以主人公情感向纵深的发展，增厚着小说在内心刻画的深度，从中描示人性的幽冥。接着，作者又巧妙地以嫣子与已经出发去爬雪顶的尤大他们的电话不通，开始了小说对故事的第二次抛弃。它没有按常理将小说发展为，尤大突然又开车回来接她一起登顶，嫣子感动得一下子拥抱了他，然后在众人的簇拥下，似女皇驾到般地临幸雪顶，开始一个新的明天。也没让嫣子最后终于下了决心，疯子一样勇敢地追上他们，在又跌又滚的挣扎中和大伙一起登顶，让绚烂的云彩出现在雪宝顶上。是的，这是俗之又俗的形式与常规逻辑。而主人公也有此想，但现实又无可挽回——任何失去都不再真实地回来。但及以严峻的客观现实，逼着主人公真实又痛苦地面对雪宝顶却又返回来途，从中制造出惊天大悲："就在若干分钟前，一组登山队攀爬雪宝顶，一名队员不慎坠落，至今下落不明，估计已经遇难……"此时，小说的生长空间，其实已经进入宿命的拷问与心态波澜状的追踪。在主人公细微隐秘的情绪与故事行进的大起大落中，小说向深处掘进的，不是按读者愿望与世俗常规，或让嫣子返家重归于好，或让嫣子彻底与家庭决裂而同领队尤大重新开始新的生活，而是在不断打破故事结构与格局的机智里，警醒着人们被日常生活与情感所缠绕所迷恋的头脑：嫣子关了手机，阻断了与孩子的承诺。在候车室大厅"回成都"的喇叭敦促声中，她只能感受到"整个大厅在旋转，在变黑，这样的感觉紧紧包围着她"。这就超越了故事本身的文学叙述，这是人与命运、人与环境的一种现象学美学的文学提示，它似在说，一种社会现象的形成，在于作为具体社会人的主观性又与其相悖的过程中形成，生活的现实必须让你认同，但在认同中又有各异的抗拒。太阳下，各人感受的温度一定是有差异的。

敏感的社会题材，也是但及小说具有撕与思的深刻思想性的好作品。人性的深度，大于社会。但及以《狙击手》与《湘湖夜里的声音》中一个不易察觉的小孩，把一个深刻的社会问题放置于小说中，作为它独立的存在向我们敲起了警钟；又以众生平庸的默认中去反省和深入地批判丧失了立场的视角。所谓撕，即鲁迅先生所言的"悲剧将人生的有价值的东西毁灭（撕碎）给人看"；所谓思，不单是指深入的思考，更多的应是指我们生活在这个现实的圈子里，该自我反省的又有多少。《狙击手》的出现说怪不怪，"怪"在具有在影视观众心目中的英雄神枪手，退伍后连基本称心的工作也找寻不到；"不怪"的是只要你仔细留意，这事这类人倒却也是在日常生活中存在不少，单小军便是其中的一个典型。小说让我们看到的是在射击比赛获第一名的光荣证书下面，出现着一个头发蓬乱、穿棉毛裤光脚一双大拖鞋的"颓废者"形象。亮出身份，也着实吓人一跳——物业公司的保安，一般大伯大爷退休后聊补寂寞的营生。穷途末路，于是，窘境中出现的套狗，也既是消极中的积极，又是无奈生活中的违规。以后，发生的悲剧，虽说有点喜剧性，但其实笔下又生发另一层重要的意思，即当下的文学在思考什么？作家并没有亮出自己的观点，只是借主人公与场景亮出了两个阅读点——一是被麻醉枪击中的单小军，他的手机上有一条短信："老婆，你回来吧，求你了。我有钱了，我们好好过日子吧。"二是单小军最满足的时候，就是回忆和唠叨"连着三年，我都是比武竞赛第一名……我让子弹飞到哪，它就飞到哪……"可就是这位能想让子弹飞到哪、它就飞到哪的英雄神枪手，却始终不能让理想飞到哪、自己就飞到哪。残酷的悖论，交叉出现实与精神、拜物教与理想追求的多重矛盾，更凸显了一个曾经有成绩、有作为的青年，是多么压抑地生存在不能证明自己的不如意的环境里。它不仅仅只是一个个别的存在与表现，是个别与社会、特殊与普遍紧密相连的一个社会现象。在单小军那暗淡无光的人生里，我们分明还会看到一股激情与光芒在敏感又沉重的氛围中潜伏、挣扎及迷茫式的自我戕害。于此，当下文学在思考什么，即可通过但及的《狙击手》，看到当代中年作家更具睿智的思考与更赋有社会批判责任的文学性眼光。在小说里，作者并未给狙击手和他的朋友以任何经验的辅助和理性的诠释，更没有予以教条式的干涉与引导，而只是通过事实的描述，通过文字对人物的生活刻画，通过语言对情节的生发，通过结构对小说时空的打造，把理想与现实、特长与处境，近距离地对立起来，并又以误射的一笔，把我们带到了问题的刀尖上。

如果说《狙击手》把读者带到了问题的刀尖上，那么，《湘湖夜里的声音》便是把读者更直接地带到了见血的缝隙之中。本来，案子破了总是好事，但其实生活中，案子破了未必是好事之事也还存在。《湘湖夜里的声音》似乎就自言自语在这样说。案子破了，是家里人自己干的，凶手是哥哥，杀死了认为长大了要分割自己财产的弟弟。然后，父亲在两个儿子，一个被杀，一个被枪毙的绝望中，自己上吊自杀了。一家四口，转眼因破案就剩下了一个孤老太婆。小说通过描写一个真实的故事，把我们引上了一个思考的高地：底层社会这些事情的出现，究竟是进步文化未曾普及，还是这些人全然没有信仰所致。在他们并不复杂的精神世界里，我们到底应该为他们做些什么；同时小说的优势也渐渐浮出水面：随着主人公警察黄海暮年再次登临破案现场，随着另一未曾泯灭的人物叶香的若隐若现，读者和文本之间构筑起的时空，其实正是小说作为人类艺术与之人类生活时空中的一个在被不断放大了的延伸。这是运动，是变化，又是新思考与新问题在展现旧历史的同时，让我们的精神和对人生的责任，将会又一次严峻地被置放在一个新的前沿意识之中。

如果将《狙击手》和《湘湖夜里的声音》这两篇小说置放在一起，那么，在文本与思想之间，我们更应注意的是从个别到一般，它让我们掩卷之后再要去解读的，是作者但及创作时面对这类社会现象的所思所想，是文本与小说的自身之外的未逮之处，它留给了我们的是一个更大空间的思考——从人性的角度,我们的补救应该在哪里？从人类生存美学的角度,我们对正常生活的真实维度又应该在哪里？

技巧是一个作家必须具备的功底,譬如整篇小说构成的角度,精明的分置法会出神入化地渗透在整个文本的结构之中。但及的中篇小说《霍香》,便颇具这方面的特色。在战乱的即时即境,整条街的人都逃难无影踪,伙计蟋蟀与昔日高大上的小姐霍香独处一室,而也就在惊险与慌乱中掀开了另一个结局——蟋蟀因早泄而强奸未遂,紧接着是自打耳光的忏悔……这样的结构,既是应该的,又似乎是不应该的,但想想还是合理。战乱、环境、主仆、惧怕……几多因素的综合,最终使霍香逃过一劫,却让读者在意外中看到了合理,在合理中认可了意外,这是作者的高招。紧接着,作者并不安排第二个意外,或让县长来寻找霍香,或让霍香的丈夫为家返身过来又一个意外的救美出现,而是实实在在让霍香在饥饿中挺过了四天,最后让两个解放军发现了霍香。这样的安排,既合理又巧妙,也让霍香获得了真正意义上的第一次解放。成熟的构成角度,显示了作者积累的功力。看,当霍香在四周城墙上插满了鲜艳的红旗,在红旗迎风招展中,"她被送往了最近的诊所,立伦西医所"时,这个过渡也就让女主人公与男主人公的生命,自然地跨越到了一个新的境界。

构成角度的戏剧性场景,又是但及超越一般写手的一个很好的特点。作者刻意描述了为家返身回家来帮霍香出逃,而立伦偷听到为家与霍香的谈话,立伦因爱的妒忌或自私,去解放军那里举报了为家,致使为家被枪毙的情节。这意外又紧紧地安排在霍香漂亮又高质量地演好了前面三幕,只等第四幕的顺利演出,即可接受无上光荣的鲜花与掌声的时候,一个熟悉的身影突然蹿出,把小说引向了又一令人窒息的高潮。它既显示着一个更大更险的场景的即将展开,又令人钦佩地绽放了作者作为一个小说家所蕴含的构成的功力与睿智的思考。当某一天,一个陌生人给霍香捎来了立伦医生的忏悔信,把那天为家的被捕与立伦的出卖之间的关系清楚地表述了出来,又让立伦忏悔的灵魂,血淋淋地跪在精神恍惚的霍香面前时(事后立伦上吊在子城城墙上)。举报、蹿出与忏悔信这三者的合一,瞬间就把小说推上了人性复归的高坡。文学,也就在这时,以无可争辩的内在力量,把人生为真的主题,连同人类前行的善、美精神,拉到了比城墙与人的目光更高更远的境界。

人生与沧桑是一个相连的词,然对它的理解往往总是又会与缘由挂钩。但在《燕之窝》里,别出心裁的小说家但及,却让陆茵茵没有缘由地去炖鸡汤、坐公交去照顾一个住院的非亲老人。事实上,一个离了婚的老公的哥哥,与陆茵茵浑身浑脑已搭不上界,非但根本用不着她去照顾这个因中风而瘫痪在床的老人,而且还有被流言辱蚀的可能。可生活又着实在为此演绎:魏良与魏宝,这兄弟二人,陆茵茵是否嫁错了一个?丈夫魏良赌博、不真诚,丈夫哥哥魏宝忠厚老实,作为前弟媳妇的她,"魏宝与魏良尽管是弟兄,但两个人完全不同。魏良是冲动的,而魏宝是内敛的。她有时候想,她如果嫁给另一个人就好了"。然而,事情还真有逆天的发展——中风瘫痪的魏宝,在一个雨天跌跌撞撞来到了燕子窝吃馄饨!而且由于中风口角歪斜,导致最后陆茵茵喂他吃了四只馄饨。在那种世俗的压抑与病魔的戕害之下,在那种隐潜的冲动与落日余晖的张力之下,我们看到了小说家但及创作小说的格局。他是不安于一事一议的在小圈里精耕细作,而总会在你意想不到的时候,让一块土地伸展出广袤的开阔,让一扇小窗推出宏大的天地。陆茵茵与魏宝,中风后与冒雨走来吃馄饨,这是浓缩的幽微,是命末的忧伤。但它也更是对生命困境的一次最后的冲刺,悲悯精神在人性维度与情感深海里的一次本真力量的自我救赎。同样,我们在《拉萨,拉萨》里,看到的那个"她"和文瀚的几次相遇和情合,其实正是暗喻着世上多少穿戴光鲜、气宇不凡的伴侣,有相当一部分实实在在地生活在挣扎的苦海里,他们的内心是扭曲的,他们的情是分化的,他们精神的供奉,还未找到真正适合他们的神龛。若此,另一个短篇《留香堂》,就是它的副歌。这样的格局,正是昭示着但及作为一个小说家,他的思考与他的眼光,敏锐的聚焦,正在于小人物小环境之中的大社会群体与普遍存在的代表性社会问题。为此也可以说,但及的每一篇小说,均像人手指上的纹理,我们沿着它,可能摸到一个巨大的社会时空。从中可以更深层次地去认识那些平时在我们眼光一闪而过,或淡淡流逝的人与事,并会让思想不由自主地去拷问它们存在的本质与原因。

在但及的小说里,我还看到了他构筑故事的创造性转化的新端倪。如中篇《蓝天绿草间》,本来故事的女主人公就是生活在经济时代的活典型——她痴情、认真,但一旦谙知了世故,懂得了世俗社会的生存法则,便也毫不迟疑地迎上去。正像故事中所描述的,她毅然决然地抛弃了工薪阶层的柯医生,扑入了富翁大款的怀抱。而后,当她的生活中有必须的需求时,她也毫不羞耻地会重新找曾被自己"唾弃"的旧关系。就像她生了大病要坚决找名医柯医生那样,因为她深信自己的魅力,深信只要说出"同学"或"朋友"这个词,情感就会跟着她的意念动起来。然作家但及没将她按这样的程序去安排。一是她知道自己大病在身,力排金钱能再找比柯医生更好的医生的可能,"一意孤行"地认定了柯医生。二是最终让柯医生明白的是,她在结婚后便"明白了"!这份明白,带着心灵的伤痛和肉体的病魔,主动、认罪式地来到了柯医生的面前;这份明白,当她知道自己的手术不是柯医生亲手做的,便不顾安危坚决自绝般地出院回了家。如此地执拗,如此地坚决,如此地认真,如此地绝情,正是表明了"明白了"的她,以非肉体的爱,在为缺失世界做后半生的弥补。在看似旧有的叙事中,小说家但及以心灵的叙事化作若干动人的情节,逆向而行,从而给故事起到了创造性的转化。自然,画龙点睛之处,更在于女主人公"她跟那个男的,一直在闹离婚"……中篇《秋风起》的故事,也正是如此。本来一年之间以多种借口不断地被邀请送礼的次数增加了负债的数字,已使得不少家庭为之忧愁和苦恼。燕子丈夫大全设计的"猪宴"无疑是当代的《笑林广记》。但针对不良旧俗、以权还俗趁机捞钱之徒,无疑又是一个犀利尖锐的批判:"不对,我跟你说,我来跟你算算这些年,你村长办过多少酒;你自己五十大寿也办了,还放了许多鞭炮,炸伤了王再令家的一条狗的腿。还有,你家老母走了,你也办……你自己办的这个服装厂开业的时候,你也办……"一席话,可以看出正是多少善良的村民,活在被权力移植过来的风俗压得喘不过气来的环境里。这里的于故事的创造性转化,是小说家但及让当下民间发生的现实故事悄悄地在不知不觉中嬗变为小说素材,又在加工之中让故事的棱角、缝隙、曲折和进退巧妙地发生蜕变,即在传承与顺袭中,以逆袭之势把故事横刀斩断,另出新机。它让我们在这种转化中,去思考溢出小说本身的社会问题,并从中让文学在这些日常的主题里,更显出新的当下性生机。

在但及的小说里,我们看到了一个个底层人物形象正被从遮蔽中释放出来,从呆滞的社会意识中被激活起来。它让读者在阅读中有一种追求纯澈的欲望,同时也带起愤怒的批判之情。但及的小说没有以宣讲或故事的传道,它只沉浸于作为小说的巧妙处理和积极创造。它在形式中寄托情怀,在人物刻画中注入人性本真的原义。在它的自我满足与自我批判的世界里,可比性与多样性会同时呈现。它以善变的场景与深掘的思考,让我们深知,尽管唯经济为上的社会潮流,已将属于文化的一切推至边缘,有的甚至呈现出颓丧与衰败的惨景,但小说不会!

二

展读但及的新短篇小说《踏白船》(原刊于《文学港》2021年第4期,《小说月报》2021年第6期转载),迎面而来的是一张被拉满的弓,一支支箭嗖嗖地射向我们:小果来病房的"滚",房子估计也不保了的丈夫传言,舞蹈分享会的昨天舞景,逃离,逃离后又被诺明认背影上来的拦阻,儿子——真相,欲言又止的压抑,她自身突然去广场旋转,病房里一群讨债的咄咄逼人者,她拿起水果刀直戳自己的喉道……那种日常生活中每每会听到就令人惊悚的情景,在但及平时创作的那种平淡、平常，似平静的江南水面上，小船"嘎吱"慢慢划向我们的娓娓道来，偏偏又在这《踏白船》中，以飞溅的紧张甩给阅读的我们。

作者但及，是聆听着江南水乡风雨成长的作家，《踏白船》这一江南水乡的民间水上竞技，无疑从小就被烙在了他的心上。而作者刻意要在小说中，把纯土纯真的传统文化，融入现代舞的《踏白船》，无疑是在初创的一刻，就有着中国传统文化现代转换的一种理念在先。作为小说，也就意味着创新不在于外形而在于内质的那种自觉追求与践行。"真正的踏白船是没有女性的，但因舞蹈的需要我们加入了女性"——十男一女，当代元素，而"船的魂"，短短一句话，则一下子就把小说上升到了文化的高度。因为传统中踏白船全是男子汉的工作，而在舞蹈的咏叹中女性竟成了这支生龙活虎、强健彪悍的阳刚队伍的灵魂，它既使中国最古的智慧，一阴一阳（《易经》）在小说故事构成中生发了张力；又让女性唯一的说法，成了整篇小说可供无尽回味的可能。这就不单是技巧，而是一位成熟的小说家呈现给读者的一份独特的自我。中华优秀传统文化，在这里，就有了作为小说的时代创新的创作新形。

《踏白船》小说叙事中一个比较独特的视角，是主人公她带着病体在广场中央旋转。是小果，这个因沾上赌博而败家的儿子，这个不是现在丈夫的儿子？是，也不全是。是诺明，曾心心相印在一起舞蹈的同伴，曾经想把自己完全交给他的前男友？是，也不全是。那是什么，是复杂的生活，是既成事实又不能全说的现实，是灵魂处在风雨雷暴中的叩问！小说的叙事，正是把这颗灵魂在"为什么""怎么办"的叩问中，又独自旋转着，舞蹈着这《踏白船》，才使小说具有了深意。至于现任丈夫的两次出现，和儿子小果的两次出现，正像小时候小孩调皮活泼地弄堂里进出那样，给小说的故事构成营造了一份沉重与苦涩。而我们，恰恰无法去剥离这份沉重与苦涩。

我曾为但及前几年的小说创作写过一个评论：《善变的场景与深掘的思考》，刊于2016年12月16日《中国艺术报》评论版。于今看来，但及的小说创作，依旧在心平气和地写出他的善变，在平实的文辞中显见褒贬、爱憎，在类似书法的拙朴形式里，把人物的个性逐一体现，并随之深化。就连置景的描述也是如此。如《踏白船》写分享会的子城城市客厅，写女主角即将下决心去看诺明的《踏白船》舞蹈前夜的病床情景，写诺明认出后面的她，随着熟悉的背影追赶后两人的对话；写回到病房已遭追债人洗劫的场景；等等。它使我们看到，小说没有脱离江南水乡本土，小说更没有踩踏江南水乡本土，反而让在故事生发的场景中，让语言的心性紧紧地黏附在这江南水乡的平静淡泊和曲折婉转之中，犹如那些散落在村庄里的乡土小道和大小浜兜。

《踏白船》创作手法中精彩的一笔，是从隐秘处集束出充满矛盾的生命之光。在我们这个小康社会里，一部分人由于生活已无忧，竟使自己生命走向了虚无，《踏白船》中小果就是一个典型。孩子的复杂，不在于因赌被追债，因债要卖房，给家庭带来了危机，而在于女主角对儿子的两面性爱恨，现任丈夫对孩子的无奈与怨恨，孩子真正父亲对孩子的无知，以及女主角对孩子真正父亲欲言又止的心理状态。作者在小说里没有大开大合地表达这份复杂，而是采用了从隐秘处集束这充满矛盾的生命之光。从小果带饭到病房，被吼后最后吐出"这里的死人味"这话；从活泼的昔日舞蹈者，到今日的大把掉发只能戴假发的她；从丈夫"这头猪"的骂儿子，到"蹲地拣碎玻璃"，呐呐地说"十四片，碎成了十四片"；从"我就文艺青年"到她的"走"，"必须走了"而后又"你有一个儿子"——话到嘴唇又不说；直至女主角到广场中央旋转、舞蹈，又到凉亭旋转、舞蹈，最后移至小广场，"她靠近那首曲子，它回荡在心底的踏白船、踏白船……让我们看到了作为作家的但及确实是比常人更多了一份敏锐的触觉。他没让这些充满矛盾的生命之光，以辨析社会学的方式，抽象或哲理地借小说人物口中说出，而恰恰是在母与子、丈夫与己的对话、前男友与《踏白船》的再次相逢中，温和又隐痛似的慢慢渗出，在人物各自的情感河流中，隐隐约约地闪烁出未着半点哲理之词的深邃思想。在这里，发人深省的是小果这个人物，该如何在现实面前走出自我虚无，去踏踏实实做人，重新活在小康也该有自己无愧领受一份的小康社会中。在这些人物的刻画中，还可见出作家但及的处理外在经验的能力。不管是作者亲历的还是多种途径获悉的，把这些经验转化为创作素材，又能让它们在小说中以个人独创的方式呈现，这是虚构的魅力，也是作家的能力。将芸芸众生删繁为简，简之有神地活在故事里，出色地表演在情节中，同时打造出人物与情景与众不同的我的小说，不能不说，这是从一般作家过渡到成熟作家的一个较难攀越的高坡。它要求你既有深厚的现实，又要有穿透性的思维；既要不脱离实际，又要把它写成正在和将会发生的种种。在历史与当下之间，在人物与场景之间，变幻的是人性、探求、穿透和洞察，似小孩旋转在万花筒的变幻中，对人类本性的拷问，对精神理想的寻求，对生命多元的震颤式的体验。在它貌似平静，实为求简为上的平白语言里，无不呼唤着人性善的回归和对美的执着不移，哪怕以生命为代价的那份追求。这既是小说女主人公令读者为之倾心的缘由，也是作家但及在素色中给读者营造的一个真切的，曾经有理想，至死也不抛丢理想的绚丽的小说人物。最后，但及把文本拖向了一片羽毛，可以想象得到，这是一片随风起舞的羽毛，他让她直接走入了《踏白船》这出舞蹈的灵魂深处。

好的小说，是不会给读者下结论的。读完了《踏白船》，但掩卷之后带给我们的，当是比小说更为深远的沉思与叩问。

　　首先，踏白船到底是什么，这当然是指小说何以围绕它而展开铺陈与叙事的。作者以踏白船的竞技，暗喻滚滚洪流的生活：宽广的河面，划船，搏击，抢鸭子，船来船往，你争我夺……强劲的节奏，阳刚与力量，岸上的呐喊声，旌旗的舞动，女人与小孩的呼喊与雀跃……可见踏白船不是单纯的竞技，它也是象征，生活的象征。调整，不断地加劲，不遗余力地冲刷……它无不就是人整个一生的运动与拼搏。原本平静如镜的水面，因为船便有了水波，有了运动更被掀起了风浪，踏白船具象的变动，正是生命的一次次律动，是作家但及把人物带到这个竞技运动之中，又让人物的内心、经历等种种，走在踏白船运动之中。它让我们看到的，是踏白船的背后，有着一个无数生命运动着的社会，是这个社会特定环境下人们的种种性格的变化与反应，是对我们最不缺故事与金钱的同时，缺失的那份精神与理想直抵心灵的批判与呼唤。它让《踏白船》中每个主要人物的内心都注入了能量和需求，他们的呼吸和内心呐喊的种种，远远大于了文本本身。

　　最后，值得关注的当然是小果，虽然着墨不多，但他走进了我们的视野。比如说，当他走投无路时，他会警醒吗？他会自愈吗？是的，当我们步入小康社会的同时，我们也看到诞生了不少小果式的人物，尽管他们的处境会各自不同，但他们成为小果的前提与背景大致是相同的。相对于小果父母的渐渐衰老，相对于整个中国正行走在经济强盛的世界前列，小果们会怎样，这已不是他们自身的问题了。因为他们也是我们整体中国的一员，他们的生活也是生活。所以我说，《踏白船》的社会与意义，正是让阅读者有了这么一份思考，让小说自己也正视和面对这一份现实。对人的改造，不是小说本身的任务，但小说能穿越在迷茫中发出声音，对人在社会中的伸展做出描述中，发出它神圣职责的清音。《踏白船》的审美价值，亦在此会耸立而出。

吊诡创意与现实叙事

　　草白的三篇小说《锦衣》《土壤收集者》《墙上的画像》总的特点是以散文诗的语言佐助读者进入小说的文学化阅读，又以奇幻的想象加上奇妙的词组结构小说，语言不时充满着青春活力，让新鲜的语言不时在一个被她刻画的人物形象中展现，在诗化的韵味中进行小说的叙事，从而去求得饱满的效果。如《锦衣》开头描写的两个人的吃，一个是"牙齿忽然像生锈的刀片"，一个是"他专业吃饭的样子像是在抽泣"，形声色俱在，一下子立体化地烘托出一副令人未曾想到的吃相，是为独特。《锦衣》中女主角从外乡嫁到江南，作者也巧妙地将她的地域性差异感投射到人与物在接触中让其自然渗出，并由此引出个性的光芒，那就是表现在这个外乡女每次走在她男人的街上的感觉。而"有一天，她推开那扇古朴的木门，一下子被里面充满江南气息的老绣衣迷住了。她有一种把古镇、老街以及旧时光穿在身上的感觉"时，分明是外乡人思乡的情绪反射在身上的"光合作用"。所以，"夏日的傍晚，他们坐在葡萄架下吃盐水花生。她低着头，想起了露水一样迷离的故乡和亲人"。其实，正若古诗之意，朝去恋多，朝去思多，朝去苦多。而紧接着"她并不喜欢一个纯粹的十足的男人"，她喜欢的那个男人是"那梦游般的眼神打动了她"，她才离乡背井嫁到这里。如此的心态，如此的个性，暗伏着的是一颗比较奇特心理的女人心，不是病态但至少有点怪癖的不同一般女人的女人。

　　《锦衣》让我在最后读完的时候，有了一种突然又看到欧·亨利的感觉，结局总在意料之外。同时，全文写得精致、紧凑，对话也很到位，文学味甚浓。尤其眼盲在家庭中传染的描写，凸显了寓意性，它让小说的质地一下子升华了。但《锦衣》的缺点亦很明显，一是整个写作手法似乎是旧小说的翻版，把它放置在20世纪30年代与当下毫无时代印痕的区别。这就让我想到可怕的一点，即当下我们一些年轻作家在读习经典的时候，千万不可落入它的陷阱。经典只是借鉴，否则，那就只能出翻版，是别人嚼过的馍，无有新味。而就《锦衣》

而言，一是嫁入当下小城镇正向大中城市集结趋附大都市情结的"国家现象"，那份小城镇对此种现象的时代感应、生活情绪，若小说中没有就无所谓新意与典型了，也反映不了具浓烈的时代性状的生活来。二是外乡女嫁入的是小说作者注重的江南一小古镇，它与外乡女嫁入南方大都市又有所不同，特别是江南小镇原本枯藤老树昏鸦，小桥流水人家，现在是拔藤倒树惊散了昏鸦，小桥流水人家又让拆迁旅游困扰了恬静清雅，所以她们面临的生活，应该是比大都市更多的细节性的压力与挑战。包括留守的只是老人，而老人用遗存的挑剔的目光来看待外乡年轻女人怎么肯来住这破旧老房的疑惑，等等。小说中没能用心刻画并适时地表现出来，致使女主人公失却了时代的饱满性。

《土壤收集者》是一篇令人拍案叫奇的小说，它写作的构思有点像残雪类的女作家。作者颇具深意地让父亲追悔"已有数年未赤脚踩在地上"，并在其追悔的同时行"早年在土地上乞食，之后抛弃土地进工厂成为危害土地者的帮凶"这样的精神批判，着实令读者为这年轻女作家能有如此的人文批判眼光发出敬佩之情。而当父亲眼里重新燃起火焰，并感觉出这"火焰舐着我的皮肤"时，正是土壤收集的信号升起之时。所以，作者描写这火焰是"一种湿漉漉的光芒"时，那种中国古代《尚书》中描述"五行"水火木金土之土时，那份滋润中有硕果的甘甜之味，就会溢然而来。这自然也含有作者对土地的一份情感。自然，在阅读进行中我们也注意到了像"我们好似在拷问一阵风或一个长翅膀的房子"这一类赘言的不时间杂出现，给整篇小说的结构造成了松垮的危害。还有，当"祖母落水"至"就像她夜夜躺在我们隔壁的厢房里睡觉"，共四小节近八百字，它与土地又何干？这里说它是否给小说的进程造成拖沓且不论，单就生命与土地的深层开掘而言，需要作者对小说中人物去做心理上的深度探测，包括小说主人公在情感与土地上的与生命攸关的叙事中的散发与延伸，应在小说语言上的深度机巧的表述中出现，而不是用一些词组连缀式地去描述，比如这四小节中的关键词"月光""烧""死亡""告别"。自然，当小说描述"父亲挑回来水，没有流到我们的肚子里，而是渗进了土壤深处"到"挖井"，作者弥补了上面的不足，让更浓烈的社会学意义的行为使小说开始深化。特别是其中穿插的"土质在堕落，比人类的堕落还要可怕，并且不可逆""父亲因此坚信很多东西都会成为标本，包括这个暂时生机勃勃的世界"的一些警世明言式的造句，着实让作品厚重了许多。因此，读者愿意看到的，也是作者审美眼光的所在之点，即当我们读到"父亲的世界就如一个洞穴，越是深窄而小，越有长期居住下去的可能。他在亲手挖掘的洞穴里幸福而痴傻地待着"时，深为作者把父亲形的刻画深入到骨髓成为心的刻画而油然感觉心灵的震撼。但是，虽然小说将父亲最后放置在他自己挖的深深的小洞里睡着了作为结尾未尝不可，但以我个人的见解那种结局非但不能画龙点睛，使小说虽结尾却不能朝着一个广场式的入口走去，反而有点走入偏窄陈旧的感觉，即这是一般习作者的手法，而不应该出现在草白正待走向成熟这样的作家之手。再说，这样的结局，与文本"土壤收集者"的宗旨也有所相悖，那份收集土壤使之滋生鲜绿的真源本土式的人类挑战式的期望，反让结尾给消解掉了，成了一个无可奈何又有点猥琐的颓衰的局面。但《土壤收集者》那份对土质纯净的心灵的呼喊，不可否认是当代小说中一个审美的闪光点。

《墙上的画像》是一个刻意虚构的故事，当一个主题被重复着以多种故事情节出现，当一种形式为故事多重演奏时，也许小说的生机就此会呈慢慢枯黄的局面。创作的灵气与敏锐的眼光，也将在这些自我设置的圈套中，又被利用被异化，再也找不回作者初始落笔时想要的那份墙上画像所寓意的期盼与深意。当然，此小说的结构也还略显单薄。

草白的小说《木器》，已获得台湾第25届联合文学小说新人奖短篇小说首奖，也有好几个短篇被《西湖》文学杂志作为新锐作家作品刊出，若能注意并磨炼上述问题，则文坛之新星就会更加闪烁。

江丽华的中篇小说《爱恨就在一瞬间》的特点是老到的娓娓道来，非常世故又暗藏锐气的叙事手法，及他在娓娓道来时为读者捧出非常有腥味的社会场景，让你陡然回忆起曾经经历的不平与感慨。全文写一个老板自己的项目在家乡征地办厂，在拆迁中与当地农民产生矛盾，继而发生冲突，打伤了农民并想以钱以权了结，让项目顺利开工之事。这也是当下经济发展，新项目开发中存在的一个具有典型性意义的故事。但通读了全篇，深感尚存在多个不容忽视的问题。一是大段的对话平常无力。二是叙述上也失却光彩。如陈建国作为地方派出所所长，总不可能一下子就与老板余保华对峙。小说作者自己就是一个警察，理应在这方面展开熟悉又应该不断身处两难境地中去展开真实状态的深度刻画与叙事。同时，小说的语言魅力，也应该朝着包括诙谐、自我嘲讽、自我调侃、风趣等多层面多角度的方向去造势。这样，才能符合小说中金钱为利益与权力周旋，权为利又为义与钱既行保护又要较真的那份双重矛盾着的使命，也才能使之有饱满的生活气息与流动又不时出现旋涡的真实生活状态。而当报社记者老郭把打人真相长篇报道出来时，我们就不由得对这个白马镇的重大经济开发项目能如此被击产生一种不切实际的感觉，这样复杂的层层深入呈现多味的情节，就这么简单地让一个行将退休的老记者给一下捅了出去？这一简单，好情节就被消解掉了。再有是作者在叙事中也掉入了一个陷阱，即故事的陷阱。通读全篇，让人感觉太故事了，它使结构没了声音，让细节没了丰富元素。还有是作者简单地将前来投资回报家乡的余保华老总描述成"空手套白狼的骗子"，这也有点小儿科，且手法太陈旧。这样的骗子一般仅出现在改革开放的初期，现在的投资老板一般都跌在还贷与担保之中，再说经过改革开放三十多年的经验，不管是地方政府还是银行等，都足以具备了识别像空手套白狼这样太平常的骗局。所以，若小说果真将这反面主人公设置在这样性质的层面上，那整篇小说的意义与价值就不高了。只不过是一个江湖骗子，破他的案只是小菜一碟。反之，若将余保华老总描述成现实生活中具有真实身价的老板，那由他身上发生的此事及开展的故事叙述与之后的曲折生成，才更具有现实感与社会学意义。事实上，我们在经济发展中遇到的譬如污染等问题，棘手的对手正是大项目与大老板，是地方经济发展的支撑之一、纳税大户之一，而非江湖骗子。还有，正因作者有此浅层次的想法，便旋即引出了又一个令人失望的情节，即余保华老总挂在办公室与省委领导合影的照片，是他个人花钱去合成的，一句话，照片是假的。所以，这个情节既有点背时，又使小说丧失了真实性。由此，还包括事情查实之后，作为积极引进项目的李镇长也受到影响，虽然他引咎辞职，但调任政协只做个一般科员。这可能只会是作者的书生气性质的一厢情愿而已，也是与现存的政体做法有所不符的。若从心理上去分析，降为一般科员的李镇长也就绝不会再有心情去县公安局传达室寻已升迁的陈建国聊天的。这一些太简单、太直接的处置人物的手法，让我们不由得想起2011年5月美国希利斯·米勒教授来我国访问，在演讲时就"小说能否作为历史的见证"时说过的一段话，他说："文学证词的意义并不在于真实地再现了大屠杀的恐怖，读者对永远无法获得事实真实的认识就是另一种'认识'，这恰恰说明了小说作为一种证词对读者产生和发挥了述行性的关键作用。"①此话对成熟的作家也是一种启发性的提示。

《爱恨就在一瞬间》给我的总体印象，一是唱赞歌太多，批判性少，小说的社会批判意义相当逊色。二是可引出这么一个问题：此类小说究竟应该以怎么的面貌去反映社会现象，才能树立起现实主义小说自己真正的审美标杆。这里是否可以质疑与提醒作者，你在创作小说时不能"混淆身份"，即创作时你是作家，千万不能让日常生活中的政治身份——警察继续留在你的灵魂深处作祟。另外，正义与社会良知，不能放在简单的对照中，而应更多地渗入多重复杂的人性与生活现状中，并以高艺术处理的虚构凸显小说性，才会是成功的。江丽华曾有小说《枭谷》被《小说选刊》选上，也有中篇曾刊发过《江南》大型文学刊物。希望能以《爱恨就在一瞬间》的起伏为教训，让故事活在文学

①［美］希利斯·米勒：《小说能否作为历史的见证》，《文汇报》2011年6月21日。

中,让人物生存在文学的质量里。

由上述对两位青年作家的三个短篇与一个中篇的评点,又让我对中国当代小说创作中出现的几点不足提一下自己的看法。

第一,底层写作的弊病,把现实的苦难以及生活中种种的不平之事,赋予过多的寓言色彩,导致出遥远的神秘性,成为作家们随心所欲可去积蓄和与泼洒的想象容器。过多的寓言,会让真实的苦难变得轻浮,仿佛是一种文化消遣。

第二,故事与情节将矛盾发展到真心高潮的时候,往往会很自然地转到简单化上,如"骗子""出现一个正义之官"等,造成了小说原本繁杂深刻的东西一下被自我解构了,朝着牵强与简单化的道路走偏了。

第三,学习与模仿太过重复,有些作家自己也不自觉地在重复别人与重复自己,以致最终使自己的小说显出了单薄,使原本多重意味的故事丧失了审美意味。不断地创作不断地发表,总结着回顾来看,只是循环着走向自我封闭。

第四,叙述功力不是在不断锤炼,而是在刚成功的基础上原地踏步,出现不能求新的呆滞局面。小说中除了故事,以及闪露出的作者讲故事的自我热情外,其他的结构,包括它走过的过程,就显得多有粗糙,不见越来越精细的新的精神体验与新的描述的无限鲜活的生发。

第五,内倾化叙事视角与精神拷问的融合还不成熟。类同题材与针对生活的丰富、驳杂和琐碎,我们的空降点应该在哪里?那种凌厉的一剑封喉式的功力还很不足。在精神拷问上,机巧多层,甩掉戏剧化概念化的写作手法尚嫌不够。

柏拉图认为,一个获得了启示的哲学家的个人志趣以及个人欲望,应当同其余广大群众的志趣是对立的。这句话对我们文学作者的启示就是:对立即是奇异,摆脱平常的思维,摆脱俗套的手法,摆脱大众设置的山洞,带他们走出山洞去欣赏一片新的山地新的阳光。

我们要有一种创作陈式的破坏力,去改变我们的天空。要让想象的张力与冬小麦的气息进行深度摩擦,从人的精神的最高点,到人的世俗的最低点。

文字——奔跑在四季

詹政伟的《四季奔跑》带着浓郁的社会实践特点，是一部写作手法较特别的小说，看到三十多页才让心不舍离开地进入，这是一个在人们毫不在意的流浪儿的形象下，蕴含的这一独特群体对生命与生活的感悟，从而让我们认识到，这应该是亟待我们去关注的一个复杂的社会主题。这也是本书关注社会问题，以生动地、艺术地剖析人际关系，人与人怎么活着的现实问题，去挖掘依旧保持在他们这一群人心灵深处的一份对人的真诚与对情的真挚的那种于生命之上的审美认识。于此，我曾经不时地会在阅读中闪烁出一个想法：作者在调查与写作中是否会有一些奇怪的灵感闪出，并杀进他的创作之中，因为生活中一些邂逅，都是没有预设的。

小江西的个性，表面波澜不惊，实则内心汹涌澎湃。松松和艾姨——"你要真是我妈妈该多好"，真诚的压抑在心底的感情与需求，就在这些琐事烂事中自然流露出来。

从松松的迷惑里，从松松的眼泪里，从松松的渴望里（想叫艾姨妈妈），我们渐渐了解了艾姨生理需求和自己为自己设置的尴尬生活场景，通过这些抵达艾姨内心的：这是一个不愿放弃家庭，又要有自己正常欲求生活的人。

老莫的过场极有个性，先是街边拣了个松松，后来故意让松松感冒，他挖空心思的"大动作"，正是围绕一个中心——家，这也是作者的神来之笔——借助制造情节来推进人物内心的演绎（包括发现老黄真正的工作）。最后，以老莫因为五万元未到手而逃离的结局，点出了这个世界上竟然还有人会借家来行骗，真是飞鸟跳蚤样样都有。

陈云生的超市假行窃诈骗，在残疾孩子的父母开的超市里有了一场精彩的表现，但这绝不是花招的重演，而是证明陈云生在诈骗之中已让人性变异了（到最终知情后还死咬着钱不肯松口）。这是一个非常重要的提示或者说明——当下有些人的人性，为了钱，已经蜕变得比狼还凶！恰恰这又是作者借此场景和对话来慢慢托出人物的变异的内心与灵魂的,不能说不深刻。

白小丽(黎妹)的回家,虽然有些荒唐,却告诉我们一个道理:别看不起流浪儿或忽视他们,他们不是天生的流浪坏,在他们的背后,就是我们中间的哪些故事。离家出走,跳楼染病,失踪乃至做内线又被判刑的——这一群流浪儿无疑就是社会悲剧之一种,但怎样使这类悲剧真正意义上的表现,那就不只是简单地表述记事。《四季奔跑》可贵之处在于,让我们感觉到它是真正在小说中形成了整体的、内聚的和外在形式的一个心理——意的整体结构,让人们可以触摸到它的特殊形态。并且让它融入我们这个正在依赖高科技不断发展着的经济强盛的社会,让它最终在冲突中折射出不可忽略的一束奇特的闪电式的白光,让我们从一个个他们的自我意识中,上升到与悲剧意识的总体的深层次的联系,让我们在清纯、诚信、真爱面前更加痛心,并感觉到批判的重要性和改正的迫切性,以及自我对人性的漠视性,这也是小说由内向外的魅力之处。

它也告诉我们,江湖就是锤炼人,虽然南瓜饼不大识字,没文化,但他并没有屈从。在现实生活中,他与小江西、小四川的一场用蛇做工具进行的智斗,充分说明生活的实践以及人的思维在现实里的锤炼,同样像打铁淬火一样会炼出好的钢来的。这也正是《四季奔跑》小说创作时意识不到其作为社会学的意义与价值。

当然,《四季奔跑》最有价值的是,最后南瓜饼和吕菲菲好不容易到北京找到了钟方林,钟方林却翻脸不认人。这个以情节的事实尖锐地批判现实的叙事大大出乎读者的意料,却使本书具有了美学价值:在以人文关怀去理性关注这些流浪儿童与少年的时候,我们同时还发现了由文化包裹着的假恶丑,那就是借以宣传或貌似关怀的一些媒体的背后,是对这些真实存在的冷血,他们的热心只是为了自我工作的张扬和让自己有一个出名获利的平台而已。

感谢作者这么有心去写流浪儿的故事,这不是闲情逸致,这是一份关怀,真正的人文关怀。通过小说的叙事,它让我们知道了人间还有不少辛酸事。它让我们知道,在高科技下飞速发展的社会里,我们享用改革开放的红利时,还有这么一群落后的孩子,被抛丢在生活边缘,他们也是人,他们也是祖国的花朵、祖国的未来。难道我们就不该去关注他们吗?!尤其小说结尾时,作者借用主人公南瓜饼的自我反省说:"在行骗的路上,我失却了爱心和诚信,但我依然坚信世上还有爱心和诚信,至少吕菲菲给了我这样的期待。"这样刺戳灵魂的忏悔,难道不正是对时下一些金钱至上的自私灵魂的道义讨伐吗?!

恬淡细流

　　我是第一次接触简儿的散文，读了《绿荫寂寂樱桃下》，看后不觉一怔，简儿是写散文的好手。

　　先看她在该书六辑中每一辑的带头稿，全是回忆文章。这可不好写，因这类题材的作品已太多了，但简儿还是写好了，主要表现在两个方面。

一、以童心与纯真的眼光回忆走来之辙

　　《亘古的时光》中，一个小姑娘走啊走啊，把我们带到云朵里的小镇。我们都有童年，也都有，甚至比简儿的故乡更古旧的小镇，但我们不能借小镇把他人带到云朵里（步云桥）。而在回忆里，那份纯真，就在于本来是一个极为普通的小镇，她能够"后来无论走到哪里，我都觉得一直把故乡的那一抹水色，那几记钟声揣在了怀里"。没有花哨做作的词藻，但故乡的小镇，借人（画家），物（步云桥、栖真寺），景（枭谷船只、水杉路、千亩荡），很活泛地把它写出来了。让人感到既土又亲，浓浓的泥土气息升华了回忆的内涵。

　　《绿荫寂寂樱桃下》这篇散文写了一条青蛇，这条青蛇与作者的成长心理紧密相连，又与农村的变化紧密相连。狗尾巴草，白乎乎塑料纸似的一截蛇蜕下的皮，到碗橱里突然看见一条青蛇，大喊"救命"，再到"祖宗显灵"，放上一碗米，直至后来自己能大胆去摘蛇莓，水泥地封住了蛇的出入之路。作者抓住的每一件事、每一个细节，都是能扣动人童年深深隐藏的记忆；而且中间又夹入一点画龙点睛的议论："待到有一日披上嫁衣，才发现一切早就在童年预演得烂熟于心。"非但让人在审美阅读中有了一个间隙和栖息，而且一下子就让文章渗入了哲理的韵味。

　　《南方有佳果》讲樿李，但没有把一些地方文史硬塞入文内，否则便读之

不爽。一是以平实的手法描述槜李本身；二是以吃——其实是以吃引出槜李之美味和槜李之价值，暗示你要懂它。正若文中所云，"一枚小小的槜李，亦吃出了文化与情怀"。

《鲜艳与天真》里讲"弟弟一日日意气风发起来，父亲却老了"。此文写的是父亲，并没有刻意去写他的"多么高尚，背影伟岸"，或者有什么过人之处，而让人知道他只是一个普通的父亲。但细细思忖，这父亲还真有浓浓的印象，一是老了的父亲腿疾频频发作，"豆腐、啤酒、海鲜绝对不能吃"（痛风），好不容易吃苦拉扯小孩长大，现在整个家庭条件好了，但嘴巴又被"管制"了。喝酒，当然也只能是象征性的，留给空空酒杯的是"一抹无奈的苦涩"。二是当个保安也不行了——因为腿，这对于一个刚迈入老年的男子汉来说，无疑是更沉重的打击。三是比上不足比下有余，比比自己身边同年纪的人，早走的有，脑梗的有，摔坏内脏的有，但父亲还好。特别是引以为傲的小孙子，写了一张保证书："保证长大了养爷爷，接爷爷去城里大房子住。"这无疑是父亲最大的幸福！写人物，简儿就在这些看似嬉戏的细节里，让普通的人物活了，这有点像雕塑，最后就是一个弯腰的姿势，或衣领的光感，额头与颈后的一刀，就把活在人物内心的灵魂给凸显了。

《简静生活》说，每一个琐碎的日子都是良辰。为何？这看来有点哲理辩证的味道，作者试图就在说明这个观点。作者借事借景：借等女儿兴趣班下课前一小时，借那家蛋糕店及咖啡。生活本来是平常的，也是散淡的，土话叫"过日脚（子）"。但作者在无聊中突然有了趣味："我发现了一件很奇特的事情，每一个看似平淡、重复的日子，竟不完全是平淡、重复的。原来每一天都是新鲜的。"为什么，正如她在旧日记里所写的："在琐碎的日常里，去一点一点发现美好。"如此发现良辰的人，是有福的。

《童花头》是一个十分童趣又带点历史味的故事。当时在农村，不要说生虱子，因为卫生条件太差，连癞痢头也不少见。但长虱的烦恼，吞噬着简儿的童趣，确实是疼痛的回忆。但也有哲学家说过，越是有痛苦的对比，幸福的感觉就越好。所以，后来通过避虱曾剃过光头被世俗的眼光折磨了一阵子后，童花头和她所亲历的玉米头、炒花头、爆炸头、荷花头、梨花头等，以及女性时尚的光头，到最后保持纯真的童花头，这就再不单是个审美的问题了。这是心里的纯真在为自己的"珍藏"打保卫战，这也正是此篇的意义所在。

二、简儿是如何着墨写人物的

我首先注意的是,《绿荫寂寂樱桃下》第一辑"亘古的时光里"有多篇写人物的。从写春联的沈先生由长衫而人物,"村里也只有沈先生一个人还穿长衫,也只有沈先生穿长衫才好看",这可不是一句普通的话。前一句说明了这个村子仍有继承传统文化的人在,后一句说明传统文化在真正懂得传统、了解文化的人手上,才有自己传承的价值。中间,作者着意运出一个黄小墨来,也是作为中间代传承人的作用才写出来的。而最后作者和娘一起去沈先生家拜访,并求春联:"沈先生伫立在长条桌旁,穿了长衫,悬腕写字。他的夫人兰心在一旁磨墨。很有古意。"也绝不是单写一个求春联的状态,这是作者内心对传统文化的追求,是一种精神在《写春联的沈先生》中释放着最后的光芒。

《张三疯》是对一个古老故事的翻版,因为其实这样的事古已有之,但通过简儿的笔,似乎又让我们回到了当年的人与事,回到了当年的村庄,当年那个似懂非懂的年代。这个故事的发展,也没有轰轰烈烈的生离死别什么的,只是一段平常的、有点扫兴无多大挫折的爱情故事。然当翠翠抱出了满月的儿子,王麻子"突然老泪纵横",人性,一下子就被钓了上来。机巧的作者并没有顺俗写什么忏悔,写老爹补偿,写父女抱头痛哭等。只是王麻子轻轻一句话:"什么时候有空,带着三疯和孩子回家吃顿饭吧。"请注意,这句短短的话里,包含着三个重点:一是带着三疯,这之前对三疯的评介是"引狼入室",三疯是狼;二是回家,说明我那里也是你们的家,亲情的外延扩大了;三是吃顿饭,吃是动词,它意味着冰释前怨,意味着团圆。所以,真正好的散文,确实都是在极为平常的情节用词上显出其艺术感染力来的。而这一点,正是初学者或一般水准散文作者所望尘莫及的。

《卖煤饼的那个人》与其他几篇写人物的文章手法不同,它有点像速记,也有点简约中带着神秘色彩的写法,有笔记文学的影子。卖煤饼的人作者给他的开相,就是他挑担进来,妈妈正在生煤饼炉,说明他来得很对路。并且,他的身后还有一只叫小黑的狗,脚穿一双解放鞋(亮色),戴着一副黑手套,"一张脸都给染黑了"。这就是与整个村子人不同的卖煤饼的人。接着作者笔锋一转,用聊天引出带有奇异性质的卖煤饼人,使卖煤饼情节一下子又向前掘进了,并往深处里去了。他告诉她,他来自苏州。苏州有铸剑亭,天下第一剑是在那里铸的。还说苏州有个老名叫姑苏。讲到苏州的寒山寺,又马上点清板:寒山不是山,是老和尚的名字,而事实也正是如此,此寺南朝萧梁代天监年间始建,初名"妙利普明塔院",属临济宗。到唐代贞观年间,名僧寒山、希迁创建了寒山寺,才有此名。因此,作者含蓄地认为,卖煤饼者这么有文化,莫非是个乔装的"隐士",一下让文章更有了文化与悬念。最后,卖煤饼人临走前又叮嘱我妈妈晚上要把煤炉拎到屋子里过夜,"一定要打开一条缝,不然会一氧化碳中毒",就更把卖煤饼的人升华了,而文章的悬念也就更大了,这就是文章结构上的巧妙之处。

《那些在春天来过村庄的人》是写人物最好的一篇。首先,它面对这么多来过村庄的人,写得很有内敛,一点也不张扬。赶鸭子、放蜜蜂、算命、剪兔毛、货郎、要饭的……真是一拨又一拨。但从要饭开始,到讨钱,再到偷鸡、撬门,随着社会的变化,流动人口更多了,外地来打工的,住在人家家里,一直到闹出绯闻,不到一页散淡的记述,却把整个富庶江南面对外来人的状况做了一个历史发展性的日常生活面貌的概括。而本篇最重要的人物,却是很晚才出场的朱强和天上掉下个小超妹妹。作者用农村拉家常的语调,把个朱强外形(吃饭吃五碗,力大)和内在的纯朴憨厚,小超的精于家务料理,对待丈夫恪守传统道德写了出来。之后一年半载朱强外出打工回来,小超给他生下了一个大胖小子……一幅善良、勤劳的温馨家庭图,就在作者如中国画白描式的手法下清晰温暖地展现了。老实说,读到这里,非但我,我敢说,八九不离十的读者,也一定为之感动,为朱强庆幸,也为小超和她的儿子祝福。但偏偏在这个节骨眼上,作者来了个大转弯:儿子十几岁的时候,小超失踪了,而且卷走了家里所有的钱。从此,朱强就变成了另外一个人了。"儿子已经长到一米八的小伙子啦,要是小超见到,会有多欢喜",朱强说这话时,让任何人听了都要潸然泪下。全文在一句"春天一年一年来到了我们的村庄,那些来过村庄的人,却永不会再来了"中收尾,作者同时也把人生命运多舛、惆怅人生之艺术的感染力发挥到了极致。

三、阅读后的审美印象

简儿散文的独特之处在于,以灵魂年轻的回忆混合着青少年时代对生活中平常事平常人最敏锐的感觉,放到春天的青草上去摇曳,放到秋天的变黄的落叶中去思考,在世事浮渣的混浊之中,总是想努力以微笑去还原生活的本真之清。散文的写作对于简儿来说,不是那种华美词句的集束,也不是洋洋洒洒地任性抒发。这情形有点像一个状态:当她走到湖边时,不是急于要找条船渡过去,也不是在登上船后,面对身前身后的景象,来一番感慨与修饰地书写,而是以静默的姿态面对湖的横亘。然后,像她自己在《那些在春天来过村庄的人》里所写的那样："像水上的波纹，一圈圈漾开去。"

散文是极其个性化表现的文体，所以我亦很关注作者的艺术旨趣，在不经意、不矫饰中去寻找真诚与自然，从中见出作者文化内涵和品位，把脉它的特色与价值。前面谈到简儿的回忆散文和对人物描写上的记忆＋生命体验，正是使她自己获得生命完整性的一种途径。它既是生命哲学中生命本体论的一种存在性体现，也是作者自身在写作中的重构个体生命的重要组成部分。原本被有意无意遮蔽的生命内在的活动，经写作成了作者与读者共同起着一种全新的社会存在，对社会认识"盲区"的一种协同性克服。

当然，简儿的散文若要再上一个台阶，一是要更多地关注当下；二是在写作形式上应力求多样化；三是文化视野的开阔性还须加强。

视差——多棱审美

当二月春风的剪刀，在垂柳上用刀背与柳丝开始着萌性的举动时，我读到了诗人柳文龙的诗集《观照》。不用说，搅起阅读春情的，首先是他的作为江南水乡诗人写江南水乡的诗。

"一爿小桥在河中央流动/无语的天空可以洞察水底/水流年复一年，延续桥的命运/而陌上桑肥厚的卷叶/正引领着春蚕一路上山。"（《村庄》）"小桥把流水拐进/错误的河流……听到船的涌动。小镇被逼到石埠一角/河水晃动平淡无奇的日子。悠悠万事/缆绳从另一头，解开了情与仇的死结。"这是一个水乡诗人独特的水乡世界，我们在这里不仅感受到桥与水，加上船的一幅水乡的素描，更是听到了诗人在水、桥加船的生活阅历中心脉的搏动。令人惊异的是，诗人看到的不总是平面，而是揪着了根："一条河静静等候天明/温馨的浪花推醒虚拟的旧梦/废墟边摇曳的一枝黄花/多少年景在脚底下渐渐生根。"（《过冬》）因此，"黑暗随着河水一起流失/它的目的地相近似/不是黎明，不是旭日/只要一点亮光，哪怕一个烟蒂闪烁/都是可以接近的真相"〔《黑暗中的河流》(二)〕。朴素又现实的心境，紧紧熨帖古桥河流与船的平凡特性。在这里，诗人明显地延伸和扩展了作为河、桥和船的物质意义，在冲破它们的物的边界的同时，把人与生命、世界三者全部综合起来，使我们敏锐地感知，诗人要书写的正是人类的命运与他们在这个世界生存的本质。而在申述这个本质时，又会让我们更加去关注作为人类赖以生活的桥、河与船的亲密性与去向性。

当然，《水乡》一诗，似更全面地抒写着诗人的情怀："你给我橹，就像给了我翅膀/在这片水域寻找宁静/和宁静过后水的阵阵颤动/——我心灵的释怀/感谢你的开朗和辽阔接纳我/所有的卑微显得波澜不惊。"清丽、秀雅、澄明和从容，江南水乡的特性，在诗人的心灵中成为一种生活的背景，这些河水没有名湖的矫情，也没有大湖的冲动，它宛若一个乡下孩子纯朴的美，又若一只鸟衔春泥的情，更若纯净的家乡米酒，奉献给读者。《水乡》的下半首，又若一支竹笛，吹出了如歌的行板：“芦荻顶起的缕缕轻风/我皮肤里流淌着你的全部苦难/承载村庄、石桥和古寺的苍茫。”那也是水乡泽园的简写：“阳光平铺直叙，表达被忽略的细节/在湿地，我与一只夜鹭交流。”（《水泽》）在柔与痴中，也许还隐隐然有着一份深深的忧伤：“桑烟里，我远眺的村庄飘忽不定/灰蓝色的气流挟裹稀疏的旧屋/步入暮年 一棵棵松树一点点老去/遗留枝头的桑葚带不走绵绵细雨/这一团墨迹般的景物 朦胧而隐忍/无法翻卷肉体内陈年的顽疾和忧伤。”（《悬浮的村庄》）

自然，作为一个有血有肉的人，对于生他养他的这片水乡泽园，矛盾之心也是血肉的有机部分。《湖光》中，诗人说：“是谁把我诱骗到潮湿的湖畔/……褐色的羽毛刺痛我脆弱的自尊。”对《浜》的认识，诗人是“找回自己失散多年的影子/浑身湿漉漉的。我领着他去静养”。在《潜行》里，诗人更是表白：“在黑夜，多少干枯的枝叶/等待火焰下的重生。北风慢摇/折断多少痛楚，而结局无言/河流中曲折的波澜没有尽头。”这份真诚，只有水乡的诗人才会拥有。

诚然，至于水乡的抒写，《观照》诗集中有三篇堪称佳作。请看《潜行》的结尾部分：“船篙点拨江湖暗穴/两岸泛黄的草木，波谲云诡/平添一秋寒意。水草中鳙鱼的深呼吸/只为满天星辰作最后的祈福/芦苇簇拥的天空，河水开始涌动/虚晃的影子变得一片汪洋。”这是油画中光阴透视密林之法，也是国画中“密能透光，疏能行船”的神来之笔。再看《渔簖炊烟》：“每当渔簖飘荡起炊烟/我手中的橹就会迷失方向，为了/远方的一抹幽蓝 那无处不在的桑烟/野凫的低鸣蕴含太多的神秘之咒/它头顶绿色的细羽 闪耀犀利的光泽/水天一色 做着若隐若现的盘旋动作/翅翼随时割断炊烟的引导而偏航/水声哗哗慢摇 像镜面徐徐晃开的大门/我窥视水中神秘而巨大的内核/堆聚或撕裂水面细小繁芜的皱褶/可能刺痛鳜鱼的良知 收拢水草/软弱的漂浮之力 一步步驱散/久久不肯散去的人间烟火 我知道/每条船在为各自的命运制造悬念/哪怕骇浪过去 落帆在天明时升起。”简直就是《渔舟唱晚》，和远方的一抹幽蓝，野凫低鸣与神秘之咒，为我们拨开的是水乡泽国既自然又神秘的美。它似神手抛撒下的一件令人捉摸不透的神秘之物，在美与神秘中倾泻出抒情诗的本质：心灵与自然的碰撞与探测。仿佛有神的眷顾，也有魔的闯入，水乡泽国就在这般荡开、收拢、微漾与深测中，让你感动。还有《低语》：“面对平原的一棵水松低语/暮色将我的背景轻轻抚平/不带走风中 和沉默的稻穗/我留意到 如此神秘的乡村语境/藤蔓缠绕淡淡的烟雨 宁静/坦然 产生火焰般细密飘忽的/炽热 瞬间染红两岸里的点点的桑葚/湍急的河流 石桥退不出古老的水系/浮萍漂在泽国 留恋淙淙流水/水渗透了皮肤 像村酒般清冽甘醇/我听见远处苍劲深的棹歌。”这是具有童话般天籁和传奇般神秘色彩的吟唱。我还特别注意到“火焰”和“浮萍”

这两个意象。显然,在整个《观照》诗集中,凡有水必有"火焰"这个意象,正证明着诗人对水若火焰的另一种人生诠释。它既是白的,也是红的,与水能载舟、亦能覆舟之古训相吻合,且更突出了水之光明与搏击的一面。因为,水里渗透了水乡辛劳大众的血。所以,水即是火焰,它不光是平流的,它也能上升,烧红天空。

诗人最有个性的诗,是《缘》《片刻》《冬日乌鸦》《夜半歌声》《春梦时节》等十多首诗,我且把它称为"狂放的自我"。它一面是词与意象截然不同的上下冲腾,一面是个性与情感交融下的升温与燃烧。"某一天我开始担忧,手中/捧着的泥碗会突然崩裂","顾不上断桥边的融雪,走进这座小庙/小得容不下一个带发修行的冷僧",这是《缘》极响与安宁的比差。"我空空荡荡的舌苔/单薄得正在接近冰凉的境地","无意间瞥见绿荫掩映的脸颊/枝头上,花朵放肆而夸张的笑靥",这是《片刻》中冷白与艳红的对峙。"北风的吹拂无边际/一群乌鸦集中在京师大厦","依稀记得这儿有株老榆树/铁狮子坟",这是《冬日乌鸦》里热闹与冷寂的观照。也就在这些反差如此悬殊的情境里,我们听到了诗人狂放的心声,那是"放任五月的忧伤 为竹林所啃啮/拨开竹梢中一小块云彩翻卷江湖",这《春梦时节》,是"鸟叔的神曲翻过断墙中","我违章搭建的深闺春梦摇摇欲坠"。狂放的升级,是"隐性的暴力布满枝头",是"倾听闪电撕开一条美妙的口子"(《棉花地里劳作》)。是"你给我秘种的蛊惑/已经起效 我面若桃花/在波光万千的深潭/静候内心灿烂无比的刹那/掩埋水下。那无比释怀的贪婪";"为一场意料之中的事/赌掉梅花枝头的舞蹈"(《志忑》)。这里有隐喻,但更多的是喷薄的内心的火焰,我们读之,原词的意象已在转换,生命呈现出的是诗人内心释放的巨大的灵力,词的本义在这里已经失去了能量。延伸给我们的,是狂放自我的抒情张力留给词语转换中的深度,以及诱发读者想象的广度。所以,诗人会"我当即以竹筷夹断一切杂念/上天落地,不算信仰危机"(《缘》),也会"乌鸦对枯叶的不堪/否定在自由落体的过程"(《冬日乌鸦》);更能"春水在落日之际拨开涟漪/……深藏水底的一米阳光/噗噗地吐出水泡/逼近真实的晕散/重复泛情的美妙时光"(《萌动的春水》);甚至可以"荷花的过程,是一种空间/滑向另一种空间的悬念/不喧哗,不呻吟/不拖泥带水。平静的就剩自己/最后忘记自己"(《悬念》)。这正如帕斯捷尔纳克诗所云的:"歌唱的电线从一极/到另一极,支撑起天堂。"是的,"狂放的自我"支撑起的,正是从生活的现实走向另一个境界而支撑起的内心的天堂。它在词面滑落,却在阅读者的心中升腾。就在"狂我自我"的演绎里,《隐情》《泛话》《土地之殇》《夜半歌声》《腊月》等乡愁、幽情、土地、蚕桑、渡船等昔日生活的巨大场景被重新激活,并在隐、泛、殇的凄烈悲凉中被重新提升,是一支掉落半淹在沙土中的箭被重新拾起，并被满弓重新射上苍穹。它的意义已远远超出了生活的平面，让我们于历史的回顾中，重新读出诗中蕴含的审美与批判双重的社会价值。

还有如《登高》《海盐腔》《冬夜》《竹园的风》《惊梦》《凡·高》《嬗变》等，多种意象的变幻出现，多向言说的交叠映衬，留给我们的，是观照在一片苍茫大野中视差惊显的多棱审美。

新蝴蝶梦——寄梁祝

　　王立的《梁祝蝴蝶梦》,也许是一个重新发现的故事。他赐予这个古老故事的重新认识,有原型的重写,多种版本的搜集与故事发生地的考证。因为这是华语世界无人不晓的故事,所以这部长篇小说便具有了创作的勇气和无畏。他使它重新焕发了生机,他使这两位爱情殉道者更具有了文学想象的空间。在21世纪现代化高度发展的中国,他让我们坐着世界瞩目的动车,对这古老的爱情悲剧又做了一次当代的精神旅程,让诞生在新时代、生活在现代化中的年轻人,第一次感受到与身边文化和生活状况截然不同的曾经的中国爱情文化,并让他们在震惊或疑惑中开始多元化地思考人生与爱情,在颇具古典社会性的传统文化活的语言的阅读中,希望会有更多新的领悟。

　　我们在阅读《梁祝蝴蝶梦》时,会更加清晰地印证一句话:人的灵魂,只有在作为被爱的时候,才是实在的。而王立在这部长篇小说里,对爱又有着自己的理解与创意。如杭城求学中"同窗共读"一章,以吟诵《诗经》为英台爱情的主动出击,以对话"纯正风雅"的用词,做一言二面的游动之状,让其语言回旋更别具一番风力。尤对"所谓伊人"之"伊人"解,实是英台自我的心解:以关键词"隐""求",一言双关地道出其心声。其"溯回从之,溯游从之",可作为她独特爱情的宣言,从中足可见出情爱的风味、小说的巧妙。在"楼台相会"一章中,作者更是以抽象法的手笔,让"一黑一彩两只蝴蝶从窗口飞进来,停歇在我的书桌上,默默地相依相偎着"。在英台向对方摊牌道出可怕结局的真情后,又是这一对蝴蝶"缓缓地飞起,飞向窗外,又折回来,在我与梁兄之间徘徊飞舞"。最后在"悲情出嫁"一章里,还是这两只蝴蝶,在英台眼前"盘旋飞舞了三圈,然后飞向窗外",这是永远相伴飞舞的象征,也是出嫁隐喻某种事物将要发生的预兆与迹象。更为离奇的是,出嫁路上两只蝴蝶的一路追随,难怪银心丫鬟会惊叹:"那两只蝴蝶从祝家庄一路跟来,现在飞进了船舱……这是不是去年钱塘万松书院飞来的那两只蝴蝶呀?"奇异追问的惊讶,为这蝴蝶的象征平添了一份诡异。所以作者在这里借英台的内心叙说道："蝴蝶的生命周期是美丽又短暂的。这历经春夏秋冬的一黑一彩两只蝴蝶，绝对不是自钱塘随我而来的那一对蝴蝶，但是它们心有灵犀的生命接力，始终如一地围绕着我……"这正是作者睿智的隐喻性叙事，他以蝴蝶的追随——精神的执着，打破了自然规律；又以蝴蝶的追随工具——双翅，喻示着自由的追求，更隐喻有翅定会飞抵爱情的彼岸。也就是说，人这物理的肉体可以消亡，但爱情的精神可以恒久——这也正是《梁祝蝴蝶梦》之所以称"蝴蝶梦"的关键所在！这是中国叙事学中视觉接受与精神引喻的共融，是作者艺术意识在文本中灵气地驰骋。

在历史故事重新叙述的新文本里，我们可以找到作者叙事行为新的创意，那就是作者对这古老故事做出环境描写物的不同配置，和对男女主人公的时间视角与心理态度所建立起的动态情境，如"钱塘游玩"一章中，恼管恼，嬲管嬲，所游怪石嶙峋呈金猴攀树状，其予人比喻，仍不忘屈原宋玉，外加一个潘岳。这正是异正及高尚低俗之比，代表着两人对情爱的认真挚义之心。而后引出嵇叔夜这个人物，不在人，恰在景声：景者，悲剧；声者，《广陵散》的"广陵绝响，美玉裂帛"。这既可称之伏笔，更是叙事的预设语境与自然会生发的回顾叙述语境的可能性，使之后在小说中发生的悲剧，即建构的动态情境更具真实性。

《梁祝蝴蝶梦》可说是民间故事＋读本＋音乐＋戏剧＋影视＋环境的一个综合文本，是大文化熏陶下的产物，也是传统与现代对接的一个新文本。值得我们，尤其是年轻一代去细读，并做出审美判断。也可让一个叙事定义，在审美中升华的可读可品鉴的小说。《梁祝蝴蝶梦》值得你读，值得你去细细品读。

理念与品位

作家的现实感不仅体现在他直接描述的现实生活中,更体现在他对现实生活的直接感受,即生活积累上。至今,我仍坚持这样的观点,一个好的作家,他必须有自己生命体验的生活积累,他的作品才可能血肉丰满,撼人心魄。他的作品由文字语言发出的声音,才能摇滚我们的耳朵,搅动我们的心灵。

小说《17层》便是作者金问渔回赠现实生活的一篇力作。它讲述的是江开颜与殳志华的婚事,穿插着的是母亲往昔的婚姻,并潜伏着一段暧昧的情节。其实,这些描述均如油画中的色彩,在不同画面的涂抹。在江开颜与殳志华婚事的背后,在母亲存疑暧昧事件的更深处,蛰伏着的是另一种不可忽略的生活真实:80后、90后的生活,其实是"被时代生活",被时代的快节奏与资本经济押解着送上战场去疲于奔命地赚钱,被高科技操纵着的机械生活,即使走出国门,也没了当年徐志摩的潇洒、陈寅恪的随心所欲。所以,江开颜与殳志华即令搬了新居海景房,也是孤家寡人,上不着邻居之声、下不和对门之问。可母亲一来,情况则就不一样了,她虽携带的是目前规模发型店(如"直峰""光大")已被淘汰的陈旧理发工具,但却接地气更接人气。一来就与比邻的老教授混熟了,邻里之情随着每天的电梯升高在升温,早被遗忘在历史角落的往昔远亲不如近邻的土纯之情,也被鬼使神差地呼唤而至。就凭这随身携带的理发工具,作这便捷的登门服务,便又重新构建了具有中华传统美德的邻里乡情。它不由得让我们油然忆起,"田头亲戚伴工伴,家邻四边碗过碗"的那种十分和谐的社会氛围。是的,小时候,东家钱大伯家包个饺子,西家五大妈家裹个粽子,都要前三家后四家地送,你来我往,人情就像田地里的禾苗,一茬绿一茬,好温暖也好亲切。而《17层》,正似乎在通过母亲"暧昧情节"的描述,以精神追忆的方式,让我们去钩沉业已消逝的那份美好,去反省在现代化进程中被有意无意踩踏甚至湮灭了的乡情。这对于生活在飞快变迁中的城市生活的我们来讲,无疑是一声警醒!这其实也是一种精神拷问。故此,《17

层》的价值，就在于以故事的叙事形式，为我们展现了一座行将塌陷的精神寺庙。为什么在科技进步经济发展的当下，乡情亲情反而会如此地退化？这是作者的精心艺术设置，也是较为成熟的人物刻画与情节铺陈。尤为可喜的是，作者并非有了生活积累然只能去平面化去描写，而是以人文精神为基座，以中青两代人的代沟为交织的矛盾，以面临社会的生存重压为花絮，去发现潜藏在生活深处的人文缺失。

　　当然，作为小说的主角，江开颜与殳志华这对当代青年人的恋爱与生活，更是本篇的重点。通过他们因生存与境遇，因境遇与利益又回归生活的爱情，以及"被购房"和"被同居"的种种无奈的现实，我们又似乎可以撇开50后、60后，甚至70后的那种生活观念，去正视他们的发展艰难和生存困境。特别是远离家乡，出来打工的"南漂""北漂"们，他们这帮没有"老"可"啃"的贫困山区一代被时代所剥夺的必要的发展条件（学历、发展资本、人脉关系等）。这也许正是小说作者自己以及提醒读者诸君所应关注的焦点。在这样的"被时代"的生存境况中，他们的"卑贱"身份以及追求的"高贵"理想，他们被经济压迫着的褶皱、起茧的生活肌理，他们对这个拼搏中居住城市及抛在身后边远家乡的两难心态，他们纯真的心被这个复杂诡异的社会正在变异的人性。这一切，均在作者通过江开颜与殳志华围绕婚事的进程，似在雾霾中让我们睁大双眼去探视、去关注其中的真谛。面对现代化城市的强势发展与这批踏入社会去争取赢得更大人生的青年一代，作者在这里用文字去做的、用语言去刻画的，也许正是理性的光亮被暂时熄灭的时候，他便痛苦又真诚地用小说这一形式，让年轻人相信自己，让我们关怀他们，让彼此同心齐力再燃真诚的理性火焰，在照亮明天、照出温暖的前行道路上的风景。

　　小说《掉头》应该说是作者对更熟悉的身边事的描写。本来，改革在体制上的动筋骨与人的思想上的动手术，是一种颠覆性的事。《掉头》里的主角祝瘦，最后命丧尖刀之下，倒在血泪之中。机关算尽的祝瘦，由于没有及时地彻底换脑，更由于未能在改革风浪中修行自己的操守，所以，最后只能是改革的先行者，又是改革的最终失败者。连命都搭上了，也就谈不上成功了。为了改革的目的，如果从根本也是最简单上来讲，就是为人，为人的福祉的改善。命已消逝，谈何福祉？作为人生旅途中几起几落的祝瘦，作为工作事业中具有敏锐眼光颇有远见的祝瘦，当然是一个单位中的人才。然人才往往就在正与负中成长，这是毋庸讳避的事实，特别是基层。可惜的是，当祝瘦小有业绩的时候，他非但不让精力去补自己缺失的课，反而因改革而升入优势方位便沉溺于财色，在蝇头小利上投注后半人生，最终导致了悲惨结局，这也是预料中事。且看在改革初期与中期，不正有许多有业绩的改革者，后被"双规"开除公职，或进监狱，乃至搭上一条命。所以，《掉头》的价值，正在于揭示了在改革这一时期中，曾经出现的先锋排头兵，又怎样重新被改革这列动车所抛弃，成为中途"被下车"的一类人。它在于为这类人的"曾经"，以小说为改革留下了历史文献。然相比于《17层》来说，窃以为，《掉头》若写成杂有悬念的小说则更佳，比如祝瘦初期在大巴车车顶上作风流案被无名人氏告发捉奸；后来突然死亡，至今仍查不出凶手；等等。在这样的氛围里，如果把内中的故事情节，如收买三轮车夫、腐化值班站长（原业务科长）、收归3号线路，分别作为三个不同的全然带有预谋的惊险故事，内中再穿插起伏跌宕的惊险情节，那么，这篇小说的可读性就会更强。我们甚至还可以大胆设想，让祝瘦在阎王爷的恩准下再回阳间来看看今日的改革纵深的公交公司，把小说的主题再行深化也未尝不可。

前面我已经说过，《掉头》是写作者身边所处更熟悉的事，然更熟悉的事也许就更难写，原因是熟悉的事只要你闭目沉思，往事就会如电影般映现而来。问题是，越是清晰越是熟稔，就越难摆脱单纯客观地去描述的陷阱。为此，作者若以祝瘦自身的角色去演绎《掉头》的故事，则将会使这篇小说更具生动性与故事演绎中的艺术感染力。

所以，若作者在今后的小说创作上，能以《掉头》为改革的蓝本，把非虚构的故事情节的存在，写成看其成真正的虚构的故事情节的发展，并在语言修辞上再行锤炼，那么，必定会成为一个具有品位的小说家。

建构·意味·聚焦

读孙亦飞长篇报告文学《涅槃人生》,第五章"这里是一个守规矩的地方",是一个精彩的展现口。通过黄涛涛进看守所第一晚与上半天的遐迩,勾画出一个忐忑不安到基本稳定的过程,由这过程的报告让我们看到海宁看守所之"新"。

其第六章是紧接着第五章而设置的,监区田字形布局的中间通道——中轴交通枢纽上,文化元素像心理医生疏通般地散落在四周,先是书画,并在此基础上,作者视点聚焦在一张小女孩《盼归》的巨幅彩照上:这是人性的呼唤,这是最具力量的教育。

特别有意味的是,唐僧取经是作者神来之笔一点,具社会学意义就出来了——此处取经的新意,在于坚毅之心,只要你坐定,只要你有毅力,什么顽疾恶习都能改过,什么小错大错都不会再犯。"改—新",这就是一条新的生路,是光明大道。当然,断不会这一下就好了,心理精神改造既需要明灯也需要养料。作者非常睿智地指出,以"善"作心灵的养料,以"自由、平等、公正、法治"去对比每个人与这八个字相违背的犯罪性质,这样的效果,非作者就不能全部领悟。

聚焦的眼光,往往可以见出作者审美的高度与文学的内涵。作者在《涅槃人生》中聚焦的眼光,不是高低,而是准和透。说"准",是因为作者既是公安出身,又是作家,所以他既有公安干警的敏锐与职业高度的俯瞰,又运用作家的独特思考与精湛梳理,从而吃准作为全国典范的海宁看守所的特色——人无我有的在文化的引领下,细心、周到又抓住有利时机去以情化人、以文育人。"给家里写一封信""关怀在押人员的家庭,特别是小孩的读书成绩,上学状况""小胡的生日蛋糕""特殊孝服"……这一切都是手段,但均是人性化的手段,有效果的手段。当它和临刑的郑爱芬向民警深深地鞠上一躬相缀时,也就构成了《涅槃人生》的精彩华章。

在今天这样日新月异、变化万千的时代，正是作为报告文学作家的孙亦飞驰骋天地的好时机。希望他能努力汲取时代的养料，关注百姓的聚焦，深入挖掘震撼人心的细节，形象生动、语言丰富地表达他所报告之真成其上可九天揽月、下可五洋捉鳖的、搅动日月山河的文学。

春意与锋芒

于国民是海宁市第一个进入《诗刊》的青年诗人，他来自农村，诗使他在坚韧的开通与直达中，像"小草一样从春天出发"，终于有了成熟的秋季，收获了他金色的《开通一条直达专线》。

有时候，诗的语言就像旅游风景区一条曲折的路，几多转折，转出弹性，折出新意。第一辑中的《漫步在西湖白堤》和《植树》，便有这种特色。如《漫步》在"早春三月，春光便已在西湖荡漾"的"波光潋艳晴方好"的美景中，"嗖"地便转向"匆匆赶来的烟雨/把晴朗的天空浓缩到一柄伞下"。而后，是"慢慢地移动这小片的晴空"，"让我们和她一起梦游"，折射出的是非自然景观的特殊的晴空，小小的雨伞，便是那纳爱生爱的一方艳阳的天空。同样，在《植树》里，"一到春天我便张罗着去植树"，植树，我们知道都要挖坑，而诗人"挖深一点"的动作里，是"多浇些笑声和阳光"的心思，因为"越是荒凉不毛之处/越想多种些愿望和风景"。显然，在这里转折的是，诗人已跳出他居住的这块风调雨顺的杭嘉湖平原宝地，越界想到了贫瘠他乡、边远山地。这样的想法，绝不是一时冲动，因为诗人心中有他坚定的信念："她们是行走在地面的芸芸众生/卑微，却又坚强"，"但她们深埋地下的根脉/倔强地伸展"。好一个根脉，倔强地伸展就是劳动的本性、纯朴的品性和那一往无前的韧劲。所以，"每一次轮回，都从春天出发/带着我们走过四季，走遍天涯"。昂生的信念，又是什么在支撑着呢，且看《在自己的田园里春耕》："我种的庄稼自给自足/也会和有缘的朋友一起品尝/我不会喷洒那些剧毒的农药/欢迎那些饥饿的虫子、路过的小鸟。"底线，做人的底线，实实在在支撑着诗人的信念，滋润着他跃动的生命。在当下每个老百姓都感受到食品药品乃至日用品里都裹挟着对生命的威胁之际，诗人国民坦诚又无忌地裸身自己的人生信念，不啻一枚清洁杀毒弹，炸响在这个尘埃纷杂的社会上空。

诗的语言有时又有扩展的力量。在第二辑里，我们读到的是矛盾与现实的对垒，生活与理想的对峙，在那将语言处于批判的焦距之内的情景中，让我们读到一份责任，看到了一种内心神圣的作为。"越长越高的城市/不断地制造大片大片的阴影……远眺的目光，凝神的遐想/总是被层层叠叠的墙面折断。"而在生活的另一面，"子夜/你在另一个城市想我的时候/我已睡了"，"因为距离/你无法走到我的床边"。为什么？"因为你无意中留下的/一点小小痕迹/背叛了你/知道这是悲剧的所在。"可"知道你昨夜曾想过我时/早晨的太阳刚刚升起/我的心里晴空万里"（《你在另一个城市想我的时候》）。内心的矛盾、现实的冲突，事实、心境、理念、情感，一对对矛盾就这样对垒在你的生活中，让你无奈，让你纠结，但又让你咀嚼着顿生诗意。这正是"在你最不愿意的时候/雨却来了……在你无限渴望的时候/雨却不来"。而现实呢，"对于你/要么走进雨中/要么躲在屋里"（《雨之哲学》）。看似复杂的现象，诗人以两个"要么"予以裁定，其实又是一种无奈，因为偏偏是生活中多的是你既不能走在雨里又不便躲进屋里的中性，语言的隐晦性的扩张，既导致诗意向多层面的生发，又显见着诗人扎实的功底与老到的技巧。

第五辑"开通一条直达专线"是本诗集中最厚重的部分，它将批判向纵深发展。我们可从《找寻我的葬身之地》组诗中洞见出更深刻的含义，如《拥挤的墓园》中以清静与人为拥挤的自我对白，《宁静的田园》中被遗弃与拆迁征地，《选择一棵树》中灵魂与树的关系，《与水共生》中水葬的大气的认识，《想种一棵树》中高速公路与树的意象的对立，《一只受伤鸟儿》对破坏生态的良心谴责，《前年栽种的一棵橘树》在城市的遭遇等，使"开通一条直达专线"这一辑，更具有了现实主义文学的批判性。

一个恍惚的状态，往往就会生发美的诗意，而怎样创造这个恍惚的状态，就看诗美在诗中所占的地位了。"一个人静静地坐在江边"，"我所等待的轮渡没有出现"，"要是有一双鸟的翅膀/我就能够踏浪而去，驭风而行"。这么美丽的词句，只有让出现在一个恍惚的状态中，才会更富诗意。显然，诗人是充分把握着这一状态的。因此，他在没等来轮渡之前（也许，他压根儿就没想等待轮渡），已华丽转身：

> 江岸上的芦苇，已在春天发芽
> 油油的绿叶，再现生命的蓬勃
> 就让自己变成一颗种子吧
> 请飞鸟将我带到我想去的地方
> 然后落地生根，为你开最艳的花
>
> ——《一个人静静地坐在江边》

理想、现实、幻想、憧憬、最美的放飞，就在似与不似之间。诗人由意象而造意境，就是在用诗的语言向我们析释情感的温暖和心愿的力量，当上天看到人类都在堕落时，我们用诗向圣洁的伟岸飞翔。所以，我说这首诗是第三辑中写得最好的一首。同样，在第三辑里，我们还可以读到佳作如《喝咖啡的感觉》和《淡淡的无聊的下午》，这似乎就是诗人在生活与工作夹缝中的心情系列，而《一个又有了呼吸的名字》，正是对此心情系列的有力反证。曾经熟悉而后又失联沉寂，到又一次恢复生机，感觉到了"真真切切的呼吸"，那不是无聊的奇想，也不只是重游童年的河流。这正像我们自己的身体，有时候就像对人说悄悄话那般的神秘，"深深的颜色/让我一眼读不尽它的心事"（《喝咖啡的感觉》）。"因为某些东西的暂时远离/无意藏匿，/渺无音讯"（《淡淡的无聊的下午》）。这里的几个关键词"深沉""心事""暂时远离"，绝不构成对现实往事的消解记忆，在静态的喝咖啡与无聊的下午静态地记忆往事中，我们分明看到了生命中的那条暗河又在汹涌地流动起来。这正像黑暗是迟钝的又是灵快的，是布满了沉重的皱纹，又张扬着青春的热量那样，在诗的被遮蔽的词意里，我们可以看到诗人的欲望对生活的又一次撒野，审美出丰富的内涵中的更多的意义。词意是遮蔽的，但又是现实的。

最后，不能不着重提提《原野》，这是一首必须跟《写给北京地铁》和《街树第二十五棵》两首诗共阅同品才能更见深意的诗。说共阅与同品，主要在于后两首对《原野》创作的回潮式铺垫。北漂者的北京地铁，在"一个没有公交汽车的小镇"的仰视中是何等神圣与伟大，然而，它以"淡漠"接待了"遥远而来的我"，并且，总是以"多年来养成的习惯正点到达"，"毫无表情地吐出吞进/那么多的拥挤、喧闹、嘈杂、汗臭/和南腔北调"（《写给北京地铁站》）。也许，北京地铁也有它自身的许多无奈，那么多人，那么多期望，像厚厚的一座座山，涌动着每天给它压力，它容易吗？诗人在这里让诗意在展开的日常场景中徜徉，使平淡有了趣味，趣味中又夹杂着沉重。同样，在《街树第二十五棵》中，因下雨，诗人躲进了第二十五棵树旁的一个门洞下，然当雨滴"开始抽打树叶/抽打我的脸"时，门洞临街的门"嘎的一声打开了"，"我尴尬的挪一挪位置"，"你的脸上突然红晕涌动"。当然，这并非诗人刻意去抒写一场偶遇，"突然云起的暴雨/我竟忽略了那树上的斑纹/此刻，我才注意/那些斑纹绝对不属于眼睛一类"。是的，精彩的戏谑暗喻着人生的一场巨变，想象的张力在这里要突出的形象是"象征"——"雨雾茫茫，第二十六棵会是怎样的"。在诗的节奏与进展中，传达出的新意是巨大的想象空间中往前的眼光。叙事的本意，在进程中亦同时被递进纵深去了。这样再来回顾重新审美《原野》，在过去时的"那时"的场景下散发的"童心""家门""孤寂忧郁""风衣""突围"，跟进着现在时的"那时","借太阳的灼热的目光抚遍这一片冻冰的土地/这冻僵的土地因此激动得热泪涟涟"。在这里,"辽阔的原野"瞬间起了翻天覆地的变化——"那时,我以笔作犁,以纸作地/在高高的山岗上开始种植梦想和希望/种植一片年青的风景,留给历史和后人"。它让我们想起换季的时候,树叶一方面过早地从树上飘落,但在另一方向,新嫩的芽尖正从松动的泥土中悄悄然地钻出。诗人的《原野》,是自然的原野,也是心灵的原野。两个截然不同的世界在原野中诞生,让我们看到了夕阳的下沿和旗帜的上升,使《原野》从一个个人的叙事升格为公共空间的一份期待、希冀与诉求,它是一种穿透寒冷与坚冰的声音的感性体现,是诗人身处变革社会中的一种直觉的诗意呈现。它使诗人获得了灵感和力量,不同的"现时"是变化与重生,它也使僵硬的文字在此有了不可估量的活性。

也由此,诗人国民虽因工作的几多变异,然他并没有放弃诗。

诗和真正的诗人是不可分割的。

想象——流光溢彩

　　转身的眼光花开香港,这是我读完培良先生《早安 香港》(中国文联出版社2012年版)后的第一感受。是的,生活有时确实如此,当你一转身,有些事情才会看得更清晰。培良先生直面教育二十多年,从进入约定俗成的那套模式,到习惯乃至自助地去维持着这个模式,似乎已不容他自己再有什么。然而,一次意外的赴港交流,使他有幸解开缆荡开船,驰入另一个洋面去看风云,便有了他一生中不可多得的这本文札,成就了他个人创作的一个新果。

　　当我们捧读这册文笔优美的《早安 香港》时,禁不住心旷神怡。书的字里行间流溢着美的情趣。《从饮茶、读书,以及哲学意义》中,我第一次听到对茶的相反意见——采茶是活生生掐断嫩芽,炒茶是炙烤的酷刑,泡茶那叶在尖叫,到头来上下浮动是涅槃,简直是令人拍案叫绝的新说!

　　从一个教师的角度,边叙述边议论,抒情中有教益,教益中蕴诗意,这又是《早安 香港》与其他学习札记或教育散文类的与众不同之处。第二辑"感受在香港"更是典型之作。《香港,你好在哪里》中叙述广播处长朱培庆因艳遇而提前退休一事;《香港人的法律意识》中对自治和法律的理解;《一条线的约束》,以坚守规则、坚守规定而产生老实、刻板、不聪明、不机灵之公共场所聚众的香港人的内地理解;《多谢,李姐》中对李姐的素描;《温暖》中学生称主任为"妈妈"的感悟;从香港普遍说英语,联想到自己英语考试因走"捷径"被老师惩罚而对英语"一蹶不振",到反省出自己当教师要体谅学生学习之难,更要"善诱"的心得,无不以对岸的优点回撞自己的缺陷,反省中更有了纠歪匡正的动力。由此再深入下去看《我的优点,要让你看见》和《只要还有一个忠实的观众,你就是胜利》《过着单纯的生活,真好》等中,观察到"同事间或与校长间的关系就是单纯的工作关系……不必唯唯诺诺",为我们提炼出来的"自信与个性张扬""尽职尽责、尊重和欣赏",以及"自然单纯"等为人处世的关键词,不啻是一枚独特的活的教育的甜果冻,尤其会甜蜜内地成长中少儿们的灵魂。

当然，尤其令我感动也令我激赏的，是《早安 香港》中徜徉着的人文关怀与批判精神。《在港大听龙应台演讲》突显作者对政府意志与民间演讲之关系的思考，当我读到他将民间演讲比喻为一朵小花"当一个强大的市政府像一个推土机那样，横冲直撞，翻天翻地改变城市原有格局时，应该在它前面投放一朵小花，一朵脆弱的、柔美的小花，起到提醒、警示的作用。那朵小花就是民间的声音"时，心灵不禁刷地一下被震撼到了。于此，当我们读到《香港语言琐谈》中作者对自己的签名强调要用汉字的文化态度，以及他在《马丁·路德·金的当下意义》中的"梦想说"，一个中国教师普通然又坚挺的形象，便油然耸立于读者的心灵之中。

> 不要说，我什么也不是
> 那只蚂蚁也咬断了千年树根
> 你的梦想该谁制造
> 流云中充满着迷人的金光

英国儿童文学作家曾说过：写作最美妙的部分，就是可以一直梦想。在香港的交流，拉开了培良人生新的梦想，我希望他就此会一直写下去，因为这正如他去了香港才感悟到的：换一个角度，就是换了一个境界。

《早安 香港》，让我们感到原来这世界点点滴滴都是你自己的，又宛如梦想中一抹飘忽的春色。

采撷天地

　　捧读潘兄伟标先生（知硕）的大著《东山吟钞》，脑中瞬间闪出曾创办《国粹学报》的诗人、教育家黄节的两句诗："每从闲处深思得，讵向前人强学来。"是的，好诗的创作，必要先学经典，然知其堂奥之秘，而后培育自己的新见。《东山吟钞》便是如此。信手拈来，一首佳篇即在眼前：

　　　昨夜车停桃树下，今朝坠落满车花。
　　　临风驰去如飞雪，入眼飘来恍落霞。
　　　些许盈盈追鸟影，几多缓缓坠尘沙。
　　　每年看得伤心处，三里亭前一水斜。

——《落花》

　　一个普通的汽车晚停早开片段，在诗人眼中，舞起的不仅是古诗体的旧伴新唱。这不稀奇，稀奇的是古诗体新咏，咏叹的是当下的事物：汽车与人与情景。汽车当晚停桃树下。早晨开车喜见满车顶桃花铺陈，一瞥之后，也许亦无惊奇之处。然"临风驰去如飞雪"即给车主人平添了一道意外的春景，且此景联系昨夜未竟之梦，可说真是"入眼飘来恍落霞"，此话中着一"恍"字，即是昨夜梦之回放，又是今晨新景之再升。昨之"恍"是点静再动，今之"恍"乃动中添舞，宛若主旋律伴有多声部，似水墨画的浑厚华滋自不在言。然诗人并未就此而止，继之以"些许盈盈追鸟影，几多缓缓坠尘沙"的造景，让即景又添加了旁衬的色彩。"盈盈"与"缓缓"，是形容与动作相加，一下就丰富了落花随车而舞的几多场景。更令人拍案叫绝的是，诗之结尾"每年看得伤心处"之后缀，不是去重蹈感伤落花悲叹人生的旧俗，或是触景而生几多愁绪的古意，却以看来与情景并无多大关联的"三里亭前一水斜"，让诗之所咏突破了单一，朝向更为广阔的天地弥散，使之读者审美联想，越野而远阔起来。与之相呼应的，尚有《七古·夜巡有感》：

> 天下忽如吾所有，红尘万里谁人晓？
> 夜夜奔波东到西，时时照取罡和昂。
> 天边雷响重千钧，眼下风生聊一笑。
> 见说人心明月知，缘何偏照萋萋草。

作为巡警的诗人，工作职责与诗有着极大的关联。诗人在此不作无病呻吟，特注重内心与实际的有感而发，这于诗，无疑是一针可塑剂。万籁皆静，唯我独醒之时，这样的行走确实是"天下忽如吾所有"之状。在辛劳的东奔西走安全巡视中，唯与星星对话和"司晨啼晓"之动（这里诗人借用二十八宿之昂），才是这支行列的相伴者。而当天气变化在半夜，与万千熟睡者无关，独与夜巡者以千钧之力照面时，诗人"眼下风生聊一笑"，是何等的坦然。诗从现实中来，情自真心中出，《落花》和《夜巡》，连同《渔家傲·抓贼》词，都印证着这一点。说《渔家傲·抓贼》一词，可说是一个电影场景中的最紧张的片段：在一个月黑风高的夜海之中，警民联手共同抓强盗，注意，不是抓普通小偷，而是有凶器的大贼——强盗式的人物，这无疑给这无际的夜的海，平添了一段旋涡似的惊险！在"满村黄犬惊天叫""电光乱曳桑间照"的半夜，"扁担洋锹和铁镐，妇孺奔走村前道"的战斗状态，是"三百村民齐怒号"在"夜色天边风料峭"中，是几多警察机警窥视在"南北东西"的各个卡哨。一次出警的警民联手，就这样在诗人的笔下，惊险又多层次地呈现了出来。可以说，没有深厚的生活基础，就不会有这样的好诗。而没有写古诗的深厚基础，也绝写不出这样动人心魄的好词好句。

中国古典诗歌的经典，由诗人之情受客观事物触发，随之情景交融而出佳作。《礼记·乐记》也云："凡音之起，由人心生也。人心之动，物使之然也。"《玉楼春·雨》是这方面的代表作。诗人虽为雨而诗，意味深长恰全在情物之间——它先以询问点出物象："昨宵秋雨谁分付？今晓梧桐垂玉露。"而当赶早的人遭遇梧桐叶上的雨珠"因风坠入路人怀"，感知那"点点丝丝难细数"的"被湿"感觉时，则因人而宜，千差万别，诗的情与意即也繁复起来。可见"数"在此也非单纯数量，它既有因雨而感怀的情动，也有因风把淌在梧桐叶上的雨滴坠入行人怀中感湿而陡起情绪之意。下半阕则更生意趣："清凉一刹人间堕，萧瑟星霜时有度。"说雨带来了季节也未尝不可，然这季节又是"沧桑几劫入轮回"的季节，而非单纯的自然季节，这就把自然之景融入社会之情，诗美欣赏的面也自然延扩了。如此，"谁教瑶池留不住？"必系自逃或仙女下凡般的性质，则可令读者多有推测，而使诗之本身升华在各人的思考中。此诗中既有"比""兴"之法，更具用词之睿智，即机巧。因有此曲，便会有了意境更为高远的《蝶恋花·中秋》。此词作于中秋，系诗人处警归来："细数光阴三百六，攥紧丹心，昼夜征衣束。此警方休彼警复，警车呼啸无眠宿。"事由生发、意象骤复、语言紧推接踵而来。再由"墙内梅花墙外竹，冷冷清清，洒遍西山麓"，即把为民服务之警察的品质、工作状况与神圣职责立起了大树般的形象。而这里第二次的比兴与立象，则又把诗的"主情"提升到了一个高阔的想象空间；诗为事作、事由诗展的艺术境界，由此结出了新蒂。于此，诗人在观天地生物气象之豪情中，油然而概："朗月今宵润如玉，天涯谁去斟香曲？"中秋之夜，难为处警而归的警察，还尚有惦念吴刚捧出桂花酒的心态，为天下有情人而起鹊桥之念想。说革命的浪漫主义，在此才真是货真价实。中国自古就有一句话叫"有诗为准"，诗人伟标在这里以诗为记述，且作为一个当代生活的真实性证明，又一次雄辩地证实了好作品来源于生活的道理。

当然，好诗出自高明的想象，好诗本身超越生活，这在《东山吟钞》中亦并不鲜见。如《风入松·抗台》中把台风的到来视为"苍穹欲裂""如山牒令"；《定风波·股》中，把股市上涨看作"翘首波峰多婀娜""身份忽惊已上亿"；《浣溪沙·开会》说其情形为"口号掌声前奏曲""上台一去似登基"；《洛塘河遇大雨》是"砸城浑欲碎""人空跳舞台"；于田野"细细风香吹晚稻，粼粼浪浅泊归船"（《咏拾荆园赠中一先生》）；说醉是"仗剑江湖"（《醉》）；写《农家四时乐》中"晚来煮得炊烟乱，便是农家一首诗"等几多少时乡景重现，确实扣人心弦。更有《过路仲德仪桥怀朱淑贞十问》中所用"断肠痕""断肠门""断肠人"；《登临平山》中的我高天低的比喻；《除夕夜觉皇寺》中"香火还恨彼岁似，信心应算此宵多。烟风缭绕山门上，尽是来人度劫波"中的"信心"与"此宵多"，"尽是来人"与"度劫波"的哲理辨析；《五古》中说敬酒"浅能禅心转，满可法胆开"；《竹枝词》中"背纤踏去界桥上，你道吴天是越天"；以及"值晚重温糯米酒，一盘蚕豆胜过鸡"；《鹧鸪天·老人》中"花甲之年不恋茶，皂衣黄帽又当差。常去街道收垃圾，也去公园剪草花"。这些诗词，看是来自平常的生活，实又真正地超越了生活。诗至此，就已不再只是文学作品，而是扶起生活可共飞的畅游之神了。

从《东山吟钞》中我们不难看出，诗人在继承中国古典诗歌传统中，又追求着表现一己及周围真实的生活，并尝试语言风格的本土化。如《巡航钓鱼岛》中的"怒问而今发啥疯"；《戏作》中的"皮鞋乱踢重关门"；《青玉案》中"一壶茶水，二盆瓜子，半日真容易"；《好事近·海宁潮》中说"潮起大尖山，吞卷丁桥桑竹，横压盐官三丈，向盐仓狂扑"；《浣溪沙·秋》中"春凳方桌四脚床""油烟灯里写文章";等等。既天然去雕饰,又因乡土之语让我们感近而亲。

　　乡贤王国维先生在《人间词话》中曾有"写境""造境"一说,观《东山吟钞》,便可晓诗人伟标既入得生活,又出乎其料。故《东山吟钞》之诗词,认物有怨,恰予发愤(奋)又忠贞事业之境界中造诗(词),便创作出了具有审美价值的性灵之作。

农民诗人

　　写作的背后，往往是不可预测的。有的人，一旦迷上写作会日夜奋战，乐此不疲。但一旦热情过去，就像池塘里的鱼，有时连泡也不泛一个。也有的虽不会轰轰烈烈地去写，但却会持之以恒，就若树上的鸟，有时无时，它总会在飞。张有松就是这样一位诗歌的业余写作者，当然，也应该称他为农民诗人。因为打20世纪70年代始读中学时，他就在写诗了，而且起点很高，即有作品在诗歌名刊《绿风》上发表。那时，大家都把他亲切又敬羡地称呼为农民诗人。

　　转眼半世纪过去了，我们的农民诗人有松，还在写诗，尤其是近期来，几乎每天都在写诗，他每天或一首或几首用微信发给我，要我评点高下。我也毫不客套，好的点赞，更好的甚至夸它能上《诗刊》。不好的当然也加以指出，如"平平""上半首好，下半首不行""诗眼不灵""建议重写"等。这次他从近期所写中选出三十二首诗给我，我精选了十五首，征得主编同意，作为《海宁潮》这一期的特别推荐稿以飨读者。

　　有松的诗，有几首视野很宽广，"我站在大地中心/世界向四面八方扩展……一颗一亿年前诞生的星/今夜被我发现"（《中心》）。在宽广视野下，诗人自然不忘中华优秀文化的传韵："你押天上的韵/我押人间的韵……从《诗经》里流出来的水/把我们读成了青梅竹马，两小无猜。"在"我们授韵后"，诗人更是独筑高地："我和你一起透明/胸有千里月色，而无片云。"澄明的情怀，在大视野＋传统文化下，是对自然之月与手边之书的一种智性超越。

　　作为农民诗人，特别是曾经生活在那个艰难的年代，诗人的诗，自然免不了会怀旧和感慨："比天空的要蓝要深邃一点/比春水的蓝要夸张一点/比火焰的蓝要沉静一点/母亲的蓝印花头巾/包在头上/是我童年的一片天。"而今，生活小康了，"在火焰里，寻觅母亲的身影/寻觅原始的蓝"（《母亲的蓝印花头巾》）中"蓝色的乡愁和蓝色的家园"。"我的脚，是一把犁……/无须城市的红绿灯/它和季节你追我赶……哦！一块地就是万把稻米/我要建好粮仓……决不放弃。"(《万把稻米》)乡愁中不忘根本,这正是众多诗人中难能的可贵之处。

诗到熟时便入境,诗人把月光当作《山海经》:"……我读出一条河流的源头是冰川,终点是大海/……我读出人性的光芒与黑暗,读出鹰隼和鸽子的天空/我更喜欢读出小草下的蚂蚁,背负半粒粮食,负重前行,以巢为居/读出自己心中的魔鬼与天使。"(《月光是一部〈山海经〉》)如是,诗人便"采露水,撷百花,伴以蜂蜜/酿一坛人间四月的酒"。不豪饮醉世,也不愤世妒俗,只是"一藏于民间,便带到今世"(《一坛酒》)。这是何等的平静,又是何等的恒久呀。而也就在"黄昏,独坐河边/叫着河水的名字"的他,"后来,我试着叫一叫自己的名字/试着拥抱自己取暖"(《黄昏,独坐河边》)——天地之间,一个民间诗人的伟岸倏然跃于纸上,活闹在读者的心灵之上。

噢,对了,诗人有松,前半辈子是农民,后半辈子打工,也曾办过小厂。如今,又在打工。但我想,还是叫他农民诗人吧,这样便来得亲切,也实在。

阐幽抉微

遇见就是缘，我与《听竹轩吟稿》作者的相遇，是在张宗祥书画院。那时女诗人姚晰蘋还是以画家的身份出现在我面前，稍许便知她还在写诗，而且是认真地写古诗词，不觉尤令人刮目相看。

温柔含蓄，馥郁水软，在深情绮丽之中，《听竹轩吟稿》为我们徐徐展示着作者与诗相知、与阅读者相知的雅逸之情。

奉韵步古的《游桂林》《松阳采风长短句一组》《洞仙歌》《云南一组》等，犹古风波起，烟踪渺然，激荡口吟之外，犹心随风而逸，予人灵巧、真实与瑰丽的美感。尤其是那几句"古杏已然铺浅黄，枫香却未染红霜""未知杳杳驴行路，一脚量来一座峰""雪娘无约纷飞至，却赚初情满眼酸"，既有生活直觉，又溢画情诗意，当是浅酌初始香饵之诱。

在"长揖当途人，去来山村客"一辑中，如《洞仙歌》"探幽寻古道，腐叶千层，独听幽兰水晶语。若槠翻成林，狂啸罡风，身一转，石人野趣"，情景交融，动静之间已出新景。而《满庭芳·无锡鼋头渚赏樱并怀高中时代》中"寻梦有无中？恍惚在、云下听风"与"双语愈穷。徒留感，樱花树下，掬影一抔空"，则更令人感慨。自然，《初秋》那"惟听沙渚芦花舞，方觉时风已不同"，此弦外之音自有了一份补缀初秋的韵味。

随着央视的《中国诗词大会》《经典咏流传》等节目的相继播出，中国古典诗词的魅力，便又一次展示在当下人快节奏浅阅读生活之中。中华古典诗词作为一种具有审美高度的生活方式，一下子又跃入人们的日常生活。老韵新声，它让我们又一次发现了流传千古的价值与生命意义。《听竹轩吟稿》第二辑"感事观人剧，题图品清观"，便让我们觉醒在生活的吟唱里。《致母亲》中的《老屋》与《过年感忆》，虽为古风，却充满生活气息，西山、老屋、紫藤、翠竹、理妆、晒腹、斫木、小筑，若干年后，可望成为口传经典。而两首七绝，"闻道是姜更似荷，绿窝托起小娇娥；漫随拙笔穷思理，却笑蜻蜓错立多"（《姜荷花》），和《无眠》"睡犹诗债欠寻常，烦恼如蛇绕未央；安得守心绳虎术，钩除万念入甜乡"。前者以景抒情，后者以情喻景，虽自然之景与生理之状截然不同，却有着一种通感，那就是情意真切。前者的表面意象，与后者的内心活动，绝无"阮旨遥深"之累。它与《登鸣沙山望月牙泉》中"正惑清泉生恶境，又惊风剑削鸣沙"之"面向遥遥无绝路，孤僧漠漠写流霞"的呼应，亦环环构成一种形象与情意之间生命与生活之间的兴发感动之传达。

在"闲敲红果淡听雀"（《午休采樱桃》）中，我们更进入"事事自难猜"的境地（《发呆》），那是"一池墨郁因君碾，落字无痕已是殇"（《碾墨》）的新愁，也是"酸甜遥似那年诗"（《山楂树》）的感慨。然无论是新愁还是感慨，都不及《诗说〈围城〉人物一组》那么搅人心海：那"空心萝卜游人世"的方鸿渐，"红颜一嫁自调排"的赵辛楣，"一支冷箭射亲知"的苏文纨，"明眸不读十三篇"的唐晓英，"抽干情分空余瓢"的孙柔嘉，在诗人笔下活灵活现，全然为一组写真之照，颇具现实批判意义。未有真切感受，焉得刻木三分之真？它也令我刮目相看《无题七绝二首》中的诗句："百花徒具争春力，莫如天边一抹红。"（《其一》）"一袭繁华挂浊身，两杯淡酒洗轻尘。"（《其二》）是的，唯有此，才能"虚掷几分痴与傻，晨听灵雀夜听蛙"（《随感》），真正之心，归万于一。

《听雨轩吟稿》撩拨时代琴弦，当还在于现实生活中的有感而说。那是"雾锁群峰尚见青，白墙黛瓦思无丁？若非村舍茅篱废，定是孤禽择善听"（《题友照二首·其一》）的生态说；那是"何时拆物勿强人，薄地三分自垦"之小令中的人性说；亦是"寄言兄长心闲细，容我轻磨笤寸光"（《潘兄赠碾，见寄》），及"小种红汤泡雅意，董家白酒煮清诗"（《小聚步韵傅兄》）中的友情说；更是"十年吟海飞鸿羽""又盟新约贺新觞"的诗吟说。它令我看到了"清欢裁得漫诗心"（《午休采樱桃》）的游园惊梦般的仙姿，也看到"卧看风云千百度"（《林坑古村》）的即兴状态。

阅《听雨轩吟稿》，又一次让我们在中华优秀传统文化的古典诗词中觉醒，在诗人"初心未改是柔肠"之中，领略"最是书香自得知"的雅致境界。

小说与精神

对于从不缺阅读的我来说，一批又一批新买的书，齐刷刷地堆砌在我的书桌与枕边的时候，一部长篇小说《铜像》的打印稿，一下子把我有计划的阅读行程拉偏，实属有点意外。

2020年6月7日这一天，一个久违的电话突然跳显在手机屏幕上，白领氏集团董事长钱心禹——这位一向低调，然不久又出一招：欲在鹃湖边建一座海宁全市最高的五十二层两百多米的新地标大厦。久违之后，对这个电话当然就有了新的感觉。下午，就去了他那位于海宁大道的白领氏大厦。原来他为我推荐的，正是上面提到的写长篇小说《铜像》的女士何梅清。这位何女士只上到小学三年级，但她酷爱文学，竟然能用三十年的时间，写成此二十多万字的长篇小说，这不得不令人刮目相看。

《铜像》似一素描般的小说，也是一个故事性的小说。说它是素描般的小说，当然是借喻，那是指作者并没有刻意去追求小说的布局结构、人物内心深度描写、情节冲突的语言营造等，只是任凭故事随机展开，素描式地加以文学叙述。说它是一个故事的小说，也即作者只是围绕长青彩印厂在行将衰落中来了一个天降大任于斯的厂长华明祥，并由华明祥的赤诚为厂、力挽狂澜，让该厂在濒临倒闭时，又起死回生，重放光辉的有始有终的一个长长的故事。虽说小说以故事为主，而今在文坛已属明日黄花，但小说到底要不要讲故事，这对于文学创作中的小说前景而言，尚是一个不可能下绝对定论的话题。因为其实小说的出路，不是在于作者是不是写故事，也不在于编辑的发不发故事性浓郁的小说，而在于读者愿不愿听故事，市场让不让再讲故事。我想这也应该是一个不言自明的非规律性的事，而且它也是动态化的。

说到故事，《铜像》中确实以一个紧连一个的将在现实生活中生发之事而成的故事，在小说中被紧紧围绕而驾驭着你的阅读：如对有后台的供销科长沈建平是出"公"差还是探亲的半个月，不予报销差旅费，而且这个差还是前厂长批准的这事作为小说的开首,暗蕴着小说通篇曲折有故事的伏笔。紧接着整顿供销科,选拔新人,其中又杂入旧有势力对新上任厂长放出有乱搞男女关系"罪状"的报复暗火。再由处置厂长专座轿车,到司机兼"二把手"李凤鸣的一反一正,并以第一次职工代表大会为大的全新场景,引出小说高潮,是为现实生活中的事,在小说中让故事典型凸显的有机叙述。紧接着,改善职工食堂,让工人们吃得质好又实惠,干起活来才有劲。随后顺着这条线,为发展生产,在全市率先搞起工人入股的股份制改革,中间又爆出曹武武这么一个五大三粗的革命后代,以谁也不敢惹他碰他的难题,横在工厂行将改革的前进道路上,而恰恰又是华明祥扼住咽喉般地既挥戈又引导,竟让一个几任厂长奈何不得的工厂一霸,转变成了车间试装进口机器的能手,着实让读者在此故事中好像身历了无硝烟的战争一样,直至望着胜利果实,才舒心地一笑卸下了多时的负累。还有故事中又生发小插曲——外商老施的寻亲投资与隔年暗访;屠兴发好端端一个满腔热血的退伍营级干部,竟然一夜之间因鞋内填报纸而被抓去坐牢,并在未及图报社会与孝敬双亲中英年早逝,着实让人面对社会与人生,唏嘘不已。这是故事,却又是残酷现实中的真实。且我们从中还可再回过头去看小说中一个个的故事,一个个人物随故事生出,从新厂长上任,到放第一把火整顿供销科,再到发展生产开职工大会,为购买原材料卖掉轿车与出租门面、会堂,精简行政人员下车间,都是一个个如水般流淌的故事,虽不是石破天惊,却也不是违背生活生产常规的生编硬造。仔细想来,这恰恰是咱国家整个大国企改革中一个有棱有角的小典型,它记录着改革开放初期国企改革的历史真实与生活真实,而小说中号称"三漏一霸"的沈建平、李志清和曹武武,也各人有各人的"漏法"与"霸法"。作者在描写这几个人物时,也不忘给予他们不同的结局,如曹武武、李志清最后成了厂里的新生管理力量。而那个沈建平的出路,更是符合当下社会的一种人——东边不着西边着一类,因为他们有靠山,所以他们虽也处在改革中,但他们不会因改革而受累或变化,反倒有点风吹上来,就会赶紧挪窝去另一个安耽处,如这样的人,至今还现实地存在于体制中,发人深省。小说中除了三个予人警醒也更令读者受教益的人物外,还有如泪腺特别发达的"哭神"陈芬宝这种日常生活中难弄的人,以及义愤揭鬼人物老魏们。虽说作者也仅是素描式地着笔这类人物,但给读者的,还是不会一下子忘记的形象,因为他们身上有生活、有人间的气息;而且这两个人物出现的关键场景,就在分房与揭鬼之中:分房差点让陈芬宝累死在讨债途中;揭鬼时正义的力量暗潜在厂长的正义之行以及广大工人猜疑、质询、对抗,以及随之渴盼工厂在正义涅槃新生的期待与积极主动的情感喷发之中,所以也就自然地吸引住了读者的眼光。

　　还应提及一笔的是，身为主角的华厂长时时刻刻展现着一个平常人的形象，说平常，并非是政治形象宣传层面上的平常，而是带有人性的平常：他为了洗刷男女关系的污名，不惜请来了市里的书记和自己的老婆上台，来为自己正名；他为斗过狠客，不惜找上门去与曹武武父亲这位老革命对话；为了对付"哭神"陈芬宝，竟也上门以"无赖"的形象去蹲守她家……这一切看似不可理喻，实则恰恰正是"这一个"华厂长——是有个性的，更是真实的。这般的以其人之道还治其人之身，看起来"下作"了一点，但这正是生活的真实给了华厂长这一饱满的文学形象。

　　那天我从白领氏大厦返家，当晚在日记中这样记述：一位欲将步离耳顺之年的女性花了三十年时间，写出这部长篇小说。这位文化水平不高又痴心文学的作者，位在底层仍对文学"不变心"的小字辈，我去亲近去鼓励，正是以己的行为肯定了一份精神，值！

　　在色彩斑斓的私营企业的发展场景中，让我们回头来看梅清笔下曾经的国企和在改革中对阵痛的回望，于"公"的精神诉求，依旧会震荡当下文明创建的行程。在数字货币问世试运的时刻，我们来读梅清用传统手法写昨日国企改革的长篇小说《铜像》，我觉得格外有趣地给你带来那种历史性回味。

三轮车诗人

下岗后
我有了一辆绿色的三轮车
就像一朵云
在闹市里飘逸
迎着朝阳出
披着星月归
偶尔电石火花般一闪
我就躲进角落
匆匆写一首诗

不要简单地认为,这就是海宁人力三轮车诗人何永智给自己的真实写照。这是中国诗歌从生活主流走向边缘时,一个真正的诗人执着地恋诗、写诗的代表形象,是"文学青年"永不衰竭的中国现象。一个人,可以贫困,可以被人漠视,但他身上仍带着光,在"月光如水,万家灯火闪烁"时,在"小河蜿蜒"城市骚动在钱与权的交易争夺时,处繁乱而不惊者,唯有真的沉得下心来的诗人何永智,唯有以诗的力量推着他那辆人力三轮车,不问荣辱,不知疲惫地踏流在大街小巷的诗人何永智。就像工地上的旭日阳刚,地铁过道里的西单女孩,然诗人何永智比他们更多的,是磨难的久长和韧性的持续。他以四十多年的跋涉之旅,行走在中国诗歌的吟诵与创作之中。在黑夜之后,他仍路途遥远地在底层生活里,以诗为乐,以诗为荣。最终,神圣又诡秘的诗歌,终于敞开胸怀,收留了这个徘徊在诗歌驿道边的流浪儿。

诗是永久亮在何永智内心的一盏灯。

"我总惦记着风 /有时她从我的窗外路过/我感到一阵清凉/心里甜滋滋的/哪怕她没有光顾我的书屋/只是探了探头就走了""我总是惦记着风/在我沉闷

的日子里/唯有风才是我的贵客/我总是想和她握手言欢/但她是一个调皮的姑娘/瞅一瞅你就销声匿迹了""我总是惦记着一阵清新的风/我等着那天仙般的缪斯女郎"。(《我总惦记着风》)可见,诗人内心很清楚,他的生活中期待着诗,他生活中不能没有诗。这首诗让我们看到诗人不论是在下乡务农的田野茅屋,还是辗转于多处外地水库工地,及至最后从工厂下岗到踏人力三轮车,"看成败,人生豪迈,只不过是从头再来",诗就是他的信念之火,是黑夜路上高悬的照路之灯。因为有诗,他的希冀,他的情感,他的心愿,他的梦幻,仿佛就骑上了梦想的骏马,乘上诗意的飞船,驰骋漫游,走过岁月与时代,走过荒原与树林,在平常的日子里,不断放出光焰。

诗人纤细的内心,还在于世事沧桑中的一份温暖记忆。

"我听到太阳懒洋洋地喊我/谁穿着艳丽的大红袍/浸染了河流 山岗 竹林/啊 久违了/桃花簇拥的村庄/我的瞌睡在""二毛子斗笠/在晃动中苏醒/桨声应和着山歌/我稳稳地坐在船头/走向桃花深处……"(《我想回到桃花簇拥的村庄》)这是近半世纪的一次回眸,是生命对历史的一次回注。同样的诗,还见于《插队农村的日子》里:"插队的日子隐隐约约……/我当年栽下的桃树还在吗/那低矮的知青房还在吗/前面是晒谷场/后面是翠竹园/一条小河环庄而去/邻居的小女孩/天天清晨在竹阴下清唱/两个小辫子一甩一甩。"劳作的艰辛,在这里开出了创造的花朵。生活的坎坷,在诗人笔下的村庄、小河、桃树和小女孩那小辫子一甩一甩中,全化作了一缕缕冬日暖阳。似《诗经》般的婉转生动,不可割离的亲性关系,真乃"青溪无垢氛,遗身在白云"。如此,我们再来看《猫眼》:"以猫的姿势/轻轻站立着/以惶恐/或者犀利的目光/审视着/……紧闭的心扉/……猫眼/在旧邻居的亲切问候中/心在隐隐作痛。"这既是对当下高楼阻隔人情薄的社会现象的批判,更是从一个反思的侧面凸显了世事沧桑记忆中的一份温暖记忆的质地,以及不可低估的人类学的审美价值。也正是诗人这份依旧保存的纯真之心,他才会在疲惫之中继续让真情飞扬:"一个十字路口,我俩不期而遇……/那个唱着甜甜的歌/甩着乌黑长辫的女孩/已经在放学的路上走失/你挎着竹篮/蹒跚着脚步/在余晖里渐渐远去。"(《我爱的女人已经老去》)正是这份温暖,这份纯真,才使诗人能将"一行行止不住的诗/一直伸向大地的深处"(《坐在人力三轮车上写诗》)。山村、小河、小辫、桃树,成为诗人曾经岁月的意象,以诗纵横着出现在公共空间,让自己与过去,更让读者参与其中去对话,去点拨一个新的空间。

何永智的诗,还在细节故事和修辞中,做出对俗世的梳理和判断。那里有"从鱼肚皮似的天幕下/从静谧的田野上/她担着箩筐走来/一晃一晃/晃过长汉醉卧般的铁轨……/挪进喧哗的鱼场",最后"跌落在黑脸健壮的卖鱼郎身旁"

的卖葱姑娘（《卖葱的姑娘》）；有"这些戴花头巾的女人/ 散落在田野里/ 像一朵朵云"的摘棉花的妇女（《戴花头巾的女人》）；有"我不是书生/更没有春风得意/而只是一介车夫/偶尔在这里小坐/难得休闲一会/大汗淋漓后的小憩/比什么都舒畅的偷闲读书人"。有对"一声一声/你把乡下弹进城市/不经意的一坐/便坐成一张真正的广告"的弹棉花匠人的写照（《弹花匠》）；有"一天要吃两斤米的饭……/担百斤重的东西健步如飞""妈妈缝制的鞋/是一对小小的船……/它们是妈妈六十绝唱/当我一穿上这双四十四码柔软的布鞋……/一只大雁低唤了一声/ 掠过我头顶/妈妈"的故事（《农村插队的日子》《布鞋》）。细节和故事把诗意的视域朝向生活打开，从清丽、野逸、粗犷、平实和琐碎中，给了阅读与审美的一种张力，一种生命跳跃的气息和情状。而"大厦的第一张请柬/让我们日夜兼程地赶来/站起来就是一片竹林/支撑起一方晴空"的《脚手架》，"在这万籁寂静的秋夜/衔一束沉浸在月光下的花朵"的《诗梦》，以及长诗《海宁潮》中的"挽着江岸长长的手臂/一路撒娇""八百只檐铃一起摇响/八百年古塔在蓝天里督阵/一种远古的声音自远而近/挟雪而来"，是修辞使诗的魔力变为可能，又把可能提升至词语叙事的广度与深度。顺着《一条幽深的河》，去变幻《往昔的梦》与《老歌》，去独步《月光下的河》，在"橹声悠悠"、诗意痴痴的"星星的爱的凝望"中，以一棵树、一只鸟、一池碧水、一个小女孩等意象，让所有的梦都被月光照亮，从而在现实过往的消失里，让我们重新看到了真的存在与历史叙述的意义。

当写作像一群孩子穿过他们的童年，从青春的肩膀跨越，便是稚嫩的成熟与责任的加码。诗集《往事如歌》是诗人流动岁月中开垦出的一片绿洲，虽瞬间便在身后，但是曾经的美丽与存在。所以，人力三轮车诗人何永智和他的诗，属于生他养他的海宁，更属于中国诗坛。

运河的水

  洪子诚教授在他的《在北大课堂读诗》一文中开首便说:"在很大程度上,阅读的'快感'其实并非来源于对语词、意象确指的认定,而在于探索诗歌由词语所创造的'诗意空间'。"[1]

  读查杰慧《运河上的目光》,第一个令我想到的问题是,面对残缺的历史印痕和正在修复的历史新景,诗人词语的表达,应该怎样充满灵性和驾驭批判性。这是因为,社会的发展和地理环境随之的变化,不是按文人的理想化去运作的,而让它处于高度颂赞的非自然状态中,又是有违心愿的。人与自然的内涵融入,遥远历史由运河水重新带来生活的气息,在诗中该如何写出美学效应的诗学主张,我相信是诗人查杰慧,也是我做评论人的一份思考与困惑。

  当"运河上的一枚月亮"用它的光,照出运河以水构成的心境,以及围绕着它而开始生活的人们,当三塔牵线而入,到落帆亭出城而止。这座小小的"东方威尼斯城",诗人把它分成了三块:"历史的河""时间的网"和"记忆的村落"。让人欣慰的是,诗人在"历史的河"的开始,用了"历史的河流中/没有一条不受伤的船"这样反思历史的词,就把读者的眼光钩在了历史的檐角。在《邗沟》一节里,三个"哗哗哗",是诗人努力想让音乐注入诗歌,创造美好的韵律。最后,"我们是时间的子民/我们是水的百姓",无疑让历史生活中被动的百姓有了主动,在煎熬与苦难中滋生了与水的新的关系——因为"我们无法上岸",诗留给我们的回味,是人民生活的无奈和人民事业的辉煌。自然,它也加重了运河的历史性与贡献之所在。《长纤塘》是铺满苦难与希望的一条路,在"最伟大的坚持就是坚持渺小"中,我们看到了挣扎与汗水,听到了希望与沉默交叉的撞击声。为此,在被诗的煽情下,我也凑吟了几句:"假如生活欺骗了你/这纤塘就是迷幻的舞台/假如希望还激励着你/活着的勇气正从你脚下的纤塘

---

[1] 洪子诚:《在北大课堂读书》,北京大学出版社 2014 年版,第 9 页。

审起。"本辑的最后几首,《运河断章》突出了"看",《运河史》突出了"听",《月河街》突出了"思",《运河小曲》突出了"声",《船老大》突出了"人"。前史后人说明诗人是用心在巧缀这一辑的。

第二辑"时间的网"。奥登有一句话:"诗不能使任何事情发生。"[1]所以在时间的问题上,当我们看到让时间证明了的现实,或现实在反证时间中的流失时和事件时,诗的唯一出路,就是它的拯救性维度的存在。当然不是用语言去只作沉思与反省,或以语言的修辞去作更加自我迷恋的幻觉,把诗引向一个给时间涂层而让人看不清的境地。我们知道,当人从野蛮人走向文明人时,语言的文明就引导我们在时间的世界里,总有清醒的话语去面对这个碎幻的世界。也就是说,从时间的角度去写诗,那它的主权就是它要分离时间和刷新时间,把结成的网层层分离。也就使之滋生出穿透的能力,让时间有可能会往返、延长或停顿在某一闪光点上。从这方面看,"时间的网"太投眼于平面的叙事,比如《停泊的时光》,"把船停泊在没有人迹的港湾",引出"少女的眼睛""黑夜似母亲的忧郁——抚摩我们的衣裳""那条小河的流水梳洗我们的头发"等。开场甚好,但正要向纵深处走去时,就出现了"沉船——黑夜似一层薄雾笼罩了我们全部的生活",就未免太局促了。里面若再包含船姑娘的成长或遭遇史,交叉船与时光、人与时光、水与时光的层叠故事,诗的深度无疑是可以闪光的。同样,《下午茶》,若能不光停留在表层"垂垂老矣"喝下午茶,把他喝下午茶与青年人喝下午茶的场景对比,或者这位老人是因拆迁后有点钱了,从此喝上下午茶,说不定要牵上一条甚至两条狗,这情景既是当下,又完全不同以往垂垂老矣们的喝茶,若再放上点自我的感受与想法等,那此诗的社会学意义无疑瞬间就深刻起来,诗的语言叙事也就不会仅停留在表面现象的描述上了。当然,《流水声》里的"音符",《夜航船》里的"猜测",《写给河流》里的"苍白年龄"和《二十四小时》里的"直线""遇见""驿站",《抵达的宿命》中的"宿命",无疑都存有回味的诗意。而《船的意象》和《疯狂的现场》则是本辑最为突出的亮点。前者在辩证的哲理中见出平常的生活,让它在诗意中深化,后者通过"现场",抒写了"现场"之外 的许多人生,以及由此人生引发出的多元思考。

第三辑"记忆的村落",可喜的是没有落入写作惯性的泥坑。以不一样的眼光打量出别致的风景,让村落在记忆中有了与众不同的新意。特别是这一辑中使用的土白加诙谐调侃式的形式,令人惊喜。如《这孩子》中的"又"("又哭又叫""又是赌誓又是喧闹",还有下面航班的"又慢慢停靠",小河的"又急又短",等等)。《翁金线》中"一句""一轮""一条"后的用词,《石墩村》中以

---

[1] 转引自蔡海燕:《"道德的见证者"——奥登诗学研究》,中国社会科学出版社 2020 年版,第 342 页。

土白营造起的意象,《一条鱼的追求》和《桥的象征》里的后现代主义的用词,《油车巷》"丰富表情"与"做场交易"的遣词,《鱼的孤独》里的当下与古代的穿越与尾声语词。这些都需要我们运用"空间关系"去与诗做关联性的思考,而当我们用平常习惯的审视或眼前事实的比证去参读这些诗时,我们就会错过它内在真正的诗人的深切正视与沉重思考。同样,《一切属于我》《停泊》《夜半钟声到客船》,还给了我们画面的审美效果。

最后一辑"其他"。对于《流淌的时间》中的主体——运河而言,是独语。但其实它又是让运河这水贯通着的,明显的是,这一辑最终呈现的是一种自我生命体验与存在处境的对话。它既紧紧贴近和融入运河,又与运河拉开距离,从中确立个体精神的自我存在。说贴近与融入,如《运河边,两行诗》《一船星辰》,所造意象系运河中生出。而《船居》《沉默与表达》里的对话,若水若岸,摇晃大地。流水腐蚀着时间,时间的齿轮依旧锃亮光滑,自语与回忆,不是一个主题,恰又是一个主题,运河对诗人的切肤体验的独语,会是一种大寂寞,也会是一番大感悟。在自然与社会的变化中,诗人心中的沧海桑田,既具亘古之荒,也有当下之繁。诗人寄魂于诗中的独白与对话,无不是当下生活与当代人的交响,是社会与自然急变之中窜出的本真自我。所以它不可能是完美的,但却是真实的。由此来看《光阴留在无人处》,无论你是抓住还是放弃,无论是你正视还是背向,一个在"岸"上居住的人,他最离不开的是运河事水。这也正是《流淌的时间》这整本诗集的核心所在。

差异的视角

叙事转向与诗学新向

海飞论

一

当接受撰写《海飞论》的一刻,我首先想到的是他的两个引动中国文坛关注的文本——《向延安》和《回家》。这是两个互相关联的具有文学史概念创作走向的文本,是与当代西方史学的新趋势、叙事转向不谋而合的一个文化现象。是的,海飞是在以他创作的实践,用他创作的心路轨迹,在战火升腾中堕落与抗争、绝望与希望的心灵之间,去探索前辈作家在同类题材未被说出的东西,并以寻找词语的新形体来捕捉先前被有意无意忽略的,甚至深埋的情感。海飞的创作本身,似在告诉我们对历史题材文化创作的新意义。同时,他的文本又由不同层次不同内涵的对象组合重演,证明着新一代作家对历史不囿于常规的新认识和叙事转向的意义。

什么是叙事转向的意义,在文学评论中,我无意去借用西方当代史学研究的新趋向来证明我的看法。显然,我这里所说的叙事转向,是海飞以他新视角和丰富的想象力,对过往的历史世界,辟出一个青年作家新的视域之下的一种当代书写。这无疑是当代中国文学创作中跨出了边界或樊篱的一项开创性实验。

《向延安》和《回家》,当然是借鉴真实历史的虚构文本。海飞与以往或近期撰写抗战谍战题材的作家之不同之处,就在于虽然他以同样的身份进入叙事,同样让过往的这段需要描述的历史进入虚构的存在状态,但他却是首先把叙事中的灵魂——文本中的主角(或其他角色),放到了一个更加符合人性在复杂环境中的交叠与变化,更趋于实际生活与生存的可能范畴中活动着。重新把以往描述历史题材的创作，还原到"人的历史是自然施事的历史"①。我在这里理喻的戴卫·赫尔曼的"施事"，就是海飞既排斥了以往和当下抗战谍战小说中为政治、宣传寻找好看与建树英雄，刻意地制造历史中不存在的被拔高了的神话式人物，比如天生的革命大侠，比如骨子里具有坚定信念又一成不变的英雄，等等。在此前提下，他以自己新的理解，把实际存在的复杂的平凡人，以及他们的几经风雨飘摇的心理过程参与到重大历史事件中的其人其事，重新加以"组装"，使之进入叙事中，鲜活地生活，复杂化地行动，与这段重大的历史进行更具现实性张力的互动。海飞在这种互动性的叙事中，试图重新去构筑新的语境。比如：战斗结束后想着的是回家；身历奔赴延安寻求革命拥抱，却又始终处于"路上"；等等。这正是海飞笔下人物的个体化属性和真实生活情境。历史是对过去的重构，小说文本是对过去认识中重构一个不存在的虚拟世界，虽然说它不存在而成为虚拟的世界，但它依据的是历史的存在，是在此基础上创造的一个非存在的虚拟世界，如《向延安》中整一个向家，《回家》中的三个不同经历的日本侵略者的年轻过去。然亦是这被浓缩或新典型化了人物，更能证实其历史的真实性，并以此重新建构起新的审美文本。艺术取决于真实，但小说又是虚构的，这看似矛盾，其实并不矛盾。你直白地说出真实，那便不是艺术；你在真实里虚构，那你的小说就不会停留在审美的浅显平面上了。它把丢失的历史真实重新找回，把被扭曲的过去作艺术的校正，在力求历史与人性完整的基础上，重新逆转思想的认识做出新的审美判断。

在历史的距离感中，我们读到了海飞创作文本历史意义的现代性，这也许正是《海飞论》的核心价值所在。海飞的文本，打破了对历史阐释的话语垄断，他在对历史与人物做认真思考后，试图从人性还原、环境与人物性格叠加、生成的可能、生活、理想与生存的矛盾等中去寻找和创造细节的历史真实性，并立足以现代性的思考与分析，引出更符合历史原貌的现实关注与审美批判，以人文主义为支撑点，扩张出历史人物的复杂性和历史事件的真实性的一个新的历史文学文本的空间。它让读者从关心历史、关心民族、关心国家命运，过渡到更加关心人与历史的关系，人在宏大历史事件中的各种生成可能，以及作为历史核心的人，在历史中的非历史作为及其种种。在此之前，这些有价值的层面大都被宏大的历史叙事和习惯性的革命的写作手法所遮蔽。海飞撰写革命历史题材所站立的角度，既不是自然站队的革命角度，也不是其标新立异的对立面，而是更多地站立在当代中国青年作家现代性眼光的立场上。在主流文化的行程中，海飞把英雄拉回到真实的平常，把特定的历史事件作为文本正

---

① 戴卫·赫尔曼：《新叙事学》，北京大学出版社 2002 年版，第 187 页。

面的主角,尽力归位到平常人的人物形象的构造,且更多地指向人本身的不可超越性,历史的限制性和作为历史悲剧角色的深度与真实的辩证性。同时,作为主流话语者,他又不忘革命理想主义者的历史存照:坚挺奔赴延安的革命青春向往。这就显示出20世纪70年代青年作家中那已趋成熟的创作理念,和坚守并在日益丰满的审美观念。它让英雄必须生活在日常化中,成为心跳在普通世俗中的普通人。同时又让历史场景与性格生成变化,战争因素与普通人求生存的心理诉求,在相互对立中进行彼此转化,即史诗式的历史叙述原可成为一个平常人的生活过程,而个人极为平凡的生活过程,又可通过抒情的描写,让它具有史诗般宏伟与辽阔。这其实又会牵涉到一个实质性的问题,就是文本或小说出版后的社会意义。以往很长一段文本的历史,是让其在成为经典之后引领民众的颂赞神往与圣祈。尔今,它的社会意义就是回归到下里巴人审美标准的大众文艺,让读者在阅读中感知到英雄主人公就是自己最普通的那份心情和活法,让读者之心与文本真正成了心灵过往而非神往的一种交流。

历史有时候需要一种超越时间的穿透视野,阅读海飞的《向延安》和《回家》,我陡然感觉这位年轻作家在试图用一种超越时间的穿透视野,去重新创作历史题材的文本。在一个需要众多的个体用热情与生命去投入一个巨大的历史事件时,不管你是主动的还是被动的,不管你是盲目的还是明确的,你都会在这个大历史中激动、焦虑、拼搏、冲刺。它吸引了无数年龄段的人,当然特别是年轻一代的人,纷纷从各自的生存之处拔营,投入到轰轰烈烈的历史洪流中去,并很快汇合形成一股由个人、到家乡、到民族、到国家,甚至延伸至世界概念的奔腾不息、战斗不止的主体,构建起现实的历史主体。在这巨大的历史主体面前,我们甚至来不及对历史进行认真的思考和理性的过滤,就让想象依附并顺应着它发出的声音,进行对即时状况的理想主义与现实主义的感性投射,于是一大批在此层面上的文本便应运而生。而今,海飞以审美的距离去重新回视这段历史,以超越时间的穿透视野去重新梳理曾经存在着的关系和它们的现实存在。他借鉴经验但又解构经验,以新的象征层次去以新的语言表述重新进入的历史阵地,还原历史的本相,澄清人物与历史所处的真实关系,上升人物在文本中的真实性与历史性,确立起文本重写历史的社会意义与审美价值。这样的创作,既具有重写文学史的意义,又具有再解读的新启迪价值。再解读的立场,并非是时下一些谍战抗战小说刻意制作的所谓新鲜感,而是追寻当时的历史语境,更加客观更加现实更加人性化地去重新发现和塑造人物与事件。宛如当下流行音乐中的重唱经典老歌的成功演绎案例,它不是以流行的唱腔噱头去改唱经典,而是试图以更加活泼更加多层面的方式让经典重新寻找更广阔的音域去做升华的表述。这样的演绎既是有意义的,更是艺术的一种递进、审美化的提升。当文本再次以新的面相回归到大众视野中时, 新的镜像就可以跟旧的镜像进行对照, 从而在大众娱乐化的当下文化中, 别开生面地以新的经典的形象去解读市场, 开启大众审美新的场域, 从中建构起当下文化中新文学的一个坚实的新平台。当然, 也是对"红色经典"再解读的一份创新和意识形态的新建构。其意义与价值, 是远不能以当下的量定来做评价的。

二

如此, 我们首先来解读《向延安》。

它是以新的姿态在重塑历史的本相。

在无法回避历史题材创作必须聚焦政治追求人物的规范伦理, 即扬善惩恶的叙述模式时, 我们首先看到海飞的新姿态在于聚集了过去时的生活原相、生活无奈、人物的命运与机缘和他们与环境不可分割的性格形成。在我们习惯于传统英雄的认识论上, 做出了逆袭式的反思与真实的纠正, 把革命人首先还原为生活人, 把生活首先回归到它的本色。

主角人物向金喜, 一个喜欢厨艺的朴实人, 受革命的感召, 燃青春的热血, 本当奔赴延安去实现他的人生理想。然而现实的种种使他始终无法迈进革命的圣地, 虽然在复杂的环境中也曾真心为革命做过事、立过功, 但最后实际是在退缩中沦落为众人眼中的汉奸。要说向金喜没信念吗, 否!他自始至终都心仪延安。要说向金喜没人性吗, 否!他对罗家英的爱始终是真挚的。在这里, 小说似乎隐潜着作者的一个想法: 英雄并非个个都是完美无缺的理想人物, 英雄更非只可在延安产生。因为, 在向金喜身上唯一保留着的, 正是他始终未被各种无奈逼迫而丢弃的向延安的精神品格!我之所以这么说, 是因为海飞大胆地给他的性格安上了一些默默的壮举: 一是果断处决叛徒黄浩, 抢救了两车几十名进步学生的年轻生命。二是及时递送情报, 清除混入革命队伍中的特务, 为保证延安的安全做出了贡献。三是面对众人对他的误解, 他从容做事, 忠心为国, 革命的理想与信念依然十分坚定。即使中华人民共和国成立后无人证明他的地下革命的重大功绩, 他依旧以一个厨师的身份, 默默地对他人和祖国奉献着他的辛劳与真诚。这样不是被拔高而是活生生地行动在现实生活中的"低贱"人物, 也是真心英雄。当然, 向金喜的退缩也有他自己的"隐私", 然这正是历史对海飞的要求, 让他还人性本来的真再去虚拟英雄人物的性格组合。人性本就是一个异常复杂的组合体, 再加上战争环境的复杂, 形势以及所处关系的复杂化，你的人性依旧本来而不变化，那才是真正的奇怪和不真实。这与另一人物陈浩南取来对照，那就不言自明了。而把向金喜放到向家一大家子：儿子、女儿、女婿等及其相关的人群中去再塑向金喜的性格，这无疑对于向金喜"这一个"性格的存在以及其中的变化，就更多了一份历史的真实和艺术创作的多元性。

在向金喜形象中，我们同时还可看到许多人性中优秀的品质潜伏在他的身上，比如他的坦诚，他的淡定；比如他的坚定，他的自信。把他置身于残酷与危险的境地，只让他释放淡淡的哀伤；把他陷入误解的泥潭中，他依然热爱生活。这就把英雄人物拉出了以前我们习惯沿袭的那种教条模式，增强了主人公作为现代的人均有可能去理解的英雄人物，增强了人物可咀嚼的内涵和可去信赖的丰富性。把他作为一个心存坚定信念，但性格又在环境中不断变化的人物，也是海飞在小说中创作中的一份艺术追求。所以对向金喜这个人物的塑造与刻画，也是海飞小说写人物的一个大胆的新尝试新探索。他以向金喜为代表，叙述了该历史时期一批向往延安的革命青年，在青春热情的支配下，又如何在人性与革命性中挣扎并求得统一，如何在挣扎中出现个别，在人性与革命性都在发展和变化中，如何交叠与对抗。在这里我更想说的是海飞创作的内在心理，他似乎通过向金喜这个人物，想说的是革命与人性的发展，发展中有对抗是必然的，但这个必然不会是一个最终的结果。革命和人性有时不是走向最终的对抗。人性在革命的实践中会出现变化、新奇，也会去以无知、热情进行融化，然后在上升的过程中去求进一步的认知，虽然中间仍不时会出现对抗性，但最后或个别走向逃遁，或更多地走向统一。所以向金喜这个人物在中国当代文学中的出现，特别是在文学重写红色经典中的出现，是一个值得特别关注的文化现象。它既显示了海飞处理宏大历史叙事的个性化的审美亮点，更是把宏大的历史叙事放入个性化、个人生活化、个人命运与家庭命运中去的艺术归基的创新实践。向金喜这个人物的命运确是跌宕起伏，但在海飞极为平实的叙事中，我们看到的是一个历史真实中的真实的历史人。说真实，是因为它符合人性的发展；说真实，是它吻合历史的本相；说真实，它不为主题而拔高人物；说真实，是作家的艺术想象没有扭曲人物发展的生活逻辑。这也可认为是海飞近期创作的一个新特色。最后转向金喜生活在人们的误解中时，他干脆把自己叫"向延安"，这就更使小说人物增加了一层历史悲凉。

作为"汉奸"的向金喜，海飞的创作还蕴含着更为深刻的艺术性。即海飞在处理胖子的叙事中，引出了"我就是汉奸，但我不是叛徒"这么一个复杂的认知问题。如果我们不是单纯站在政治这一层面上去认知，那么，我们就会看到一条人性的底线在暗暗浮动着。笔者所在地是沪杭交通枢纽中的一个重镇，经贸文化相对发达,日寇侵占后,也曾发生过多例事件,如为维持全镇商贸经济的正常运营,一直教导子女爱国的老商人毅然决然担任了维持会长;如为了全镇房屋不让日本鬼子的林木队长放火烧光,我一个同学的父亲甘愿跑到乡下,声泪俱下地说服林木看上的姑娘再送回到镇上给林木为妻。生活从来就不是那么简单,海飞的艺术性,正在于把汉奸与叛徒从一个民族的认知的单一模式中有机地把它提炼出来,再进行分层处理。不管最后读者会对这种写法表达如何不同的意见,但海飞在这里确实把汉奸进行了多层面的写作,这是值得评论者刮目相看的一个探索式的尝试。它其实和向金喜以及海飞的后一部大著《回家》中的三个年轻日本鬼子的人物形象刻画是一样的,他们中一个是被拉壮丁的菜农,一个是学生的新闻记者,一个是渔夫的儿子。然而最终都成了杀人魔鬼,却同时还保存着对爱情的真诚之心,对家乡的怀恋争归之情和某些不时泛起的人性化的情绪等,这是海飞把反面人物或称中间性人物的刻画,深入他们身体的最里处,心灵的最深处。它尝试了革命历史人物、革命历史题材新的叙事手法。

三

灵魂游荡中的美学尖刺,是海飞中短篇小说中的一个人性关注新追求的特征,是以挑开世界外围之冷,试图去探测人内心之温的自我升级版。在海飞的《像老子一样生活》小说集中,我看到许多乡村乡镇与小城市正在争先恐后地向都市化集结,同时应景出现的许多颗进军中游荡出来的灵魂,在欲望、商场、跨越生活的新门槛与扯开名利场帷幕之时,那种变异了人性的搏击及其爱恨情仇,以及由此洒下了哀愁悲凄之泪和印痕深浅不一的时代步履,在那或短或长的一段都市进行曲中,海飞机智地用他的笔为我们撩开了日常生活因麻木而熟视无睹的这个世界中,不曾去深一步了解,或称被遮蔽了的人性深处的复杂与精神艰辛的现实。在那些背负着生活重重矛盾的人流中,在那些拼命往汹涌人潮中走去的人身上,从死去的或将死去的人的忧伤里,海飞用美的尖刺去挑穿溃疡在谷底的脓疮,并以淡淡的语言重构引出反思的复调与反省的双重视野,从而让读者能再一次以"在场"的审美者去直面生活对灵魂的挑战,正视现实对灵魂的手淫。

《我叫陈美丽》无疑是小说集子中重要的一篇小说。虽然这次阅读唤醒了我若干年前已读过此篇的记忆,但这样的重读非但丝毫没有消退我的阅读欲望的冲动,反而依旧在冲动中不时涌出惊奇与叹服的阵阵高潮。如众多业务推销员一样，陈美丽艰难地冲浪推销，以及不时地在耍点小聪明中丢弃一些真诚的东西，构成了她"被都市"的现在进行时。林大伦说她夜晚回家不安全，陈美丽笑着回答"我从来就没有安全过"。这句看似戏谑的回答，其实正是千万个陈美丽们最真实也最令人感慨的。所以当最后林大伦终于为陈美丽签订了五百只电饭煲合同，又把她带到酒店里之后，当第二天清晨的阳光无颜照见这两个不正之徒只好漏着进来之际，一个矛盾又可怜的场景：在陈美丽懒洋洋地欣赏林大伦强悍健美的身体时，给予了最丑的展示。展示之丑，是正义与伦理已被利益的浊液玷污，爱情与真诚已被交易铜臭地颠覆。而事情的更深刻之处还在于陈美丽其实很懂得："不懂爱情的时候，往往是感受爱情的时候。"在她与林大伦不懂爱情的苟合与冲动之后，在林大伦向她坦然宣布了游戏规则之后，在正义的太阳漏进来照亮了这两具发亮发热的胴体之后，美学的尖刺其实已在慢慢地挑穿生肿在她心灵之上的脓疮。不是吗，当最爱她的李晚生被一辆黄沙车撞到医院病床上时，当去探望的她被李晚生吼出门外时，当她忍住眼泪倾囊为李晚生交出一千多元住院费后，"她突然感到全身的骨头都在争先恐后地发芽。她很想吼一下，以表示自己的存在"时，她已残酷地明白圣洁已不存在己身了。爱与悔，精神与物质，贫困与富有，这时正是拆解她的骨架，也是鼓胀她的骨架的灵与肉的矛盾交织与捶打，是审美直面良善与丑恶的血与火的批判。也只有在这个批判的旋律里，我们才会看到文化弥漫在小说中的深度。

　　这样的深度，还因作家用词的新巧，而使它更加生动与光彩。如陈美丽当年得阑尾炎，李晚生抱着她去医院，几乎跑出了刘翔的速度（真诚）；如陈美丽将豆豆放在妈妈处，又听妈妈在背后说："我已养不起豆豆了。"这样离开孩儿巷时，她"眼睛里含着一些内容丰富的水（噎塞）"；如每当陈美丽看到卷耳（已出家）时，"耳畔总能听到隐隐的钟声"（召唤）；如她忆起不争气的丈夫强强放弃工作念头，整天沉溺于游戏机时的身姿，"是世界上最可恶的身姿"（批判）；尤其是最后对"身姿"这一批判的用词，正是对一种大众消极怠惰文化现象引出集体蜕变之文化人类学警示性质的审美批判。此外，由于作家独具匠心地运用节奏与细节，把小说雕琢得更加精致。如在小说情节一幕幕紧凑推进之中，作家似高明的画师给一幅画留白一样，以"在陈美丽别动的时间里，她简要地回顾了一下她的从前"这样轻巧的插片，让整篇小说的结构便自然有了张弛之度，也使小说的节奏更有了度衡上的活力。又如豆豆奶奶要陈美丽将孩子送到大洋彼岸，陈美丽拖着劳累的身子跨入浴缸，她"边泡澡边喝一罐温热的牛奶，牛奶不小心掉入水中，像暗白色的泪"。这一以景喻情的细节，就更加深了读者对当下社会陈美丽们被工作之劳累与精神之重负双重强压下，但又都被"日常"这项大帽子下隐着的艰难挣扎,有了更形象的认识。

相比之下,《像老子一样生活》在集子中似是更重要的一篇。公交车司机国芬不是推销员陈美丽,她按部就班、恪守职责,家、公交车、马路三点一线地让生命在其中穿梭。然而,公交车司机与推销员又有着隐潜的共同点:杭州是天堂,但她们从来没有感受过天堂的滋味。这是作者的慧眼之识,也是小说提出的一个社会学正义公共空间的反题。也许是上天太不公平,也许是生活与时代的使然,也许是命运的冥冥之定。然而,从哲学上讲,她们都是淡定的:国芬在遭受所爱之人魏子良受人(桥桥)指使污辱她珍藏了二十年的感情之后,以一个耳光的生活姿态,重新从容走上了新的K155公交车。陈美丽在安阳的自行车后座上,坦然下来把走向订货的电饭煲放在了垃圾桶边上,"然后又跳了上去,把脸紧紧贴在安阳之后背,听着这位优秀心脑血管科医生的心跳"。然而,丰富又颇具挑逗力的生活,却往往要骚扰国芬、陈美丽们的淡定。于是,陈美丽既有李晚生,也有罗老板和林大伦。国芬呢,也是既有安阳,也有桥桥与魏子良。像老子一样生活其实不是国芬自信的代名词。其实是作家海飞主动加入现实赋予小说主人公的一句沧桑用语。显然,国芬就是作家在底层生活的一部分。海飞也不想以这样的作品去影响或教育于这个社会或世界,他在做的,是通过像老子一样生活的国芬独特的个性,以中国水墨画家那种写意画的方式,去散散点点地描绘国芬们的生活与现状,给普通中国百姓在迈入现代化小康生活中的黑白叙说,加上小说的色彩。在把灵魂定格的时候,以良善的人性去医治生活中的阵痛与创伤,从而让自己的文字成为另一种形式的生命,让读者能在文字的生活飞翔中,感觉小草与蝼蚁,同时也把脉山河与日月,并从中吸氧与取暖。在这里,海飞的文字,无疑是用心灵的文火炖出来的。所以,我们能在国芬真情追求的失败中找到生活对真情的肯定,在她的爱的桥墩上远眺到灯塔的希望之光。从某种意义上来看,作家海飞正以他笔下各类人物的城市生活体验,显见出书写城市文学与城市人在其聚集与继续成长中的城市精神生态的现代性来。我以为,读海飞作品在这一点上是十分重要的。城市作为一个发展着的文化形态,作家所要去做的,正是站立城市本身去看待发展以及不断在加入发展行列的一茬又一茬的实实在在的城市集聚者。在他们以强势或弱势冲击和丰富城市文化的同时,他们带给城市的更是一份新的景象的城市文化。像所有的开始者又都是终结者一样,但他们又会是以下一个开始者的姿态,翻涌在人群的洪流中挣扎前行。正如无限接近生活也是无限走近死亡一样,在艰难的火焰中涅槃的,正是他们带给城市的生气与精神;同时,也即是城市生态的新滋生与都市及新时代通过他们的生活怎样去握手的问题。文学,在文学边缘化的时代,它的使命便更具自觉性,那不是标签或口号式的主动介入，而是像迟子建所说的，作品里要流淌着血液。海飞的作品让人欣喜地感觉到了这一点，在很小其实又很大的国芬们的生活里，他们翱翔出的是整个当代中国社会转型期的广阔天地，是人情与金钱的冲撞中悲喜剧的掷地有声，它让我们在细腻中读到辽阔，在婉转中读出尖锐。不是吗，经过挫折，国芬新的生活在旧的模式中又开始了："车轮碾过了那个二十年前的蝴蝶发夹，向前驶去。"这是由生活与精神组成的一个城市气流，在现代化进程的步伐中，似由巴什拉的"物质的想象"冲向梅洛·庞蒂"生态现象学"那样地在文学地宣言中国特色的人类立场。

至于小说何以名《像老子一样生活》，对老子的解题，我以为有三：第一，无为、自在，心中要去做到，但现实羁绊着你，是矛盾的存在；第二，能做到，就是真正视生活为无为，自在的前提是不为贫富焦虑，不为钱财心动，知足常乐；第三，一个无奈的生活命题，正因为有一，才使三更为无奈。拙以为，我更倾向于后者，因为其实海飞不只是借用了老子形容一下而已，在国芬轻松的口头禅里（也有暴粗口的底层生活之意），包含着无穷的生活理想与现实之间的差距。无奈，正是现实生活之中的人的一个永恒命题。此外，从无奈亦引出小说的特征，它是与哲学析理不同的一门叙说的艺术，是心灵的颠沛与神经的震颤在语言的自我对照中艺术地刻录社会的人与事。

《城里的月光把我照亮》是一篇充盈人生哲理的小说。这是一个凄切的人生故事，是柔婉中带着伤痛，伤痛又在无声中撕裂的一个时代的场景，一个不被城市的繁荣与喧闹所注意的暗饮凄苦的角落，一个咖啡的残渣倾出去就会苦死一只从地里钻出来觅食的小虫的生活片段。海飞用小说独特的语言文句在揭露历史的伤痛，是用伤痛触碰生活的脓疮。一切都是自然的流淌，一切又都是非自然的阻隔。在是与非之间，我们感觉到的是一份生活的沉重，一份现实的不公，一场亟待破冰的险境。

城里的月光真的会照亮外乡来寻找幸福的人吗？这不是一个问题。我们要跳出常规去思考，当然事情远不止这些，若就是这些，那这篇小说也就成了一篇可以发表，发表后却只会让人检索到而并无其他深义的小说了。一部有审美价值的小说，它内在蕴含的深义，在于它以心灵在人生这一过程中呈现出的极富意义的生态哲学，也是针对人类正在发展的文明与不断在提位的文明生活的一种叙事见证。在故事的叙说中，透视人类内心世界与现实的关系，在小说刻画展示的场景、人物与风景中，尖锐地阐释人对自身的伤害，对世界的伤害以及人所组成的这个类世界对单个人不同程度的伤害，不同范围的伤害，以及受伤害之人直面社会的心灵反应。芬芳通过陈小月这个中介展开与牛娃的生活关系，就是深度揭示了当生活以残酷的方式对待一个人时，当社会以极端的不公平回报某个社会人时，所出现的两个截然不同的活着的人：一类似牛蛙，一被击打而变异，甘心颓唐已不能自拔，自毁自己于最深的生活处；一类是芬芳，甘认薄命绝不退缩，更不气馁，在默默的挣扎与短时的迷失中，更加确立自己主宰生活的权力及其战胜困难厄运的能量，小说的阅读给力，亦正在此。

如此的现实生活，我们不能跳出五行外去做冷观察，也不能沉陷其中而乐此不疲。海飞机智地寻到了在生存与冲突、过去与未来的间隙里，他能独立呼吸的小说的叙说。人类关于生存的肉身的真实的测试，在海飞的笔下以一个心灵受到压抑，同时又由生活的感悟升华到更深一层的个体生命的律动，由此去唤醒人们在都市化竞争生存中，以良知去滋生新的城市文明生态，同时对麻木的灵魂提出警示。

不能不提到《黑鱼》。这是一篇精巧的叙事。以一个李小布进入都市生活中的形形色色，如当小三，又力争名分；想回到从前的纯爱，碰见当初的恋人阿朗，但肚子里的孩子阻止了她。其实，进入的李小布尽管遭到她真爱的赵光明的算计，到头来什么都没留给她，只是告诉她被别人狠狠地借用了一下她的肉体这个残酷的事实，但事后她还是出不来。生活，有时真的实在太令人无法自拔了。后来，当李小布回到家乡，当张二娃拉着二胡出现时，当肚里的孩子在她下决心后轻轻地踢了她一脚，李小布终于走出来了。在这里，瑞岳师太始终神秘地盘旋在她的生活中。"为什么一定要受伤后才剃度呢"，瑞岳师太的话，正是小说的叙事策略。从李小布的进入与出来，到这句警世名言的点拨，道理其实是一样的，我们何苦要走向受罪的生活状态，才后在挫折与痛苦中再清醒呢？海飞把题外的生活哲理让小说本身做着意味的审美启迪，便一下提升了小说的文化品位。此外，精致的叙事，李小布煮茶、她与瑞岳师太目光与心灵借以茶色的抚慰的描述中的语言美感，让个体文本在阅读中自然演绎风格上的特色，也是作者对现实认识的一份思想投射，在小说中格外引人注目。

《我爱北京天安门》似是一篇新现实主义小说，它的背景就在中国工业面临大改革，广大工人面临前所未有的下岗再就业的历史新题之中。就在这么一个暴风雨来临之际，海飞之笔细致地描述了屠向前这个军队转业干部在风雨前一刻的最后神圣使命。不同于此类众多陈俗的篇什，《我爱北京天安门》的吸人眼球之处，就在于对人物人性的深度刻画，并真实把握与高度塑造的系列之中：从屠向前大无畏地与新任厂长斗气斗理，大无畏地帮助厂边小店女店长赵毛，到恼恨屠的叶丽娜由对屠的敌意与刁难变为亲近与敬畏。从屠释放在浴室小窗偷窥女人洗澡的牛小豪，到外地民工范阿大闹事被屠教训，后因范偷铁又非但被屠放走，还把一千块钱让高小胖转送给范去给老婆治病。最后在赵毛即将与他终生告别时要将自己的身子"你想拿就拿"时屠只爱不拿,屠向前这个既懒散得整天只是在赵毛的藤椅上打呼噜的保卫科长,一个似乎只因自己是部队里来的又有残了一个指头又具光荣资本的管工人的人(多少有点令人讨厌),突然让人在它的纵深处见到了好骨子。这是剥开了污垢外套才看见的洁净里身,是光耀的太阳光线照出了结实生命的肌肉。而他对小胖的一句教训:"小胖,咱们可都是人。咱们是男人,你要学会做男人。"便是对这系列的最好注解。同时,中国男人这个名词,也在海飞对屠向前这个人物的刻画与塑造中,赋予其更现实也更深更高的内涵。而屠向前的老婆陆桂数说自己的丈夫"你别卖弄那点儿事了,把自己搞得像钢铁战士似的",正是作者巧妙地借用赵毛的瓜子,让他用瓜子(剥瓜子给老婆吃)多陪陪有病活不了多久的老婆,从而使这钢铁战士的钢鲜活地体现在人性的柔字上。在昔日热闹的工厂而今变成一块冷落的大空地的同时,屠向前感觉到"那些潮湿的泥土,都开始松动了,像是被拆开了骨架一样尖叫着,欢呼着,冲撞着"。这不是简单的仅是日常所说的蜕化与新生,这里其实含有更深的信仰。为此,它与小说的关键词应是:遥远、神圣、百姓、信仰再加上现实,是一个只可意会的求索着的答案。我爱北京天安门,天安门是不动的,但天安门似乎又天天动在人们的心头;天安门是不动的,但天安门又似乎在动荡着屠向前的下一代屠若们。在这里我记起了胡桑先生读达尼·拉费里埃《还乡之谜》里的一句话:"逝去的时光才是返乡的终点,一切都在途中,只有寻找才是真实的。"

海飞是在用笔寻找人们生活途中的东西。因此,海飞的小说也是年轻一代作家中最有吸引力的小说之一。

由此若我们再去审视海飞的另一个长篇《花满朵》,在歌颂一个甘心为家和爱付出的善良的花满朵演绎的一生经历的悲欢离合中,我们除了读到故事重新给闪烁出的与中国传统的孝道文化忠贞文化不二的忍受与坚强的女性形象与动人故事外,还能在小说之外寻味出什么样的文化之道。这正是我阅读该长篇后开始认真思考的问题。因为除了感动,读之一无所获。然数月后我突然醒悟,海飞由一个中篇《温暖的南山》扩充改写而成的长篇《花满朵》,其用意不在拉长篇幅博取稿费,而在试图以一个跳出传统美学规律的手法,去写最后非悲剧的花满朵,让一向被视为神圣的终极付出,赢回多元的善局,从而最终似高高耸立的南山般的中国妇女,以彻底牺牲确立为必然本位的悲剧美的伦理。这是张美朵,而花满朵的一字之改,就在于把张美朵的崇高终极伦理予以平俗中的解构,这貌似故事叙事叙得俗了的皮相,内中却深含着70后青年作家对中国传统文化中乡村女性的寻求生存状态的美学新审视。它让花满朵恢复到原始人性化的真实基础上,同时扬弃了为宣传官方主流文化千年热衷并令臣民恪意去遵循的妇道美德,有了一个纠正还原又符合生活本真的历史清样。也许,这才是海飞扩充与修改《温暖的南山》而成《花满朵》的文化理想,也是《花满朵》自身文本以平直真诚给予读者的一份新启迪。

四

艾丽斯·默多克曾经说过,"好的艺术家有一种现实感……严肃的艺术家不仅观察世界,而且还要看到比世界更多的东西","艺术家不能避免真实性的要求"。[①]海飞的又一大著《回家》,便是于他观察世界,且还要看到比世界更多的东西中写出的一个文本。在这新的文本里,正事事处处遵循着真实性的要求,在以文行史。

文学从来就是历史最鲜活的补充。面对抗战的宏大历史题材,紧贴家乡曾经在硝烟弥漫年代出现过的用真刀真枪与日本鬼子干的撼人史迹,海飞是用回家、不想死亡、思念、宽怀为伦理向度标记,以现代认知的方式回顾历史的战事。尤对敌方人员身份的分析与内心的客观描述,使文学又一次以新的鲜活形式修补了陈旧之中的历史缺憾,让宏大的抗战历史题材,在作家主体自由度的激活下,又有了一次美学意义上的现代性体验。

看完《回家》的第一个感觉,就是海飞撰写时下热门的抗日战争题材,却并不想读者参与其中去当一个激情的主人公,或者是时下与众多影片合拍的惯性思维的导演。也就是说,你简直无法去同情或反对其中的主人公,而只能让小说自己去说,自己去按照人物的性格行事并发出属于他自己的声音。

这也许正是《回家》与其他同类题材根本差别之处。

一个晚生于战争年代的青年,在小说中完全以一种新的面孔新的行为去创造此类题材中以小说形式营造出的新境界,并显示出一个真正的作家对人性深处的细微体察的能力与大胆的真实求索精神,这看上去有点勇敢的出格,然究其实质却是一种霸道,一种于文学创作上回归本真的霸道。因为回到史实,回归人性之真之普通之俗世,正是需要出奇的勇气与敢作敢为之魄力的。于此,我们就会迅速明了《回家》的出版将会给中国文学界提出的一个真实问题:战争的目的是为了回家吗? 这个问题的提出,不属于政治对于一个民族的形而上的拷问,而在于哲理上的启示:《回家》所叙事的宗旨,它要违逆的,正是那种固化的高调和制度化演练成的陈式化思想。战争进程性的状态永远只

---

① 布莱恩·麦基:《思想家》,生活·读书·新知三联书店 2004 年版,第 357—358 页。

是临时的，而于我们以人为本的世界（或者说是追求着的理想主义）实际生存状态而论，脚踏实地地回家才是真实的根本，是人性的永恒。

所以，《回家》又是沿着人类根本的生存状态激发出思想运动的道路，去叙事、去延续、去激活该时期抗日卫国的爱的生活与生命状态。有了这样的基础，《回家》在同类题材的小说中，才能卓立出群。它开启了抗战题材多元性的特殊事例，也表现出了小说创作在审美的双向互动中的理性的新诠释。我之所以会有如此的读后审美感，是因为《回家》不仅仅是保留了当时抗日战争人性活动的真实部分，更重要的是这份文学的叙事再现的活脱脱的英雄在极为普通甚至有点低俗的言行上的问题本身及其意义。主人公陈岭北本可以在与其他俘虏逃出敌人魔掌后即行回家，但一个无意之中所遇的偶然事件，一个游击队将牺牲的小队长对正规军（新四军）的陈岭北下了一道最后的命令，陈岭北便神圣般地自觉接受和行使起了这项重要的使命——押解日本山炮手香河正男去新四军总部教新四军战士使用山炮，回头去狠揍入侵中国的依凭山炮骄横得不可一世的日本鬼子。它让一颗俗世的脑袋一下子自觉地变成了高尚的灵魂运动，其价值更在于一颗普通得最不能普通的灵魂，它能够在战争这个特殊的时期朝向自由和高尚的境界发展，它不需要教条式的教育，不需要空洞的政治灌输，而只在于作为这个国家的民族的良心存在，在于社会关系总和特定的历史条件下的做人的底线。所以，作为新四军一员的陈岭北，他的自觉，他觉着的神圣使命，不是作家海飞给小说主人公硬性安插上去的一个好看的情节这么简单，而是该主人公在小说中自觉生成的一种生活态度。正是这个态度，它让陈岭北这个人物有了归属的关系——他是整个抗日战场的一分子。所以，陈岭北就此演化成一项任务，在小说中再演绎出他的精彩。这也正如希腊哲学中所说的精神气质（Ethos），是康德的启蒙批判的基础生成，是福柯的态度界限的现在进行时。《回家》在此基础上叙事与人物内心与灵魂活动的再深层刻画，赋予小说较高的审美价值和实验意义，也是陈岭北对自己的行为做出自愿选择的最好诠释。

于此，是前提到的一个根本问题，战争的目的是为了回家吗，就并非是去评判一个人的远见与他们具有的文化修养与爱国胸襟，而是问题的所指是一把精神分析的钥匙，无论是对人物还是对事物。这也是小说另一主角，陈岭北先前行将过门的媳妇柳春芽由一棵水灵灵饱满的白菜，肩上长着朝天酒窝，脸上长着一双葡萄眼，朝着量身裁衣的陈岭北浅浅一笑，变成了冰冷目光的张太太。照理，张团长被炸死，在战争这个今天不知道明天的特殊场景中，老相好意外重逢，彼此不忘情相拥，也起码来一个内心激情澎湃的愉悦。然而作者海飞在这里偏不按常规出牌，他让现在的柳春芽和过去的柳春芽是同一肉身的人物,但又有了原则上的分裂。这就又让女主人公为本小说提出了一个问题:柳春芽满怀希望的幸福是被陈岭北拿不出三十块大洋的真实冷漠毁掉了,还是社会现象本身的残酷毁掉了这段本来应该幸福的婚姻。如果就此直白地去找答案,那就让小说在创作上显出了脆弱,它有可能与别的同题小说一样地走俗。幸好审美告诉我们,对文本的阅读过程,与作者的创作意图,本身是双向互动。在一个虚构的小说中,一切诠释都应该是双向的。所以,读者或可以在此称评论家的我,给文本带来的多元想象,也可以说是给《回家》注入了更多诠释的可能。也正在是这一点上,我们看出了《回家》于柳春芽后半世生活的冷漠形象,其实它不是柳春芽和陈岭北婚姻毁坏上究竟孰是孰非的问题,而是海飞作为一个具有睿智思维的青年作家,他在这里是替时下许多一哄而上的抗战文学与影视剧做着实际的、颇具更正性的忏悔!这正是海飞作为小说家渐趋成熟的杰出之处,也是《回家》这部小说真正闪光的真谛。由此,我们也就更容易理解,或去更敞开地想象,柳春芽的冷漠,其实是一种双面性的爱的隐喻。尽管此一说法像题材一样不断被人重复,爱情也像舞台上的魔术一样换着手法在复述同一个内容。海飞恰恰机智地跳出小说创作旧有的窠臼,它以碎片式的回忆和随着故事伸展的叙述,挣脱了就事就地的束缚,让故事具有了更为宽广的游弋的时空,在既土渣般的现实,又天空般的高尚中进行现在进行时的两人对话和时缓时急的情节发展。当许多已成惯性或被指认的天经地义的情节与结局长期蛰伏在广大读者群之中时,当许多作家也与它们组成了他们自己尚未觉醒的教条式陈式化的共同阵营时,《回家》的冷漠却是别开生面。它让柳春芽在冷漠时是合理的就合理了(对于张团长及其肚中张团长的孩子),它让柳春芽在冷漠时出现了温情是合理的(往昔真情相爱的不可排除性),也在温情之后迅速冷漠而更显合理(现实的处境与人性加封建混合型的观念)。所以,在某种意义上讲,《回家》的真正写作者不是海飞,而是海飞背后的,历史的柳春芽和陈岭北们,是该一群抗日的土包子和他们真实的历史场景。这样的小说情景,就有点像信赖真实又失去真实,失去真实又重生了新的真实,也是《回家》与其他同类题材小说的又一重大区别之处:爱,从来不会像你所想象的那么简单。虽然爱是需要肉体维度的,但属于大老粗们的柳春芽与陈岭北,由战争而不断被提升的情感世界的纯度,却是越来越高。同时,它又让它和可怕恐惧的死亡紧紧地结合在一起,使得无论是奔赴前线(穿越敌占区)的陈岭北,还是身怀六甲的柳春芽,面对随时可以降临的死亡反倒无所畏惧,以心中的宁静与灵魂的纯净,把死亡视作与生俱来的平常物与必经路,并以无可撼动的心情去获取许多意想不到的人间真爱。它让小说充满了爱的正能量的同时,又以它的孕负着的神秘,去做着小说两个主人公各自的生命书写，从而把这一段属于战争的爱情重新演绎，并让它真正实现了生命更久长的小说的艺术价值与审美性。

《回家》另一个凸显在中国当代文学战争题材书写上的闪光之处，在于对以往描写战争反面人物的形式雷同化的反正。

《回家》中出现的日本侵略者的主要角色有三个人：被俘的山炮手香河正男、菜农船头正治和随队记者高月保。而对于这三个不同身份的日本鬼子的描写，作者海飞又是以他特有的在战场多样性表现中呈现出了隐在他们背后的、被战争遮蔽了的不同的真实。首先，山炮手香河正男通过游击队长以生命的相救，让他改变了敌视的态度。随后在与陈岭北们一起在戚家祠堂里的一段生活，陈岭北为他排除一切可能出现的危及生命的威胁，加上慰问袋——植子姑娘的远方爱情和对战争的质疑，对人性的拷问（"被斩杀的那些中国人，他们有死罪吗？"），让机智的海飞在其小说中虚构的情节又增添的这个虚拟得有点神秘加浪漫色彩的交叠情节，似乎有了事实的依据和可供印证的信赖（人类善心共向）。以致最后为救陈岭北，香河正男"用跪姿射击的姿势扣动了扳机，射杀了那名将要杀死陈岭北的日军"。而文质彬彬、受到新四军礼待的日军战地记者高月保，"对于武器，他还是一个连枪也拿不稳的陌生人"，却狂吼"杀光中国人"，"在后撤中不时地开枪还击"，高喊"圣战万岁"。至于杀人魔鬼船头正治，原本与妹妹是一对孤儿，以种植蔬菜维持生计。而当他"踩着晨雾推着车子去菜市场卖菜，回头看到妹妹露出牙齿的笑容，心就柔软起来，他要好好找户人家把妹妹嫁过去"时，一群全副武装的士兵突然把他抓去，就此变成了侵华的军人，并使他成为杀人"就像用刀子收割青菜"一样的恶魔。它让我们知道，战争和扭曲人性是与日并进的。理性、人性与战争的疯癫的对立，强化了正义与和平的价值的更大社会化，同时也为我们今天对战争的反思与预防，增加了理性的思考维度与现实生活中的防范度和警惕性。这也即是能指（和平理论）与所指（和平的批判对象）之间关系，以及由此关系衍生出的对于后代系列教育与和平建设的特殊方法与不同层面的放射空间的，以及对现行政治制度中，有可能引发战争因素的后现代思想式的批判及其可行诠释。

在战争这个特殊的历史时空中，我们不知道自己将会面临着什么。海飞在《回家》中正是充分调动着一个作家独特的视角去对战争时代与人物作多元想象，他用可据查到的真实的当地游击队与新四军在四明山进行抗战的史料，与小说创作的虚构开合相糅，以现实主义加浪漫主义相行穿梭的手法，把小说的故事搅拌得更大更深更离奇，在历史与现实浑然而成的认识中，加深了战争年代不被人们重视的细节，特别是反面人物人性的刻画与揭示，从而让我们在阅读战争的残酷与痛苦之后，透过血腥的雾障，看到了真正的主题：人性的善好总会被人性的丑恶所带入扭曲与残暴的深渊；而社会的正义理性又会让人走出满是陷阱与弹坑的魔洞，带着累累伤痕重新去寻找理性的真与社会的美。

在刻画三个侵略者形象的时候，我们看到了海飞与众不同的创作思考，即把这些反面人物还原到原先生活的状态，让其从自主性的生长到战争中的演变，从而让我们透过这一由善变恶或再由恶变善的变异，能进一步真正做到去深层次地谴责战争的罪恶，尤其是引发战争的罪恶思想。所以，当我们思考到第四个日本侵略者千田薰时，就不会责怪作者在刻画这些人物上的不断重复的内心描述。这个"在疲惫的时候喜欢想念老父亲"的弃婴，由"他养父带着他走向大海，和他一起海钓。当然他也会想起姐姐，姐姐也是养父捡来的"。尤为引起读者心灵激荡的，是"一家三口相互之间没有血缘关系。但是千田薰认为他们的感情比有血缘的人还亲。如果养父需要他死，他会毫不犹豫。如果姐姐需要他命，他也愿意付出"。当然还有生他养他的伊根，以及伊根的小岛青岛，"四周全是碧水的包围与拍打，以及那种不温不火的潮湿对岛上泥土与植物的滋养，美得令人愿意合上眼睛长长地睡去"。是的，这正是人性善的千田薰，也正是这个千田薰，"在《东京进行曲》中突然湿了眼睛，他清楚地知道有一粒泪珠就挂在眼角。他用小指头轻轻拭去了，那手指头长久地按着这样的一小粒潮湿上。这时候他知道，他想回家"。回家，和正面战场的敌手陈岭北们一样，想回家！至此，小说的关键词"回家"，在这里真正地点亮了主题，升华了意义。回家，就是人性的代称；回家，就是和平的宣言。它已经以非常清晰的哲理在告诉我们，战争，正是战争，同样湮灭或扭曲了作为人的侵略者原来良善的心灵。战争，正是战争，毁坏了非但是被侵略方的平静生活与美丽家园；同样，战争也会把侵略者自己的平静生活打乱，分裂了家庭，吞没着一个个正在茁壮成长的生命。可耻的"圣战"，多少日本青年被当作了炮灰。其时日本青年生活在一个与战争加军国主义的时代，这是一个可怕的史实，战争的"有理说"梦魇般地拖住他们的灵魂游走，所以它让死亡变成了日本军国主义怂恿日本青年去献身的一种光荣，它更让"大和民族为最高贵民族去统治大东亚"的军国主义思想，在愚昧封建的日本天皇就是具有"神性"的"万世一系"的政治宗教的蛊惑下，成为日本青年甚至举国上下的热血情怀，从而让理性从灵魂中出窍，成为生命中真正的不能忍受之重。为此，杀戮也使他们开始变得丑恶。可耻的"圣战"，多少原本良善的青年一下子变成了杀人魔鬼。妻离子散，甚至客死他乡，这就是文明生活被战争肢解的悲痛事实，也是人类社会发展史上值得永远反省的残酷教训。

所以《回家》带给我们阅读中的社会性思考，其意义是非凡的。其实，当战争进一步扩大化和白热化时，每天死人的现实迫使敌我双方的士兵都有想回家的念头，然正是日本军国主义这一思想，硬给套上一个大东亚共荣圈的幌子，就让原本善良朴实的年轻生命，一个个倒在血腥的战场上，永远成了没有价值的炮灰。为此，当我们看到日本政客依然去参拜靖国神社——这个日本军国主义灵魂象征与代表时，就越发会强烈地去谴责这个引发战争、致使无数生灵涂炭的丑恶主义与思想。《回家》的社会现实意义，在此有了它更大的外延性。

不断地变换场景，不断地出现人物的新动作，海飞的叙事摘用着影视的某些摇景，去减少尽量能为之避免的冗长的描述和增加人物复杂性上的肌理感。虎扑岭的战斗中，国军张团长与新四军连长阵地的不断闪回；麻三与麻四的相遇与说降；陈岭北逃亡途中突然遭遇押解香河正男这一从天而降的"命令"；陈岭北去河边游泳与日军记者高月保的意外河中碰撞；戚家祠堂黄灿灿与陈岭北的不期而遇；柳春芽挺着肚子与陈龄北分离后的对话；小碗由七十二岁老头牵着出来的安静；麻三在陈岭北黄灿灿最后突围中的突然相助，并亲手"一枪就击穿了麻四吊葫芦瓜一样的脑袋"，把汉奸弟弟给杀了；人尽可夫的牛栏花，在陈岭北冲动下欲去自投日军罗网时，冷静地把他一棍打昏……这一切不断重叠不断闪回又不断在刷新的情景与人物的动作语言，让我们看到昨天战争中所处的普通老百姓，乃至一时上山作土匪成盗贼的官方通缉对象，在民族危机国土沦丧的大灾大难面前，都表现得那么从容，那么自信又那么有底气。它让后辈去重温这些曾经的人与事，感受战争年代人性人情与民族国家相牵相连的那份深沉与厚重。虽然战争早已结束，那些人和事也成了过去，但是生命中珍贵情感高尚精神却仍在无限延续，它使那些人和事都具有了我们无法去估量去衡量的生命的深度。在这里，生命的脆弱已不复存在，仿佛它又升华为一种不可战胜的神灵，只要正义，就会无量地活跃，无限地成长，直至和平长出嫩绿的春芽。

在这样的叙事方式里，我们还可梳理出海飞在创作这部长篇小说中的引人入胜的个体化语言，巧妙地设置情节对故事的多重复杂性。个体化的语言，在"但是柳春芽自己就把姻缘轻轻松松拆开了，轻松得像拆一封信一样"开始，以陈欢庆把长城说成是"一道很长的围墙"，转而是敌占区的探照灯光柱，"那浑圆粗壮的光线滚动着奔向遥远"的地方，在瞬间把黑暗击成了碎片的恐怖，恰与戚家祠堂戏班子演戏，"春天的水袖，把这个冬天给舞得气温也回暖了"，形成了鲜明的反差。而当香河正男望着柳春芽的背影想起植子，抬头望着马灯的灯光，便觉得"这灯光大概也结冰了"。与此，当戚杏花受不住吊打开始可能会出现可怕的软弱时，"他被千田薰割掉的那只耳朵的部位，不由自主地疼了一下，像被蚂蚁咬了一口"。疼，正是这白描式的疼，让他绝不会说出陈岭北们的藏身之处。或轻喻，或对比，或顺土，或新奇，举凡种种，给长篇的阅读既缓解了重负，又增添了滋味。更有甚者，是战争间隙的一刻，陈岭北想起嫂子棉花，"他听到了自己粗重的呼吸声，一个声音在他耳旁不停地响着，好像是寡嫂棉花的声音。那是棉花在喂猪时'啰啰啰'的叫唤声，充满着猪食和草料的混浊气息"。这意识流般的场景，猪食的充满和草料混浊的气息，简直就是一幅极端煽情的色彩浓重的油画，让人情不自禁。

多重复杂性的表现，若大家尝尽苦难正儿八经都齐刷刷地准备回家时，冷不防山岭下来个一时找寻不见的朱大驾，摆弄着平时不响的步话器，传达出了一个老天爷也意料不到的命令：打伏击！若张秋水的出现带出个会吹唢呐的临安弟弟来到陈岭北身边，而"当天空露出了几抹红色晨霞时，张秋水的目光准确地像一张网一般捕捉到了陈岭北"。若海角寺改成聚义厅，钻了牛栏花被窝的麻三，非但主动邀陈岭北上老鼠山，之后在最后的拼杀中上了更楼而不是顺着他的土匪本性落荒而逃，并杀弟成仁，以身许国。若香河正男反正，参与了枪杀日本人的战争，然对日军骨灰坛却表示出了极大的保护欲：不许对骨灰不敬……每一个复杂的组合都在把故事推向更广阔的时空，每一个复杂的出现，都在把人物引入更深远的场景。当然，小说的复杂性并非要去刻意为之，而在于故事顺势之复杂让小说有了多层面的递进，又使情节在复杂的引导下走向更为丰富的审美阅读之中。多重复杂性在《回家》中的把握与运用，同时也正显示出海飞在创作长篇小说上的日趋成熟性。

新四军金绍支队的一段尘封的抗战历史，海飞用文学的形式虔敬、沉重而又深情地把它不加掩饰地表露出来，重新唤起人们对这段历史的亲切又痛苦的回忆，和对先辈勇士们大气无畏的追忆与敬重，并通过阅读与文本的双向互动，使它成为从此不再湮灭或变异的一段光荣。

都说具有等待的人，才能得到最好的东西。在抗战题材的小说影视一哄而上的浮泛、虚空的文化现象中，《回家》以他的独特与率真后来者居上，还了此类题材创作的一个公道与原音。

五

海飞作为一个出生在江南水乡的作家，其灵秀温婉的地域特色，伴随他成长。但后来大学毕业又让他长期在西部大漠工作，粗犷与苍凉的地域特色，又伴随着他一起经历更为宽广的人生。所以，其实海飞是个组合型性格的作家。他既有清丽水乡的柔美，又有大漠浩瀚的刚性。同时天然的自然环境的滋润与熏陶，让他成为一半是依依垂柳的温暖小河，一半是苍茫巨诡的刚烈火焰。这个"喝江南水长大，驾大漠风成熟"的作家，使得他的作品中始终有轻燕呢喃与大风狂啸相杂的鲜活叙事出现，成为别的作家所无法替代的一种隐潜着的特性。由这样的特性，海飞，他会把我们领到一个怎样的世界里去呢？延安还是延安，抗日战场还是抗日战场。但是他的延安却已不是红色定论话语中的延安，而是前进中有退缩、退缩中又有忠诚的延安。他的战斗英雄陈岭北已非李向阳、郭建光那样智勇双全、光彩照人，而是打完一仗就想回家，枪声炮声之中不时会耳边响起嫂子"啰啰啰"喂猪声的凡夫俗子。这就是海飞以70后作家特有的敏锐眼光，去寻找出战争中存在着的复杂的，有时甚至是特别和怪异的存在方式，并从这种存在方式中去深挖超越常态的战争心理，或者说是跨出政治制约与单一的红色主题的巨桩霸篱，更全面地从战争的体认中寻找多元性的人与战争关系的叙事表达。这里面最核心的一个道理，就是战争是人的战争，战争的主体是人，只要人在就一定存在着人性，一定存在着战争中人性之复杂化的巨大的内涵。

在《向延安》和《回家》中，海飞的战争题材写作，还给我们留下了三个特色。其一，当我们的主流话语对战争题材的写作，越来越走向规律化和程式化的时候，是海飞以70后作家的锐气，重新给我们描述了一段耳目一新、丰富多彩的战争历史。其二是海飞的叙事视角，大胆地突围了一直以来以理论加规范划定框框，以制度和服从，让作家的想象之路在横满指定模式下顺走的固定性。他以拓展想象空间与磨砺新的话语共趋统一，并让创作自身更具可塑性与发展性。其三是战争的行径确实是毁灭人性的，但战争中依然有人性存在与滋生。当然，不是说海飞以前的描写战争题材的作品没有人性的存在，或者讲是不讲人性。问题是同样是人性的出现，海飞以前的绝大多数战争题材的作品中，人性会时不时地任由政治话语去给它做判断。战争是政治的继续，但战争也是人性的真正发现。《往事纷至沓来》叙述战争毁灭着美好人性的同时，又让女部长朱如玉卖掉儿子换取一百大洋，去救治两名伤员。《回家》中辈分最高的戚杏花被吊将死也不愿出卖陈岭北；战争结束陈岭北们即将离开戚家祠堂回家，和陈岭北制止蒋大个们，最终让日本鬼子的骨灰回家……70后的青年作家代表海飞，就这样以出其不意的人性话语的叙事，宣扬着对战争观念的重新认识，并做了具有挑战性的开拓。

《回家》的画外音，也是《回家》的中心思想。它不是歌颂陈岭北的英勇卓绝，不是赞美一支小小的金绍支队与拥有精良武器的日本大部队的战斗神奇，而是在激情的生命与残酷的战争的对抗中，让我们理性地去寻找真正的主题——走出战争！海飞在这个标新立异又十分深刻的主题里，首先采用了个体命运与战争复杂性相加的方式，为我们开讲故事。通过故事与人物言行的联系，体现个体生命的尊严和生命价值的高贵。几多故事的跌宕起伏，人物在故事中的种种非常规的表现，更加凝练地宣扬着战争中的百姓、战争中的战士，乃至战争中的敌人，他们的内心是怎样地器重生活，怎样地挣扎在硝烟的现实和温馨的想象之中的。这无论是临死戴着金戒指哈哈哈大笑三声的海棠，还是自杀在中国战场上的千田薰的越过海洋回落到故乡伊根的亡灵，面对战争时个人生命的取舍与对待生活的关系，都是把战争推向更广阔的人类生活的更深层次去审美。同时，也让战争在特异场合还原人性的本真，以生命与生活的现实气息，把遥远的历史记忆客观真切地融合起来，从而让阅读者能在他的深入战争内部的无比活跃、神奇迭出的淡雅叙事精神里，获取他开掘了战争题材新描写的审美感受。

六

　　海飞从写短篇到写中篇，从写长篇到写影视剧，又从影视剧再回到写历史题材的长篇，既开始慢慢地在形成自己作品的结构特色和语言风格，他在寻找属于自我的叙事语言与气场的同时，评论家与期刊编辑亦开始更加瞩目地关注这个70后的代表性作家。他的语言明快中有诗意，他的叙事畅晓中有重感。他眼光的触须伸及底层，平淡的空间会一下子辽阔而又风云际会；他把思想的笔尖点触史事战争，混沌的战场立马便神奇般地扯开了被硝烟遮蔽的原生与绿荫。他写战争更具真实性，他写历史有自己的思考，他写爱情有惊诧的复杂，他写英雄有另一种理想。如果说柏拉图的城邦崩溃是古代世界最大的精神动荡 (应奇)，那么，今天海飞的《像老子一样生活》是在中华传统优秀伦理道德被金钱侵吞的当下，为找回自我的尊严，给所谓发展的现代性加固了真正的本土性维度。特别是《向延安》，它开创了一个新革命历史小说的方式 (李云雷)。由引去看，海飞近年在创作上的发展兆头，既不可马上去作定论，又潜在极大的社会意义。

　　自然，也有相反的意见，认为海飞小说的深度推进的局限，在于他的精神视野还不够开阔。海飞小说特色中的瑕疵，是小说存在着许多剧本与影视剧的结构。小说中有剧本影视剧的杂入，是好，还是不好，这既是一种拷问，更是一种思考。因为任何一种形式的创作，它不会是一直不变的。我们等待他的，是借影视剧的平台练熟十八般武艺后，能再返身骑上小说之神马，朝向天际展开更广阔的视野，写出震撼文坛的巨著，能为70后作家留下一座青石般的丰碑。

认识诗歌：宁静飞行中的升降与自觉

　　思考新诗与我们的生活状态这个主题的时候，脑中忽然想起了开创美国诗歌新纪元的艾米莉·狄金森。这位上承浪漫主义、下启现代主义，和惠特曼齐名的女诗人，她的一生就与诗为伴。而她的一生，为我们留下一千七百多首诗的同时，生平仅发表了十二首。写诗不为发表所累，写诗只求自己与诗自由地呼吸与交流，这就是诗与狄金森的生活状态。也应了中国一句俗语：响喊的不一定是疼。它同时也启迪我们：诗与生活状态的含义，就是让诗人以诗作中介，让诗人真正走入自己。

　　诗人，在韵律与魔幻之间，以词语把自己（当然也把诗的读者）带入一个倾情与享受的时代。诗人站在生活之间，却又独立出生活，把充满了激情、质疑、向往与挣扎的东西，不断变换在词语的组成与序列中，在吟唱的兴奋中，把强烈的个人自我情绪与欲望，充塞在表达的词语的音阶上奏鸣。诗人把自下进入诗歌的神圣，转化为自上而传播至下的一种生命对生活介入的变化，而随即，一种诗与生活的现在时状态，就会喷薄而出。它是深邃遮蔽的，当然也是澄明敞开的。诗人以诗把生活的元素融化了，又凝练起来，旋即又把这些元素很自我地联系起来，这时，诗人不会说，是为了名或为了稿费而去写诗，而是纯粹，是为了诗。所以，说诗被经济挤到了边缘也好，说写诗的人比读诗的人多也罢，这已不成一个问题。诗就是当你不被生活麻痹的时候，调运一个个大大小小的词，予以灌注有你自我感受自我情感的生命力。让它们承载起对生活高度凝练的思想认识，继而又把它化成极为大雅或大俗的富有弹性的句子，在诗性的分行之中，把生活的阳光与风雨雷电，以及人生旅程中的一切挫折、艰难、挣扎与呼唤等，以广阔天地般地把它呈现出来。然后，又将它分裂为无数根纤细的银针，似毫毛般直直地刺入你的血管，流入你的血液，正如诗人里尔克说的，"用温暖的根须拥抱那逝去的少年"。在这里，对"少年"的理解便是生活已然的经历。由它的刺激，将在我们的生命中不断地开出绚烂又宁静的花。这正如江苏女诗人纯子所说的："为了诗，我耗了十多年；但为了诗，我没有弄脏自己，更没有弄脏诗。"

于生活，真正的诗人便是用诗来缓解自己和现实的分裂。当社会日起的丰富物质把人一个个引向欲望的陷阱，当自私的锁链把你拴在无底的泥潭，当良知的灵魂挣扎在炼狱之门，诗人的灵魂便寻着了让诗保持自身最美的生存方式——他们以诗句的冷峻与诗眼的锐利，去感受人类生命正直的温度，以诗的书写去缓解理想与现实的冲突，他们更以纯真的眼光去发现生活与道路之间的真理曙光。在生活与诗之间，他们用最渺小的字去穿越灵魂，穿越时空，让它无限放大，放大到整个人类的精神时空中。他们宛如一群拾荒者，把柴火堆集燃烧，葬送那些刺骨的寒冷和蜇人的毒虫，然后在吟诵的清唱中，迎来一缕缕暖阳和一枚枚橄榄枝。于此，边缘不边缘真是无所谓了，因为诗人们在生活中站起，坐下，倚着墙角或攀上悬崖，因他们相信，生活并非每天都是亏待。他们捡拾起人生道路上的碎裂句子，用忧郁也用激奋，用悲号也用歌颂，甚或平静的诵唱与低缓的细吟，让生活保持在一个充满颠覆又充盈生机的时光里。他们不发表专门的慷慨激昂的宣言，只是以探测汉语的高度、宽度与深度去言说和反证——并从中寻找与汉语一般表述大不相同的意义，以求得新的精神回声，和朝向把词语变成现实的新坐标。

当然，面对我们这个唯经济为大的社会，面对浮泛的泡沫与虚空的喧嚣，真正的诗人是内敛的。正若艾米莉·狄金森那样，无所谓发表的数量，而所谓长者与权威的"推迟"的建议，正造就了她未被时尚所熏染甚或变质的幸运。狄金森的孤独不是她的单身，而是她的诗。而正是孤独，让她在一个疯狂的世界里保持了一份真正的清醒！

这也正是第三届徐志摩诗歌节来临，正值深秋已临，无限的眷恋让我写下了短短几行：

深秋来了
如果你感到凉意
和单薄
那么，就想起我吧
我是声音
会随着你的脚步
飞花同行

电子技术高度发达与网络书写便捷的时代，也是日益把诗和诗人搅混的时代，然真正的诗歌却又在见证我们。诗歌不是一份拟擦去了重写的轻而易举的文字游乐，它的神性与理性与诗的本身是不可分割的。时代尽管浮躁，但诗予文学予社会的审美价值，将是金子在物器中一样，是以它的含金量提升物器价值而存在着的。

它让我们必定会去辨别真诗歌与准诗歌。

真正的诗歌是与流行通俗的准诗歌保持距离的。也许它会被某些现状挤向冷落，但它的魅力将自信地宣告，非但现在，而且将被遥远的未来所史载并为后代们所敬重与阅读。这是因为，真正的诗歌与流行的准诗歌所不同之处，在于真诗歌是发自诗人内心与灵魂碰撞与挣扎的真诚写作，而非虚无的游戏。它来自灵魂，发自肺腑。在诗歌里，诗把诗人分成一个支离破碎的整体，它是边缘的，又是中心的；它是虚弱无光的，但又是坚强有力的；它甚至往往被嘲弄与被鄙视，但它又分明载着狂风吹不走的闪光桂冠，立在被神圣崇敬的至尊之位。它相信真，信奉善，追求美。它的发声来自自己的真诚，它的无畏让它说出勇敢尖锐的话语。"一个白昼的最后，落日／把我引向知悟。"（津度《落日》）"等到一侧暗下来，玻璃／会重新安插在生活中：／一面镜子。个中区别，它把／吧台边的某人／放到外面街心的人流。"（胡弦《黄昏，在某咖啡吧等友人》）在探测事物的深处中，诗人的眼光由微弱转向光亮，诗人的思想也由迷蒙转向了清醒。而色调的变化，让诗与人文精神，拥有了最终的温暖与关怀。为此，在被各种世俗与社会力量把诗赶入一个仪式的俗套中去时，真正的诗选择了逃离、挣扎与抗衡。所以，真正的诗在被支离破碎中，它还是个整体，一个人性关怀的整体，一个与准诗抗争的整体。

在现实面前，诗人每天面临着两种状况：重复的虚假和新鲜地不断涌出的刺激。重复的虚假以各种诱饵迫使诗歌涌向它的中心，然后它就用各种方式包围着它，让它在各种细节上屈从于它。最终以光环的追随去让它鲜活于一个光亮的公共话坛。而现实中每天不断涌出的被遮蔽的真，将不停地刺激着诗人，让他的诗在徘徊、怨愤、伤感与悲演中试图以文字联系这个世界而还现状于真实。它知道如此，它的诗歌可能会招致毁灭，但毁灭的同时正是建设的开始；它知道它不会有光环，但它相信光的力量。它就是重量与意义。它试图以诗去见证社会，以诗让世界知道诗是社会不可或缺的精神建构。它会像诗人米沃什一样，用碎片去谱写一个完美的世界。

诗歌不是用语词去包围和装饰世界，而是以语词去影响、激越这个世界。在语词、诗人、现实这三者之间，它们往往是矛盾和对抗的，所以，语词对于诗人是一个开掘与陷阱，而语词之于现实，或是一种隐喻或是一种动作，一种企图以文化的运动着的形式去让表达渗入现实的变化之中，并依据时代与诗人所处的地域，寻求一种光明或被湮灭。然而，当它即使被社会前行的步伐所踏没，仍依旧存在于诗人和懂诗爱诗的读者们的心中，这似乎就是诗歌存在的理由和诗人与诗共同的审美追求。人生的真实内容，与诗必然同行。

这同样是一个哲学现象学与知识论的问题。那些知道而不说的人，是因为发表权力暂时的被剥夺；那些在说实在装饰什么的人，只是专利与权力在豢养奴性的重复而已。其实他们在不断重复地说时，正是真知与良善被销蚀的过程。在这里，语词便失去了它的生命力和鲜活性，对于人性，当然它已沦为罪人。那些知道而不说的人，其实已经暗暗在说（哪怕还只是手稿），只不过形式不同（或网络或民刊等），它们更注重的是对象接受美学的程度：即理解性，而不在于表面荣光的表达形式上。相信诗是诗人们的宗教，其内核在于词语的提炼更注重于流向为现实的细节服务，这是一种神圣般的形而上学的向度。诗人的孤独与他对周围世界的积极审视是对应的，而反差形成的时候，也正是形而上学向度闪烁诗性的时刻。这是一个诗人绝不封闭的深邃的世界。所以哪怕现状已经成为光环下的一个部分，或成为文化的一个新的现象，当它与真正的诗与诗人相遇呈现一种紧急状态时，它当必定回望历史的地层，前瞻未来的山峰，而在自身的梳理与抗拒中发出独特的声音。

在诗的表达上，现象与生存正在产生一个可怕的文化现象："断桥"与"鹊桥"。这是两种不同的境遇与现象。"断桥"说在于因有高科技那种表达的简易便捷性，使真诗与传统、诗与现实中的创新中有了断裂和极不一致的方向。而揿揿键盘便让句子分行成诗，或即兴将顺口溜变诗而自成诗人的那种"流行诗"（准诗），有了火爆的阅读市场。虽然看起来诗又有了新的兴盛，但却有实质的区别，即类似中国古代寓言中的雀与鸠的区别。这是"鹊桥"现象，"鹊桥"说还指预谋中转移真诚的虚假有了冠冕堂皇的正位，而面对现实，除了忠诚，它便是虚假与诗性的无能。那便是一些应时诗。"断桥"在证实诗与诗人在现实中呈现诗性与神性消失的同时，它不以表面的微弱在带出人性与批判呼喊的力量。而"鹊桥"中的诗，尽管声音响亮，但却使真正的诗与诗人蒙受屈辱。故准诗歌虽然火爆并热闹，但那只是浅薄的喧嚣。而"断桥"后面呈现的宁静的真诗内核，在将批判转化为艺术的时候，诗歌呈现的是冷峻坚硬的纪念碑式的高尚。在这里，它是浓缩了的人文。同时，真诗在对流行文化表示出不信任的时候，同时也在批评语言的被异化。所以，对于新词，它保持的是一份应有的警惕。

所以诗歌不是红酒，也不是咖啡，它常常把诗人和语词带到一个挣扎的痛苦的空间。当然，也是更具张力与新的生命力的空间。为此，当下的诗歌创作，既要有宽广的国际视野，又必须富有自己的本土情怀，它才会具有中国诗歌的国际性。中国诗歌的国际性,也在诗歌的后现代建设。在不用过多修饰词的同时,也不是继承经典中的更具隐喻、更具意象层叠的、更具人造印痕的东西。在唾弃大量的比喻与语词丑俗化与同义复述的前提下,它在试图以土语口语日常语带出诗性的同时,才会显得更加朴实、更加干净和更有日常生活化。宛如将一杯奶茶中甜口的奶换成爽口的清水,无数颗糯滑的珍珠倾出后,只剩下一两颗最为滑爽的,从而使诗的张力,在极为平常普通的容器内,能腾冲出更为直接地撼动人心的力量来。

此外,它以细节的叙事力排啰唆,并精悍地引出平民百姓日常生活的最敏感话题,且又能在大量的极为常见的生活场景中,让读者重新获得新的审美感受和批判元素。在毫无矫饰的平白中,醇厚的品质也更内敛:"在我缓慢的爱中,我飞快/度过了一生。"(唐力《缓慢地爱》)"如果每个人/都要有自己的靠山/我背靠的山/叫作斯布炯/在我心目中/它比珠穆朗玛峰/还要高大雄伟。"(鲁诺迪基《斯布炯神山》)我曾说过,中国是涩的,因为她泡在古旧的陈水中。所以唐力的缓慢以年、月、日,时、分、秒分解,最后以"飞快的一生"转调提出了对缓慢新的诠释,这是对个人心态与社会处境一种微妙的解构与生成,是一种内敛的生活姿态。而作为"靠山"意象的诗人,他在面迎生活巨大的难度时,那份精神源头的靠山就是故土的化身斯布炯神山,那是一座宗教的圣山,也是诗人创作时的灵感屏障,是力与美在心中的生成,是以平常批判着奇特。

诗人常常言称写诗是最个人化的写作,个人写作就是与自己内心卑微的小河不断地对话,在对话中使生命体验更具个性化,而彻底摆脱集体意识与外来的影响,以自由的审美,全方位地砸碎陈式化与工具化的写作。紧紧贴住社会的敏感神经,以坚实的完全个性的追问,去追求最美最深刻的真实。凝练、厚重的语言,是在新的更具时代性的发展中生成的。在穿透宽大虚无的华丽帷幕之后,进入了一个更具疼痛感,更含真实性,也更有生命的质感与生活的真诚的灵魂内核和社会内核的世界。诗的小我也就会以神奇的力量呼唤出一种大诗学的新气象,从而让生活与生命在诗性中更有了质感和品位。它是个人的,也是社会的;它是精神的,也是宇宙自然的:"在一本书上/我看见了一条峡谷/书上的作者没有交代/它具体的位置/……又一晚上,繁星苍穹点缀/还有谁,尾随身后/在穿过这条峭壁陡立的峡谷。"(江非《多尔峡谷,是哪条峡谷》)

也只有在这种现象里,真正的诗和诗人,才会自觉地去将宁静与内敛放入激荡奔流的生活大海中,对社会的种种发出诗人的尖锐提问、质疑和呼喊,并让诗成为生活大海中一朵撼魂有力的浪花,扑溅这个世界和我们的现实生活。

只有在这种状态下,诗才让诗人走入自己,并去自由地吟唱:"桃花在我的头顶/开得绚烂而又宁静。"(杜涯《桃花》)

跋

　　本集置于差异的视角下写作,是在理解所读作品并联系作品与之产生时的文化关系,并试图找到可与随之呈现的公共空间正反相呼应的批判触角。作为文本的作者,其创作的自在性是不言自在的,在与随后之"存",我不想深究于本雅明的"在场"与"不在场"的存在考察,而只想说明以文本在进而作为作品更大范围的"在""存",是一种与阅读时和阅读后的共融或相对公共空间中,评论家所要做的,就是面对作品滚滚涌来的字潮,寻找到它深潜或激越之中的个性。特别如黄季刚先生在《文心雕龙札记》中所言"文章之成,亦由自然"的经典提示中,见出作品内中蕴含的文化态度的自然性和自觉努力(尤其是基层作者的朝下视角),并试图与读者、评论者分享:它的在形式与思想中的那种予阅读于传达中可能创造的新精神动态。同时,也想梳理出它在形式感染程度与思想呈现力度上与非基层作家的差异。当然,它绝不是一种优劣的判定,更非见异中的定性,而是求得艺术与思想审美的可能分析,并相应给予审美价值上的社会性阐释。

　　也许,这也是一种阅读践行中预示的批评立场。

　　它是差异的,也是美学的。